Media
TECHNOLOGY
传媒典藏

写给未来的电影人·编剧系列

U0734363

WRITE TO TV *Out of your Head and onto the Screen*

电视编剧 从创意到播出

（第2版）

[美]玛蒂·库克(Martie Cook) 著　　张敬华 译

人民邮电出版社

北京

图书在版编目（CIP）数据

电视编剧：从创意到播出：第2版／（美）玛蒂·
库克（Martie Cook）著；张敬华译. -- 北京：人民邮
电出版社，2021.9
（写给未来的电影人. 编剧系列）
ISBN 978-7-115-55818-3

Ⅰ. ①电… Ⅱ. ①玛… ②张… Ⅲ. ①电视剧—编剧
Ⅳ. ①I053.5

中国版本图书馆CIP数据核字(2021)第058829号

版权声明

♦ 著 [美]玛蒂·库克（Martie Cook）

译 张敬华

责任编辑 宁 茜

责任印制 彭志环

♦ 人民邮电出版社出版发行 北京市丰台区成寿寺路 11 号

邮编 100164 电子邮件 315@ptpress.com.cn

网址 https://www.ptpress.com.cn

三河市中晟雅豪印务有限公司印刷

♦ 开本：787×1092 1/16

印张：21.25 2021 年 9 月第 1 版

字数：434 千字 2021 年 9 月河北第 1 次印刷

著作权合同登记号 图字：01-2016-7595 号

定价：129.80 元

读者服务热线：(010)81055493 印装质量热线：(010)81055316
反盗版热线：(010)81055315
广告经营许可证：京东市监广登字 20170147 号

内容提要

　　本书将帮助读者适应多元化的节目类型，学习写作有趣的原创故事和剧本，包括电视喜剧、电视剧、试播剧、动画片、电视电影、深夜节目秀和电视真人秀等。书中收录的来自影视工作室、制片公司、剧本代理人和经理人的实用建议与反馈，可以直接帮助读者跳过电视编剧中常见的问题与陷阱，撰写出创新性的电视剧本，将脑海中的创意变为现实，搬上屏幕！你可以将书中来自好莱坞大师的建议和技巧，立即应用到自己的影视项目中！

谨以本书献给伊莉莎（Elisa）与布兰登（Brandon），他们就是属于我的彩虹尽头的那罐金子[1]！

也将这本书献给我的父母，是他们把我带回家，捧在掌心！

领养就是这样一件美好的事情！

1　原文为the pot of gold at the end of my rainbow。西方有这样的传说：彩虹尽头藏着一罐金子，由精灵看守着，只有非常幸运的人才能得到它。

"我的切身体会与建议是，不要听信任何经纪人、经理人或制片人告诉你的各种关于制片厂或电视公司正在寻找什么样题材的小道消息。只倾听来自内心的直觉——不要担心它是否符合'商业理念'——创作那些吸引你的故事。一定要做调查，要确信比别人更了解这个故事。然后寄出你的剧本，看看是否有人想用它。如果你相信自己的技巧，如果它是真正的原创，机遇就会源源不断地出现，这远远好于不断追逐别人的想法。"

——保罗·哈吉斯（Paul Haggis），奥斯卡奖得主，作品有《撞车》（*Crash*）、《百万美元宝贝》（*Million Dollar Baby*）

序

　　写作本书的初版时，我曾以这句话开始："关于电视，唯一不变的就是它一直处于变化之中。今日商业运营的方式在明日必将不同。"事实证明，我还是低估了电视行业这10年的高速发展。短短7年时间，电视的变化如同翻天覆地一般。喜欢的节目如走马灯似的，新的热播剧如雨后春笋般从四面八方源源不断地涌来。技术一直是驱动力。如今我们在计算机或手机屏幕上看节目。这一切都好。朋友们，改变就是机会。而现在，电视和电视编剧的未来从未如此光明。

　　在本书初次出版时，我曾征求45位业内专家的想法和建议。如今此书再次出版，在之前的基础上我增加了对另外25位顶尖级业内专家的采访，从电视网高管到奥斯卡与艾美奖获奖编剧，更有经纪人、经理人与娱乐律师。我代表读者向他们提问，代表如同你、我一样的编剧向他们提问，而问题的答案高度一致，简而言之就是这样一句话：他们需要新编剧。一直以来他们都在不断地、积极地寻找新人。但是，他们想要的，不是你如应聘工作一般穿梭于各个职场、以一成不变的话语诉说着平庸的故事。相反，他们所希望的是，你带着原创的故事登场，视角独特且充满激情和敬畏。他们想听你所独有的新鲜而有趣的故事，以一种他们从未听说过的方式讲述出来——只有你自己才知道的方式。他们想让这样独特的你大红大紫。

　　这听起并不困难，对吧？

　　实际上，是的。长期以来，我一直认为，伟大的悲剧作品，看起来似乎总是容易一些。然而事实并非如此。如果持之以恒，全身心投入电视编剧的写作之中，把书中的每一个字——每一条忠告——都牢记于心，你成功的概率就会远远大于普通人。

　　未来的天才们，加油吧！努力打磨写作技巧，下一个成功的就是你！

致　谢

我所拥有的生活如此幸运、事业如此愉快，无不与他们息息相关，他们富有才华而慷慨大方，无比睿智又充满热情，感谢他们：

我的大学老师米基·迪克奥夫教授（Micki Dickoff），他曾说过，电视不仅是一种权利，也是与权利相伴的责任与义务。

南希·福塞特（Nancy Fawcett），她改变了一切。

玛丽莲·奥斯本（Marilyn Osborn），每天清晨5点，她都会打电话给我，催促我起床写作——5分钟后，电话还会响起，依然是她，确认我是否清醒起来，开始工作。

安妮·蔡塞尔（Anne Zeiser）、曼尼·巴萨尼斯（Manny Basanese）、格伦·米汉（Glenn Meehan），他们总是胸有成竹地回答我的问题。

感谢我的老师们，比尔（Bill）、凯茜·格里尔（Kathy Greer）、阿尔·伯顿（Al Burton）、阿德里安娜·阿姆斯特朗（Adrienne Armstrong）、李·阿隆索恩（Lee Aronsohn）、马克·沃伦（Marc Warren）、汤姆·陶勒（Tom Towler）、盖尔·希克曼（Gail Hickman）、利比·比尔斯（Libby Beers）、沃尔特·克伦哈德（Walter Klenhard）、乔尔·彻特伍德（Joel Cheatwood）、涅瓦·彻特伍德（Neva Cheatwood）、吉姆·杰斯顿（Jim Johnston）、马蒂·兰索霍夫（Marty Ransohoff），以及已故的哈利·德迈（Harry Tatelman）。

谢谢简·罗伯特·布雷斯林（Jan Roberts-Breslin）的举荐，她深信我是写作此书的不二人选。

感谢爱默生学院一起进行编剧创作的同事们：吉恩·斯特华兹（Jean Stawarz）、吉姆·麦凯克（Jim Macak）与哈桑·阿达瑞（Hassan Ildari），他们一直默默地支持着我。

感谢Focal出版社的丹尼斯·麦克纳格尔（Dennis McGonagle）与彼得·林斯利（Peter Linsley），他们对我的想法如此包容，并非常支持我。感谢泰勒-弗朗西斯出版集团（Taylor & Francis Group）的丹尼斯·鲍尔（Denise Power），谢谢她的帮助与耐心。

写作此书之时，我采访了很多人，他们都慷慨地与我分享电视创作的智慧，毫不吝惜时间的流逝。这令我永远心存感激。

感谢玛丽琳·麦克波伦德（Marilyn McPoland）与琳达·赖斯曼（Linda Reisman），只要我需要，你们永远伸出援助之手。

感谢丽莎·格雷戈里安（Lisa Gregorian）为我敞开大门，对一个陌生人表示友好；我非常感激，并承诺将它传递下去。

家人与朋友们赠予我一张社交赦免卡，当我蛰伏于家中写作此书时，可以心安理得地不理俗事，专心写作。很高兴重新见到你们大家。

前　言

你最需要了解的是从何开始

在快满16岁的时候，我恳求妈妈带我去洛杉矶旅行。同龄的女孩们大都关心毕业舞会，而我则正在考虑未来成为一名职业的电视编剧。

母亲为何会同意这次疯狂的穿越大陆之旅，至今对我而言仍是一个谜。无论原因为何，几个月之后，我们离开了居住的科德角小镇，登上了西行的波音737航班，前往加利福尼亚南部。在那里，我们曾经驱车沿着日落大道疾驰，也曾漫步于好莱坞星光大道，还曾惊叹于格劳曼剧院外的脚印。几天后，我们参观了环球影城。至今我还记得那一幕：站在演播室上方的山顶上，俯瞰山下穿过厚厚的迷雾的来自摄影棚的微弱灯火。当时我感觉自己有如在天堂一般。"有朝一日，我要在这里工作！"我说。

"你？"她仿佛一边问，一边回答道，"我一看到它就相信你会的。"

13年后，我来到了环球影业第42演播厅，这一次是作为编剧，来观看自己创作的第一部电视剧《查理当值》（*Charles In Charge*）其中一集的录制工作。梦想实现了。

这样看来，成为一名电视编剧似乎太容易了一些。然而真相是，这绝非易事。自高中时代到第一部作品售出的13年之中，我一直努力工作，付出的时间与努力超过其他任何事。我考上大学，取得学位，搬迁至离家3000英里（1英里约为1.6千米）之外的地方去工作，远离家人与熟悉的朋友。作为一名影视行业新人，徘徊在哥伦比亚电影公司、环球影业等大公司中做初级助理工作。6年的漫长时光，我付出了许多：为别人倒咖啡、写电话留言、取外卖午餐、复印和打字。这些工作都为生计所迫。

为了理想中的编剧生涯早日变为现实，每天我都将闹钟定于清晨5点。闹钟一响，伴着惺忪的睡眼与清晨的薄雾，我就要起床，打开计算机工作两小时，然后出发去上班。

周末，基本也是如此。没有沙滩派对，没有烧烤野餐，取而代之的是驱车前往办公室，写作、修改、不停地修改，疯狂地反复完善剧本，希望以此获得制片人与经纪人的关注。日复一日，年复一年，直到有一天，我想可能自己永远也不会得到机会了吧。

那个时候，很难找到一份职业编剧的工作，也许，工作机会只有现在的千分之一。

你可能会疑惑，怎么会这样？电视最困难的时代已经过去，那个时代只有三家电视公司在生产着有限的电视节目，对于电视编剧而言，机会也相对有限得多。后来，有线电视的蓬勃发展，促进了大量原创节目的生产。家庭影院电视网（HBO）、娱乐时间电视网（Showtime）、生活时间电视网（Lifetime）、A&E电视网等公司都一部接一部地制作电视剧。所有这些电视节目、电视剧、电影都需要有人来创作，对不对？答案当然是肯定的，这对于编剧行业当然是最大的利好消息。

坏消息是，虽然电视编剧的工作需求已有了极大的提升，但是工作机会的竞争也变得白热化起来。任何一天迈入任意一间经纪人、制片人或经理人的办公室，都可以看到从地板堆至天花板的大量剧本，这些都是求职的编剧们寄来的作品。这样的场景随处可见，且不足为奇。电视编剧工作既有趣味（谁没有幻想过从唐•德雷柏[1]口中讲出你写的台词呢），又赚钱（1小时的剧本售价大约为35000美元）。

不要忘记名声的因素。不久前，电视观众对他们所看的节目是谁写的毫不在意，但如今像拉里•戴维（Larry David）、乔斯•惠登（Joss Whedon）与珊达•莱梅斯（Shonda Rhimes）这样家喻户晓的编剧们已经如同明星一般知名，他们把自己笔下的对话与角色写得深入人心。另外，如果做得好，电视编剧这份工作确实看起来容易一些。因此，从大学毕业生到优兔视频网用户，从追名逐利者到未经训练的"沙发土豆"们，都认为自己可以做编剧，将来可以成名。

除了那些没有经验者，这个行业也挤满了颇有建树的编剧，他们有着各种各样的获奖纪录与荣誉。当《绝命毒师》（*Breaking Bad*）、《我为喜剧狂》（*30 Rock*）电视剧停播时，曾经为这些流行剧集工作过编剧们通常可以迅速地找到其他工作。如果这还不够让你焦虑的话，我要告诉你的是：电影编剧们也渴望在电视领域分得一杯羹。电视编剧的工作价值曾经远远不及电影编剧，他们总是默默无闻，有时出名也被认为是"黑马"，而电影编剧们才是令人崇拜的"艺术家"。如今，这二者之间几乎没有任何不同。像阿兰•索金（Aaron Sorkin）（电影《社交网络》（*The Social Network*）的编剧，2010）这样的超级人才，拿得了奥斯卡奖，也可以轻松地转入电视剧行业（电视剧《新闻编辑室》（*The Newsroom*）的编剧，2012）。这种现象部分是由于有些公司（如家庭影院网、网飞公司等）已经成为生产电视节目的知名公司，这些公司具有创新性、突破性，甚至往往会险中求胜。电视也逐渐成为战场，编剧可以在这里得到实际的收益与声誉。无论如何，比起一部新电视剧从无到有的创作而言，电影的生产当然更复杂一些。

从这些现象来看，电视编剧的热潮不仅源于自身行业的发展，也已经彻头彻尾地成为一股热浪席卷整个影像领域。小屏幕写作突然成为一种很酷的职业，几乎每个人都想去小

---

1 唐•德雷柏为美国电影经典公司（AMC）出品的系列电视剧《广告狂人》（*Mad Men*）中的男主角——译者注

试身手。这一行的竞争现状就是如此，超出你想象的十万倍。

但也有更多的好消息。尽管竞争激烈，但好莱坞的大门永远敞开着，其一直渴望不断有新的力量加入，也一直在寻找那些拥有新锐视角的新生代编剧。事实上，每天都会有大量的新人编剧像潮水一般涌入这一行业。那么，你如何突破重重竞争脱颖而出？首先，你必须熟练掌握编剧技巧，善于创作引人入胜的故事；这些故事应出人意料而非平淡无奇，同时故事中的角色要独树一帜，并符合电视剧特定的情感设定、剧情风格和故事走向。其次，你必须意识到，在当今竞争激烈的市场条件下，仅仅成为一个伟大的编剧是远远不够的，为了赢得机会，你还必须对这一行业的商业环境有敏锐而清醒的了解。

接下来，我会将自己的经验传授给你——关于如何巧妙地创作原创电视剧剧本。同时我也会告诉你如何经营电视业务，提供行之有效的建议，并教你如何将剧本的电子文本顺利地交到剧本经纪人、制片人、高级管理人员手中。如同奥运教练训练拳击选手一样，我会尽力挖掘你最大的潜能。不可否认，这个过程将是艰难的，不要存有任何美妙的幻想。在学习的过程中，你也许会因受挫而沮丧，也许会面临困难重重而失望。然而，当我们结束这一段的学习后，我可以用事实来保证，你笔下的剧本已经有资格迈入市场，迎接激烈的竞争了。第一课：这个行业充满了真正伟大的编剧，而且他们中的大多数已失业了。

到现在为止，我们已经清楚地了解了电视行业的历史与现状，那么让我们来谈谈你。为了未来的成功，有些事情是你必须要做的——这些是我不能教的。首先，你必须直面自己，认真思考是否会将电视编剧作为永不放弃的终身职业。从此时此刻起，你必须承诺每天都写作，哪怕只完成一页纸。没有任何借口、没有任何理由放弃。我对借口不感兴趣，我们每个人都可以找到千万条理由不动笔。而到一天结束之时，借口只会阻碍梦想。

其次，你必须下决心过一种最充实的生活。电视行业会尝试接触年轻的编剧，而年轻编剧们常常由于情感空洞与缺乏明确的观点而受到指责。要想成为一名成功的电视编剧，你必须走出自家后院，打开视野、拓宽眼界。你不能写你不知道的东西，所以一定要走出去探索世界，亲眼看看别人是如何生活的。可以作为志愿者在餐厅、医院、无家可归者的收容所、敬老院与急救中心参加工作。这样的经历可能并不迷人，但它一定会令你的写作丰富而有趣。

你还必须培养出强烈的自我意识。写作，如同所有的艺术创作一样，是非常主观的艺术活动。事实上，并非每个人都会喜欢你写的每一件事。随之而来的批评有时准确有效，有时却可能荒唐愚蠢。无论如何，它都会让你不舒服。当你辛苦完成一部剧本，要有去敲100扇门的心理准备，而且门内的人可能并不欣赏你的作品，还会咄咄逼人地挑衅。因此，你必须坚定地相信自己，相信自己的天赋与付出总会有回报。你必须在每次遭受打击之后能够迅速满血复活，放下别人的评判，重新振作精神，鼓起勇气和信心接着去敲下一扇门。

你不仅要怀有对成功的渴望，还要时时提醒自己不忘初心。一旦你获得了某种成就，电视编剧这份工作就变得十分有趣起来，周围的人们的态度也会有所转变，赞美与表扬的声音也会随之多起来。但是，不论别人说什么、做什么，你必须牢记的是，它毕竟只是娱乐。第二课：电视编剧几乎不可能像治愈癌症或拯救世界这类事情那么高尚。

也许你会害怕或者疑惑，不知道自己是否真的能做到。对于这一点，我也不能肯定，我只能说，除非亲身投入其中，否则你也不能确定。

当我被聘为《查理当值》的某集编剧一周之后，我碰到了比尔·格里尔（Bill Greer），他是节目制片总监与首席编剧。耀眼的加州阳光洒在环球影业的咖啡厅，他问我剧本写得怎么样。"不错！"我回答说。希望他没有注意到我的鼻子开始变长。事实是，七天过去了，我的进度还停留在第一页。我的黑暗时刻来临了，缺乏自信与对于失败的恐惧，令我灰心丧气。

"我希望我能胜任，"我记得自己喃喃自语道，"我好像从未写过任何东西一样。"

格里尔似乎感知到我的恐惧，他平静地拥抱我，微笑着安慰我说："莎士比亚也有过这样的时刻……谁没有第一次呢？"

目录

第一部分	好莱坞工作流程	1
第1章	电视工业概要	3
	喜新厌旧	3
	抓住重点	6
	何为娱乐产业	7
	何谓"收视普查月"	8
	专职创作和自由创作	8
	你必须住在洛杉矶吗	9
第2章	电视产业概要	11
	为现有节目创作是第一步	11
	什么是待售剧本	11
	选择哪一个剧本待售	12
	写作之前,先研究细节	14
	找到剧本样本	14
	剧本无人问津的原因	15
	不要为一次失败而沮丧	16
	开动时间到	17
第3章	阅读脚本	19
	公告天下	19
	初次面试	20
	推介邀约	21
	购买故事后会怎样	22

　　　　　你愿意写电视剧吗 23

　　　　　他们不会剽窃你的创意 23

　　　　　你的稿酬及何时得到稿酬 24

　　　　　你的前途在哪里 24

第二部分　喜剧 25

第 4 章　情景喜剧 27

　　　　　喜剧写作的必要条件 27

　　　　　幽默感清单 28

　　　　　情景喜剧编剧如何工作 29

　　　　　编剧团队的组成 29

　　　　　多镜头喜剧与单镜头喜剧 31

　　　　　情景喜剧编剧的一周日志 33

　　　　　自由编剧如何融入 36

第 5 章　开发故事 37

　　　　　入门 37

　　　　　好故事的重要性 38

　　　　　如何写出原创故事 38

　　　　　为现有节目写原创故事 39

　　　　　研究起来 40

　　　　　打破创作困境 41

　　　　　远离这些故事 42

　　　　　确认内容为原创 43

　　　　　喜剧动作 43

　　　　　视觉笑点 44

　　　　　A 故事，B 故事，偶尔 C 故事和 D 故事 44

　　　　　冲突为王 45

　　　　　牢记为谁而创作 45

　　　　　得到反馈 46

　　　　　故事清单 46

第 6 章　情景喜剧的结构 47

　　　　　故事结构的重要性 47

　　　　　经典双幕结构与现代三幕结构 47

　　　　　冷开场 48

　　　　　尾声 49

　　　　　重大喜剧场面 49

创造反转 50

连续笑料 50

无敌情景喜剧结构 50

结构样本 52

故事结构检查表 53

第7章   情景喜剧故事大纲   55

为何要划分为幕和场 55

完美大纲如何完成 56

良好的写作基础才是关键 56

关于格式 57

故事大纲有多长 57

只需列出何时发生何事 58

抛弃被动语态 58

抛弃"我们" 58

情景喜剧的大纲案例 59

其他要求 61

多镜头节目的格式差异 62

大声朗读 63

修改大纲 63

故事大纲清单 63

第8章   撰写情景喜剧   65

剧本格式 65

初稿与拍摄剧本的区别 65

单镜头剧本格式 66

多镜头剧本格式 70

关于封面 79

场景写作的顺序 80

每页几个笑料 80

成功设计笑料 81

高明笑料笑声更大 81

笑料从哪里来 82

融入普遍幽默 82

避免"无礼"笑料 83

远离时事话题 83

喜剧的三步魅力 84

重复的韵律 84

　　　　　使人物行为与其性格相反　　　　　　　　　　84

　　　　　观众的优势视角　　　　　　　　　　　　　　85

　　　　　别忘了以爆笑结束　　　　　　　　　　　　　85

　　　　　可怕的润色　　　　　　　　　　　　　　　　85

　　　　　注意节奏　　　　　　　　　　　　　　　　　85

　　　　　删除时间到　　　　　　　　　　　　　　　　86

第9章　　　其他类型喜剧　　　　　　　　　　　　　　87

　　　　　动画创作　　　　　　　　　　　　　　　　　87

　　　　　深夜节目秀写作　　　　　　　　　　　　　　89

　　　　　草图剧本　　　　　　　　　　　　　　　　　90

　　　　　单人喜剧与即兴表演　　　　　　　　　　　　96

第三部分　　黄金档电视剧　　　　　　　　　　　　　　99

第10章　　情节驱动型的电视剧　　　　　　　　　　　101

　　　　　来自新闻头条　　　　　　　　　　　　　　103

　　　　　创造真实世界的重要性　　　　　　　　　　103

　　　　　调查研究：关于警察、律师、医生和其他职业　104

　　　　　大学和学院　　　　　　　　　　　　　　　105

　　　　　美国编剧协会　　　　　　　　　　　　　　105

　　　　　创造有力的主角和反派　　　　　　　　　　106

　　　　　构造冲突和危险　　　　　　　　　　　　　106

　　　　　一小时剧集结构　　　　　　　　　　　　　107

　　　　　有线电视网的剧本有哪些不同　　　　　　　108

　　　　　如何安排情节驱动型的剧本结构　　　　　　108

　　　　　如何用好索引卡　　　　　　　　　　　　　108

　　　　　情节驱动型剧本的待确认事项　　　　　　　109

第11章　　人物驱动型的电视剧　　　　　　　　　　　111

　　　　　一切关乎人物　　　　　　　　　　　　　　111

　　　　　连续剧　　　　　　　　　　　　　　　　　111

　　　　　人物驱动型与情节驱动型的剧本在结构上有何不同　113

　　　　　彩色索引卡的重要性　　　　　　　　　　　113

　　　　　生活里的事不一定都适合写进剧本　　　　　114

　　　　　如何给个人经历赋予戏剧性　　　　　　　　115

　　　　　人物驱动型剧本的待确认事项　　　　　　　117

　　　　　肥皂上的污垢　　　　　　　　　　　　　　117

第12章	黄金时段剧情剧的格式安排	119
	黄金时段剧情剧的样本提纲	119
	黄金时段剧情剧的剧本创作	120
第四部分	**原创电视剧写作**	**133**
第13章	电视试播剧	135
	为什么要写试播剧	135
	试播季的流程	137
	电视网节目时间安排：亦敌亦友	138
	为什么一些有线电视网的时间安排不同	139
第14章	找到创作的前提	141
	电视网想要长青剧/热播剧	141
	了解市场	142
	开发未来趋势	142
	加入你的独特观点	144
	难以完成的任务	145
	有前提和无前提	145
	了解其他人在写什么	146
	试播剧的大纲样本	146
	展现出剧集的未来	147
	无须知道未来发生什么	147
	最初的几页	147
	争取帮助	153
	试播剧写作清单	154
第15章	销售原创构思	155
	伟大的创意	155
	延展和扩充	156
	令人失望的打击	157
	从头再来	158
	适时推介你的构思	158
	推销准备	160
	向制作公司推销	161
	达成协议	162
	确定节目运营官	162
	与节目运营官合作	163
	向电视网推销	164

	重中之重的剧本	166
	"绿灯"还是"红灯"	166
	我的经验教训	166
第五部分	**电视电影创作**	**169**
第16章	电视电影创作	171
	以贺曼频道为标杆	171
	电视电影的目标观众：女性	172
	热门类型分析	173
	请远离的故事类型	174
	进军电视电影行业	175
	改编真实故事	175
	主角对抗反派	176
	如何获得改编权	176
	是否应该写迷你剧	179
	不要把两小时变成四小时	180
	确定结构	180
	适用于剧情片和电视电影的故事	181
	经典三幕结构	181
第六部分	**角色**	**183**
第17章	创造复杂的、令人信服的角色	185
	角色的三个层次	185
	什么是背景故事	186
	基于真实人物的角色	186
	最好的角色不一定是人类	186
	要让观众喜欢你的多个角色	187
	创造持有对立观点的角色	188
	次要角色很重要	190
	如何写好讨人喜欢的"怪咖"角色	191
	角色简历	191
	关于每个人物的19个问题	192
第七部分	**儿童节目市场**	**193**
第18章	儿童节目	195
	儿童节目开发	195
	前提	196

关于人物 197

儿童对话 197

击中笑点 197

儿童节目清单 198

第八部分　对话 **199**

第19章　对话写作：在纸上跳舞 201

最重要的：对话来自人物 201

对话就像打乒乓球 202

提炼人物口头禅 202

多样性对话 202

对话的职业风格 203

粗口和俚语 203

大白话：错! 203

当心称呼 204

保持对话的原动力 204

为何不能用对话来揭示背景故事 204

关于手机的建议 205

角色的特征是否相似 205

对白写作清单 205

第九部分　重写：不可避免的不幸 **207**

第20章　重写 209

个人化的"圆桌阅读会" 209

当修改成为常态 210

新人注意事项 211

第十部分　如何推销喜剧、情节剧与电视电影 **215**

第21章　推销要素 217

谁在会议室 217

别忘了谷歌 218

提前到达 218

衣着得体 219

不断练习 219

气氛控制 220

几个禁区 220

使用记事本 220

察言观色：为何"不行"就是"不行" 221

当故事被修改的时候 221

对于提问，提前准备 222

推销文本留与不留 222

熟能生巧 223

第22章　**为在播节目和电视推销创意** **225**

一次谈几个 225

故事顺序 226

细节的多少 226

推销样本 227

不买怎么办 227

学会尊重 227

第23章　**推销试播剧** **229**

大创意 229

简洁才是法宝 230

建立情感联系 230

核心和灵魂 231

更多的样本剧集 231

像二手车销售一样 231

第十一部分　网络剧写作 **233**

第24章　**网络系列剧写作** **235**

电视系列剧和网络系列剧 236

创作属于你的网络系列剧 236

小处着眼，跳出框框 237

视频集锦的好处 238

第十二部分　真人秀 **239**

第25章　**真人秀写作** **241**

真人秀并不新 241

为何真人秀常青 241

真人秀为何令人迷恋 243

纪录类与游戏类 243

真人秀是制片人的游戏 244

如何为真人秀撰写剧本 244

真人秀的伦理观 245

第十三部分	电视的商业性	247
第26章	经纪人、经理和娱乐律师	249
	为什么需要经纪人	249
	经纪人实际做什么	249
	代理费用有多少	250
	不要付钱请人看你的作品	250
	推荐是最好的选择	250
	编剧为何会保护自己的经纪人	251
	选择适合的经纪人	251
	洛杉矶还是巴尔港？经纪人的位置很重要吗？	252
	接受自由投稿的经纪人	252
	你是否需要经理人	253
	娱乐律师	253
	查询经纪人和经理人	254
	询问信样本：好和坏	255
	确定最终版本	256
	耐心也是美德	256
	不要把剧本传到网上	257
	联系经纪人或经理人之前要做的工作清单	257
第27章	美国编剧工会	259
	美国编剧工会	259
	如何成为会员	259
	工会保障的利益	260
	如何查阅余款	260
	什么是仲裁	260
	万一编剧罢工	261
	如何保护你的作品	261
	其他福利	261
第28章	写作伙伴	263
	需要找个写作伙伴？	263
	合作的好处	263
	对伙伴的事业负责	264
	合作的缺点	264
	如何选择写作伙伴	265

第十四部分	如何迈入职业大门	267
第29章	如何找到一份电视编剧的工作	269
	为什么需要计划（和备用计划）	269
	实习的重要性	269
	广泛联络，聊聊理想	270
	谋生：行业内还是行业外	271
	初级职位入门指南	272
	简历和求职信	272
	如何写简历	273
	简历样本	274
	如何写一封完美的求职信	275
	求职信必备的五个段落	277
	求职信样本	277
	面试所传达的信息	278
	应聘需要时机	278
	尽快投递简历	279
	掌握电话礼仪	279
	记住助理的名字很重要	279
	如何及何时使用语音留言	280
	如何/何时使用电子邮件	281
第30章	面试机会	283
	面试准备	283
	控制面试	284
	信心是关键	284
	感谢信的力量	285
	有用的后续电话	285
	把"不"变成"是"	285
第31章	恭喜得到工作，然后呢	287
	微笑面对工作	287
	抓住每一个机会	288
	找到导师	288
	勇于承担错误	289
	记住目标：制订写作计划并坚持下去	290
	在入门级岗位上待多久	290
	下一步计划	291

第32章　网络的力量 　293

保持联系是第三项工作 　293

定制自己的卡片 　293

多存名片 　293

创建自己的通讯录 　294

节日问候的重要性 　294

如何享用午餐 　294

邀请对象 　295

优先权 　295

如何去寻求帮助 　295

谁来付账 　296

是否需要随身带着剧本 　296

第33章　助你成功的一些事 　297

尽快离开 　297

写作伙伴 　298

怎样找到联系人 　298

参加研讨会 　298

利用科技手段发布你的作品 　299

参加比赛 　299

用天赋帮助别人 　300

学做评论家 　300

坚持是必要的品格 　300

不要放弃 　301

别放弃你想要的 　302

最后的一些提示 　302

其他忠告 　303

中英文词汇对照表 　305

译者后记 　313

第一部分

好莱坞工作流程

第 1 章

电视工业概要

喜新厌旧

官方认为，电视行业进入了一个全新的"黄金时代"。甚至可以说，这是一场革命。随之而来的，是创新与改变，同时还有超乎想象的机遇。

对于编剧和创作者而言，最大的好消息是这个令人兴奋的"黄金时代"完全是关于内容的。电视节目的创作无论是文字还是影像，都像巧克力豆一样令人上瘾。海量的优秀节目处于制作中，如今的人们比以往任何时候都想在这片"蓝海"中分一杯羹。以亚马逊为例，它是世界上最大的在线零售商，也在从事电视剧创作、制作和流媒体业务，这也被视为一股不容忽视的力量而成为头条新闻。那么网飞公司呢？不久前，它还是一家寄资料给我们的小公司。现在，他们的一些剧集如《纸牌屋》（*House of Cards*）和《女子监狱》（*Orange is the New Black*）都成为了最受欢迎的节目。更不用说，网飞还重拍了最受观众喜爱的电视剧《发展受阻》（*Arrested Development*）。更为令人欣慰的是，他们制作的电视剧已经成为国际重大奖项的有力竞争者。可以肯定的是，成功的剧作在这样的宣传与炒作之下，将会有更多所谓的"意外的玩家"投身于电视行业的竞争之中，盼望着将那位名叫"艾美（奖）"的"金发女孩"捧回家。这将会是一件非常好的事情，请相信我。如果有更多的公司参与到生产、制作中来，那么就意味着这个行业需要更多的编剧。

行业巨变的主要的（而非全部）"催化剂"在于技术。很久以前，我们流行看电视——当然是在电视机上看。如今，除了电视机以外，我们经常在智能手机和平板电脑上观看最喜欢的节目。科技不仅改变了我们看电视的方式，也改变了我们什么时候看电视的习惯。曾经的你，如果有一个喜欢的电视节目，必定会受制于网络或有线电视的"安排"。在每周某天的固定时间，你都要坐在电视机前焦急地等待，一个你想看的电视节目。如果错过了时间，那可就惨了，那就得等到它重播的日子，也许明年夏天才能看到。现在，随着科技的发展，DVR（Digital Video Recorder）技术可以随时记录节目并重播，也有了VOD（Video on Demand）视频点播技术。当然也可以登录网飞网站和葫芦网站（Hulu），在周末痛快地观看完整的一部电视剧。你可以随心所欲地按照自己的意愿选择想看的内容，想什么时候看，就什么时候看。

这一切改变彻底颠覆了整个电视产业，驱使从业者重新考虑旧模式，思考其中许多旧的规则是否已经不再适用。传统意义上，广播电视网和有线网络一直是竞争对手，它们之间激烈地争夺着收视份额和热门节目。考虑到这一点，如同网飞和亚马逊这样的制作原创内容的公司，也应该被有线网络视为竞争对手。从某种意义上说，它们才是传统电视公司最有力的竞争对手。同时，网络公司也清楚地认识到流媒体服务的优势在于为节目制造话题以吸引观众，否则它们可能也不会引起关注。创造了巨作《绝命毒师》的文斯·吉利甘可能会告诉你，疯狂地看节目是他的"创作宝典"。还有美国广播公司（ABC）的热播剧《丑闻》（Scandal），第一季的评论还不错，但收视率一般。不久之后，如果收视率还没有起色，这个节目将会被下线，而美国广播公司还是做出了一个聪明之举：8月，第二季开播前，授权网飞公司在网络上播出。瞧！观众果然注意到了这个节目，第二季的收视率上升了不少。因此，当谈到"网飞""亚马逊"和"葫芦"时，广播电视网和有线电视网从来不知是该"皱眉"还是该"微笑"，尽管整体的感觉倾向于这样的一个观点：这些流媒体服务对于行业发展而言，终归是有好处的。

> "这对电视产业大有好处，对内容制作者更是好事，会出现更多的平台和更多的机会。与过去相比，人们可以看到更多、更好的电视节目，我确信这是一件好事。但是，我们也还有很多事情要规范。像我们一样的广播电视公司，看待网飞亦敌亦友。一方面，它从我们这里购买节目内容；另一方面，它与我们争夺观众。竞争对于电视行业而言总是好事。"——道格·赫尔佐格（Doug Herzog），维亚康姆媒体网络娱乐集团（Viacom Media Networks Entertainment Group）总裁

今日的"爱恨情仇"，有可能会成为明日坚定的"婚姻誓言"。对于电影公司、广播电视网、有线电视网来说，让网飞、亚马逊、葫芦网等流媒体服务来创建原创内容，似乎是一件让其无需动脑筋的事情。问题是这些曾经的竞争对手真的会握手言和、并肩合作吗？

> "这种现象肯定会发生。实际上，我们的漫威娱乐公司与美国广播公司近日宣布一项协议，将与网飞公司合作制作4部以上以漫画动画人物为原型的原创剧集，将于2015年在网飞线上播出。此外，福克斯的电视剧《发展受阻》新一季首秀将登录网飞。"——丹·科恩（Dan Cohen），迪士尼/美国广播公司国内付费电视与数字电视频道执行副总裁

科技也使电视产业更加全球化。预计在未来5年内，全球将新增60亿互联网用户，并且这样规模庞大的用户数量很可能保持着一种新常态。这也意味着，写作和节目创意必须具有全球化的视野，你笔下的故事必须是世界性的主题，可以翻译成各种语言，适合世界各地的观众观看。在不远的未来，电视节目的进出口交易将呈现出"高频率"与"常态化"

的特点。如果一个电视节目在一个国家非常火爆，那么无疑会有人取得此节目的版权，并在本土制作、播出，这种节目成功模式的迅速复制，将并不完全是一种个案或者孤例。20世纪70年代，红遍美国的家庭剧《全家福》（All in the Family），正是源于英国电视剧《至死不渝》（Till Death Do Us Part）；热播剧包括《纸牌屋》，也是由同名的英国广播公司迷你剧改编而成；娱乐时间电视网（Showtime）的电视剧《国土安全》（Homeland）则源于以色列连续剧《战俘》（Hatufim）。预计这一趋势将会愈演愈烈。在当今时代，在世界的任何地方都可以掀起一股热潮，只要这个国际节目拥有足够多的观众，并且引起了一些轰动，我们就很有可能在美国看到它的另一个版本。同样地，在美国流行的电视连续剧，也会在全世界销售。任何国家的编剧都有可能受雇来改编那些引起轰动的电视节目，所以编剧要密切关注文化差异。这些电视剧将由输入国的制作公司重新剪辑。当这种情况发生时，美国的版权方通常会派一位有经验的制片人来监督改编，并确保改编后的电视剧忠于原电视节目的最初理念。

节目的编排方式也在变化。在过去，网络公司会根据试播剧本影响力的强弱来订购试播版。如果这部剧在目标观众中表现良好，它将会被续订，并在电视网的档期中占有一席之地。典型的定制数量是再拍12集，总共13集。一旦这部剧播出，如果观众定位准确并且收视率良好，那么它就会得到所谓的"延期订购"，一般为9季，每季总共22集。编剧和制片人会祈祷他们的节目能至少播出5季，甚至更多。如果达到100集或更多，就意味着这部剧可以卖给"辛迪加"（Syndication），而"辛迪加"才是真正赚钱的地方。

虽然大多数电视连续剧仍然在经历这个过程，但潮流可能将会有所改变。事实上，电视网仍然热衷于寻找下一个大热门，比如像《辛普森一家》（The Simpsons）这样的能够经得住时间考验且播出时长达到了几十年的节目。同时，他们也意识到，在今天的市场环境下，出现这样受欢迎的电视连续剧的概率十分渺茫。电视观众群体呈现"碎片化"的特点，有更多节目可供他们选择，所以他们当然也不再像以前那样"忠诚"。当电视还很年轻的年代，比如20世纪80、90年代，全国广播公司（NBC）周四晚上的"必看电视"的那个年代，观众极大地忠诚于他们喜爱的节目。但是如今，由于在"节目越来越多，时间越来越少"的心态伴随下，观众的注意力也不那么集中了。我们也许会几个季都在追踪同一个节目，但是接下来，我们一定想尝试一些不同的、一些我们从来没有看过的节目，我们希望生活有新的发现，我们需要惊叹与刺激。

在如此激烈的竞争之下，一些广播公司和有线电视网络更加注重吸纳人才，只有这样才能保证他们得到更大的订单。面对激烈的竞争，全国广播公司宁愿冒着风险，定制了22集《迈克尔·J.福克斯秀》，这是（至少在当时是）闻所未闻的大订单。类似地，还聘请了蒂娜·菲（Tina Fey）和罗伯特·卡洛特（Robert Carlock）作为制片人，制作13集的新剧《我本坚强》（Tooken）。另外一个趋势是所谓的"10/90"交易。这开始于泰勒·派瑞（Tyler Perry）的《佩恩的房子》（House of Payne）。具体交易为先订制10集，节目完成之后进行播出，如果播出结果相当好，那么就进入下一步——90集订单，甚至达到魔术般的数量100集，这样的结果可以使该节目进入辛迪加模式，使制作者中的每个人变得富有。

　　当然，网飞公司向"媒体权力资本"制作公司承诺投资拍摄两季《纸牌屋》，每季13集，共26集。这些预付订单对于编剧与拍摄者而言，都非常有吸引力。对于他们而言，保证剧本投拍与剧集播出，并有机会成为热播剧，比冒着风险在可能性极低的试播的"泥潭"中徘徊要好得多。

　　当然，这一切的改变对于新晋编剧而言，都是好消息。电视这个行业比以往任何时候都繁荣。这里有更多的原创内容、更多元的播出平台来展示其作品，使其脱颖而出。然而，随着所有这些剧变，有一点十分重要：有些原则并没有改变。电视剧的写作方法仍然与过去一样。要想进入这个行业，还是要做好自己该做的功课。在任何人聘请你作为编剧之前，你必须证明自己会写作且写得不错。因此你必须每天坚持写作，创造一定的稳定、出色的素材。也许，最重要的是，你必须拥有一种新鲜、原创的声音，以在所有嘈杂之声之中脱颖而出。

抓住重点

　　对于你的职业生涯而言，理解"什么是驱动电视行业发展的动力"与"撰写一份扎实的剧本"几乎同等重要。如同保险推销员站在饮水机旁高谈阔论州立新规定一样，同样地，身为一名编剧，你必须对娱乐业有所了解，必须有丰富的知识，包括电视工业过去以及现在的发展状况，也许最重要的还有它未来的发展趋势。任何一天，像哪些节日热门、哪些节目不热门、制作人是谁、从哪里来（即原来做过哪些节目）等这些话题，你应该像说第二语言一样脱口而出。

　　站在这样不断变换的图景的顶端，对每个人而言都是一种极大的挑战。保持与时俱进的最好、最简单的方法是定期阅读《好莱坞头条》（Deadline Hollywood）。实际上，仅仅阅读是不够的，还要注册邮件提醒。几乎每一位——上至最有经验的专业人士，下至新入行的实习生——都会阅读网站上刊出的行业新闻，当然你也应该如此。它就像娱乐产业的美国有线电视新闻网（CNN），在这里你可以找到这个行业最新的突发新闻与信息。当然在这里你也可以发现一些珍贵的信息，比如最新达成的产品交易、被续订的电视节目、被取消的电视节目、谁起诉了谁及纠纷的原因、电视收视率以及成百上千的其他重要信息，这些信息可以帮助你随时了解行业的情况。类似的网站还有"新闻娱乐包"等。如果可以负担得起，你还可以长期订阅一些行业杂志，比如《综艺》（Variety）与《好莱坞报道》（The Hollywood Reporter）。在这个行业中，最精明的人是那些在任何特定时刻知道发生了什么的人。但如果这些信息就在你的"指尖"，你就没有理由不知情。最尴尬的情况是发现自己置身于一群业内人士之中，而你却无法融入他们的圈子，因为你根本不知道他们在说些什么。

　　你也应该养成阅读《洛杉矶时报》（L.A. Times）和《纽约时报》（N.Y. Times）的习惯，因为这些报纸的某些版面，如艺术和娱乐版经常会刊登有关行业的新闻。当然如果你有兴趣，也可以看看《华尔街日报》（The Wall Street Journal），正所谓"知识就是力量"。如果你立志成为一名电视编剧，当然不能活在象牙塔中，你必须及时更新行业内最新发生的新闻，即使是那些微不足道的事件。

同样重要的是，你要知道世界上正在发生什么大事。因此每天早晨，吃早餐时你要收看当地新闻，晚餐时也要抓紧用半小时的时间来浏览网络新闻。电视是真实社会的映像，也是我们生活方式的写照。作为一个编剧，真正的成功不仅在于了解你所身处的世界发生了什么大事，还需要对它有自己的理解与看法。好的剧本必须拥有明确的观点。退一步讲，无论如何你也不可能对一无所知的事情形成观点。

不仅如此，时时关注时事的另一个重要原因是：你可以随时与业内人士进行明智的对话。你可以去试试。那些想要成为编剧的年轻人中，有人常常对此存在着巨大的误解，他们认为娱乐圈的人都是一群见识浅薄、不大聪明的人，似乎整天只会坐在那里涂抹防晒霜和给冲浪板打蜡。我向你保证——事实恰恰相反。每个行业都会有一无所知的人，但据我所知，在娱乐圈工作的大多数人是极其聪明的。他们随时知晓世界上正发生的各种新闻，他们熟悉美国国会议员与参议员的姓名，甚至可以联系到他们。你呢？如果不能的话，现在就开始行动吧！

> "在好莱坞……应该尽可能多地找机会参加聚会和活动。还有，要通过《综艺》或《好莱坞报道》获悉行业交易信息，要了解这些商业行为的细节，并记住这些人的名字，因为他们有可能是参加聚会和活动中的某人，用你从这些交易中获得的知识和他们交谈，赞美他们，那么他们一定会欣赏你，记住你，甚至有可能雇用你。哦，如果此时你手头已经有一两个已完成或即将完成的剧本，当然可以抓住时机发送给他们。"——艾美奖得主约翰·弗林克（John Frink），《辛普森一家》执行制片人

何为娱乐产业

大多数编剧会告诉你，如今的娱乐产业大约由30%的"节目"和70%的"商业"组成，如同全球范围内的其他大公司一样，制片厂和电视网的存在只有一个原因——盈利。福特公司通过销售汽车盈利，可口可乐通过售卖饮料盈利，同样，制片厂与电视网通过销售电视节目盈利。盈利来自广告收入。制作薯片、酸奶、卫生纸等产品的公司会付钱购买电视节目的广告时段。传统意义上，收视率越高的节目，其时段的广告价格越高，因为这个时段的广告会吸引更多的目标人群。这就是众所周知的"超级碗"天价广告形成的原因。

电视收视率被称为"尼尔森收视率"，因为尼尔森是第一家收集美国观众观看电视习惯的重要数据，也是电视行业认可的公司。它密切关注18岁～49岁人群的观看习惯，从统计学来看，这个年龄段的观众正是广告商最喜欢的人群。同时，因为技术改变了我们看电视的时间和方式，要精确地得到"谁""什么时间"看"什么节目"的数据比以前复杂得多。今天，人们可以把节目录下来几天之后再看。从技术上讲，这些节目是有观众收看

的，但如何统计它们呢？截至目前，如果该节目在播出后7日之内被收看，那么DVR的收视率就很重要。最近，尼尔森已经开始统计观众在移动设备上观看的节目数据。这一点也非常重要，因为这将更准确地描述人们实际在观看什么。在很大程度上有一条不变的原则，那就是如果一个节目长期处于低收视率状态，那么它就会停播。

没有人可以例外，包括那些由强大背景支持的大制片厂所支持的节目也无一例外。以《发展受阻》为例，由想象娱乐公司（由奥斯卡奖得主朗·霍华德投资）制作出品，该节目播出以来，赢得大批粉丝关注，获得评论界的一致好评并获得艾美奖，其中包括最高荣誉——最佳喜剧奖。遗憾的是，《发展受阻》名声虽大，收视率却乏善可陈，最终被福克斯残忍下线。正如前文所述，从电视网下线的节目，如《发展受阻》却在网飞公司开启了新征程。当然，也有一些电视网不会像过去一样果断地对那些收视不佳的节目快速地按下"下线"按钮。如果电视网总裁认为，一个节目潜在的观众群比"尼尔森收视率"所反映的数字更高的话，该节目可能也不会像过去一样快速地被砍掉。

何谓"收视普查月"

"收视普查月"（Television Sweeps）是电视网设置广告费率的黄金时段。一般为11月、2月、5月和7月。你可能会注意到，节目在这些月份往往格外精彩。因为有那么多资金，各大电视网会想尽一切手段吸引观众。在收视普查月，你可能会看到整季最精彩的电视节目，几乎很少是重播的节目。

传统意义上，在这期间大多数所谓的"大场面"都会在电视上播出。根据不同节目，角色有可能第一次接吻、结婚、生子、或是遇到生命危险。从经济角度来考量，"收视普查月"对于电视网与制片厂至关重要，以至于在此期间的节目总是由同一个编剧来写。

专职创作和自由创作

有剧本的电视节目均有专职的创作团队。这些职业编剧周一至周五上班，与律师或股票经纪人的上班时间基本一致。每个节目编剧人数各不相同，这取决于节目预算。除了职业编剧，整个播出季中，大多数节目都会把剧本外包给自由编剧。与职业编剧不同，自由编剧（也被称为"外部编剧"）没有办公室，也没有固定的工资。相反，他们按剧本收费。大多数人刚入行时都是自由编剧，当他们完成作品并积累起专业的写作信用之后，他们（如果运气足够好）最终会得到一份全职写作的工作。在节目中写作绝非易事，编剧的工作常被认为是轻松的，因为他们工资高且会有额外的福利。出于这个原因，从事写作的工作竞争非常激烈，不幸的是，优秀编剧的人数远远不够。

"在工作中有很多有趣的事情。你整天与一群聪明、有趣的人在一起工作。可以开玩笑，可以讲毫无意义的故事，甚至可以涂鸦，还会有人带来享用不尽的免费零食。这样的生活很容易忽视一个事实，那就是职业编剧可能并不是标准的'朝九晚五'的工作类型，但它确实是一份工作。执行制片人总是承受着巨大的压力，他们想尽办法让节目处于正常运行的状态。因此，在保持以上所有乐趣的同时，你还必须保持专注。你必须专业且永远不要脱离现实，你存在的价值就在于为节目组做贡献，使每件事运行正常。"——曼尼·巴萨尼斯，《史蒂夫·哈维秀》（*The Steve Harvey Show*）联合执行制片人，《韦恩斯兄弟》（*The Wayans Brothers*）联合制片人

你必须住在洛杉矶吗

如果你为电视剧写剧本，那么毫无疑问，你绝对需要居住于洛杉矶地区。这里是电视业务的核心区域。如果你想得到一份职业编剧的工作，上班地点很有可能是位于洛杉矶附近的制片厂或公司。同样，大多数电视剧都在洛杉矶制作、生产。即使少数电视剧在纽约拍摄，它们的制片公司仍然设在洛杉矶总部，而职业编剧经纪人当然也来自洛杉矶总部。更不用说，大多数电视连续剧都是在洛杉矶完成的。从数据来看，在洛杉矶找到编剧工作的可能性比在纽约要高得多。

"不要期待你在黎巴嫩或者新罕布什尔州能够出人头地。离开你的一亩三分地，赶紧来这里吧！"——艾美奖得主，杰伊·雷诺（Jay Leno），喜剧演员，《杰伊·雷诺今夜秀》（*The Tonight Show with Jay Leno*）前主持人

你也会发现，大多数经纪人都不愿意聘用那些居住地不是南加利福尼亚的新人。原因在于，被录用之前，你必须有灵活的时间与制片人和管理层见面，通常这些面试安排得很快。当然也有许多编剧自欺欺人地认为，他们可以在艾奥瓦州的农场里写电视剧本，然后找艾奥瓦州的经纪人，必要时就坐飞机前往会面。如果有这样的想法，那就太不切实际啦！一旦你进入了职业写作领域，你所面对的竞争者不仅有"菜鸟"新手，而且还包括制片公司的那些已经小有名气的编剧。为何这些合格的编剧近在咫尺，制作公司与工作室还要等待一个能力未经证实的人麻烦地登上飞机前来见面呢？答案是他们不会。

如果真的想为电视剧写作，那么你应该尽快地搬到洛杉矶。尽可能地离这个行业近一些，那么你就可以打开大门，建立联系，尽早卖出第一个剧本。

　　"如果计划以写作为职业，那么进入好莱坞总是正确的选择，让自己浸泡在编剧圈子里，不仅增加了与同行交流的机会，更是一种巧妙的联络感情的方式。即使身处好莱坞圈子的最外围，或者仅仅是临时帮忙和无薪的实习机会，好莱坞的氛围都很强大！耳濡目染的经验可以让你获得更多。接下来，圈子里的人们会逐渐了解你，你也会得到一些带薪的写作机会——这意味着片方会付出一定薪水让你来写作，你可以利用这些机会一步步地磨炼自己的技艺。"——迈克尔·阿佐利诺（Michael Azzolino），杰里·布鲁克海默电视制作公司（Jerry Bruckheimer Television）高级副总裁，《人质》（*Hostages*）制片人

第 2 章

电视产业概要

"要了解这个行业，而非只学习技巧。"——肖恩·巴克利（Sean Barclay），格什局（The Gersh Agency）经纪人

为现有节目创作是第一步

有一点你要明白，没有人仅仅因为你想成为一名编剧而雇用你。与任何事情一样，为了得到工作，你必须证明自己能够胜任这项工作。好莱坞工会林立，这种状况使得成本激增。为了降低成本，拍摄计划通常非常紧凑，实际拍摄时剧本的改动很少，几乎没有改正错误的时机。如果一个脚本在未准备好的情况下就投入拍摄，那么延迟的成本可能会是"天文数字"。因此，大多数制片人不会把写作任务分派给没有经验的编剧，当然更不会交给那些不确定能否定时、定量地完成剧本的新手。那么，如果你是一名没有任何行业经验的新手，如何向制片人证明你的能力呢？答案是写出"待售"剧本。电视行业中，这是成为职业编剧的第一步。

"尽量多写。要写大量的剧本，待售剧本、试播剧本、故事梗概等任何形式的都可以。因为尝试本身就意味着时刻准备迎接好运气，当好运来临，有人推荐你去面试时，你就需要好好准备了。我认识很多有趣的人，我也愿意推荐他们，但是他们手头没有一个剧本，就这样遗憾地失去了面试的机会。"——哈里斯·惠泰尔斯（Harris Wittels），《公园与游憩》（Parks and Recreation）联合执行制片人，《体育老师笑传》（Eastbound and Down）制片顾问，《莎拉·丝沃曼栏目》（The Sarah Silverman Program）编剧

什么是待售剧本

简单地说，待售剧本是剧本的一种样式，它没有报酬，如果写得好，它会成为你的职

业"敲门砖"，为你带来工作机会。你可以把待售剧本看作编剧的名片。如同演员、模特们发照片以期望得到演出机会，同样地，你也可以借助待售剧本找到编剧的工作。

第一步，找一部在播节目，为它续写一集故事梗概。为什么要选择在播节目，而不是试播剧剧本呢？原因有两个方面：一方面，故事梗概比写试播剧的剧本更容易，它只需要故事背景、角色、人物对话和人物关系就足够；另一方面，你只需向制片人证明，自己有足够实力撰写故事即可，毕竟这才是你真正要做的。理想情况下，故事梗概应该包括剧中所有主要角色，并且尽可能多地利用该节目的常规布景。一旦写出这样的故事，那么就可以证明你完全有能力从头到尾写出一部电视剧。当然，我们的目标是拥有最终产品，它可以反映出该节目播出时的剧本实际情况。

> "深入了解媒体，观察行业内重大事件。挑选一部创造力十足、运行良好的'扛鼎之作'。收视率不必最高，但需是广受业内人士关注与尊重的作品。永远不要说'我不喜欢看电视'，因为那就像银行家说他不喜欢数钱一样。"——杰夫·埃克勒（Jeff Eckerle），《弑者诛心》（*Those Who Kill*）制片顾问，《法律与秩序：特殊受害者》（*Law and Order: Special Victims Unit*）制片总监

选择哪一个剧本待售

在开始行动之前，你一定要先选好哪个剧本用于待售，最好的办法是对自己长期的职业目标进行一次全面的审视。仔细想想自己在电视行业中的定位以及如何达到目标，为有助于达到心理预期，你应该首先想想自己想要成为一个什么样的人。你是不是言谈幽默，常常引人发笑？还是你更有戏剧天赋？如果你倾向于看更多的戏剧而不是喜剧，你可能会更愿意写一个小时的戏剧，而不是一个充满笑话的情景剧。但是你认为哪种剧集最吸引人呢？是引人入胜的机智推理剧，如《犯罪心理》（*Criminal Minds*）？还是款款深情的有众多人物的剧情剧，比如《唐顿庄园》（*Downton Abbey*）？通过写作某种类型剧本，你会产生一种真实的原动力，不再摇摆，一直向前，最终创作出一部出色的剧本。

电视连续剧创作，也分为喜剧编剧与剧情剧编剧。大多数人只会选择其一，而非在二者之间摇摆，因此，你要提前决定自己是要写喜剧还是剧情剧的剧本。这样经纪人才可以根据市场规律找到推销模式。一旦投身编剧行业，你也将会看到这个行业的分工极其明晰。

喜剧还是剧情剧？在做出决定之后，就到了下一步：选择哪一部剧来做待售剧本。选择一个对你最有利的节目，当然应该着重考虑以下原则。首先，必须是在黄金档播出的节目，不要被那些已下线或者修改后重新上线的节目蒙蔽了双眼。我已经记不得有多少次听人说："我只看《宋飞正传》（*Seinfeld*），那才是我想写的剧本。"我的答案是：如果你想成为一名电视编剧，你必须经常看电视——是的，这意味着你要看远远不止一个电视节目。再者，为下线的节目写剧本，那简直是对时间的极大浪费。一旦节目下线，很快就会

成为明日黄花。制片人再不会看有关它的任何剧本，经纪人更不会推荐。所以，一定要为在播节目写作，这样才可以证明你是与时俱进的。

当然，凡事都有例外。如果你对于一个已经停播的节目有惊艳且独特的想法，也可以考虑为它写作，毕竟它是你的思想火花，可以全心全意地投入。这方面的例子也是有的。不久前，麦克斯·马奇尼克（Max Mutchnick）在他的母校艾默生学院进行了一次演讲，众所周知，麦克斯是久负盛名的情景喜剧《威尔和格蕾丝》（*Will & Grace*）的编剧者之一。剧本的新主题出现了：麦克斯说他很想看到有人写一集《我爱露西》（*I love Lucy*），故事情节设置在现在，而非20世纪50年代。这不奇怪，这是个好主意。如果露西和埃塞尔拥有智能手机和计算机，那么想象一下她们会遭遇多少麻烦。她们可以打字、录音、追踪名人、编辑网络视频、网上购物……所以，假设你是经纪人或制片人，有这样一份待售剧本在你的办公桌上。剧本写得好，你肯定会急迫地想见到编剧本人。原因何在？因为这位编剧跳出了思维定式，写下了一些有趣而新颖的东西。不过请记住，我并不鼓励为已停播的节目写作。重点在于，如果你为一个已停播的节目创作出真正的"革命性转折"，那么请继续下去。我想说的是，如果你对一个被取消的节目有真正的创意，那就一定要去做。顺便说一下，不要写《我爱露西》这个版本，它属于麦克斯。你需要创造出更独特的想法——属于你自己的那一个想法。当我们在讨论这个问题的时候，前提是无论你选择写什么，都需要一个伟大的创意来实现和表达，并使它脱颖而出（稍后我们将深入研究这一部分）。

做出决定为哪部剧写剧本之后，动笔之前，你还需要关注一件事：仔细研究此剧的收视率变化情况。虽然不一定要知道某个节目是否会在新的一季中出现，但你通常可以做出一个有根据的猜测。如果它的收视率存在问题，那么就避开它。正如你即将发现的那样，剧本写作需要花费大量的时间和精力。最令人崩溃的事情就是一直努力写作的剧本完成后，节目被取消了，意味着你必须从头再来一遍。如果可以找到一个生命力比较长久的节目，那就更好了。只要这个节目在播，你写的剧本就可以持续寄出。虽然这种情况并不常见，有一些节目——通常是收视率很高的节目——电视网会提前一年或更长时间提出预订计划。对于待售剧本而言，这往往是非常难得的机会，至少可以有几季的节目样本可以去临摹写作。

如果你打算为一档全新的节目写剧本，就应该了解它的风险。节目第一季经常处于对自我定位与人物身份的辨识过程中。随着编剧和制片人的不断深入，剧本中的人物角色定位与性格发展可能也会有所转变。另外，如果这个节目不是一炮而红，其他制作人一般对它也不会太熟悉，这对你的剧本阅读而言可能是个问题，应该尽量避免类似原因而影响剧本阅读的节目。为了评估你的剧本和写作能力，制片人必须对节目内容和角色有一个大致的了解才行。

每一季都有几部突破性的节目成为热门，我通常称之为"短暂的时髦"。这些节目会成为编剧们追捧模仿的对象，当然从技术上来看模仿热门节目来写你的剧本是可行的，但我却认为这种做法会令你处于劣势。比如你决定写《摩登家庭》（*Modern Family*），它恰好是每个编剧都在模仿的范本之一。当你把这样的剧本发给经纪人，他可能会带回家，在周末阅读包括你的剧本在内的10个脚本。如果这10本中有6本都是《摩登家庭》题材，他怎么可能在下周一还记得你的剧本呢？相反地，如果有6个《摩登家庭》的剧本，而你写了一部吸引眼球的《开心汉堡店》（Bob's Burgers），那么你的剧本将更有可能脱颖而出。

> "无论谁（策划人、经纪人、助理）在看剧本，好的喜剧都应该尽量简单和有趣，业内人士毫无疑问地都看过成百上千部剧本，只要一眼就可以预测一个剧本的下一个情节是什么。如果你能写出一些与众不同的、读起来有趣且令人愉快的，那么你就已经占有了绝对优势。"——马特·富斯菲尔德（Matt Fusfeld），《杰茜驾到》（New Girl）制片总监，《废柴联盟》联合制片人，《美国老爹》（American Dad）编剧

当经纪人把你的剧本送给制片人审读时，情况也是如此。制片人对于一遍又一遍地看同一个节目的剧本产生了疲倦心理。通常情况下，非"短暂的时髦"的剧本最终会引起制片人的注意。

请注意，无论选择哪种类型的剧本，都不能保证你最终能为那部电视剧写剧本。我曾关注和写过《拖家带口》（Married with Children）的待售剧本，写作过程既美妙又令人烦躁，非常有趣。然而具有讽刺意味的是，在电视剧舞台上我只能去写和谐美满的节目情节。想想看吧！

写作之前，先研究细节

在你潜心创作或者为待售剧本构思前，你必须一遍又一遍地观看这部节目。实际上，为一个只看过一两次的节目撰写剧本几乎是不可能的。如果可能的话，你应该每周把节目录下来，反复观看，倾听人物的对话。例如他们对话的节奏是什么？他们是什么样的人？他们看重什么？此外，要留意布景。哪些是每周都使用的？哪些是最常用的？你会很惊讶地发现，只看过一期节目会错过多少细节！这些看似微不足道的细节都将成为你写作时的重点。

> "新手编剧的关键在于创作出一部伟大的剧本。挑一部你喜欢的节目，花点时间去研究它。一遍又一遍地观看，直到你深悟角色之间的对话。"——艾美奖提名者马克·沃伦，《欢乐满屋》（Full House）、《天才魔女》（That's So Raven）、《乔纳斯兄弟》（Jonas）、《欢乐道场》（Kickin'It）执行制片人

找到剧本样本

除了录下你要写的节目并反复观看之外，另外一个诀窍就是，着手找到一份纸质版的

节目脚本。这样做有很多好处，最重要的是你要写的脚本与节目本身的剧本是很相似的。写剧本就是要把一切都做好，所以有一份现成的样本来参考是非常有帮助的，一些小细节也许会成为你创作的关键点。让我们以《摩登家庭》为例，你能凭着记忆随口说出在丹佛家，制片人所做的布景是"客厅"还是"家庭活动室"吗？他们如何写所谓的"访谈"？丹佛夫人的名字怎么拼？是"Claire"还是"Clare"？我猜你一定回答不了吧？作为观众，这些细节无关紧要。然而，当涉及实际的剧本创作时，必须百分之百正确。我可以保证，你在写作的时候一定会遇到一些不确定之处。如果能有一份剧本样本在手边，将大大解决这些问题。

此外，剧本样本的重要性还体现在格式上。例如那些已经完成的剧本都会有一些总体上的规则，每一部剧也都有属于自己的一套规则，并且这些规则都非常地细致。通过研读这样的剧本，你可以清晰地看出编剧们是如何处理各种细节的。

在洛杉矶，你可以去美国作家协会玛格丽特·赫里克图书馆翻阅剧本。那里有海量的剧本且分类清晰。虽然剧本不外借，但你可以在图书馆里阅读。或者，如果你认识某些业内人士，也可以求助于他们，找到你想要的剧本。如果还是找不到，那么就尝试着找一部与它类似的节目吧！虽然同类节目不能提供上文所提到的那些细节信息，至少它会是很好的剧本格式指南。所以，假设你正在撰写一部时长一小时的剧本。那么，选择《罪恶黑名单》（*The Blacklist*）或《犯罪现场调查》的脚本比《辛普森一家》的更好。

也有一些地方出售在播剧的脚本。但要警惕，这极有可能是非法售卖，违反了版权法。作为一个即将从事职业编剧的人，千万不要有任何违反版权法的行为，那不是小错。当然，也不要下载来自互联网站上的剧本。除了有违法的隐患之外，更无从知晓作者是谁，或是人物的某些细节从何而来。我会在电视写作课上，一再提醒学生们注意下载剧本的危险性，也会不厌其烦地提示他们，将来审读剧本的人都有一双训练有素的眼睛，即使是细微的错误也能在一瞬间被发现。然而毫无疑问地，每个学期都会一两个学生不听劝告。当学期结束检查他们交上来的剧本作业时，我很快就会发现有些学生的剧本格式漏洞很多。自然，如果追问下去，他们会承认模板来自网络下载。请不要陷入这种死循环中。相信我，使用格式不当的剧本，意味着作为编剧的你是找不到工作的。

剧本无人问津的原因

一旦写完待售剧本，编剧经常会产生超强的成就感，他们会兴奋地立即把剧本装进包裹寄出去，以此结束这段工作。我不想给任何人泼冷水，但冷酷的现实是没有人会在意这种剧本。理由如下：第一，法律层面上，电影公司、广播网、制片公司会因担心被起诉而不接受自由投稿剧本。这很容易理解，想象一下，如果大门敞开，任何人都可以提交剧本，情况会如何？举个例子，如果一个不知名编剧寄来《辛普森一家》的一集剧本，主要故事情节是霍默带着巴特去看牙医。为了便于讨论，假设他的剧本寄给了《辛普森一家》的编剧团队，请他们来审读。假设剧本写得不好，格式也不规范，情节也乏善可陈，制片人把它丢到了一边。几年后，编剧们在剧本中设计了一个场景，玛姬告诉霍默，她会在看牙医之后与他一起吃晚餐。突然，那位不知名的编剧跳出来，声称整个牙医故事的创意属于他，并且要连带起诉福克斯公司！这些昂贵而荒谬的诉讼每天都会发生，每个节目都会碰到。电影公司每年将需要花费数亿美元来保证自己免受这些毫无根据的指控。因此，规则就是节目不接受非定制剧本。如果你未经经纪人、经理或娱乐律师之手而直接寄出剧本，只可能接到来自制片方法律部门的一纸声明：作品未经审读，退回本人。

第二，假设你写了一集《广告狂人》。如果你是编剧兼制作人马休·韦纳——或是《广告狂人》编剧团队的任何一位——你对每个人物都了如指掌。人物之间的对话日复一日地在你的大脑中回荡，以至于每当凌晨时分，你只能祈求他们安静一会儿，这样你就可以睡觉。你熟知剧中的每一个人物过往，对每一个小细节如数家珍，因为它们源于你的创作。但如果是一名自由撰稿人，无论你在写剧本之前对作品研读过多少遍，也难免与编剧和制片人的心路轨迹存在着差别。所以，如果你写一集《广告狂人》剧本，有可能通篇各处都会存在着稍微偏离原作的细节，可能是一个次要故事或次要人物，也可能是人物对话不符合人物性格。经纪人把你写的这一集剧本发送给《广告狂人》编剧团队时，他们肯定会立刻发现剧本中的瑕疵，并断定你不了解他们的节目。

另一方面，当经纪人拿着一份与《广告狂人》相似的剧本，送到《傲骨贤妻》（*The Good Wife*）或《国土安全》编剧组，他们也许看不出细节问题，因为他们都在忙于写作和制作自己的节目。他们也许会观看《广告狂人》，但作为观众，他们与你一样，不大可能会反复地看，所以剧本中的一点小问题通常不会被另外剧组的创作人员留意到。

虽然大多数经纪人愿意将你的待售剧本发送到对应的节目组，但他们通常不会抱太高的期望，你也同样。实际上完全可以将作品提交给其他更多栏目组。如果这个剧本非常出色，你就一定有机会被录用。归根结底，被录用才是你的目的。

> "永远不要为那些准备拍摄的节目写作待售剧本。一定不要！因为这不是你的理想，也不是待售剧本应该做的。为那些已经开拍的节目写作吧！你要比当前节目的剧本写得更好。当然也可以为持续开播多年的节目写作，这样就不必写作其他愚蠢的剧本了。"——艾美奖得主，约翰·弗林克，《辛普森一家》执行制片人

不要为一次失败而沮丧

当你写作完成，并修饰、打磨过第一个待售脚本之后，此时的你还不能放松心情静候佳音。我能告诉你的只有——现在开始写作第二个剧本吧！大多数经纪人都希望在签约之前，至少看到两个已完成的剧本。这听起来似乎令人难以置信，但经纪人似乎都认为一个新手如果写出一个好剧本，可能纯属侥幸。因此在与你签约之前，他们要确保你是一位能够始终如

一、不停地写出好剧本的创作者。通常需要至少两部作品来证明你具备这种能力。

另一个原因就是有些制片人相当挑剔。电视行业的制片人对节目都会有明确的喜恶，编剧只能提供他们喜欢的内容才可能被肯定。如果你只有一部唯一的待售剧本《行尸走肉》（*The Walking Dead*），而制片人恰恰特别厌恶这部剧，那么即使你写出了最出色的故事，机会仍然不会属于你。因此，为你的经纪人提供两种选择绝对是明智之举。

既然已经写过一个在播节目的待售剧本，那么我的建议是，接下来第二个剧本可以尝试试播剧（详见第13章）。原创内容创作是一名编剧大放异彩的绝佳机会，它不仅可以全方位地展示你的写作才华，而且可以清晰而明确地表达自己的思想。你可以重新制定规则，注入创新或前卫的思考。此外，剧本经纪人也极力鼓励编剧从事原创题材的写作，高管与制片人也常常督促编剧这样做。

写作试播剧时，建议你选择一些不同于之前作品的类型，用以证明你是一位有着巨大潜力与开发空间的编剧，作品可以覆盖多种类型。如果你是喜剧编剧，已经创作出一些传统的多机位情景喜剧，如《生活大爆炸》（*The BigBang Theory*），那么你可以写一部单机摄影喜剧或者动画片。同样地，如果你创作过剧情剧，第一部待售剧本是人物驱动的节目，如《傲骨贤妻》，那么可以考虑尝试一下场景驱动的节目，如《犯罪现场调查》。目的在于证明自己多才多艺——任何类型的节目都可胜任。

虽说我建议完成两部剧本用以吸引经纪人，但事实上，你需要一部接一部地、持续地创作，直到被录用那一天。勤奋的编剧不会止步于两部作品，他们应该每天坚持写作，以保证自己拥有充足的、多种多样风格的、令人印象深刻的代表作品集。

可以保证的是，如果你真的致力于电视写作事业，每天持续地写作，这不仅不会浪费你的时间，而且会使你有很多素材可以展示，你会发现这些素材在不断丰富的同时，也会变得越来越有用处。写作就像生活中的大多数工作一样，付出越多，收获越大。

开动时间到

如果你已经完成了两部喜剧剧本或者剧情剧剧本，接下来的选择是，创作另外一种不同类型的作品。也就是说，如果你决定在已有两部完成作品的基础上继续写喜剧，那么，我建议你再写一部剧情剧，随身携带。原因是：大多数情况下，喜剧制片人都不会阅读剧情剧的待售剧本，反之亦然。在这一行之中，你很快就会明白，喜剧与剧情剧，它们的运作方式完全不同。因此，一个领域的制片人很难准确地判断另外一个领域的作品是否适合拍摄。为了保证不错失任何机会，至少再准备一部不同类型的剧本将会是明智之举。

至此，你应该了解电视行业的运作方式，是时候开始写作了。机会来临时，你必须做好准备。在洛杉矶，任何时间、任何地点都会有机遇降临。你永远难以预测在什么地方会遇到什么人，在聚会中，甚至超市排队的队伍中，机会随时可能出现。

---- 第 3 章 ----

阅读脚本

公告天下

有两个待售剧本在手，接下来就是找到一位出色的经纪人（详见第26章）。出色的经纪人会与各种不同类型的制片人、节目监制保持着联系，也会把你打造成为备受欢迎、大有前途的新晋编剧。他的工作目标是将你的作品迅速推荐到有决定权的人。阅读是拍摄的第一步。

要知道，经纪人面对的编剧不是只有你一位。因此，查看行业内的联系人手册，常常打电话与他们建立联系，对你是非常有益的。你应该与行业内的你认识的每一个人都保持经常性的联系。可以与你曾经实习过的老板通电话，或者与母校的校友们见面，看看能否通过他们有机会与行业内人士安排会面。也可以与朋友们聊天，请他们牵线搭桥。

> "知道你要做什么。总有这样的故事：刚毕业的学生写了一篇故事，华丽转身为一名编剧，作品马上被采纳、制作和播出。确实有这样的情况，但发生的概率如同中彩票一样低。现实是可能你写了大量的剧本，但无数次被拒绝，甚至想象他们一定是录用了邮递员先生。但是如果你认定自己有写作天赋，此生只愿写作而别无他选，这种执着达到一定程度时，成功就会悄悄来临。用上你能想到的全部手段，把作品拿给经纪人、制片人。行业内每个人都是通过某种形式的联系得到了机会。如果你了解到姨妈的前夫的妈妈的好朋友曾就职于创新精英经纪公司（CAA，Creative Artists Agency），别犹豫，立刻去找他帮忙。"——艾美奖提名，马克·沃伦，《欢乐满屋》《天才魔女》《乔纳斯兄弟》《欢乐道场》执行制片人

如果你羞于启齿，这里有一条建议：千万不要这样！此刻或彼时，每个人在工作中都避免不了要求助别人。我可以确定地讲，大多数编剧的天分并不及你，只是他们更愿意多打电话，与人勤于联系而已。完成你的第一份写作计划，使自己从"门外汉"变身为专业编剧，这些都是非常困难的，所以你要争取每一个机会，做每一件可能实现梦想的事情。我知道，推销自己、推销自己的作品都极其需要勇气，但它是你通往成功的必经之路。

> "做一名高产的编剧。一直写，一直写，一直写，不停地提交作品。你可以成为最有才华却不工作的编剧——或者你可以用有限的天赋，一直工作。这是一份繁忙的工作。不要空谈写作。全力写作吧！"——埃迪·布瑞尔（Eddie Brill），单人喜剧演员，《大卫·莱特曼秀》（*The Late Show with David Letterman*）的人才协调员（星探）

初次面试

例如你写了一集《生活大爆炸》的剧本。经纪人已经将剧本送至不同的喜剧制片人手中，他们已经答应审读剧本。关于写作，最难的就在于它具有百分之百的主观性。送出10份同样的剧本，只有2~3人会认为这是他们读过的最佳剧本，而另外2~3人会说这剧本应该扔到垃圾桶里，其余的人处于中立态度。只有那2~3位欣赏你的制片人有可能联系你的经纪人，要求安排面试。

如果有制片人喜欢你的剧本，他或她将带给你一种巨大的成就感。假设你能够完成一部专业且有趣的待售剧本，那一定也同样能完成一部专业且有趣的在播剧本。

为了便于讨论，我们以《公园与游憩》为例。制片人已经读过你的剧本，想约你见面。他们可能会雇用你，甚至让你写一集剧本。前提是他们要与你见一面，看看你是什么样的人，能力到底如何。

在首次面试之前，你要提前做一些功课。查阅这个节目的所有信息，尽可能多地了解它。查阅本次与你会面者的信息，在互联网电影资料库中搜索他们的作品。首次面试，制片人依据你的个性来评判你。因此，你要看上去聪明伶俐、举止得体。如果你喜欢并看过其中任何一位制片人曾经的作品，要把它记在脑海中。当你面试之时，不要忘记告诉他或她，你喜欢他们曾经制作的节目。如果你的赞美足够真诚而坦率，任何人听到都会心花怒放。哦，如果你成长于内布拉斯加州的一个小镇，正好某位制片人也来自同一州，也不要犹豫，要当面表达出来。要用能够想得到的多种方式与面试官建立联系，要知道你正在迈出的这一步，就是许多自由职业者渴望迈入的门槛。

接下来是最重要的面试准备工作。搜索到节目与制片人的信息之后，你要认真仔细地观看这些节目。绝对不要在没有观看制片人的节目之前与其会面，尤其是那些可能给你工作机会的制片人。请记住这次面试的目的是什么，要为他们聘请你作为编剧而做足准备。你可能会想："不了解节目有什么关系呢？最坏的结果不过是他们要求剧本做一些调整罢了。"关于这一点，经过以下解释之后，你就会完全明白不做准备去会见制片人的风险。如果你的工作能力不足，编剧团队将不得不在最后时刻介入，并重新编写你的剧本。电视上一些重写、修改的剧本是意料之中的事，但是如果整页地修改，就意味着他们将几乎废弃原有的剧本，从头来做，你将会再度失业。制作费用是昂贵的，万事都由工会来保护。

如果一个节目落后进度很多，对于创造力与财力而言，结果都将是灾难性的。他们可以考虑的唯一雇用你的条件就是你要保证自己有实力按时、保质、保量地完成创作。如果没有看过他们的节目，就做不到这一点。面对类似这样具体的问题："艾米·波勒扮演的人物叫什么名字？"如果你无法回答，那么面试中的你会完全丧失信心。换个角度：如果一名汽车销售对生产商和型号一点儿也不了解，你是否还会通过他来买汽车呢？

为了使自己的机会加倍，你必须在面试前尽可能多地观看此节目。如果你还不熟悉这个节目，那就快去熟悉它吧，越快越好。如果可能的话，在网飞公司、葫芦网或点播网站观看剧集。如果节目在辛迪加重播，也要观看，疯狂地多看几遍。在与制片人见面之前，你要想方设法了解所能了解的一切。明智的做法是：如果这部剧比较老，先看最新的剧集。最重要的是了解如今的节目是什么样子，与两年前有什么不同。偶尔，如果一个节目刚刚播出，制片人可能会为你提供几集样片和对应的剧本，让你带回家观看。但是，如果一个节目已经播出了一段时间，他们会理所当然地期望你做足了功课，并且希望你非常熟悉它。

谢天谢地，首次面试的面试官正是制片人，压力往往不大，因为你此时还未提供任何脚本，这只是一次非正式的会面，他只是来看看你是否合适。通常，你们会坐下来喝杯咖啡，制片人会对你的写作能力和待售剧本不吝赞美之辞。此时对你而言正是一个绝好的机会，随便聊聊当下有关创作的一两件趣闻。

几分钟礼貌的闲聊之后，谈话会转移至节目本身。你必须非常仔细地聆听对方所说的每一句话。他们可能会讲到现在正在写哪些剧本，也会谈及目前最需要的是哪种类型的故事。你可以随意地询问他们正在寻找哪些特定类型的故事，或者围绕着某一种人物角色正在寻找哪些故事。通常情况下，编剧和制片人都可能对一个角色有无数的故事构想，但对于另一个角色却毫无思路。这正是你可以大显身手之处，同时也大大增加了自我推销的成功概率。如果你明确地知道他们正在寻找什么，就可以专注于它，你们再次见面的日子就不远了。

> "我们在不断地寻找新编剧。我们一直喜欢那些和我们一起工作的人，所谓经验是有道理的。恰当的表达是通过电视表现出来的，可以跨越任何年龄、任何职业，甚至扩大到生活中的任何经历。我们一直在寻找，希望找到一种美好的、新的表达方式，可以真正地代表现实生活的表达方式。"——塔尔·拉比诺维茨（Tal Rabinowitz），全国广播公司娱乐喜剧节目执行副总裁

推介邀约

如果初次会面一切顺利，而节目也正好需要一名自由编剧，那么这次会面很可能以推介邀请而结束。这意味着，回家以后，你得为节目想出几个故事创意，然后再次回来向制片人推销创意（见第22章）。这次会面虽仍不算正式面试，但也不会像初次那样悠闲随

意。对你来说，这关系到你作为编剧的生死存亡。如果他们认可你的某一个创意，他们也许会购买，让你迅速变身为职业编剧。

购买故事后会怎样

如果制片人决定购买你的故事，你会被通知参加另一个会面。这次会面可能会与大多数（也许不是全部）编剧团队的成员见面，地点通常在"编剧室"，或者编剧称之为"会议室"的地方，这里是编剧团队集体工作的地方，通常大家会围坐在一个会议圆桌旁。

在这次会面中，你会讲一遍众所周知的故事分析，展示你的原创故事，在编剧和制片人的帮助下，你将形成原创故事的种子。此时，你可以对原创故事中即将发生的事情做出最终的决定。从第一场开始精确地研究故事，搞清楚动作发生在哪里以及场景中实际发生了什么。接下来从头至尾地为故事中的每一个场景做这样的分析。

故事分析是一个极其需要协作的过程。讨论时，编剧会针对每一个场景抛出任何可能发生的事件，你也应该在可能的时候提出自己的想法。对一个新手编剧而言，这种经历也许会令人害怕。你甚至会感觉到其他人比你更了解你所写的故事创意，或者更糟糕的是，你可能因为胆怯而放弃提出任何意见。放轻松！作为一名编剧，你的工作不仅仅是写作，更是对故事和剧本提供整体贡献。不必担心别人是否会接受你提出的每一条建议。这是整个过程的一部分，要不断地提出你的想法。如果你只是安静地坐着，那不是工作。更糟糕的且极有可能发生的是，那个悄悄地在你的脑海中盘旋的建议，会被另一个人捷足先登。如果这是一个大家都认可的创意，你只会因为沉默而懊悔不已。

执行制片人（或节目运营官）会根据大家的提议对每个场景做最后的决定。要密切关注和随时跟踪每一个产生决定的场景，这一点极为重要，因为接下来你即将准备撰写故事大纲。大多数情况下，故事分析会时，编剧室会有一名助理做笔记，把所有内容整理后发邮件给你。但也别指望别人，由于这是你所写的故事，所以一定要自带笔记本，做好记录，助理的笔记可以作为补充。一旦开始写故事大纲，就会有一定的压力。最糟糕且极可能发生的情况是，对于故事分析会议上所决定的场景细节，你没有充分集中注意力或者忘记记录下来。这正是编剧界的"墨菲定律"：你需要记住的重要的事，一定是助理没有记下来的那些事。

假设你们正在讨论一部喜剧，另一名编剧大声地讲出了一个有趣的笑话，你当然可以自由地拿来用在剧本中。这不算剽窃，它属于故事编写中的技术合作。编剧团队的工作之一就是为整个节目做贡献，即帮助他人修改剧本。

故事分析会结束之后，你应该开始按每一幕、每一场撰写专业的故事大纲。要尽可能迅速且高质量地完成这项工作。除非剧本比制作大大超前，否则大多数制片人宁愿看到编剧一两天就写好一份高质量的大纲，而非匆忙却慢吞吞地完成一份平庸之作。

写作故事大纲时，必须考虑的一件事就是回忆故事分析会上决定的细节，并把它们体现在写作中。现在还不是冲动的时候。最令制片人抓狂的事是，大纲与故事分析会商定的内容不符。随心所欲的写作方式很可能会让你失去机会。按时写完大纲却无法引起制片人的兴趣，这样的结果也是令人失望的。如果发生这种情况，最后的一线生机就是重写大纲。但这并不意味着重新提笔时你不会有新的想法出现。你可以打电话给制片人，把这些新想法与他沟通，得到确认之后再写入大纲中。

一旦你写完故事大纲，制片人将会给你相关的合同文件，这意味着你可以得到相应的报酬。不出意外的话，他们会拍摄你所撰写的那一集节目——一般情况下是如此，除非整个节目被取消——你会得到剧本写作与屏幕播出的作品积分。

你愿意写电视剧吗

通常，当制片人决定从自由撰稿人那里购买故事时，他们会允许这位编剧来写剧本，但并不能保证每一位编剧都有这样的机会。制片人有权随时中断你的剧本写作，将实际剧本的写作工作交由另一位编剧，通常是团队中的某位编剧来继续写。中断的原因可能各不相同。如果你提交的故事大纲低于标准或偏离之前故事分析会所决定的故事情节，他们会不愿冒险让你继续写作。当然可能也有其他的原因，比如节目创作滞后于时间表，需要加快剧本的写作，制片人会决定将剧本交由编剧团队中的一名职业编剧去独立完成。由于职业编剧更了解节目，因此他会在更短的时间内写出一个更可信赖的剧本，从而有助于推动节目走上正轨。

如果你准备创作电视剧剧本，制片人会在你的故事大纲上做出标记，然后会让你写作第一稿。实际上，你总要不停地提交各种剧本。一般情况下，时间期限不超过两周。如果情况特殊，节目大幅落后于进度时，期限就会大大缩短。我曾被要求在两天之内完成一个剧本。一旦你的剧本被提交，制片人就会阅读它，并决定标记类型，有可能还会要求你写出最后一稿。理论上，最后一稿应比第一稿的工作量少得多。通常，你只需对剧本做一些整体的梳理和细微的调整。有时候，制片人甚至不需要最后一稿。因为时间有限，他们会直接在你写作的初稿上让编剧团队发挥他们的想象空间。如果是这样的话，你会得到美国作家协会所规定的最终稿稿酬。

他们不会剽窃你的创意

新编剧常常有这样的担心：在向节目组推销创意时，制片人并不会购买，几个月后，播出的节目中却出现了一段与你的创意极其相似的故事。问题是如何保护自己的创意呢？答案是，真的无能为力。唯一万无一失的方法就是不把它公布出来。当然，不把它公开投稿，意味着你永远也不会成为一名编剧。虽然我不能保证你的创意不会被剽窃，但我仍然可以告诉你，这种情况发生的概率比你想象的要低。原因很简单，制片人总是在寻找有才华的编剧，如果你已经写完一个完美的剧本，可以为他们的节目提供很好的创意，那么他们会非常愿意与你合作，而非因剽窃你的创意去冒犯你。除此之外，制片人更不愿意由于剽窃了某人的创意而被起诉。没有一家制片公司和电视台愿意打官司，那是既费钱又费时的事情。

在首次会面时，通常会有一位助理在场。他会记录下你的投稿日期和你提交的每个故事的剧本概要（用一两句话概括你的创意要点）。某年十月，一名制片人决定不买A编剧提出的故事构思，而不知为何，他却非常喜欢类似的创意。十二月，B编剧来投稿时，信不信由你，制片人通常会决定购买编剧A的故事创意，但请编剧B来进行创作。这当然是最糟糕的销售结果，在特殊情况下，制片人可能会要求编剧分享积分。再次强调一下，这种情况是非常少见的。

你的稿酬及何时得到稿酬

大多数制片公司和电视台都与美国编剧协会签订过合同，这意味着当涉及雇用编剧时，他们应当遵守工会法则。根据规定，至少是当前规定下，当销售出一部剧本时，必须支付给作者稿酬。以下是基本条款。

- 故事。一旦提交故事大纲，你将收到故事稿酬，美国编剧协会对最低故事稿酬有所限定。具体数额取决于你所选择的在播节目：半小时节目的稿酬少于一小时节目，由剧本长短决定。如果你的写作被中断，这将是唯一的稿酬。
- 电视剧。如果你写的是电视剧剧本，除了故事稿酬，你也将在提交第一稿后收到一张支票。随后会收到一张最终稿的稿酬支票，金额较少，不论你是否真的修改过最终稿。

稿酬只是一个粗略的概念，便于了解编剧的收入。如果同时写作故事大纲和电视剧，目前的美国编剧协会规定电视网播出半小时剧本，最低剧本稿酬为2.5万美元，同样的一小时剧本，不低于3.5万美元。当然，如果重播或你的剧本幸运地被辛迪加购买，你也会得到相应的稿酬。最低稿酬标准每年都会略有上升。你可以随时查看美国编剧协会网站上公布的标准，网站上会定时发布"行业最低标准"。总而言之，这是一笔不错的收入。并且，你会拿到你应得的每一分钱。当讨论到薪酬这个话题时，你要知道编剧并不是一项让你快速发财的工作。我能保证的是，在这一行你并不会很轻松。从事写作的唯一理由是在内心你想成为一名真正的编剧——你有故事要说，并且早上一起床就迫不及待地坐到计算机前，开始写下涌动于你心中且想要公之于众的故事。

你的前途在哪里

作为编剧，写剧本的目的当然是自己和作品都得到某位制片人的青睐，当编剧职位空缺时，他们会眼前一亮，认定非你不可，然后聘用你。每隔一段时间，自由编剧将携带着两个专业的待售剧本，希望在真正做成交易之前，这些剧本会被某个节目抢去。但对于十之八九的人，出售自由撰稿只是迈出编剧的第一步。通常，在成为一名职业编剧之前，你需要几次这样的工作经历。在你的创意出现在电视上之前，一切努力都是为了积累积分。

第二部分

喜剧

第 4 章

情景喜剧

喜剧写作的必要条件

"必须有趣吗？"虽然答案似乎相当明显，但这是一个屡次被问到的问题。"情景喜剧"这个词，实际上是两个词的混合：情景+喜剧。这意味着在核心层面上，情景喜剧是指在喜剧情境中讲述有趣的故事。所以，是的，情景喜剧必须有趣——甚至是滑稽的，在这种意义上，编剧笔下的人物必须是伶牙俐齿且妙趣横生的。

虽然我可以教你如何发现故事、规范剧本格式，如何对笑话进行铺垫和增添笑料，然而却不能教会你如何拥有幽默感。一个人要么天生就有幽默感，要么没有。

> "写下来——把所有的有趣的东西都写下来。常常自问：'这些看上去有趣吗？听上去好笑吗？'要知道，幽默无时不在、无处不在，继续做下去，直到你感到它的存在。如果你天生没有异想天开或者使他人忍俊不禁的本领，那就没有人能感觉到你的幽默。除非你天生具备一定的幽默感，才可以经过打磨与练习，使自己更有趣。"——艾美奖提名，比尔·戴纳（Bill Dana），编剧、喜剧演员

想想周围的人。现在，把他们分成两组——幽默的和不幽默的。这种区别是不是很容易？

现在轮到你，自我反省一下……虽然有时百分之百地坦诚有点痛苦。事实上，在内心深处你清楚地知道自己是否幽默。生活中周围的人们也会告诉你这一点，可能一直会有人跟你讲这一点。你清楚地知道，虽然有人嘲笑你的笑话，但他们却期待你讲的故事。你清楚地知道，你是"视聚会为生命"的人。高中时，你可能是班级"小丑"或总是自作聪明（顺便说一下，这二者都是非常适合从事喜剧创作的人）。与那些生活中严肃古板的人不同，你几乎可以在每一个事件中找到笑点。

在喜剧世界中，除幽默之外，你还必须具备其他特质才能脱颖而出。首先，你必须大胆且无所畏惧。喜剧事业绝不能忸怩害羞，写笑话的时候你必须愿意去冒险。一旦得到了一份写作的工作，你将得到重写剧本的稿酬。这属于团队合作的过程。所有编剧都会在写

作室中集中写作，一行接一行地修改、检查剧本，当场随时讲出一个笑料。更不必说，在节目录制过程中，执行制片会临时召集编剧团队集中添加笑料，而此时现场的演员和观众们还在等待着。这种情况绝对会令人紧张到发狂。同样，这也是你工作的一部分，你的高薪中包含这样的付出。如果你坐在那儿像一棵含羞草一样沉默不语，我保证你不会在这个节目工作太久。你必须理解并接受这样一个事实：你写的许多笑话都会失败，可能永远不会在电视上上映，但有一些效果不错的笑话则会被用于剧本中。如果你性格内向，必须尽快克服。要做到这一点，一个好方法就是参加表演课，或者加入某个即兴表演小组。总之要加入一个团体中，并且在这里能让你舒服地思考，自信从容地与他人分享你的观点。喜剧就是无论好坏美丑，你必须自信地站起来讲出内心的想法。

> "脸皮厚显得很重要，因为即使在好日子里你也会被驳倒8~10次。你必须有一定的社交能力，因为一天至少10~12个小时与别人在一起。我曾经认识一些编剧，他们的成功或失败主要取决于是否能与别人相处融洽。"——艾美奖提名，鲍勃·戴利（Bob Daily），《绝望的主妇》（*Desperate Housewives*）执行制片人，《欢乐一家亲》（*Frasier*）联合执行制片人

你也应该知道，编剧的房间可能非常邋遢。当一群喜剧编剧被关在一个狭小的会议室里写作时，别指望这些笑料纯洁无瑕。有些人被某些笑料冒犯了，哦，没关系！如果你容易被激怒，那么这项工作可能不适合你。如果每当有人开了你觉得不合适的玩笑时，你脸上就浮现出不满的表情，那么你将整天都会愁眉苦脸，还会让周围的人觉得尴尬。很快，他们会觉得你无趣乏味，接下来就轮到你离职了。

你也必须有团队意识与合作精神。喜剧写作是一个极其注重协作的过程，剧情剧的写作就不那么容易了。尽管如此，你必须愿意放弃一些你写的笑料——即使是那些你认为绝对精彩的笑料——如果编剧团队中有人认为它们不好笑的话。这与谁无关，只是关乎对剧本而言什么是最合适的。

作为喜剧编剧，你还需具备一个重要的品质——无条件的耐心。撰写从开头至结尾都非常有趣的剧本，这需要大量的时间和精力。有的编剧每天从早忙到晚，在剧本中不停地添加笑料。我在剧本中看到一处注释（实际上是我正在审读的一版剧本）写着"更有趣的台词"，意思是"写一个更有趣的笑料"。说起来容易，做起来难。尽管如此，写作的很大一部分工作是重写。作为一名喜剧编剧，你必须发自内心地逼迫自己——我是指真正的给自己压力——为剧本寻找到最佳笑料。

幽默感清单

- 经常有人说你很有趣吗？
- 幽默感属于哪一种，有点怪还是与众不同？

- 无论什么情形下都幽默吗？
- 喜欢冒险吗？
- 是否勇敢无畏？
- 善于团队合作吗？

如果对以上问题的回答均为"是"，那么喜剧编剧这一行可能很适合你。如果你对部分或大部分问题的回答为"不"，那么我要提醒你，可能在喜剧编剧的路上，你还有一段很困难的时期。对你来说，也许尝试做另一种不同题材的编剧更明智。

> "真心希望有人在我刚入职时就告诉我，喜剧编剧的头号大事是耐心。要知道，这绝对是一项残酷的事业。如果你因为没有'成功'而感到痛苦，嘲笑那些得到'你'的机会的人，专注于名利——最好忘记它。与其浪费精力在这些事上，不如想想如何接近目标。无论自认为是哪一种天才，你都不会在一夜之间被发现。信不信由你，这倒是一件好事。没有被发现的每一天，你可以更加专注于努力地做好自己，所以被发现的那一刻，就是你都准备好的时候。"——艾美奖、皮博迪奖得主埃里克·德莱斯代尔（Eric Drysdale），《每日秀》（*The Daily Show*）、《科尔伯特报告》（*The Colbert Report*）编剧

情景喜剧编剧如何工作

当你开始写剧本之前，了解情景喜剧的运作方式非常重要。别忘了，你的职业目标是成为一名剧作家，就像你想当飞行员，绝不会只是抱着强烈的期待跳进驾驶舱就驾驶飞机起飞。我猜，你第一步需要尽可能多地了解航空知识，需要学习一些重要的细节，比如飞机的工作原理、如何飞行、如何着陆、天气模式等。同样，在动笔之前，也一定要熟悉情景喜剧的运作方式。

编剧团队的组成

所有情景喜剧都有编剧团队。不像自由撰稿人，他们只写一集——通常在家里完成，编剧团队与制片厂或制作公司签有合同，以周为单位来撰写剧本或重写剧本。编剧团队有代表他们谈"生意"的经纪人，也就是说，编剧团队会有详细的书面合同，包括工资、办公空间、薪酬以及其他可以协商达成的福利。优秀的经纪人还会为编剧争取一定数量的剧本来创作。这很重要，因为每一个剧本就是编剧的一份"故事创作"署名权，它意味着编剧将获得额外的报酬，并且可以累计增加。正如我之前提到的，目前美国编剧协会的半小时电视节目最低收入已近2.5万美元。这还不包括随着时间的推移，如果节目进入辛迪加播出，编剧的收入将会更多。

一部情景喜剧（或剧情剧）的创作人员名单，你可能只会注意很多制片人的头衔，而没有在意大多数制片人实际都身兼编剧。拥有制片人头衔的编剧会获得更多的酬金、拥有更多的权力，当然通常也意味着更多的责任。在任何确定的情景喜剧中，你可以找到下列编剧兼制片人的头衔（按排名顺序列出）：

- 执行制片人（Executive producer）
- 联合执行制片人（Co-executive producer）
- 制片总监人（Supervising producer）
- 制片人（Producer）
- 联合制片人（Co-producer）

- 高级故事编辑（Executive story editor）
- 故事编辑（Story editor）
- 编剧或初级编剧（Writer or baby writer）

这条线上的人位置越高则越有权力。请注意，处于权力最顶端的是执行制片人，也就是我们常提到的"节目运营官"。虽然不是所有的执行制片人都身兼编剧，但大多数情况是这样的。至少可以把执行制片人想象成"大老板"。他将对所有问题承担最终责任，包括：监督写作，处理与电视网、制片公司的关系，角色选择，控制预算，确定每一集剪辑的最终版，以及所有的一切。执行制片人可以聘请或开除你，决定你事业的成败。因此，获得并保持执行制片人对你的青睐尤其重要。

> "写好剧本只是成为职业编剧的一部分，你还要在编剧室里证明自己。在编剧室的表现决定了你的成败。每个团队都有其自身的个性，至关重要的是弄清楚团队层次结构和工作方式。我总是试图弄清楚节目运营官对故事细节、人物和笑料的反馈。作为一名职业编剧，我的工作就是支持节目运营官，撰写他所需要的内容。"——曼尼·巴萨尼斯，《史蒂夫·哈维秀》联合执行制片人，《韦恩斯兄弟》联合制片人

在典型的编剧团队中，有些工作职位由编剧独自承担，有些则由团队集体承担（参阅第28章）。团队人数的多寡、编剧的工作职位，是由节目预算和编剧或制片人的工作经验决定的。

除此之外，还有一位制作统筹和助理制片。他们并不属于编剧团队，负责技术层面的工作、处理日常预算、确保道具制作、雇用宴会承办人、监督后期制作。

正如你所看到的，团队中偏底层的工作是故事编辑与初级编剧。故事编辑曾被认为是入门级职位。从自由撰稿人直接升为故事编辑职位的可能性是最大的。而如今，要做到这一点却困难了许多。新编剧进阶的第一个职位是编剧或初级编剧，这两个职位主要以薪金

作为区别。

　　除了丰厚的周薪之外，故事编辑（连同其他写作人员）将会得到他们所撰写的剧集酬劳。初级编剧只有周薪——还有辛迪加稿酬，那是以后的事了——仅此而已。每周的薪水也足够体面：约4000美元。你可能会认为，得到了梦想的职业与薪酬，谁会在乎有没有剧本稿酬？答案是肯定的。每天去工作室写剧本的新鲜感消散之后，你会发现团队中的每一位编剧除了得到周薪外，还能得到剧集稿酬。对于大多数编剧而言，初级编剧的工作只持续一季，然后他们才会提升为故事编辑。请记住，初级编剧只是入门级职位，这是帮你迈出的第一步，你应该迅速积累实践经验，增加有效的写作积分，以及建立一系列的新联系人。只要付出就会得到丰厚的薪水，要努力学会行业内的知识，并且每天不断地努力学习。

> "找到自己的声音非常重要。许多年轻编剧都想知道情景喜剧剧本的'公式'是什么，总是关心一页上有多少笑话，关心幕间休息在哪里，却忽略了剧中角色。虽然这些剧本对我而言在结构与技术方面都很好，却缺少了生活气息，没有乐趣。对我来说，角色最重要。剧本要反映编剧对活生生的人物真实的观察，这样的剧本才总是引人注目的。"——曼尼·巴萨尼斯，《史蒂夫·哈维秀》联合执行制片人，《韦恩斯兄弟》联合制片人

多镜头喜剧与单镜头喜剧

　　正如字面的意义，多镜头情景喜剧是用多个摄像机拍摄的，通常是3~5个机位，导演可以同时获得多个角度的镜头。多镜头节目允许镜头在各角度之间进行切换，使节目视觉上更流畅。每一个场景都是从开始到结束不间断地拍摄（除非有操作失误），一旦完整的一集录制完成，节目会用各机位中的最佳镜头进行剪辑。多镜头节目一般情况下在有观众的摄影棚中录制，是的，包括"罐装笑声"。多镜头喜剧的故事通常发生在一些固定的场景中，也可以每周增加一至两组布景，这取决于特定情节的需要。虽然传统的多镜头情景喜剧在《我爱露西》播出以前就存在了，但许多业内人士却预言多镜头喜剧会走向灭亡。

　　其原因是单镜头喜剧的复苏对观众和编剧都极具吸引力。自20世纪50年代以来，单镜头喜剧一直流行至今，但在20世纪70年代、80年代和90年代，以《全家福》《考斯比秀》（the Cosby Show）、《老友记》（Friends）为代表的多镜头喜剧占据了主导地位。单镜头喜剧在世纪之交卷土重来，凭借《实习医生风云》（Scrubs）、《办公室》（The Office）、《消消气》（Curb Your Enthusiasm）大受欢迎。

　　虽然你可以猜到单镜头喜剧是用单个镜头拍摄的，这很容易猜到，实际上却不仅如此。"单镜头"一词是指一种制作技术，是节目拍摄的一种方式。单镜头喜剧的拍摄方

法与电视剧、故事片相同。它们不是从头到尾拍摄一个场景，而是一次拍摄一个角度。所以，当一名演员说台词的时候，他们会先拍摄特写镜头。然后导演会喊"停"，移动摄像机，让演员重复这一条台词，这次拍摄会选择另一个角度。尽管如此，如果你走进一个单镜头喜剧的摄影棚，看到额外的一架摄像机，不要感到惊讶，它可能用来取更全的场景。这台摄像机可以在整个场景结束时拍摄广角镜头，或者拍摄导演想要或需要的额外镜头。但是不要以为多一个额外的摄像机就意味着这是多镜头节目。再说一遍，它只是拍摄节目的技术问题。

如《费城永远阳光灿烂》（*Always Sunny in Philadelphia*）、《摩登家庭》这种类型的单镜头喜剧，为编剧提供了更大的自由和更广阔的创作机会，因为它们不局限于仅有的几套场景。虽然单镜头喜剧确实需要一些固定的布景，但它们也允许编剧灵活地在这些场景之外的地点创作场景，这会给观众带来更开放的空间，观众似乎都很喜欢这种感觉。单镜头喜剧的拍摄通常不需要现场观众，也不含"罐头笑声"。它比多镜头喜剧有更多的场景，每一场的时间也更短，这一点会使观众感觉它的故事进展更快，故事情节更令人兴奋。

在当前真人秀节目越来越火爆的现实情况下，单镜头喜剧重新回归大众的视野，这对我来说一点也不奇怪。真人秀节目以它自己的方式，把观众"宠坏"了。当我们还习惯于观看只有几套场景的电视节目时，《幸存者》（*Survior*）、《极速前进》（*The Amazing Race*）已经带我们几乎环游了世界。身在客厅中，我们就会瞬间体会到充满活力、令人兴奋的异国风情，这种视觉享受令我们陶醉。因此，那些在某人的客厅、厨房、地下室和卧室发生的电视节目就显得非常乏味，我们甚至没有意识到自己被"困住"了。

然而在这之后，多镜头喜剧会"死亡"吗？这种可能也被严重夸大了，许多业内人士都没有料到近年来它会东山再起。为什么？一句话：钱。单镜头喜剧比多镜头喜剧需要更昂贵的生产成本。外景成本、许可证和越来越高的拍摄人力成本，时间越长，需要支付的薪水也越多。因此，在决定使用多镜头或单镜头拍摄之前，电视网和制片公司会仔细研究该节目的核心概念。我听说过不止一个制片人出售了一部单镜头的试播片，却被电视网告知节目将改成多镜头喜剧继续拍摄和播出。偶尔，这种情况发生于拍摄过程中。举个例子：全国广播公司的《彻夜未眠》（*Up All Night*），由克里斯蒂娜·阿普尔盖特（Christina Applegate）主演的单镜头喜剧，最终以多镜头喜剧的形式播出。

从写作的角度来看，多镜头喜剧和单镜头喜剧的另一个重大区别是，剧本完全不同。这不是开玩笑。尽管二者都（除了少数例外）属于半小时节目，但剧本的格式完全不同，甚至页面数量也不相同。我们很快就会谈到这些。

同时，需要记住一点，一些制片人已经找到了介于多镜头喜剧和单镜头喜剧之间的折中方案。他们创造了一个混合体，可以利用两种拍摄方法各自的优势。《老爸老妈浪漫史》（*How I Met Your Mother*）就是一个完美的例子，制作人把单镜头和多镜头结合在一起，他们做得非常成功。

情景喜剧编剧的一周日志

大多数多镜头节目往往使用5天工作表。虽然编剧们通常周一至周五工作（编剧偶尔被要求在周末工作，这是极为罕见的），但这并不意味着拍摄日程也按照从周一至周五的时间表运行。实际上每个节目的生产日期各不相同，以下是一部典型的多镜头情景喜剧的拍摄时间表。

第一天（周五）

第一天的工作是"圆桌阅读会"。编剧、制片人、制片公司高管、广播公司高管、演员和导演都聚集在一间会议室里，围坐在一个大桌子周围。气氛轻松，桌上通常还有小餐点。每个人都喝着咖啡、嚼着面包圈，演员们直接从第一页的"淡入"开始朗读剧本，到最后一页的"淡出"结束。这是一个非常重要的日子，编剧和制作人第一次听专业演员大声朗读剧本。很容易明确剧中哪一个笑点有效，哪一个笑点无效而需要重写。

当剧本被朗读时，编剧（连同导演和制片）都会在自己的剧本上涂涂写写地记笔记。读完后，演员要么在实际场景中熟悉剧本与台词，要么回家休息，等待编剧写出新一版的剧本草稿。演员离开会议室后，编剧、制片人、监制和导演就聚在一起，开起"笔记会议"来。他们逐页逐字地阅读剧本，讨论哪些内容可行，哪些需要修改。制片公司和广播公司的高管拥有最高权力，因为正如我在前面提到的，如果他们坚持要修改什么，即使编剧们不同意，也会做出相应的修改。同样，当执行制片人要求修改内容时，这些意见也会被采纳。"笔记会议"结束后，监制和导演就离开了。现在轮到编剧开始工作了。

根据需要修改的数量（第一天极其重要），编剧团队回到他们的写作室，共同重写剧本。如果有些细节有问题，或者他们需要重新想出一些笑料，可能需要花费几个小时。剧本重写完，就会被移交给剧本助理，由他们在计算机中统一整理修改、校对之处，并将新的一稿发送给所有相关人员，包括演员在内。

第二天（周一）

演员和导演将采用新修改的剧本在舞台上彩排一天。与此同时，写作人员又回到了办公室，开始其他工作。首先且最重要的是，编剧为即将到来的每周一次的"圆桌阅读会"而"疯狂"工作，有的编剧可能要被指派为将要播出的试播剧写初稿。此外他们还要阅读来自自由编剧的投稿。

下午晚些时候，他们将会来到舞台进行一次"冒险"演练。嗯，就是你听到的意思：演员们从头至尾地按剧本排练。此时，他们有可能还没有记住台词，仍然一边读剧本一边表演。但是，随着导演不断地边听边修改，这部剧正在慢慢成形。在这个过程中，编剧和制片人一直坐在场景边缘的椅子上。每一个场景结束，他们都会搬着椅子，集体移到下一个场景，如同剧本翻页一般。

演出结束后，演员回家休息。导演、编剧和制片人却开始了下一场"笔记会议"。正如他们在"圆桌阅读会"所做的一样，他们要讨论哪些内容是有效的，哪些内容是不需要的，哪些内容需要改进。当笔记会议结束时，编剧再次回到写作室。如果改动很少，他们修改后就可以回家；然而，如果改动相当大，他们就会预订晚餐，坐下来加班修改。

有些节目则是同步的：编剧之间合作默契，可以迅速做出改动。其他的写作人员已经知道可能会通宵工作，这种加班的情况通常发生于较新的节目或者在播出过程中出现问题的节目。在这两种情况下，编剧通常会努力地挖掘人物角色或故事的发展方向。

第三天（周二）

第三天往往是第二天的重复，唯一的区别是节目已经成型。演员今天可以不用一边手拿剧本一边演出了（如果他们忘记了哪句台词，剧本主管会随时纠正）。同时，因为录制日即将来临，改动之处通常会减少。到目前为止，制片人和编剧已经基本确定了剧本的方向，这样当然最好，因为演员通常不可能在一两天内记住一个完整的剧本。

第四天（周三）

今天是所谓的"排练日"，阵容巨大。编剧继续忙碌着，准备下一个剧本、审读投稿等正常工作，但随后就会有些许不同的事情发生。

当剧本排练完成时，制片人和编剧来到排练场。但今天不像其他日子，他们并不坐在场景边上观察；相反，他们坐在观众席。电视网和制片公司管理人员也会在场。演员按剧本内容从头到尾表演，摄影机同时在录制。这是一次模拟练习。虽然在座的编剧和制片公司管理人员可以很清楚地观看舞台上的表演，但是同时他们也密切关注面前的监视器。后者更为关键，因为他们在监视器上所看到的镜头，正反映了导演的想法，将会在接下来的日子呈现在录制好的磁带上。这是最后一次可以商讨人物对白、服装、镜头构图或其他与节目相关的内容的机会。

此次剧本排练结束后，是最后一次笔记会议，要求每一位都提出想法。如果没有反对意见，那么将一致通过剧本当前的内容。比如，你是参与此剧的编剧，剧本是关于一个十几岁的女孩的故事，当前一集的内容是女孩要去参加舞会。但是，当女孩在剧本排练时，她穿着一件糟糕透顶的、粉红色的小波比衣服，而非你所要求的黑色小礼服，那么，现在就必须提出这个意见。如果执行制片人同意你的意见，他会立刻通知服装组来讨论服装的变化。如果不幸的是，服装组没有准备黑色小礼服，那么当晚服装组就会去采购。第二天早晨，制片人将会有几种款式的黑色小礼服可供选择。

会议结束后，编剧人员实际上可能会对剧本做更多细节上的修改。但是离录制日已经不到24个小时的时间，改动通常非常少，通常只是微调。

第五天（周四）

今天是录制日，毫无疑问，这是一周中最令人兴奋的一天。多镜头节目几乎总是有现场观众。原因有多个方面，总体来讲，现场观众很重要。首先，观众为节目增添了真正的笑声。第二，现场观众可以提高演员的表现欲。如果在喜剧俱乐部，你看到演员讲了一个又一个糟糕的笑话，就可以感受到现场气氛逐渐消散——当然，喜剧演员的能量也在消散。同样，如果一个喜剧演员熟练掌控素材，观众的笑声会使气氛达到高潮。情景喜剧也是如此。当演员听到笑声、感觉到观众的热情，现场气氛通常会更好。

演播室的观众主要由外地人组成，他们来加利福尼亚就是为了到好莱坞亲眼瞧瞧（对于居住在洛杉矶的人来说，看明星和去录像是一件比较容易的事情）。外地人是很好的观众，在美国艾奥瓦州的农场或新罕布什尔州的山区，能看到电视现场录像的机会并不常见。因此，当他们看到了这些新鲜的东西，通常会很兴奋。

多镜头节目有两种拍摄方式，取决于节目：

1．他们召集一批观众，反复录制每一个场景，直到导演满意为止。这意味着观众会一遍又一遍地听到同样的台词和同样的笑话。一旦完成一个场景，大家继续前进，录制下一个场景，直到最终完成。

2．或者召集两批单独的观众录制节目。第一批观众进场，节目从头到尾录制一遍。如果演员出错或忘记台词，他们可以重录这部分场景。一旦录制结束，休息时间到，通常是晚餐时间，演员和摄制组吃饭、休息一下。新的一批观众进场，然后再次录制，最后将两个版本剪辑在一起。

这两种录制的方式没有绝对的对或错，但我更喜欢第二种方式。在我看来，邀请新观众虽然成本更昂贵，但这样有助于保持演员的活力。这种录制方式还可以给编剧和制作人一点休息和调整的时间。然而，特别是对于以未成年人作为观众的节目而言，由于儿童劳动法的规定，一次性录制节目可能是更实用的途径。

也就是说，如果录制过程不顺利的话，现场只使用一批观众是很困难的。因为他们必须一直坐在那里，听同样的笑料，爆发出同样的笑声。如果这个笑料第一次不那么好笑，第十四次就更不会好笑了。在这种情况下笑声就会显得很勉强，会直接影响演员的表演。此外，当只有一批观众时，录制时间通常更长。我参加过晚上5点~7点的情景喜剧录像，这期间我不停地想着晚餐吃什么。录到10点时，我完全被激怒了，当时我只想走出去。如果录制时间太长，观众也会走神，这对演员和表演都不好。正因为这一点，一些节目会在更换场景的间歇为观众订购比萨和饮料。

单镜头节目的拍摄时间表则完全不同。与多镜头节目一样，他们也有"圆桌阅读会"，并以此为基础修改剧本。从这里开始，他们立即开始拍摄，许多修改在现场完成。由于有比多镜头剧本更多的外景地，所以拍摄日程更加紧凑。例如，一个场景发生在贝弗利山庄的加油站，演员和剧组人员都会赶往现场。他们必须在那一天完成所有他们需要的镜头。如果为增加几句台词或一个笑料，每隔几天再来一次，那成本就太高了。更不用说，他们时间紧凑，必须马不停蹄地转到下一个外景地拍摄。因此，一些编剧和制片人通常都习惯了现场修改或重写台词。当然，其他人会回到房间，为下一集做准备。

> "如果不想创新，那何必浪费你的时间呢？传统喜剧总是有观众的，正是因为如此，为什么要重复旧观念耗费时间呢？我认为从人物到形式都可以考虑创新。富有而有趣的人，他们有独特而新鲜的观点，可以令老套的形式焕发青春。"——史蒂夫·斯塔克（Steve Stark），米高梅电视制作总裁

自由编剧如何融入

不幸的是，一名自由编剧通常是不会被邀请参加"圆桌阅读会"的，也不会参与排练。一旦你提交了剧本，编剧团队就会接手修改。虽然这看起来不公平，但实际上是对你的保护。专业地来看，既然你收不到这部分薪资，就不应该让你每天免费修改剧本。从这个角度看，你"赚"了，不是吗？

如果你已经为一个单镜头节目写了一集剧本，他们会邀请你观看节目的录制。对于一个多镜头节目而言，更侧重于形式。在录制日，自由编剧通常会得到一个邀请（通常包括一位客人）来观看他们所写的节目的录制。准备好，这可能是一种相当紧张的经历。自从你提交剧本后，它已经被修改了多少次？你最喜欢的笑点在修改中幸存下来了吗？编剧团队是否增加了让你反感的内容？此时，你对这一切都一无所知。剧本的内容已经定型，这就是他们要拍摄的剧本。你只需要相信它是最棒的。通常的情形就是如此。

一旦你来到舞台上，你会感觉自己非常重要，而且事实也是如此。招待员会带你到指定的座位。在节目开始前和录像间歇时，你会受到"冷开场"人员的热情招待。他的工作名副其实——让观众情绪饱满，准备好大笑、鼓掌。"冷开场"人员通常会精力旺盛，会讲很多笑话。他（她）也会解释正在发生的事情，回答观众的提问，问题的范围包括"制片人和导演的区别""谁是目前的过气明星"。

在录像过程中的某个时刻，偶尔会有中断——也许是更换场景，或是更换服装。此时，"冷开场"人员会提前被告知你的座位，他会走到你身边，请你站起来，并把你介绍给现场的观众。观众们为你鼓掌喝彩，你可以微笑着挥挥手。对你来说，这是一个激动人心的夜晚，因为他们正在拍摄你写的节目！

—————— 第 5 章 ——————
开发故事

> "拼写错误？标题不好？语调问题？没有伟大人物？没有设置悬念？总是有许多问题会出现，但是最常见的错误甚至发生于编剧还没有打字之前——选择了一个现在不需要讲述的故事。如何让你的'故事'发生于当下？这段旅程为何要尽快地在电视上播出？思考这些问题，才能在好莱坞长久立足。"——肖恩·巴克利，经纪人，格什局，关于待售剧本中常见的错误

入门

恭喜你！如果你决定尝试喜剧表演，那么你选择了一个非常有趣的领域。同时它也不是一件容易的事。这绝不是吓唬你，写出有趣、高明的笑话非常难。尽管如此，一旦你开始工作并被录用，身边就会经常被有趣、古怪的人包围着，你的生活虽然紧张，但充满了欢声笑语。

既然决定走喜剧写作之路，当然应该明白你的第一步是为一个在播节目写一个剧本。一旦确定了你想写的节目，下一步就是研究这个节目。一次又一次，我被问到一个愚蠢的问题："我从来没有看过这个节目，我能写这个剧本吗？"答案当然是响亮的："不！"谁都不会写出自己不了解的东西，这是不可能的。现在就向自己保证，每周去看准备写的那个节目。这将大大有助于你了解剧中的角色，了解本季他们在做什么，故事情节发展到哪里，甚至每周使用什么样的场景。正如我们所说的，如果你足够勤奋，我建议你定期录制节目并反复观看每一集。你会惊奇地发现自己所遗漏的内容，甚至发现自己写作时的疏忽。"言之有物，下笔有神"是非常重要的，特别是写对话时。

> "开卷有益，多读多看。然后深入思考剧中人物的外貌、性格、人性。想想对此你有何独特的见解，然后忘掉你以前见过的一切，专注于属于你的故事、构思和想法。"——史蒂夫·斯塔克，米高梅电视制作总裁

好故事的重要性

一旦你选定了一个节目来研究和写作，接下来找到好故事才是关键。这一点，再怎么强调也不为过。因为没有好的故事，就不可能写出好的剧本。设想一下：最近一次走出电影院时，你宣称："这是我看过的最好的电影。演技很棒，导演有才华，摄影华丽，虽然故事情节很糟，但它仍然是我看过的最好的电影。"我猜你从来没有说过这样的话吧。原因在于"故事"是每个剧本的核心。如果故事不好，那将会呈现出"多米诺骨牌"效应：其他一切终将失败。无论是电视还是电影，所有剧本均是如此。想出一个好故事，这听起来很容易，但大多数编剧都会告诉你，故事是剧本中最难的部分。考虑到这一点，请注意以下警告：多花时间来构建你的故事！事实上，真的需要花大量的时间来做这件事。

编剧新手常犯的一个常识性错误是，他们往往会倾向脑海中涌出的第一个念头。这个想法通常不会有结果，原因在于你能在十秒内想出的故事构思，很可能有更多的人想过一千次。事实上，每个创意周围很可能已经有很多的剧本围绕着。再者，节目的编剧团队很可能也提出过类似的想法。这一点尤为重要，当你提交故事创意的时候，如果编剧团队看到这个与他们的想法重复的创意，他们要么会拒绝你，要么会让别人来写它。

> "亲耳聆听、亲身经历，才是创作之道。即使不美好，也要书写生活的真相。"——亨利·温克勒（Henry Winkler），艾美奖最佳演员

如何写出原创故事

最好的故事往往来自个人经历。同样，情景喜剧表现的正是幽默情境中幽默的人。通常发生于人物的个人生活（在家里）或职场生活（在办公室）中，或二者兼而有之。如果你认真回想一下自己的生活，就会回忆起发生在你身边，以及家人和同事、朋友身边的一些有趣的事情。这些故事无疑是独一无二的，不会时时发生在每个人身上。这意味着，当把这些趣事撰写成情节或剧本时，会令人备觉新鲜——这也是制片人从未听过的内容。不可混淆的是，这并不是说生活中发生的大事小事都值得写在剧本里。只是，个人经验总是独特的"那一个"。

我们的生活并不总是热闹无比，你也要大量地阅读，别忘了留心周围的世界发生了什么大事，其中有哪些可以用在剧中人物身上呢？

说到此，在构建故事的时候，剧中的人物非常关键，特别是主要角色。他们的生活在哪里？然后，想想自己生活中发生的事情，哪些事情有可能适合故事中的人物。再衡量一下你的真实经历是否适合这个节目。

> "我们的编剧团队，总是以自己的生活为蓝本，而且把故事写得很贴切。我们的故事来自我们的亲友、家人，以及我们当下生活中正在发生的事情，来自我们观察或阅读的一切，然后我们把它交给了4位出色的演员，有幸得到了'众神'的微笑。"——奥斯卡奖提名，艾美奖得主，皮博迪奖得主，诺曼·利尔（Norman Lear），《全家福》执行制片人，关于此剧为何令人眼前一亮

为现有节目写原创故事

当我第一次想出《浪漫满屋》（Full House）的故事创意并拿出去推介时，我仔细地想过这部剧集的故事背景。这是一个关于失去母亲的3个小女孩的故事，她们由3个成年男子抚养长大。研究过节目后，我决定写这样一集故事，其中一个女孩非常渴望母爱，毕竟每个人都需要真正的母亲，但是她却没有，这份爱就由其中一个或所有的男人想方设法来承担。我研究了3个女孩的年龄，回想到自己的童年，当我与D.J.、斯蒂芬妮、米歇尔同龄时，我的生活是什么样子？于是一个独特的故事浮现在我的脑海中。

当我10岁左右的时候，正是节目中斯蒂芬妮的年纪，学校发生了一件令我难忘的事情。班级以性别把学生分成两组：男孩们和男体育老师一起离开，而女孩们被带到学校礼堂，由女校医和母亲们陪着。在那里，我们看了一部关于女性身体的电影，了解到青春期我们所期待的所有奇妙变化。电影结束后，有一个"母女茶歇"时间（提供果汁和饼干）。在此期间由学校校医主持讨论环节，回答所有令人"尴尬"的提问。

我想，这对于《浪漫满屋》而言是一个非常棒的创意。斯蒂芬妮必须去看电影，但她却没有母亲陪同，所以必须由3个男人中的一个或3个来代替母亲身份。我可以想象那个场景，男人们蜷坐在小椅子上，周围的女性进行讨论时，他们尴尬得恨不得找个地缝钻进去。故事的基本寓意"浪漫满屋"只有一个，当然是"即使斯蒂芬妮没有母亲，她也有3个非常爱她的男人，他们愿意为她做任何事"。

几天后，我和另外5个人分别带着自己的故事创意来到华纳兄弟（Warner Bros）公司，向制片人推介。在这六个想法中，他们最喜欢的正是我的那一个，因为它源自我的童年经历。他们当时就决定购买这个故事，赞美它的原创性，表示他们以前从未听到过这样的故事。他们还提到，他们可以很容易地看出这个想法中的幽默点和笑料来自哪里。

那天，我卖掉了生平第一个电视网剧本。我清楚地记得当时自己感觉很酷，却一点也没意识到这种"酷"是多么短暂。

大约一个星期后，我再次来到《浪漫满屋》办公室，开始与整个编剧团队一起工作，把故事完整地写出来。之后，我在家里写出了故事大纲，并撰写了第一稿。接着，我接到了每个编剧都非常害怕的那通电话。是马克·沃伦，这个节目的执行制片人之一。他打电话告诉我，他们已决定放弃这个剧本。显然，节目负责人兼执行制片人杰夫·富兰克林已

经看过我的剧本。他觉得有关"青春期身体变化"的故事情节对于《浪漫满屋》的观众来说太复杂了。而此时的我，像泄了气的皮球一样。

现在回想起来，富兰克林的确是完全正确的，是我犯了一个巨大的错误，说明我的功课并没有做足。虽然我仔细研究过节目的人物和所有的场景，但唯独没有关注节目本身。如果我再多想一想，就会明白它是美国广播公司周末晚8点档的重点节目，这个时段应该由一部"纯粹的"家庭喜剧来登场——就像母亲坐下来观看5岁孩子的表演一样。虽然这个节目有很多拥抱的镜头以及一点亲吻镜头，但这已是最高级限制。因此，关于"青春期"的话题远远不适合这个时段，如果播出，极可能会引起观众的不适。

虽然《浪漫满屋》的制片人毙掉了我的剧本，但他们修改了原来的架构，在此基础上想出了另一个故事，包含我的想法。这一集被称为"睡袍派对"，讲斯蒂芬妮被邀请参加"亲密母女睡眠派对"（《浪漫满屋》版女童子军）。显然，她因为没有母亲而无法参加。所以，"3个男人"之一的乔伊最终决定带她参加，同时穿着他的忍者神龟睡衣出席。喜剧效果随之而来。

由于美国编剧协会规定编剧只能撰写、修改一定数量的剧本草稿，因此制片人必须从头亲自动笔改写我的剧本。我不得不承认，我的第一个电视网剧本被一页一页重写过，这可不是一件好事。正如之前提到的，每当遇到这种情况，节目的编剧团队必须全盘接手。当一名编剧提交的剧本需要一页一页重写时，节目制片人通常不会再雇用该编剧。当然，对我来说，这并非完全是我的错。毕竟，制片人一开始就买下了我的故事构思。回过头来看，这也是因为我的故事听起来令人耳目一新——这是他们见过的数千名编剧从未遇到过的情况。

幸运的是，我遇到了非常好的制片人。他们本可以带我去仲裁，要求编剧协会分割作品积分（见第27章）。相反，他们不仅单独发给我剧本录用通知，甚至请我回来多写几集剧本，表示他们愿意购买。但是对我而言，痛苦的事实就是我的剧本被修改后，这一集中没有一个词和一个笑料是我写的。这个教训是惨痛的：在采用个人经历的同时，一定要确保故事的运转，不能只关注角色，更要表现出节目的整体感觉和理念。

> "我想象中的编剧是那种即使写出的故事很普通，也不会令人厌烦，他们都会用一种奇特的、启发式的方法娓娓道来，令人开怀大笑，同时回味无穷。要从自己的经历写起，从独特的视角写起，如同邀请我与你一起走进一个房间，要能清楚地看到这里发生了什么。"——马克·沃伦，艾美奖得主，《浪漫满屋》《天才魔女》《乔纳斯兄弟》《欢乐道场》执行制片人

研究起来

当写自己的故事时，你应该尽可能多地观看喜剧，吸取经验。观看现在在播的情景

喜剧，你会对当前的节目趋势有很好的掌控。不要转过头面对过去写恐龙时代的故事。当然，20世纪50、60、70年代出现过一批非常出色的电视节目，从中可以学到非常多的经验，这也正是它们被称为"经典"的原因——经受了时间的考验。历经30年、40年、50年，甚至60年之久，其中一些重播的节目比现在制作的节目还要好。

每年秋天，艾默生学院都会举行"父母周末"，我会为学生家长开设小型喜剧写作课，定期播放《我爱露西》中的一集。接下来，我会把它分解，展示出构成一部好喜剧所需要的故事情节、结构和其他喜剧元素的重要性。这一集题为《好莱坞终于来了》，故事滑稽可笑，而且结构十分巧妙。每当节目开始在大屏幕上播放时，我环视逐渐暗下来的房间，发现有那么多人的脸上挂着微笑，认真地倾听60年前写出的笑话，依然哈哈大笑，这样的场景多么令人惊叹！

所以，像《全家福》《我爱露西》《陆军野战医院》《玛丽·泰勒·摩尔秀》（*The Mary Tyler Moore Show*）这样的经典节目，要养成研究它们的习惯。从中，你会找到丰富多彩的人物形象、来自人物本身的原创故事、符合人物性格的笑料。对于学生们，我提出的希望是，他们写出的喜剧不仅今天看来有趣，在未来几年仍然有趣。甚至对于还未出生的观众，他们将来看到这些喜剧时，还觉得有趣。相信我，这并不是一件容易的事。

打破创作困境

所有编剧都会遇到这样的问题——创作困境。不管怎么努力，你似乎无法写出任何好的东西。事实上存在这样的情况，你写不出任何剧本，只能死死地盯着计算机屏幕或笔记本的空白页，大脑一片空白。那么，你该怎么办？所有人的处理方法都不相同。有人听摇滚乐，有人看电视，有人散步，有人甚至依靠家务劳动，比如打扫卫生和收纳。总之，你必须找到自己的方法。与无意识的体力劳动相比，我建议选择更积极的、真正有可能激发创作力的方式。我建议去那些有故事的地方旅行，或者到当地的书店或图书馆看看。在这些地方，即使随意地四处逛逛，你也有可能遇到一本书或一篇文章，生发出灵感。

在"睡衣派对"这一季之后，我再次受邀回到《浪漫满屋》剧组。正因为上次的经历太糟糕，这次回归我甚至有点害羞。这一次，我一定要认真地想出一个行之有效的故事。但是，事实并不如我想象的那样顺利。在意识到自己已经一小时接着一小时地盯着空白页发呆之后，我决定出去呼吸新鲜空气，让头脑清醒一下。很快，我就在一家书店里找到灵感，打开电视，开始浏览。我偶然发现了一本关于《脱线家族》（*The Brady Bunch*）的书。它和《浪漫满屋》高度相似，令人难以置信。如同《浪漫满屋》一样，《脱线家族》在每星期五晚上8点档播出，是美国广播公司的一部关于非传统家庭的节目（20世纪60年代，再婚家庭不如现在这样普遍）。与塔纳家一样，布雷迪家干净整洁，每周都有一个小型的、重要的课程。

浏览这本书时，我发现书后附有节目指南。本想忽略它，但其中一个节目突然跃入我的眼帘，这是关于波比的故事——最年轻的布雷迪，他曾经从树上掉下来，因此患上了恐高症，最后在家人的帮助下逐渐克服了。

我知道《浪漫满屋》正在寻找人物米歇尔的故事素材，小米歇尔在那时会做什么，过什么样的生活呢？当时，玛莉·凯特和奥尔森大约5岁，嗯……他们可能在学骑自行车吧？如果米歇尔也在学骑自行车，经历过从自行车上摔下来后，不敢再骑呢？答对了！这就是《浪漫满屋——轻松骑手》的诞生过程，与双胞胎奥尔森在现实生活中学骑自行车的经历完全吻合，他们点亮了我这一集的写作灵感。

再清楚地强调一点，我并没有抄袭布雷迪的故事。绝不要以任何形式或途径套用或剽窃别人的作品。如果将《脱线家族》的这个故事与《浪漫满屋——轻松骑手》相比较，它们没有任何形式、内容的相似之处，也许它们只是拥有一个共同的潜在主题，来自一句古老的格言——如果你从马身上摔下来，最好马上再回去。

这引出了我的下一个观点：《巴特莱特名言集》（*Bartlett's Familiar Quotations*）是治愈编剧写作障碍的良药，它会打开你脑海中不同故事主题的大门。再次重申，我们不是在抄袭，我们只是在激发自己的灵感。

远离这些故事

有一些故事创意，要避免用在待售剧本和推介剧本中。首先也是最重要的理由是，你不想写一个在拍摄时被改得面目全非的故事。不要写两个主角结婚的故事，同样，也不要写任何主角怀孕的故事。其中主要有两方面的原因。其一，如果节目中必须出现主角的"人生大事件"，应该由制片人来决定。他们会事先经过相当长时间的讨论来决定此事。其二，这样的故事一定是特殊的一集，故事架构和剧本通常会交给编剧团队来完成，并且这一集几乎总是在"收视率调查月"播出。

你也应该远离那些带有明显"结尾性"的故事。我经常听到的推介剧本是，某家族正在考虑搬家。这有什么问题呢？正如我所知，这样的故事结尾在开头的时候就完全可以预见：这家人不会搬家。为什么？作为一个自由编剧，想必你知道写全新的故事更简单，而实际上，新故事是以剧组做新背景为前提的，这需要花费一大笔预算。如果你的故事以最终搬迁为结局，制片人即使读到它，也不可能有一笔经费来做新背景。故事一定会发生在同一套旧房子里，拥有与以往故事相同的背景。

当我们在思考主题时，一定要避免这些故事：故事中的人物脱离他们平常所处的环境。待售剧本的写作规范之一是证明你有能力可以按照它原来的样子来撰写剧本，而情景喜剧（尤其是多镜头喜剧）的挑战来自如何使用现有的人物和现有的道具来创作剧本。即使你面对的是单镜头喜剧，仍然存在一定数量的每周都在使用的场景。观众对这些场景非常熟悉，如果你的剧本依赖于过多的新场景，制片人可能会犹豫是否雇用你，因为他们对于你能否在规定范围内讲述故事的能力表示怀疑。表面上看，增加一点新的布景似乎也没什么大不了的，而实际上，一整套场景会是一笔很大的费用支出，尤其如果它只用一次的话。因此，如果你正在脑海中构思一个剧本，讲的是让剧中人物外出度假、度蜜月等，总之凡是人物要远离标准场景去别处的构思，请重新考虑这个创意。

我的建议是，在多镜头喜剧中使用的备用场景不要超过一套，备用场景是指为特殊剧集建好的，但不经常使用的场景。你也许会坚持认为："我的剧本经常会使用多套备用场景。"如果你已经成为编剧组的一员，想用多少就可以用多少，只要在制片人和预算允许的范围内。但是现在，你必须明白，在写待售剧本时，这份工作需要向制片人展示的是"你有能力在现有场景和已知人物的范围内写作"这个重点。

也许你听说过，远离描写假期的剧本。我并不完全同意这一点，人们提到这一点主要是因为假定所谓的"特殊"剧集会由编剧组来写作。当然，这也是事实。但是，请记住，你不是为未来播出的剧集而写作，眼下你正在撰写的是待售剧本，应该展示自己能够为现有的人物和场景而创作剧本。历年来，我的许多学生创作了不少围绕着假期生活的爆笑喜剧剧本。因此，如果有一个关于假期剧集的绝妙创意，当然不必放弃。只需确认笔下的人物没有离开他们所熟悉的环境即可，你的待售剧本看起来要适合所有其他已经未完成的剧集。也就是说，你需要确认的是，如果你的剧本是关于万圣节的，那么在凶宅中拍摄整集的成本支出都不会被减掉。

确认内容为原创

在开始构思之前，我建议编剧先要浏览节目的网站，查看它所列出的剧集是否已经进行了拍摄，如果已经拍摄过则需另寻其他声誉好的节目。网站上可以清晰地看到自试播剧以来所有播出过的剧集。如果不这么做，可能花费大量时间与精力撰写完成一个出色的剧本之后，却发现这个故事已经播出过了。如果这样的话，它对观众而言毫无新鲜可言，即使会有些细微的不同，也不会被通过。更糟糕的是，会有制片人、经纪人、执行制片读到相似的剧本时认为："这个剧本已经播出过了！"这句话会隐含着作者"不劳而获"和"抄袭"已播节目的含义。

如果你提前做足功课，仔细研究了所有剧集，并对它了如指掌，也会有一种可能：你想到某个创意，然后写下来，有可能只写了一半（甚至已经完成剧本），可是打开电视——天哪！播出的正是与你的剧本如此相似的故事！我曾亲眼看到这种情况发生，而且不止一次。问题是应该抛弃已有的故事，重新开始吗？答案是除非你有绝对把握继续下去，否则就应该放弃这个雷同的创意，重新开始。剧本完成之后就要找剧本经纪人，一定要与他确认：剧本已经完成，在播节目中并无相似的故事。当在播节目与你所写的剧本有相似之处时，不幸的是你毫无办法（只能安慰自己，最起码证明你了解这个节目，并且与编剧组极有共鸣）。当然，要尽量减少这种事情发生的概率，方法就是在建构一个故事之前，花时间浏览播出的每一集剧情。

喜剧动作

无论如何，在你的故事和剧本中吸纳动作元素是一个极好的方法。困难在于，这些动作要服务于角色与节目本身，并非闹剧。正如电影《三个臭皮匠》趣味十足，但在现在的节目中却无法复制一样。

写好喜剧动作的关键在于简洁。许多新手作家倾向于过度创作，故事复杂曲折，效果却无趣得很。另一个常见的问题是，仅仅为博一笑而使用动作元素，动作与故事毫无关系。如果故事本身不适合喜剧动作（并不是每个故事都适合），最好删掉，生拉硬拽只会破坏故事的发展轨迹，显得生涩突兀。

想办法添加一些自然的动作元素，使剧本的机会更多一些，也会让你最终脱颖而出。学好写作喜剧动作，演员也会喜欢上你，他们更愿意出演带有一些动作的喜剧，因为它比台词更具挑战性。

> "我认为，情景喜剧的每一集中有一至两处场景是非常重要的。没有人愿意看演员滔滔不绝地讲半小时的话，这已经过时啦！特别是当今，人们一边做饭或玩平板电脑，一边看电视，演员以动作吸引观众的注意，这样的火爆场景显得尤为出色。"——哈里斯·惠泰尔斯，艾美奖得主，《公园与游憩》联合执行制片人，《体育老师笑传》制片顾问，《莎拉·丝沃曼栏目》编剧——关于剧本中添加动作喜剧的重要性

视觉笑点

视觉笑点是一些有趣的东西，例如，演员身着滑稽的服装，他或她身着香蕉或热狗服装走入舞台，不用开口，观众就会笑声不断。视觉笑点并不是剧本必须具备的，但如同喜剧动作一样，如果你能想得到，你的剧本就会比别人前进一步。

A故事，B故事，偶尔C故事和D故事

情景喜剧中主要表现的故事，称为A故事。它是这一集剧本中最主要的故事，可以把它想象为电视节目推荐单上的宣传语。除了强有力的A故事，大多数情景喜剧都会有B故事，它是贯穿整个剧集的次要故事。根据剧情需要与演员数量，也可能出现C故事与D故事。

情景喜剧的B故事的出现有多方面的原因。首先，如果审读情景喜剧的片头字幕，可以看到全部演员阵容，有可能演员人数庞大，而所有演员的薪酬都很高。因此，让他们每周都有工作才是明智之举。其次，电视观众每周都会等着演员们在屏幕上上演各种故事，遥控器掌握在观众手中。想象一下，如果你打开《杰茜驾到》，希望看到原有的一群人，但这一集只有杰茜和西西两个人物，没有尼克，没有施密特，你会不会有些许失望——甚

至会感到被欺骗?

在巨大而不断发展的A故事中融入众多的演员,显然极其困难,这就是B故事存在的最根本原因,它可以有效地缓解故事的叙事压力。

除此之外,根据需要还可能会有C故事与D故事。要确保每个故事使用不同的人物角色。如果你在写《生活大爆炸》的剧本,A故事以谢尔顿与罗纳德为核心,那么B故事的构思则应以拉杰或佩妮为焦点。是不是不太容易?

现在,你可以试试看,写一句话概括A故事,然后再写一句话概括B故事;可以的话,接下来写C故事与D故事。

冲突为王

一旦对故事有了构思,你就需要记下故事的基本节奏。换句话说,推进故事前进的行动要点是什么?我在审读年轻作家的喜剧剧本时,有一个问题反复出现:"冲突在哪里?"这些剧本看起来平铺直叙,看上去太糟糕了。角色们围坐在一起,叽叽喳喳、喋喋不休,仿佛世界和平。虽然现实世界的一切可能都很美好,但在电视上这样表现却是致命的错误。构思巧妙的剧本应该每一场都有冲突。喜剧源于冲突和对立。剧中人物应该从问题或困境启程,接着困境升级,人物变得主动,有一个计划在手,不断向前,解决问题。同时,其他角色或事件伴随计划而产生冲突,使困境变得越来越糟,直到最后胜利。每一个场景都要充满张力。另外,别忘了升级困境。如果剧本中的角色无法获得他想要的东西,会发生什么?强化结果,就增加了剧情的紧迫感。这一点,请相信我。

牢记为谁而创作

这一条是早年我作为《查尔斯当值》编剧助理时所得到的经验。写作或投稿时,不要忘记核心人物是谁,不要忘记这部剧的故事主要是关于谁的。在大多数节目中,这一点非常明显,经常可以从节目名称中得到信息,《破产姐妹》(*Two Broke Girls*)、《杰茜驾到》《间谍亚契》(*Archer*)、《开心汉堡店》,这样的例子不胜枚举。如果节目名称不那么明显,也很容易弄明白。《查尔斯当值》的核心人物无疑就是查尔斯,由斯克特·拜奥饰演。即使这样,我仍然无数次地听到节目运营官抱怨新编剧的故事:他们根本不了解这个节目。为什么?因为剧名中的"查尔斯"这个词在整个推介会议中都没有出现。某一次,我记得节目运营官说,编剧的每一次故事推介都应该以"查尔斯"开始,否则他们根本不想与他合作。看起来似乎很难,但实际上并不难。事实上,这是一条非常聪明的建议。当你讲述故事创意时,必须明确这个节目为谁而写。必须围绕中心人物来创作故事,必须确保中心人物不仅时常在故事中出现,而且还必须主动提到他们。

> "了解你准备撰写剧本的节目本身。了解角色，了解故事背景，了解他们各种各样的故事。几年前，我带着一堆待售剧本回家审读，大多数是《欢乐一家亲》。我不得不说，十之八九的故事是关于埃迪的，这是一只狗。但《欢乐一家亲》的故事主人公并不是一只名叫埃迪的狗，它的核心是弗莱泽·克瑞恩啊！" ——贝斯·伯恩，贝斯·伯恩管理学院院长

得到反馈

一旦有了故事创意，在会议之前得到一些反馈总是好事。反馈最好来自了解这个节目的人士。无论你决定写什么类型的节目，我猜你应该知道别人也在关注它。实际上，作为一种社交话题，你可能已多次与其他人讨论过此节目。

反馈在很多方面都是一种"赏赐"。首先，它可以令你明确你的创意是否在正确的轨道之上。他们是否认为有趣，以及是否适合这部剧；其次，当你讲述故事创意时，你将惊讶地发现人们经常插话，对你的故事提出不同的思路，这将大大改善你的故事。这就是所谓"三人行，必有我师"的道理。

故事清单

- A故事是否新鲜且原创？
- B故事是否（同样适用于C故事和D故事）同样新鲜且原创？
- 故事是否服务于角色与整个节目？
- 故事是否有趣？是否可以轻松地发现笑料与幽默在哪里？
- 是否将所有角色都写入了剧本中？
- 是否使用了全部（或大多数）标准布景？
- 是否与其他经常看此剧的人讨论过故事剧本？
- 是否研究过节目已经拍摄完成的剧集内容？
- 如果可能，是否纳入动作喜剧元素？
- 如果可能，是否纳入视觉笑点？
- 故事是否围绕核心人物展开？
- 故事是否包含冲突？
- 故事是否得到过反馈？

如果以上问题的答案皆为"是"，那么就可以准备出发啦！我们可以移步到下一个难关——故事结构了。

 第 6 章

情景喜剧的结构

故事结构的重要性

简单来看，结构是剧本最重要的元素之一，是使故事结合得更紧密的"黏合剂"。可以将结构想象成讲述故事的方式，每个场景中发生了什么，发生的顺序是什么？提示：结构是最难理解的事情之一，它需要时间、精力和海量的耐心，一般不可能一次就做对，有时第二次还有可能出错。大多数情况下，在完成剧本之前，你需要重写多次。不要因此而烦躁，因为这是写作中非常正常的过程，即使经验丰富的编剧也是如此。

我经常遇到新手编剧在构思故事结构前碰壁、沮丧、甚至放弃。他们会说："真搞不懂为什么要在故事结构上花这么多时间，我要按我的方式来写作。"这才是犯了大错呢！电视行业不是做汉堡，不能随心所欲。结构之所以存在，正是因为它本身有效。业内人士掌握结构，因为他们熟悉结构。如果你的故事结构不准确，或者更糟的是故事没有结构，他们在读剧本时会认定你是外行，因为你仍未掌握电视写作最基本的要素。

经典双幕结构与现代三幕结构

从情景喜剧的历史来看，它们大多数都是由两幕组成的，每一幕指讲述故事的一系列场景。对于多镜头节目而言，一幕由大约4 ~ 7个场景组成。单镜头节目则不同，其包含更多的场景，而且这些场景往往时间更短。在经典双幕情景喜剧结构中，第一幕是故事的建构，要让角色进入困境；第二幕是解决，要让人物从困境中解脱出来。每一幕的长度应该大致相同（并不绝对相同）。

在剧本的中间部分，应该有一处称为"幕间休息"，精彩故事的关键在于强有力的"幕间休息"。可以把它想象成一个迷你悬念——稍后必有大事发生。原因在于，传统的"幕间休息"与商业广告相关。在商业广告时段，观众会暂时离开，他们（而且经常这样做）手握遥控器总是想看看还有其他什么有趣的节目。但是，从理论上讲，一个好的"幕间休息"将会吸引观众再次回归节目，因为他们想知道接下来会发生什么，以及人物如何摆脱困境。

如今许多节目倾向更现代的"三幕"结构。是的，正如你所想：额外的幕间休息意味着额外的商业广告，也等于额外的广告费。简单来说，可以将三幕命名为"开始"、"中间"和"结束"。如果更专业一点，我喜欢将第一幕称为"故事建构"，第二幕是故事的"核心和灵魂"，第三幕是"问题的解决"。与双幕结构一样，三幕剧的每一幕的长度应该大致相同（尽管在一些节目中会略有不同），并且第一幕和第二幕都应该以吸引观众的幕间休息作为结束。

通常，一个节目总是由双幕结构或三幕结构组成的。换言之，通常不会由双幕和三幕混合搭配而完成，因为那样观众会觉得太混乱。

有时，你可能会看到有四幕结构的节目，如《开心汉堡店》就是这样的例子，那么，这样的结构允许它再多一个商业广告时段。这种结构在喜剧中并不常见，但是随着结构的改变，事实证明了对于电视台而言，《开心汉堡店》很成功，节目非常火爆。

当你在写剧本或者某一集的推介方案时，应该按照案例节目本身所遵循的结构来写故事。如何确定节目分几幕？很简单！多看几期在播节目。如果节目中间只有一个迷你悬念和商业广告，显然它是经典的双幕结构；如果有两个迷你悬念和商业广告，那么它就是现代三幕结构。总而言之，研究一个节目，应该看其在黄金时段的节目设置，而非辛迪加时段，因为黄金时段通常会有更多的广告时段。如果由于种种原因，有些节目无法确定具体分为多少幕，那么请尝试（如我以前推荐的）求助于剧本文字稿。接下来你将会明白，在电视剧本中，幕间休息是"自然法则"，确定某一个节目是两幕结构还是三幕结构，从剧本上来看是非常容易的事情。

当然，每个规则都有例外。为付费频道——如家庭影院电视网（HBO）和娱乐时间电视网（Showtime）及流媒体服务（如网飞公司）而生产的系列剧没有幕间休息，故事都是从头到尾不间断地运转。如果你正在为其中某档节目撰写剧本，自然不必为幕间休息环节而担心。除此之外，故事的结构基本相同，包含和其他喜剧一样的所有元素。

最后要关注的是某些节目有"冷开场"和"尾声"。在剧本开始和结尾处出现的这些小段落总体上比幕间休息要短得多。提示：在确认节目有多少幕的同时，不要将"冷开场"和"尾声"混淆其中，它们并不相同。

冷开场

冷开场，也称为"预告"，是片头字幕之前的几分钟节目，主要目的是挑起观众的情绪，让他们立即进入故事情节，从而在一开始就击败竞争对手。很多观众都习惯于手握遥控器，每隔一小时或半小时翻来覆去地换台。你认为观众会觉得哪些更有趣：节目片头字幕还是有趣的节目片段？当然，大多数人都喜欢后者。电视网正是看中了这点。

冷开场不同于故事。在有些节目中，冷开场与剧集的主要情节毫无关系，它与故事完全分离。在有些节目中，冷开场可以有助于主要情节的建构。大多数节目都是这样的，每周都有冷开场，或者根本没有。偶尔，可能会有个别节目每周都有变化，但这很罕见。

你的剧本中有冷开场吗？这取决于节目本身。记住一个原则，要让你写的剧集与节目本身一致。因此，当务之急是结构相似。如果节目本身每周都有冷开场，那你就应该增加一个这样的环节；如果节目没有，生硬地把这个环节放在剧本中，会显得编剧不了解节目的结构。如果节目本身结构不确定（当然这很少见），我的建议是必须写一段冷开场，因为这也是使剧本增加笑点的机会。

尾声

尾声是2～3分钟的小片段，出现在节目结束时片尾字幕之前。事实上，有时片尾字幕会在尾声画面上滚动。当然，也可以将尾声理解为冷开场的对等形式。二者的不同之处在于，虽然冷开场可以建构一个故事，且本质上属于第一幕的一部分，但是尾声不能作为故事的结局，所以它不应被视为最后一幕的一部分，相反，它应该是完全独立的一部分。永远不要以尾声来完结A故事或其他故事。所有的故事都必须以最后一幕的形式精确地完成，这一点非常重要，因为当此节目进入辛迪加时段时，为了增加更多的商业广告，节目经常会以不同的方式被编辑，以便当地电视台能够增加收入。在这种情况下，尾声可能会删掉，同样，在美国以外的市场上，尾声也不会出现。因此，如果在尾声中揭示故事的结局，那么观众将随着剪切而不知故事之所终。

尾声可以作为故事的一些扩展，比如可以在故事解决问题之后附加一些趣事，或者附加节目录制中令人捧腹的NG镜头。

你的剧本中应该有尾声吗？正如冷开场一样，答案是如果节目本身有这个环节，你的剧本中也应该有，反之则不需要。

重大喜剧场面

制作精良的情景喜剧故事都会有著名的重大喜剧场面，它通常出现在剧本的结尾部分，是剧情发展至令观众开怀大笑或拍案叫绝的结局时刻。举例来看，你正在写一部关于两个住在纽约的单身汉的剧本。他们互为朋友，却同时疯狂地爱上了住在瑞典的"维多利亚的秘密时尚秀"的女模特。他们从报纸上得知，这位模特即将在曼哈顿豪华酒店有一场时尚走秀，属于慈善公益性质，并不对外售票。因此，他们决定潜入酒店，与女模特来一场偶遇惊喜。梳洗打理一番后，他们来到酒店，偷偷摸摸地来到演出后台。然而在混乱中，他们却被无意中误当作模特，被迫走上T台。在故事的这一时尚秀场景中，他们身着缀有金属亮片的女式紧身内衣，昂首阔步地走着猫步，最终与瑞典女模特面对面——这就是重大喜剧场面。

在完美的情况下，A故事与B故事在重大喜剧场面中汇合。撰写这样的场景即使对于经验丰富的编剧而言也是非常有难度的，并不是每一集都有这样的设置。然而，如果你的故事水到渠成地导向这样的结局，这样的剧本毫无疑问会令人印象深刻，这也正是所有编剧的目标。

创造反转

世界上最糟糕的故事是平铺直叙。简单的线性叙事在电视领域中不受欢迎，它们因缺乏而乏味。最好的故事是带有反转情节的，反转情节是观众无法预料的情节。换言之，故事一直朝着一个方向发展，接着发生了一些事件，使故事的发展方向发生了转变。反转的发生往往令观众猝不及防，同时引起了他们的关注与兴趣。可以把反转想象成坐过山车一样，乐趣在哪里？它很少有直线前进，所有的拐点都好像是从哪儿突然冒出来的一样，写故事也要如此。提示：反转是非常困难的，但是，为了写一个激动人心的故事以及一个令人震惊的剧本，必须如此！如果没有重大的喜剧场面，那么增加反转对于故事情节就显得尤为关键。重大喜剧场景与反转可以同时出现吗？当然。事实上，富有经验的喜剧编剧总是把它们组合使用。

连续笑料

连续笑料是指贯穿全剧重复出现的笑料。有时它是完全相同的，例如《宋飞正传》的许多集中都有伊莱恩猛推某人且大喊"滚出去"的桥段。也有一些连续笑料是基于同一个笑点所呈现出的不同形式。以《辛普森一家》为例，剧中有一个关于"沙发"的笑点，一家人总是挤坐在沙发上。有时这个笑点以相同的方式重复，有时也会有不同：一家人挤在沙发上，沙发翻掉了；一家人挤坐在沙发上，沙发掉到了楼下；一家人挤在沙发上，有人被挤飞了，等等。连续笑料也可以发生在一集中，反复出现，有无变化均可，但它只可能是"一锤子买卖"，在剧中的其他集就不要再出现。就你的剧本而言，建议详细查看原剧本是否有连续笑料，如果有，要加在你写的剧本中；如果有多个笑料，可以选择其一，而非全选。笑料最终是为故事创作服务的，如果有必要，当然也可以考虑自创笑点。

无敌情景喜剧结构

下面我会提供一份无敌情景喜剧结构，如果你以此为标准来撰写剧本，保证无可挑剔。主要要求如下：

- 以A故事开始每一幕
- 以A故事结束每一幕
- B故事穿插进行（C故事与D故事同样适用）
- 每个故事的开端、发展、结局均需明确
- 每一幕中出现所有故事
- 每一幕中出现所有主要人物
- 幕间休息必须足够吸引人，置主角于危难中

- 在每一幕的开始升级危险
- 在最后一幕的最后一个场景，以重大喜剧场景或反转来结束A故事

以A故事开始每一幕

一定要牢记：A故事才是主要故事。因此，要将它放在首位，给它最大的关注点和时间。每一幕都要从A故事开始，不要旁敲侧击，更不要浪费宝贵的时间。要迅速完成故事的建构。在第一幕中迅速让观众着迷，接下来，让观众随时保持这种关注与迷恋。

以A故事结束每一幕

幕间休息必须落在A故事上。再次强调：它才是主要故事，是让观众不调台的关注点。我们不会像关注A故事一样去关注次要故事，因为次要故事不够重要。因此，观众并不会被以B故事或C故事为中心的迷你悬念所深深吸引，并在商业广告时间之后再回来。

B故事穿插进行（C故事与D故事同样适用）

只有A故事已经清楚地建构，你才可以着手植入次要故事。在一些节目中，次要故事的场景完全独立。有时，也会与主要故事相汇合。当然，要按照节目的既定要求来写。最重要的一点是给A故事足够多的时间，然后是B故事，接下来才是C故事或D故事。

每个故事的开端、发展、结局均需明确

每个故事都应该有自己明确独立的开端、发展、结局。否则不要开始撰写或植入第二个故事，不然剧本就会垮掉，观众也会因感到迷惑而产生被"骗"感，最后弃剧而去。

所有故事都出现在每一幕中

每一幕中都要包含所有故事的场景。你一定不想等到第二幕才建立B故事。同样，在第一幕中只开始讲述一个故事也是错误的，因为时间永远不会倒流。

所有主要人物都出现在每一幕中

只要有可能，你应该尝试让所有主角在每一幕中都出现。人物才是观众每周收看节目的主要原因，这些角色就如同到家里来做客的朋友们。所以，作为编剧，你要确保观众想要的东西能够呈现出来。此外，还要确保所有主角都参与这一集的其中一个故事——无论是A故事还是其他——这些故事在每一幕都在向问题解决的方向迈进。

幕间休息必须足够吸引人，置主角于危难中

这一点我再怎么强调也不为过。每一幕的结尾都必须发生一些重大事件，令观众有一

种强烈的渴望，想知道接下来角色如何走出剧情所设置的困境。幕与幕之间必须以这种时刻来间隔。幕间休息时，人物一定要处于低谷中。

每一幕的开始升级困境

商业广告时段结束后，困境必须升级。如果角色不能再深化下去，那么他要选择做一些使情况变得更糟的事情。同时，一旦你把角色置于危险境地，观众就会耐心地等待商业广告过去，再回来看接下来会怎样，你一定也不愿把他们推向B故事。

在最后一幕的最后一个场景结束A故事

A故事是主要故事。一旦A故事问题解决，就相当于把去往糖果店的钥匙丢掉了，节目也意味着就此结束。因此，把A故事的解决推迟到最后一幕的最后一场是非常重要的。

结构样本

以下为如何构造多镜头情景喜剧的一个样本。单镜头节目也遵循相同的结构，只是有更多的场景。请记住，这只是一个例子，没有两个故事是完全一样的。因此，你的故事结构可能稍有不同，必须根据故事的需要来写故事大纲和结构。

第一幕

第一场（开始A故事）

第二场（开始B故事）

第三场（回到A故事）

第四场（开始C故事）

第五场(回到A故事，人物处于危难中)

幕间休息

第二幕

第一场（A故事继续；升级困境）

第二场（B故事继续）

第三场（A故事继续）

第四场（C故事问题解决）

第五场（B故事问题解决）

第六场（A故事继续，反转）

第七场（A故事问题解决）

在这12个场景中，有7个围绕A故事展开。显然，它是主要故事。3个场景围绕B故事，2个场景围绕C故事。一旦建立A故事以及所有的次要故事，你可以把它们按照任何有意义的顺序排列，只要A故事处于每一幕的开始和结束，并对它给予最多时间和关注即可。

正如我所说的，每个规则都有例外。我的建议只对大多数节目有效。通过研究既定节目，你才会知道它是如何运作的。例如，《辛普森一家》倾向从B故事开始。如果你在写《辛普森一家》的剧本，当然应该以B故事开始。

结构至关重要，因此用一些经验来结束这一章吧！它们值得你随时回顾、思考与理解。它们是：立即设置A故事，并为角色设置一个困难；持续让困难越来越糟，直到幕间休息，此刻，角色处于水深火热的难关，甚至不可能更糟了。下一幕开始，立即使困境变得更糟，继续变得朝着更坏的方向发展……每一幕均是如此，困境不断升级。最终，A故事和B故事汇合，一切都在重大喜剧场景中欢快爆发。如果可以，添加一个反转。如果你的故事不适合重大喜剧场景，也没有关系，但如果舍弃的话，就要增加带有反转的结尾。好，准备好这些，就可以放手一搏啦！

故事结构检查表

- 是否绝对确定节目有多少幕？
- 每一幕都以A故事开始和结束的吗？
- 是否把大部分剧情时间都花在了A故事上？
- 次要故事穿插之后，它们是否各有其鲜明的开端、发展和结局？
- 幕间休息是否令人物处于困境中？
- 每一幕开始时是否升级了困境？
- 每一幕在时间和人物分配上是否基本平均？
- 如果可以，是否加入冷开场和尾声？
- 是否添加重大喜剧场景或反转？
- 所有故事是否都在其中？
- 每一幕中是否包含了主要角色？

如果以上所有问题的答案都是肯定的，恭喜你！现在是时候开始剧本大纲的写作了。

—————————— 第 7 章 ——————————

情景喜剧故事大纲

为何要划分为幕和场

许多人都会这么想：既然已经掌握了正确的故事结构，就可以马上打开计算机写剧本了。不，还要再等等。

在专业的电视写作领域中，一旦编剧被安排写作一个故事，他需要做的第一件事就是按幕、场来撰写故事大纲。故事大纲可以看作剧本的蓝图，就像建筑工人没有完整的计划就不会盲目开始建造新房子一样，职业编剧也不会提笔就写，故事需要详细地列出细节。如果故事不完整，剧本将无法运作，道理就这么简单。因此，制片人坚持让编剧先完成故事大纲，将故事剧情分解成每一幕与每一场。

写剧本之前，建议你也要像职业编剧那样先来写故事大纲。大纲不仅是一种很好的实践方式。也许更重要的是，它还可以保证写作时间和进度。多年来，我目睹了许多大有前途的年轻编剧在写作之前拒绝写大纲，他们认为自己可以掌控写作，而几个月之后，剧本不可避免地被发现这里或那里的情节中出现错误，故事漏洞百出。这样一来，所有的辛苦都付诸东流，他们必须重新回到起点，从头开始建构故事，而那几个月的宝贵时间和精力也都白白浪费了。

通常，年轻编剧会跟我讨论故事大纲的价值和重要性，他们认为节目重在即兴表演，比如《消消气》，"这是多么好的节目，完全现场发挥，不需要故事大纲"。要知道，《消消气》也是有故事大纲的。正因为他们没有剧本，所以主要依靠大纲让故事走入正轨。我敢保证，大多数像《消消气》这样的故事都属于天才级，情节交织紧密、完美。这绝不是偶然，演员不可能每天在没有任何故事大纲的情况下进行表演，而且每个故事还要表现得流畅自然，所有的情节不可能像魔术一样变出来。即使如拉里·戴维这样经验丰富的编剧兼演员，也一定了解故事大纲的重要性。任何编剧都无法逾越故事大纲，你也如此。

> "早期，故事大纲一般只有5页。《消消气》每集故事的场景更密集，拉里写入了更多的细节，故事大纲也逐渐变长，7页、8页……由于节目本身的需要，编剧的撰写工作一直在进行。编剧们在房间中不停地写，因为话题取材广泛，我必须在以下场景之间取舍：拉里冲着某人怒吼或者拉里向他道歉。"——奥斯卡奖提名，艾美奖得主，鲍勃·维德（Bob Weide），《消消气》（*Curb Your Enthusiasm*）执行制片人和导演，《消遣司隆先生》（*Mr.Sloane*）创作者/执行制片人

因此，不要自欺欺人地认为初为编剧就可以跳过大纲阶段，直接开始撰写剧本。相对来说，大纲比剧本更难写。仍以建筑房子的例子来类比，你更喜欢住在哪栋房子里：一栋是建筑商心血来潮建造的，他对房子竣工后的模样只有一个模糊的概念；一栋是严格按照建筑师设计的图纸和计划来建造的。显然，前者会浪费大量时间，并最终有可能导致混乱不堪的局面，而后者具有确定的计划，能够更快地完成，问题也更少。写作大纲也是一样，没有计划的写作可能会导致中途迷失方向。从另一个角度来看，一旦勾勒出故事的蓝图，清楚地知道故事发展方向，后期剧本的写作也会简单易行得多。

完美大纲如何完成

简而言之，完美的故事大纲应该是对故事主要情节的概述。在招聘时，编剧和制片人阅读大纲就能够了解故事内容、发生时间以及故事是如何演变与解决的。

故事大纲应按幕、场来划分。在每一个场中，编剧首先要写清发生地点（何种场景）、发生时间（白天或夜晚）。其次，描述故事发生的主要节奏（或动作），从进入场景的那一刻写到离开场景的那一刻。大纲总是用现在时态来写，尽量少写对话。如果你想到一个有趣的笑料，应该把它记录在大纲中，但要避免为了对话而对话。同样的道理，大纲是故事的蓝图，而对话应该在剧本的写作阶段完成。

应该避免从镜头角度直接撰写剧本的创作倾向。请记住，你是编剧，不是导演，要相信导演有能力选择属于他自己的镜头角度。因此，只有在与故事相关的情况下，才需要在大纲（或剧本）中增加镜头标识。更明智的做法是：如果增加镜头标识或者使用任何类型的电视术语，就一定要使用正确。一直以来，我在大量的故事大纲和剧本中看到过太多的这种情况，似乎编剧认为只要频繁地使用电视术语，制片人就会将他当作业内人士。但是如果用错了语言，结果一定得不偿失。

良好的写作基础才是关键

完美的大纲读起来应该像读小说一样，剧本也是如此。这不是指大纲的形式与小说一样，而是指它的故事一气呵成、引人入胜，令读者手不释卷，绝非华丽冗长。从这个意义上

讲，少即是多。那么，使用尽可能少的话语来描述故事中的行为，关键是要找到最确切的词语或句子。例如，角色是"走入"房间还是"潜入"房间，抑或是"闯入"房间。为角色选择合适的动词，不仅使表述更准确，而且会使大纲读起来更有趣、更刺激。所以，要使用尽可能少的词语准确表达发生了什么事，用尽可能准确的词语来描述人物的情绪与行动。

写作大纲时，你肯定会回想到高中时代的英语：通过改变句子结构以吸引读者，尽量避免使用长句，正确使用标点符号和语法。这些都很重要。身为编剧，意味着你笔下的所有文字，包括大纲都必须出色。

关于格式

大纲和剧本的写作，是有一定的格式规律可循的。如今，有不少年轻编剧，对格式不屑一顾，总是草率对待。不知为什么，他们似乎觉得格式无关紧要，只要素材好，经纪人和制片人就不会在乎格式。这种认识是完全错误的。因为经纪人与制片人永远不知道故事素材有多么新颖，他们没有时间去看。他们只会翻到第一页，一旦意识到编剧是业余水平，马上就会合上剧本。

专业编剧必须遵循行业标准。这意味着，当与经纪人、制片人或其他任何行业内的人合作时，你无时无刻不在阅读剧本，即使微小的错误或与格式不符都逃不过你的眼睛。所以，当一个剧本或大纲放在桌子上时，如果它的格式随意，就只会引发两种猜测：或者编剧平庸，不了解剧本的写作规范；或者编剧虽然了解，但不在乎格式。而这两种情况都不意味着这个编剧能够胜任接下来的剧本撰写工作。

故事大纲有多长

想来被咨询过最多的问题之一就是大纲应该写多长时间。然而，我并没有具体的答案。在这个问题上，我更注重质量而非数量。关于大纲，最重要的是它写得好——故事安排得当，矛盾很清晰，人物困境以及解决办法非常明确。

页数并没有具体的规定，事实上，它的实际长度根据故事和场景的不同而不同。传统的多镜头情景喜剧，可能会比单镜头喜剧有更少的场景，尽管前者的单个场景可能更长。粗略估计一下，一般有6～10页，这也取决于故事涉及多少场景。显然，单镜头喜剧有更多的场景，大纲可能更多的是在10页以上。

在数量方面，值得注意的一点是，不要安排太多的场景。请记住，大纲之后的下一步是撰写剧本。那么大纲中的每件事都需要转化为行动和对话。如果大纲有太多的场景，而它们又都很长，写剧本时将会很难将其全部纳入。通常，多镜头喜剧剧本大约有45～49页，单镜头喜剧则大约有30～35页。剧本必须在这个长度之内，这一点是行业标准，非常重要。那么，大纲如果长达20页，就需要削减，否则将来的剧本就会太长。通常情况下，年轻编剧不舍得删减任何剧情。但一定要习惯于删减。一旦成为一名职业编剧，你每天都要面对的工作就是删减大纲和剧本。此外，请放心，删减后的大纲，阅读感觉更佳。还有，别忘了，场景越多，拍摄成本越高。所以，请仔细检查是否可以组合场景。追问自己设置每个场景的目的，是否有助于推动故事向前发展，否则果断放弃。

要确保每一幕在场景和时间上处于平衡状态，不求绝对。但如果一幕有3个场景，而另一幕有15个场景，那一定有问题。

只需列出何时发生何事

每一个场景都需要视觉上的考量。在脑海中构思笔下的场景：在哪里发生？场景开始到结束的过程中发生了什么？常见的错误有，大纲文字不能转变为画面。例如，"琳达冲进餐馆，生气地冲着鲍勃大喊，因为上周她让他去拿干洗的衣服，但他一直都没有去。几年前，她的妈妈送给她一件衬衫，她打算今晚去参加派对时穿，现在由于鲍勃没有取回来，她无法参加派对。"这段文字的错误在于，所有这些信息必须在画面和对话中实现。正确的写法是："琳达冲进餐厅。她对鲍勃大喊，他没有取回干洗的衣服。现在，她不能穿她最喜欢的衬衫——这是她妈妈送给她的圣诞礼物——去参加今晚的聚会。看起来清楚多了吧？请记住，观众手中不会有大纲或剧本。所以，大纲不能写角色的想法或上周发生的事情，只需撰写现场正在发生的事情即可。所有这些信息都必须由角色在此刻展现出来。

抛弃被动语态

大纲和剧本要避免任何此刻没有发生、未来才会发生的动作——"将要"。顺便说一句，"将要"这种句式大概是英式英语中最奇怪的时态之一，它被过度使用且非常枯燥。写作的目标是以动作为导向写出清晰有力的句子。举例来说，一般人的表述可能是"安妮正在弹钢琴"，而换作"安妮弹钢琴"，听上去更加简单，或者更进一步，"安妮猛击琴键"。你知道如何提升阅读趣味吗？建议在英文大纲完成之后，点击文档中的"查找"按钮，搜索助动词"是"。然后用精心挑选的词语替换它们，精确地表达你的想法。使用主动语态写作，大纲将令人倍感新鲜和激动人心。

抛弃"我们"

新手编剧经常不写"发生了什么""何时发生"，而写很多其他不该做的事情，比如总是以"我们看到"来开始每句话，就像"我们看到汤姆爬上一棵树""我们看到他伸手去拿一个苹果""我们看到他摇摇晃晃""我们看到他从树上掉下来""我们听到'砰'的一声"。换成这样的表述如何："汤姆爬上树，伸手去拿一个苹果""他摇晃着，然后'砰'的一声落在地上"。这听起来会好得多。你并不需要写"我们看到"这些词语，当然也不需要"我们听到"。它们不仅多余，而且会破坏写作的流畅感。注意：只需描写在现场发生的事情，导演会拍摄你写的东西。所以，避免使用那些多余的词语，把空间留给更多笑料。

情景喜剧的大纲案例

下面是动画喜剧《海蒂X》开头几个场景的大纲，编剧是希拉里·多诺霍（Hilary Donoghue）。她是我的学生，毕业于爱默生学院电视试播剧写作班。感谢她对本书再版的授权。动画剧本可以按照单镜头剧本格式来写作，如《南方公园》（*South Park*）和《开心汉堡店》。当然任何形式都取决于节目本身。希拉里选择用单镜头格式来撰写，剧本是关于一个年轻的机器人天才的故事，然而女人缘欠佳，所以他建造了"完美"的机器人女友。你先读一读这篇大纲，然后我再来谈重点格式问题。

第一幕

淡入：

内 麻省理工学院教室 – 白天
精力旺盛的大高个哈里·哈珀（19）鼓励害羞内向的"极客"斯科特·伍德（19）与可爱的安妮同学（19）约会。斯科特回想起，最近所有与女孩子失败的约会经历。

内 电影院 – 夜幕（闪回）
斯科特和詹妮（19），漂亮而精美的手表环绕在她的手背上。他试图伸懒腰，胳膊肘碰到了詹妮的头。她微笑着揉揉头。斯科特再伸了一次懒腰，又一次碰到她。她有些生气。斯科特第三次这样做。这一次，他一点也没有害怕她生气，而是伸出手臂搂住詹妮。当满意的斯科特撅起嘴唇慢慢靠近时，她大声地磨着牙。

内 浪漫餐厅 – 夜幕（闪回）
斯科特和艾比（19）坐在餐桌旁，她很漂亮，但并不出众。服务员把开胃菜送到桌上，并提醒斯科特汤很烫，但是斯科特并未理睬，因为他被附近的一对恋人吸引了：女人充满诱惑地用勺子喂男友。斯科特递给艾比一勺汤，而汤却洒在了她的衣服上。艾比尖叫着，她被烫伤了。

内 麻省理工学院化学实验室 – 白天（闪回）
斯科特和麦琪（19），一个穿着毛衣的可爱的胖女孩，正在准备实验室的设备。斯科特打开煤气阀，准备点燃本生灯，却心不在焉地点着了麦琪的马尾辫。他的双手开始颤抖，麦琪被火焰吞没，尖叫起来。

内 麻省理工学院动物教室 – 白天
铃声响起。斯科特走向门口，从詹妮和艾比旁边经过，她们共同推着轮椅，麦琪满脸是血、缠满绷带，坐在轮椅上。她们对斯科特怒目而视。

外 麻省理工校园 – 白天
哈利鼓励斯科特鼓起勇气与安妮谈谈。斯科特追上安妮，想与她约会。安妮犹豫不决。由于实在找不到借口，她竟然迎着一辆疾驰而来的公交车走去。

　　首先，请注意希拉里的英文大纲使用的是12号库里耶字体。这是业界公认的剧本与大纲标准字体。

　　请注意，一开始，希拉里就告诉我们这是第几幕。"第一幕"这几个字是大写字母，居中且有下划线。你应该遵守这个规则，并注意再次遇到同类情况也要遵守这个规则。

　　下一行"淡入"也是大写字体，接着是冒号。它们居左，独占一行。有些撰稿人将"淡入"和"淡出"从剧本和大纲中删除了，而我却坚持使用这些词语，我认为它们是完美的书写习惯。

　　从这里开始，希拉里开始她的故事，一个接一个的场景。她写得既快速又随意。虽然是故事，但它也必须动起来。

　　让我们接着看第一句："内 麻省理工学院教室——白天"，这也称为场景标题，大写且有下划线。场景标题很重要，提示场景发生的时间、地点信息。撰写场景标题时，要思考"动作发生在哪里"，室内还是室外。希拉里的故事中，第一个场景发生在麻省理工学院教室里。"内"一词指室内。如果场景发生在室外，如后来的一些场景，场景标题以"外"开始。

　　标明内、外景之后，要指出特定的场景地点。在希拉里的故事中，特定的场景地点显然是一个教室。所以"内 麻省理工学院教室"意味着这个场景发生在一所著名大学的教室里。一旦确定特定的场景地点，为确保故事场景的一致性，在大纲和剧本的其他相同位置，请确定在标题中使用同一场景地点。否则，会引起混乱。

　　此时，还应该告诉我们场景所发生的时间。不必十分精确，只需一个粗略的概念，通过诸如"白天"或"晚上"之类的词，或者一些有细微的变化的词语，如"早晨""下午""晚上""黎明"或"黄昏"即可。有时，你可能会看到"继续"（CONTINOUS）这个词，而非具体的时间段，这意味着此场景与前一场景时间完全相同。当使用它时，需确认在时间或动作上没有中断。如果此场景发生在前一幕之后的几分钟，那么就不再属于连续性的。希拉里的场景标题中，注意场景和时间中间由空格-连字符-空格连接。这听起来太过于细节化，这一点我也承认，但在使用连字符时却值得注意这种一致性。通常作者会在场景标题中综合连字符或破折号来使用。同样，如果缺乏对这些对细节的关注，也是草率而不可取的。追求完美，这是写作的基本原则。最后需要注意的是，场景标题在括号中出现的"闪回"一词。它是为了让读者或制片人了解此场景发生于之前，比当前时间更早。倒叙的场景请使用这种方式明确告知。当然，大多数场景发生在当下，如果是这样，不需要写这些提示。

　　场景标题之后，希拉里写下了在每一个场景中所发生的事情。场景描写应该简短而富有诗意。直白点来说，就是快速、恰当且美好。值得注意的是：由于这是一部单镜头情景喜剧，属于电影风格。因此，每当新人物出场，他的名字应该全部大写。此规则只适用于人物第一次出场。

　　此外，希拉里写每一个角色时，都会有一个简短的描述。注意，她虽然描述了每个人物的外貌，但她并没写头发、眼睛的颜色，除非特有所指。你也要避免这一点，否则会限制演员选择的范围。同时，要用几个核心词汇来描述人物性格。如"极客（Geek）"还是"摇滚范儿"？最后，注意所有人物后括号中的数字（19），它是编剧给出的角色年龄近似值，也是为了演员选择而参考。如果大纲中只有"丽莎走进来"这个信息，作为制片人，我们怎么知道"走进来的"是92岁的丽莎还是5岁的丽莎呢？差距相当大。所以在希拉里的剧本中，由于人物角色是同班同学，都是19岁。当然，通常情况下，角色的年龄会有所不同。还有，只需要在剧本中对新出现的人物描述年龄。当然，如果你正在写《公园与游憩》的剧本，每个人都了解莱斯利等人物。但如果你在剧中塑造了一个新角色，比如出现莱斯利的第三位堂兄，那就需要从身材、性格方面作出一些描述。这对演员也大有帮助，他们可以揣摩角色的性格，考虑在拍摄时如何发挥。

希拉里的大部分场景简单明了。有时你会遇到某些需要较长的场景大纲，可以划分成几个小段落来写。不仅更易阅读（大段的文字可能很难令人注意力集中），且有助于文字的流畅。动作转变或情感变化的时候正是切分段落的好时机。

从第一幕开始，希拉里的故事开始推进，每一个场景都会推动故事向前发展，你也应该这样。这一幕结束，用"淡出"来结束，位置居右（注："淡入"居左，而"淡出"居右，以此为准）。然后跳过一两个空格，仍然用大写字体、居中和下划线的格式写下"第一幕完"（请参考第12章所附的剧本）。

其他要求

在英文大纲和剧本中，请远离粗体和斜体。如果想强调某事，尤其是在对话中，用下划线。

写场景描述时，电视剧编剧不要把观众称作"你"，相反地，应该使用"我们"，这个称谓是结合了观众和编剧的集合体。我建议不要使用术语，如果遇到特殊情况也请尽量少用。在这种情况下，当提到观众时，要将"你"换为"我们"。

确保场景标题位于动作发生的位置。这一点是新手编剧总会忽略的细节。比如说，场景标题是"内 卧室 - 早晨"，现场描述为：当门铃响起时，比尔和玛丽正躺在床上看电视。玛丽准备去开门。突然，下一个动作是玛丽打开门，玛丽的母亲走进房间。她有一段完整的对话。它的问题在于，编剧忘记把场景标题改为"内 客厅 – 早晨"。换个角度来思考：场景标题是告知导演此动作发生的位置以及摄影机的设置。如果你未告知导演（和剧组其他人）位置有所改变，那么所有人和摄影机都不会移动。

在单镜头喜剧大纲和剧本中，必要时可以大写单词，甚至在句子中间加入声音以示强调。但不要过分强调这一点，因为它会对剧本阅读产生极大的干扰。记住，即使一个角色生气或大喊大叫，大纲中的对话词语也尽量不要大写。

新一幕开始时，要重新分页。

留意页码。在电视剧本中，页码位于右上角以英文句号结束。（例如"13."）。

大纲中的每一页都必须以标点符号结束。如果某一页的最后一句不能以标点符号结束，那么在下一页要重新开始写这一句。

多镜头节目的格式差异

下一章你会看到，多镜头剧本的格式与单镜头剧本之间的区别。然而，就大纲而言，它们几乎是相同的。唯一的区别在于多镜头大纲中，场景以字母或数字来标识，这取决于节目自身的选择来用哪一种。因此，为了方便理解，希拉里的试播剧本被改写为多镜头情景喜剧。第一幕由此开始：

场景A

内 麻省理工学院课堂 – 白天（1）

精力充沛的大高个哈里·哈珀（19岁），鼓励胆小如鼠的书呆子斯科特·伍德（19岁）邀请可爱的安妮（19岁）同学出去约会。斯科特回想起自己最近与女性朋友的所有失败约会。

场景B

内 电影剧院 – 夜（闪回）– 两个月前

斯科特和詹妮（19），她的漂亮而精美的手表环绕在手背上。他试图伸懒腰，胳膊肘碰到詹妮的头。她微笑着揉揉头。斯科特再伸了一次懒腰，又一次碰到她。她有些生气。斯科特第三次这样做。这一次，他一点也没有害怕她生气，而是伸出手臂搂住詹妮。当满意的斯科特撅起嘴唇慢慢靠近时，她大声地磨着牙。

请注意，在大纲中人物名称不必大写。因为在多镜头剧本中，人物名称一般不大写。另一点区别在于，在第一个场景之后，增添了两个场景之间动作跨度的参考时间。希拉里的第二个场景是倒叙，她所增加的"两个月前"的字样，可以让我们了解此动作发生的时间点。下面来看她大纲的最后一个场景：

场景F

外 麻省理工学院 – 同一天（第1天）– 稍后

哈里继续鼓励斯科特与安妮谈谈。斯科特追上安妮，邀她去约会。安妮犹豫不决。由于实在找不到借口，她竟然迎着一辆疾驰而来的公交车走去。

在多镜头剧本中，还要写明它是哪一天。当然不是指星期一、星期二、星期三等，而是相对于上一场景而言的哪一天。这对服装师而言非常重要。因此，一般人总是从第一天写起。如果下一幕发生在同一天，那仍然是第一天。如果下一幕发生在第二天，就要标注为"第二天"。在剧本中的新的一天，我们一定不希望剧中人物仍然穿着昨天的衣服四处走动，所以我们需要确保每一个新的一天都有记号。这个信息要在场景标题上有所体现。因此，一天表示为（第1天），要写在括号中。实际情况中，每个节目的格式都稍有不同，所以写作之前要先找到此档节目的剧本很重要。

大声朗读

我总是告诉编剧，在提交作品之前，应该大声朗读它们，包括大纲。然而结果并不理想。在实际工作中，我经常会看到大纲中存在这样的问题，多词少词、句子结构没有变化，同一个动词重复使用等。有时，我也会看到他们在大声朗读自己作品时发现错误百出时所露出的窘态。如果编剧自己都不能流利地朗读自己写的大纲，制片人如何能够读懂呢？所以，大声地读出你所写的文字，才能够真正地找到问题所在。只有这样，在寄出它之前才会更有把握。

修改大纲

在朗读故事大纲的工作完毕之后、剧本写作之前，修改大纲是非常必要的。只有这样，故事才可以运转起来。当然如果得到业内人士的指点就更为理想。或者，找一位朋友观看你正在研究的节目，提前告诉他，希望得到他对大纲发自内心的建议与意见。请家人和好友来做这项工作的不利之处在于，他们可能会因为担心伤害你而不愿说出真实的想法。你可以真诚地告诉他们，比起来自经纪人、制片人的拒绝，你宁愿现在听到真实的建议。

把这种反馈与建议总结起来，记住每个人认为哪些点子好，哪些不好。至少要有三个人以上的反馈信息。如果其中两人以上对某个点做出相同的意见，就非常值得重视，此处可能存在某种问题。如果三人全部得出同样的结论，那么可能经纪人和制片人也会提出相同的意见。此刻就抓紧时间修改吧！

然而，如果反馈建议不同，那就要区别考虑，如果对故事有益就接纳它，把它结合在故事中，大纲和剧本会变得更好。反之，弃之不用即可。请记住，无论是谁在读你的故事大纲，他们都对你提供了帮助，所以只要倾听，而不要争论。不愿倾听的编剧不会有前途。

此外，如果有人提出完全不同的故事方案，请你重新构思，这时要慎重，毕竟讲故事的方式有无数种，你已经选择了自己喜欢的方式，不要因为别人的喜好而轻易改变，殊途同归而已。当然，如果新方案绝对出色，或许值得思考。

故事大纲清单

- 大纲是现在时态吗？
- 是否避免使用被动语态？

- 是否避免了不必要的对话？

- 有笑料吗？

- 是否避开过度使用摄影机视角？

- 句子结构改好了吗？

- 每一幕是否都由新的一页开始？

- 每一页是否都由标点符号结尾，而不是一个中断的句子？

- 检查大纲有无错字、漏字了吗？

- 大声朗读过吗？

- 是否交给至少3个人提意见？

- 是否根据反馈修改大纲？

如果上述所有问题你的回答均为"是"，那么你就可以开始写剧本了。

第 8 章

撰写情景喜剧

剧本格式

与大纲相同，如果想让业内人士有效地读懂你的剧本，一定要重视剧本的格式。当然，剧本也有很多格式规则。虽然用Office或类似的软件也可以写剧本，但如果想以编剧为职业，我建议你购买一些付费的专业编剧软件。虽然它们价格不菲，但如果只需简单的几步就可以规范剧本格式，那还是物有所值的，并且也可以节约不少时间成本。软件有很多种，其中Final Draft®最受欢迎，且与美国编剧协会剧本版权中心的格式相同，编剧可以在投送作品之前在线注册剧本，保护自己的权益。

初稿与拍摄剧本的区别

正如我前面提到的，了解所写剧本的节目本身是非常重要的。写作中也应遵循节目所固有的格式。在实际写作中，你可能会因此而困惑，因为你所购买的剧本是"拍摄剧本"，而非初稿。

在电视行业，自由编剧写作的初稿会转至节目的编剧团队，由他们来进行修改，形成"圆桌阅读会"的版本。这两种剧本格式都是清晰地打印在白纸上——从第一页开始，到最后一页结束。

一旦剧本进入拍摄，它就被称为"拍摄剧本"。编剧团队所做的任何更改，都要以星号（＊）在页面右侧空白处标出。这是为了提醒演员和制作团队，编剧团队已经对原稿或原计划的内容进行了更改。这些星号只会出现在拍摄剧本上，而在初稿中不必担心这一点。

拍摄剧本在修改时，每个场景都会以不同颜色的纸来体现，也就是每个节目都有自己的"颜色规则"。有时，演员们在几天后拿着"彩虹剧本"排练，而不是原始的白色剧本，因为他们通常会把做了标注的新的剧本页插入原来的剧本页中。

拍摄剧本有时可以有"A"页。比如在第19页，制片人做了一些修改，而它们并不是完整的一页。在这种情况下，剧本就会把它作为"A"页，页码顺序将会是第19页，19A页，20页。演员也会去掉旧的19页，换成新的19页和19A页。这一点也不需要做太多的考虑，你的剧本还是从第1页开始，按数字顺序一直延续。

　　另外需要注意的是，如果拍摄剧本有少页的现象，这也是可接受的。因此，你的多镜头剧本只有36页，而不是你所认为的45页，那是因为编剧团队只写了36页。事实上，拍摄剧本是以正常页面来计数的，或许随着拍摄的进展，剧本时间有所削减。关键在于，制片人进入后期制作时，有可能一集最多只有22分钟时间（加入广告后，一集达到半个小时的实际长度）。实际上，后期编辑才会完成对节目的最后改写。很多细节会被删减，如笑料无用、演员的台词不熟悉等类似细节。因此，编剧必须写出更丰富的内容，至少要比导演和执行制片人所需要的更丰富，以供他们选择。如果编剧不这样做，后期编辑将会花费更多的时间和费用来完成这期节目。为了合作愉快，编剧团队的部分工作是在排练时删改剧本，去掉那些现场效果不好的内容。

　　如果购买的是拍摄脚本，你可能会注意到前面会有几页很奇怪，包括演员名单、制作日程表和分镜头。分镜头不容忽视：正如它的字面意思一样，它根据场景标题、人物角色以及实际剧本中的场景编号来分解。但如果撰写待售剧本，这些元素都不需要，它们只用于拍摄中。一旦节目进入拍摄，它将被指定拍摄编号。如果你的剧本还是待售状态，当然是没有编号的。

单镜头剧本格式

　　既然已熟悉了希拉里的单镜头故事大纲中的前几个场景，接下来就以此为例，来看看她剧本的前4页，分析如何将大纲转化为实际剧本。以下剧本均已获得作者授权。

第一幕

淡入：

<u>内 麻省理工学院教室 - 白天</u>

胆小如鼠的"极客"斯科特·伍德（19）心不在焉地用螺丝刀修理着桌上完成一半的机器人。他远远注视着坐在教室另一边的可爱的同学安妮（19），他好像失恋般地发出了一声叹息。

哈里（画外）
表白啊！

安妮调整一下她的护目镜，头发披在肩上。斯科特微笑。

哈里（画外）继续
表白啊！

安妮认真地做笔记。斯科特把螺丝刀扔到一边。一颗红色的心形图案闪起来：砰，砰，砰。

精力旺盛的大高个哈里·哈珀（19）用头推开这颗红心。砰！随着可怜的嗡嗡声，红心熄灭了。

哈里（继续）
表白啊！
斯科特

表白什么？

哈里

安妮！

他指了指毫不知情的安妮……

2

哈里（继续）

我知道你喜欢她，但你不能每天只盯着她看。
斯科特一边思考，一边皱着眉。

内 电影院 – 夜（闪回）

斯科特与衣着得体、美丽大方的珍妮（19）坐在后排。斯科特偷偷看了她一眼，她大口嚼着爆米花，专心地看着银幕。斯科特假装打呵欠。

斯科特

呵啊~

他伸出手臂，准备把胳膊搭在珍妮肩膀上，但胳膊肘却撞到了她的头。她揉了揉头，笑了笑。

他俩扭头把注意力转回银幕，没隔多久，斯科特再次尝试用手臂搂住她。他又撞了她的头，这一次力道太大，爆米花也撒到了地上。珍妮有点生气了。再次专心看电影。

不久，斯科特第三次尝试，第三次撞到珍妮的头。这次他没有胆怯，终于用手臂搂住珍妮。他的手一点一点轻轻触碰着珍妮的手，而珍妮有点哆嗦，斯科特听得到珍妮的牙齿在"咯咯"响。

内 罗曼蒂克餐厅 – 夜（闪回）

斯科特和艾比（19），艾比是一个长相普通的女孩，两人面对面坐在桌子旁，尴尬地沉默着，服务生送来开胃菜。

服务生

先生，您的汤，小心烫。

斯科特并没有看他，而是被不远处的一对情侣吸引了，女子用叉子叉着蘑菇，诱人地斜倚在桌子边，把它喂给男人。

受此启发，斯科特转身面对艾比。他舀了满满一勺热汤。

斯科特

来，我喂你！

3

他探出身子喂艾比。热汤从汤匙中溅出来，洒在了她的衬衣上。她尖叫起来。

内 麻省理工学院化学实验室 – 白天（闪回）

斯科特正在和同学准备本生灯，麦琪（19），一个穿着毛衣的可爱的胖女孩，绑着一个马尾辫。

麦琪的出现让斯科特有些分神，他并没有注意他把本生灯的煤气阀调到了最大。

麦琪和斯科特都戴上护目镜，她对他微笑。他颤抖着双手，打开开关，但没有点燃。麦琪偷偷地笑了一下。他又试了一下，本生灯爆炸了，麦琪被火焰吞没，她尖叫起来。

<u>内 麻省理工学院教室 – 白天</u>

铃声响起，哈利和斯科特走出大门。

> 斯科特
>
> 你知道吗？我觉得我应该邀请安妮约会。
> 正如你所说：最坏的结果能差到哪儿呢？

他走到珍妮与艾比身边，她们瞪着他，推着的轮椅上坐着浑身绑满纱布的麦琪。

> 斯科特（继续）
> 哈利
> 皮肤移植后，你会更美，麦琪！

哈利匆忙地把斯科特推出门外。

<u>外 麻省理工学院校园 – 白天</u>

斯科特追着安妮跑。

> 斯科特
> 安妮，等等我！

安妮在人行道停下来，斯科特气喘吁吁地追上她，差点跑到她的前面。她微笑着看着他。

4

> 安妮
> 你是斯科特吧？刚从实验室来？

> 斯科特
> 哦，是的，是我。

他累得坐在地上。

> 斯科特（继续）
> 嗨，我有一个大胆的想法，去喝一杯咖啡怎么样？

安妮尽量愉快地微笑着，但实际上她背对着他，紧张得直出汗。斯科特从地面上站起来。

> 安妮
> （结结巴巴地）
> 哦，天哪，斯科特，这听起来不错，确实也如此，
> 实际上，我很想去，但我现在正准备去医院。

> 斯科特
> 医院？你怎么———— ————

安妮猛地迎着一辆公交车跑去。斯科特被安妮的鲜血溅了满身，他简直不敢相信自己的眼睛。哈利走来，站在他身边。

哈利
不！诅咒滚开！

注意大纲和剧本以相同的格式开始。"第一幕"需大写、居中、有下划线。然后，空一行，居左写"淡入："。

再空一行，接下来是场景标题，需要大写。传统上，单镜头剧本中，场景标题没有下划线。然而，现在的编剧流行加下划线的场景标题，如希拉里一样。再次强调，这一点要与你所写的节目剧本一致。请注意场景标题与"淡入"处于同一条线。

空一行，在场景标题下方，就是所谓的场景描述或动作描述，即进入现场时所发生的事情。花点时间来描述场景中有谁、他们在做什么，以及其他信息，包括演员（或观众）可能需要了解的。确保将你所想的内容都写在页面上，因为制片人和演员都不是心理学专家。例如，新手编剧常犯的一个错误就是，在角色开始说话时，忘记标出这个特定的角色在哪个场景中。显然编剧心里对这一点很清楚，但这还不够，这需要写在页面上。

还应该注意的一些格式，看看人物的名字的排列，不管有多少个字母。这是书写剧本的正确方式。有人认为名字应该居中，这是不正确的。剧本软件会自动设置人物名称的格式，如果不用相关软件，那么应该使用"Tab"键而不是"Enter"键。对话也一样，要靠左对齐，同样不是"Enter"键。

你也很容易看到，人物和对话并非像动作描述一样可以从左至右撰写，而需要左右分别缩进，这一点非常重要，这是新手编剧常常会犯下的大问题，其中之一就是他们所写的对话向页面右侧过度延展。这是一个大问题，如果剧本没有其他格式问题，那么它的内容实际上将有更多的页面，这当然会影响实际拍摄的时间。

我们来看安妮的最后一行对话。在人物名称和实际对话之间，希拉里用"括号"来指明怎样表述台词。年轻的编剧常常发现很难抵抗这种行为，而它除了给演员造成困扰，更破坏了剧本的阅读感受。尽量少用吧。希拉里只在绝对必要之处使用，这一点很好。记住，括号中所包含的信息应该是简明扼要的，最多几个单词，如果需要更多，则应该写在动作行。不要在角色对话结束时使用括号，这样的内容同样应该放在动作行，舞台指导也是如此。

紧临人物名字括号中的缩略语是什么意思呢？例如，在哈利的第一行对话中，他的名字旁边括号中有"（画外）"，代表面外音，它表明我们可以听到人物说话，但该人物并未出现在屏幕上。注意当一个角色在画面外说话，你要先确定他是谁。当别人阅读你的剧本时，如果人们不知道这个角色是谁，却突然有一段对话，那将多么令人困惑。这也是希拉里在哈利的第一次对话前，进行了一段简短描述的原因所在。在英文的剧本中，括号里的字母"V.O."代表着旁白。使用"V.O."和"O.S."时，别忘了标识英文句号"."，单写字母"VO"或"OS"是不正确的；应该是"V.O."和"O.S."。另外，请注括号中的

"CONTD."（继续），它表示角色的对话继续，即使对话之间可能有动作描述。

当我们就一个主题继续对话时，无论是单镜头还是多镜头剧本，都要以句号结束页面。所以写作时，如果到了页面底部，角色对话比较长，一页之内不能结束，也可以把对话分段，分一部分对话从一页开始。在分段进入下一页之前，要在本页对话下方注明"（更多）"，然后，开启下一页时，要在人物的名字旁边加上"（继续）"。为了更好地说明这一点，我们假设希拉里剧本第4页开始时没有动作描述，也就是说斯科特的对话部分恰好在第3页底部不能正好结束。其余的一部分将要在第4页继续进行。以下是正确的分段方法：

斯科特
对，是我。

（更多）

——————————分页——————————

斯科特（继续）
嗨，我有一个大胆的想法，去喝一杯咖啡怎么样？

请留意希拉里结束斯科特对话的方式与格式，她将对话分割成两部分，分别居于前一页页末与下一页开始，并且将"（更多）"独占一行，与人物名字居于同样位置。出色的剧本就应该像最终剧本®一样，将对话适度分页分段，这样做将为你增加更多的机会。如果你不使用行业默认的软件，这一切也都需要手动完成。最后一件要牢记的事情是：正确的缩写。我经常会看到许多貌似相同，实则随意的缩写方式……此外，与其他书不同，剧本在句子之间有两个空格。这既适用于场景描述又适用于对话。仔细看看希拉里的剧本。看看每个句子之间有多少空白？那个额外的空白才是适当的格式。

根据希拉里的剧本，还有最后一件事需要指明，请注意第一幕，斯科特最后一行对话为何以省略号结尾？这对于演员而言，暗示着某种中断了的想法。再看最后的人物对话那一幕，斯科特最后一行对话以两个破折号结束，这意味着他的思路被打断了。通常情况下，这将是另一个演员的对话线索。正如在此剧本中所看到的，这种情况也可以通过一个动作来实现。斯科特的话语被打断时，安妮撞上了公共汽车。在这两种情况下，演员、制片人、执行制片和经纪人都明白这个标点符号意味着什么，所以不必以相关文字来解释它。

多镜头剧本格式

多镜头剧本格式不同于单镜头剧本。以下是曼尼·巴萨尼斯（《史蒂夫·哈维秀》联合执行制片人，《韦恩斯兄弟》联合制片人）撰写的《哈肯萨克与巴克》试播剧本的前几个场景。它讲述了一位30多岁的女厨师搬回泽西的家，重新在一个家族式餐厅找到了工作，现在的她与寡居的父亲以及两个成年兄弟住在一起。本书已经得到曼尼的授权，我会借此剧本指出一些更重要的镜头情景喜剧剧本的格式规则。

冷开场

淡入：

<u>内 安东尼·布尔登的办公室/飞机–白天（第1天）</u>
（吉娜，安东尼·布尔登）

"厨艺高人"安东尼·布尔登坐在桌子后面，浏览菜单。他看了看坐在他面前的面试者，吉娜·博斯科（30岁，优雅，但是有点紧张），布尔登的午餐摆在他面前。

安东尼·布尔登
希望你不要介意，我还没有吃午餐。

吉娜
当然可以，布尔登先生。

安东尼·布尔登
（放下菜单）吉娜·博斯科？那么，吉娜……

吉娜
布尔登先生，如果不做你的女朋友，我就不会被录用吗？

安东尼·布尔登
（举起盘子）摩洛哥绵羊肉排。新菜单有一种异域风情。

本集名称 2

吉娜
不，谢了。我刚刚分手。暂时不想谈新的感情。

安东尼·布尔登
我喜欢你，吉娜·博斯科。

吉娜
我估计，现在你也不愿与别人分享这份大餐。

安东尼·布尔登
我只是没有找到雇用你的理由。

吉娜
嗯，布尔登先生，你可以看看我的简历。

安东尼·布尔登
吉娜，我只爱美食，却不爱看简历。

我做事只凭直觉。我认为你是来自霍伯肯的好孩子。

吉娜
哈肯萨克市。
（未完）

安东尼·布尔登（继续）

克里斯托弗，把它们送到Hack-n-Sack.

（像自己一样，天真地）我想念那出戏（然后）谢谢你
进来。

吉娜

就这样？你像跛脚的托尼·瑟曾拉诺一样吃东西。

我也要这样？

安东尼·布尔登

像一个真正的泽西女孩一样讲话。

但是吉娜，你并没有。重要时刻，曼哈顿。

吉娜

我在佛罗伦萨学习过，曾经我想努力地成为名人宴会的顶
级厨师，我也之前在帕丽斯·希尔顿酒店工作，如果她没
有不小心将我做的巧克力喂她的宠物狗。

我想如今我也仍然会在帕丽斯·希尔顿酒店工作。

安东尼·布尔登

你杀了帕丽斯·希尔顿的狗？

吉娜

弗朗索瓦，每个人都知道狗狗不能吃巧克力。

安东尼·布尔登

我想可以结束了。

吉娜

这证明不了什么。

（自信地）每个人都说弗朗索瓦一直喜怒无常，并且他还
在大量服用抗抑郁的药物和治疗心脏的药物。

安东尼·布尔登

这真是致命的搭配。

吉娜

是啊。

安东尼·布尔登

再见，吉娜。

吉娜

布尔登先生，您可能只看到一个来自泽西的孩子，

但我绝不仅仅如此。

我们看到布尔登很奇怪地看着吉娜。镜头转到吉娜时，她的头发已经变成一种20世纪80年代风格的大波浪卷发。她得体的妆容已变成了黑色眼影与大红唇的搭配，而吉娜本人却不知道。

安东尼·布尔登

天哪！你怎么啦？

吉娜

（毫不在意地）我对食物充满热情，努力提高厨艺。

我与区区的普通泽西女孩完全不同。

吉娜原来本色的指甲突然被贴上了闪亮的红色。巨大的耳环突然从她的耳垂垂下。吉娜的西装也突然被迷你皮革和兔皮外套取代了。

本集名称   5

安东尼·布尔登

（离开吉娜的变化）我想是那些非洲蘑菇有点不对劲。

惊恐的布尔登冲了出去。吉娜看着身旁挂着的镜子，被镜中的女孩吓坏了。她的头发突然长得很高。她试图往下压，但头发一直在长。

吉娜

哦，我的天啊。我变成了怪物。不！不！不！

转场：

内.机场–白天–继续–（第1天）

（吉娜，飞行员，女空乘）

吉娜，在飞机上睡着了，在靠近过道的座位上辗转反侧。我们意识到前面的画面原来是一场噩梦。

吉娜

（还在梦中）不！不！

一次剧烈的颠簸唤醒了吉娜。飞机着陆。

机长（O.S.）（画外音）

欢迎来到纽瓦克国际机场。

吉娜摸了摸自己现在正常的头发，情绪缓和下来。一位留着波浪卷发的空姐，正朝着吉娜微笑。

空姐

很高兴回家，对吗？

吉娜挤出了一个尴尬的微笑，我们：

转场：

主标题

第一幕

<u>A</u>

淡入：

<u>内 多美尼克 博斯克的普锐斯车内 – 白天（第1天）</u>

（吉娜，多美尼克）吉娜被她中意的帅哥驱车送回家，他略比吉娜年纪小一些，多美尼克·博斯克，24岁，仍然穿着前晚俱乐部的衣服，由于前晚的宿醉，他有些头晕目眩。

> 　　　　　吉娜
> 普锐斯吉普车真不错。变化真大——嗯。
>
> （看了看外套）我看你一直戴着"尖叫鹰"标志的徽章。
>
> 　　　　　多米尼克
> 是的，它越来越经典了。我想到一件事，我打赌阿尔·戈
> 尔还是单身，不过他总有各种各样的追随者。
>
> 　　　　　吉娜
> 我真的很怀念这些熟悉的话题。多米。
>
> 　　　　　多米尼克
> 随便聊一聊而已。

> 　　　　　吉娜
> 对不起，这么早让你来接我，你的眼睛都是红肿的。
>
> 　　　　　多米尼克
> 没什么，兄弟应该做的。此外，我都习惯我的红眼睛了。

多米尼克拿起一瓶眼药水，一边开车，一边滴在了眼睛里。他转了一把方向盘，按响喇叭。吉娜挣扎着坐稳。多米尼克摇下车窗。

> 　　　　　多米尼克
> （吼叫着）来咬我呀！（对吉娜）我打赌
> 你在泽西会常常遇到像我这样开车粗鲁的司机。

> 吉娜
>
> 你现在还经常夜不归宿吗，多米？你昨天是不是整夜没睡？

> 多米尼克
>
> 我在停车场睡了两个小时，通常也在晚饭时打个盹儿。差点忘了，（拿过来一个纸袋）熊掌蛋糕。

> 吉娜
>
> 多谢。

> 多米尼克
>
> 吉娜，你怎么样？回家的感觉还好吧？

接下来，我们转向吉娜，她瞥了一眼窗外，陷入沉思中。

本集名称   8

> 吉娜
>
> 是的，还好。我准备到曼哈顿试试，我已经安排了一些面试。
>
> 虽然已经习惯妈妈不在了，但回家的感觉还是怪怪的，
>
> 真不敢相信她都去世一年了。不过……很高兴我们能这样聊天，多米。
>
> 感觉我们都成长了，以新的、共通的成长方式起来了。

吉娜扭头看了多米尼克一眼，他手握方向盘，头却向后仰着睡着了。她狠狠地打了他一下，抓住方向盘，转了几下。

> 吉娜（继续）
>
> 多米尼克！

> 多米尼克
>
> 是不是很酷？（节拍）哈，你准备把那只熊爪全吃了吗？

吉娜把糕点撕成两半，分给多米一半。

转场：

本集名称   9

<u>B</u>

<u>博斯克的厨房/起居室 – 早晨（第1天）</u>
（吉娜，多米尼克，米基）

我们来到中产阶级哈肯萨克家的大房间里。多米尼克拎着吉娜的包，请她进来。

多米尼克

（大声喊道）爸爸？我猜他一定已经去餐厅了。

多米尼克从大衣口袋中倒出钱包和钥匙。随之掏出一双袜子。他奇怪地看着它们。

多米尼克

（继续）让我来开门。

吉娜

嗯，你的社交生活看起来不错，或者你已经开始收集袜子了。

多米尼克

吉娜，你最了解约会常识，对我而言，在归还它们之前，

应该先把它们洗干净吗？如果是的话，

我是否应该告诉沃尔科特？

本集名称 10

吉娜

我还没喝咖啡呢，多米。把袜子收起来。

多米尼克把袜子放回口袋里。吉娜的哥哥，迈克尔（米基）·博斯克，30多岁，穿着一件牙科大衣从楼梯走下来。

吉娜

（继续）（给他一个拥抱）米基。

米基

吉娜，最近可好？

吉娜

我很好。（闻到米基散发出的古龙香水）

看来还一直用阿拉米护肤品。

米基

我看起来像废物。不妨让自己闻起来好一点。

多米尼克

加油。

米基瞪着多米尼克。

　　　　　　　　吉娜

分离是一件艰难的事情吧?

　　　　　　　　米基

之前我们从未分开过。我和卡罗尔只是分开了一段时间。
仅仅一个月。

　　　　　　　　吉娜

发生了什么事?

本集名称　　　　　　　　　　　　　　　　　　　　　　　　　　11

　　　　　　　　米基

卡罗尔说我只对工作着迷。可我能怎么办呢?

总不能对什么都不感兴趣。

米基打开吉娜的嘴巴,检查。

　　　　　　　　米基(继续)

如果你的牙齿比现在增白两倍、三倍,

生活质量会有什么样的改善吗?

　　　　　　　　吉娜

我很好。真的。

米基放开了吉娜的嘴巴。她动了动下巴。

　　　　　　　　吉娜(继续)

米基,你应该找个人谈谈。我已经治疗4个月了。确实
有用。

　　　　　　　　米基

无意冒犯,但是你在失业中,你杀死了女继承人的狗,

你订婚的事情也不明朗,和那个"了不起的面包男孩"。

　　　　　　　　多米尼克

他似乎有点问题,不是吗?

本集名称　　　　　　　　　　　　　　　　　　　　　　　　　　12

　　　　　　　　吉娜

不,你为什么这么说?

　　　　　　　　多米尼克

烤蛋糕的那个家伙,自称菲利普而不是菲尔。

　　　　　　　　吉娜

仅仅因为一个厨师擅于做糕点,且自称菲利普,

并不能判定他是有问题的。

米基

在泽西是这样。

多米尼克点头表示同意。

吉娜

菲利普是一个好人，好吗？

他是很有男子气概的糕点厨师。

多米尼克

好的，对不起。

米基

是的。我们都错了。他只是不会冷藏你的蛋糕……

多米尼克

或者把果冻放在你的甜甜圈里……

米基

在你的煎饼卷里涂上奶油。

吉娜

你们真讨厌！

本集名称 13

吉娜走下楼梯。

米基

（大喊）对不起，吉娜。

（对多米尼克）她生气了。

多米尼克

哈哈。（然后大喊）

他会在你的蜜糖果仁千层酥上抹蜂蜜。

特效：吉娜在楼上"砰"地一声关上了门。

米基

干得漂亮！

他们击掌。

转场：

好，先从场景标题开始。与单镜头情景喜剧不同，在多镜头情景喜剧场景标题几乎都有下划线。注意，紧接着在场景标题下方，括号中出现的是此场景中所有人物的名单。大多数多镜头剧本均如此，唯一不同的是名单的位置，有时在页面顶部，页码的正下方。当我们讨论角色时，请注意，我们第一次看到角色出现时，用粗体来表示。有些剧本并不如此，而只是在名字下面划线标识。这取决于节目要求，因此必须要参考样本剧本。仔细观察你所要写的节目所特有的格式规则，然后遵循它们。记住，每一个节目都会有不同的格式，但都是适用基本规则的。

值得庆幸的是，编剧软件（如Final Draft®）将自动设置正确的边距。不用编剧软件的人通常会询问剧本页面边距确切的距离。老实说，并没有确切的距离。我能看到空格数，但还是与软件的边距有所不同。每个节目都有自己的边距，虽然大多数节目相似，但也不是精确地一致。对于那些使用Tab键而非编剧软件的人来说，这也许是最简单的方法：键入第一页。然后，把它与节目剧本叠放在灯光下比对。看看二者边距是否匹配，并进行调整。

关于边距问题，请避免以下做法：在每页这里或那里添加一两处内容，以使对话或动作描述完整。通常新手编剧都会使用这样的"技巧"，他们只想到按时完成剧本，并不想认真删减所写的内容。他们以为延长边距，就可以"愚弄"读者或制片人。事实并非如此，每天审读剧本的人都拥有一双训练有素的眼睛，他们一眼就可以看穿这些小秘密，这些做法会让你得不偿失。写剧本是一项长期的工作，从现在起就要养成专业的习惯。作为一名编剧，按时完成剧本是工作的一部分。写作时利用边距作为欺骗手段，很快就会被发现。剧本完成后，助理做的第一件事情就是将剧本输入软件程序中。如果原有的剧本有54页，通过修改空白边距看起来变成了45页，一旦输入软件程序，剧本将还原成为54页。这对编剧团队而言是非常令他们烦恼的事，他们将不得不替你来完成以下工作——删除、修改多余的内容。

关于曼尼的剧本，最后一件要特别指出的问题——你可能已经注意到，用到了一位名人，现实生活中著名厨师安东尼·布尔登。一般的常规是，不要把名人写进剧本，除非能够保证他们来参加节目。曼尼身兼编剧与执行制片人，有可能请得到安东尼·布尔登，否则剧本就要为另外一位名厨重新量身定制。对于一般人而言，请远离名人，除非你直接认识他们，并且他们同意在节目中登场助兴。

关于封面

大纲或剧本都要有封面，也有相关的行业规范，不要追求标新立异，以白色纸黑色字为宜。远离花哨的字体（即使实际节目中会使用），也不要使用图片、漫画等趣味性的内容，编剧以文字为主。

封面内容包括节目名称，居中且用下划线标注。跳过一行，写本集名称，同样居中，放在引号中。再空一行，居中写"编剧"，再空一行居中写上最重要的几个字——编剧的名字。

比如你的剧本名为《费城永远阳光灿烂》，那么封面的格式应该是这样的：

费城永远阳光灿烂

"一个愉快的聚会"

编剧

乔某

这些内容从页面三分之一或二分之一处开始。对于专业大纲，可以在封面右下角加上"故事大纲"几个字和日期。如果是专业剧本而非大纲，也可以在右下角加上"第一稿"或"最终稿"、日期。对于试播剧本，我不建议在封面上标注日期，因为日期对于有雇佣关系的合作很重要，如果后期有任何法律问题的话，它可以作为文本证据，而试播剧本的封面日期可能并没有益处。因为经纪人送出剧本后，你并不会马上得到工作机会。假设6个月后，经纪人又将剧本送给其他制片人，他们一看到日期，了解到长达半年时间你都没有得到雇佣机会。自然地，他们会在潜意识里认为你的剧本并不出色。

发送剧本之前，要把你的联系信息写在右下角，这样如果有人有购买意愿，可以直接联系到你。当然，经纪人也会留下他的信息。

场景写作的顺序

撰写某一个场景时，要从最后一个场景的主要动作中进入创作。问问自己，此场景的目标是什么？如果是写一对夫妇吵架的情节，可以从女人把手提箱扔出窗户开始写，而不要从她打包箱子，向所有朋友电话哭诉开始写起。尽管后者可能是现实生活常见的场景，但情景喜剧只有22分钟。你必须尽快抓住要点，放弃这些琐碎的事情。每个场景都应该有自己的起点、中间和终点。

无论从哪里开始，一定要着重写演员的动作。任何演员都不想只是站在那里，等待现场开始——这让他们觉得很愚蠢，且不说没有动作的人物也是枯燥无味的。所以，不要让演员坐在沙发上无所事事，可以让他看报纸或看电视。除非场景从一个空房间开始，否则每个场景开始前必须安排一些动作。

同样地，不要忘记场景结束时的动作。虽然不必在每一个场景中故意这样写，但一定要用一些，即使只写"一个演员瞟了另一个演员"这样的动作。通常我会看到编剧在一个场景中写满人物对话。千万不要！不要让动作与对话混合起来，更不要吝啬以动作结束一幕戏。这一切都是因为你是在写喜剧剧本，只有动作才会引人注意。

每页几个笑料

也许有人会提问，经纪人和制片人是否会计算每一页上的笑料数量。我不敢确定这个问题的答案，因为当我继续询问他们这个神奇的数字是多少时，似乎从来没有得到一个确切的回答。但我要提醒新手编剧的一点是，喜剧写作中每页都应该有尽可能多的笑话，具体底线是每页都应该有笑料。喜剧自有其明确的节奏。在阅读喜剧剧本时，我会非常关心笑料多久出现一次，如果过去的30秒都没有笑料，或者只笑了一下，我会回头再读前文的最后一个笑话。如果还需翻到前一页，显然这个剧本还需要修改。

> "千万别小看观众。有时我们认为有趣的笑料，会认为观众看不懂，觉得他们不如我们聪明。事实并非如此，他们完全看得懂。"——鲍勃·戴利，艾美奖提名，《绝望的主妇》执行制片人，《欢乐一家亲》联合执行制片人

成功设计笑料

在单人喜剧中，可以看到一个笑料接着一个笑料，妙语如珠。看起来似乎这样并不难，实际上，情景喜剧编剧必须提前设计笑料，让笑点成功"爆炸"，同时还要保证故事情节向前推进。当你读完情景喜剧剧本，再看电视节目时，你会发现笑料有着绝对明确的节奏。设置伏笔，爆笑，再设置伏笔，再爆笑……

写作时，要牢记两件事。笑话的设置通常是直线的。相比之下，这将使一句妙语显得更加令人滑稽。我常遇到一些剧本，凭直觉就可以猜出笑点所在，然而笑料却写得很失败。这其中的原因，十有八九是因为设置错误。有时候，一个小小的词语就会妨碍整个笑料的效果。设置笑料时，新手编剧一般会本能地直接抓住笑点。请记住，笑料应该分为两个部分：设置伏笔和爆笑。如果在讲笑话时遇到问题，或者感觉爆笑点不起作用，请及早尝试调整。

高明笑料笑声更大

对我来说，最令人恼火的是：情景喜剧是笑料虽已设计好，但没等到"包袱"层层展开，结果却早已让观众知晓。即使演员再出色，这部剧也不会达到预期的喜剧效果。令观众发笑的方法不是直接说出令人期盼的台词，而是抛出曲线，然后突然看到意料之外的结局。这并不意味着每一个想法或笑料都得是全新的。比如"有人踩在香蕉皮上滑倒了"，这是书中最古老的笑话，但仍然很滑稽，至于这个人滑倒之后真正发生了什么，只要这一点观众猜不到就好。

> "让笑料不高明很容易，比如使用老套的设计和笑话。而高明的笑料却总是由于编剧观察细致且出人意料才会出现，虽然可以以经典形式出现，但它还是令人感到新鲜和独特。《我为喜剧狂》中可以看到100万个这样的例子。"——马特·富斯菲尔德，《杰茜驾到》制片总监，《废柴联盟》联合制片人，《美国老爹》编剧

创作包含高明笑话的剧本是世界上最难的事。不仅耗费脑力，还需要极度耐心，比如随时把效果不好的笑料抛弃。但是如果不断地追求精彩的创意，你就会比大多数人更快地出人头地。

> "高明的笑料本身并不一定是笑料。它可以是一段对话，一个情景，甚至一个拍摄角度，它要求观众获得一些额外的、不常用的知识，以达到搞笑的目的。"——李·阿隆索恩，艾美奖提名，《生活大爆炸》执行制片人，《好汉两个半》（*Two and a Half Men*）执行制片人、联合创作者

笑料从哪里来

好的笑料通常来自人物。以《消消气》为例，它恰好是我最近非常喜欢的情景喜剧。只要看到苏茜出现在屏幕上，我自然就会笑，无论她说什么都那么有趣。

为了便于讨论，让我们来看看苏茜的那些滑稽的台词，并试着想象一下，把它们换作其他情景喜剧。你会发现换了故事语境，台词一点也不滑稽了，对吗？这是因为最好的笑料直接来源于人物。

人物与其台词的对应关系是不可互换的。写作时，要真正进入角色的大脑中，想他之所想，研究他的缺点和弱项……这些往往是好笑料的宝库。

> "如果一个笑料与你有关，或者部分与你有关，我认为它就是好的。如果它让一个人大笑，那也是好的。如果它可以让很多人大笑，那就太棒了。"——艾美奖得主，约翰·弗林克，《辛普森一家》执行制片人

融入普遍幽默

有些情形，几乎与每个人都有关系。比如《宋飞正传》的经典情节，一伙人去购物，

却忘记了车停在了什么位置，在一个巨大的停车场里逛了几个小时寻找他们的车。我们很多人也有类似的经历。当它发生在我们身边时，我们感到既愚蠢又沮丧。而看到同样的事情发生在杰里、乔治、伊莲和克莱默身上时，就变得有趣了。因为我们明白了一点：生活中的某个时刻发生的事，或许是大多数人都经历过的蠢事。

谈到《宋飞正传》，不要忘记该剧的共同创作人拉里·大卫（Larry David），他对普遍幽默的认知独具天赋。大卫的另一部热门节目《消消气》之所以趣味非凡，部分原因在于他全神贯注于那些我们没有关注的烦恼瞬间。在节目中，大卫（饰演自己）本色出演。他所说的就是我们的想法，这让我们笑得更加开心。

如果能够找到这样与大多数人生活相关的情形或时刻，基本上也算找到了令人发笑的关键。但不要钻牛角尖。请记住，就像《宋飞正传》编剧这样的案例一再证明的那样，有时候最有趣的事情就存在于生活中的某个瞬间。

避免"无礼"笑料

如今社会注重避免"无礼笑料"，一些新手编剧认为应该对作品进行自我审查，以免冒犯到别人。至少我认为在好莱坞的创作中不必考虑。但，喜剧不是公文报告，如果二者变成一体，那喜剧也就不存在了。作为喜剧编剧，在好莱坞要想脱颖而出，必然要没有顾虑地展现出自己的创作才华。

也就是说，不要在剧本中为了显示能力而去写不雅、肮脏、易犯他人的段子。也不要为了达到震惊的效果反而惊吓到别人。笑料必须符合故事情节，源于人物。更不要因为它冒犯了谁而犹豫不决。大多数观众不会因为一个恶作剧而排斥你。另一方面，大胆的情节设计也会令你脱颖而出。行业底线是这样：如果玩笑太过分，后期总会被删掉，但它可能会让很多人开怀大笑，并赢得一众粉丝。

> "那是灰色区域。有人会说，我的职业生涯就是这样的，《南方公园》就是这样。但这是一条捷径，因为喜剧就是一条捷径。对于一类人是无礼笑料，对于另一类人来说就可能是较为敏感的问题。我致力于推动喜剧的界限。我也相信最好的喜剧偶尔会"得罪"人——只要它包含有思想、聪明、智慧之处，那么它是可行的。"——道格·赫尔佐格，维亚康姆传媒网络娱乐集团总裁

远离时事话题

如果可以，请尽量远离那些与时事相关的笑料，它们不可能在头版停留太久。今天可能会引人发笑，6个月后，就会变得无关痛痒，也会让剧本看起来过时。

　　关于这一点，以《风云女郎》（*Murphy Brown*）为例，我们此时再看它的回放，已经远不如它首播时那么有趣。笑料来自当时的一位名人不会拼写类似"土豆"这样的一个简单单词，受到大家集体嘲弄。如今看来，不再有趣，而且大家几乎都忘记了这件事。另一方面，与《迪克·范·戴克秀》（*Dick Van Dyke Show*）相比较，你会发现它极少涉及时事话题，它作为喜剧永恒的经典，在今日看来与20世纪60年代同样有趣，并且与如今的笑料没什么区别，只会感觉到这是几年前的节目。所以，以时事为中心的笑话远会比想象中消逝得更快。

喜剧的三步魅力

　　喜剧剧本的阅读和节目观看中，三步之内就应该意识到笑点。笑料通常分为三步，第三才是点睛之笔。假设两个男人在一起吃晚饭。男人1问男人2："你在为何事苦恼？"男人2回应说："我发现我中了大奖，我十分高兴地大声欢呼起来，结果我只是在地铁上睡着了。"

　　前两项"中大奖"和"高兴地大声欢呼"作为笑料的铺垫，地位似乎平等，完全符合人们获得大奖时的情绪反应。而"只是在地铁上睡着了"则是点睛之笔，它与前面两件完全相反，表明前面的"惊喜"只是一场梦，结果反转，形成笑料。

　　写作时，如果以这种方式来建构笑料，观众们就会开怀大笑。

重复的韵律

　　喜剧编剧常常会使用重复的韵律来令人发笑，至少是会心一笑。由于某些（奇怪的）原因，当听到以相同字母或相似音节开头的句子时，人们内心会倍感温暖。我在《浪漫满屋》的"睡衣派对"一集中写道，丹尼带米歇尔去买衣服。哪个商店听起来更滑稽？"芭比的服装店"（Barbie's Dress Shop）还是"小小的小店"（Teeny Tiny Tots Shop）？显然，前者一点也不好笑。但是，"小小的小店"形成一种有趣的重复与循环。韵律很少能引起观众击掌大笑，但它却会让人会心一笑。

使人物行为与其性格相反

　　赢得笑声的有效途径是让人物说或做与我们所理解的与其身份相反的话语、行为。当这种情况发生时，通常会引起观众猝不及防地大笑。关键在于，人物的行为要有确定、清晰、有效的理由，否则会令观众一头雾水。

观众的优势视角

另一种方式是把观众放在优势视角的位置。也就是说，给予观众的优势信息量，而在节目中让至少有一个角色处于信息受限状态。节目中角色四处忙乱，观众知其所以然而角色并不知道，如果设置得当，这种故事完全有可能令观众彻头彻尾地疯狂大笑。如果可能的话，在故事铺陈阶段，也可以找些花絮提前向观众透露一二。

别忘了以爆笑结束

每一个场景都要以大笑话或捧腹大笑的滑稽瞬间而结束。这就是所谓的"爆笑"，它的重要之处在于将引导观众从一个场景转移到另一个场景。这是传统的"让他们笑吧，我们走了"的心态。几秒的笑声让人们拥有换场的心理准备与思想喘息的空间，对情景喜剧而言，它是极其重要的节奏。剧本草稿完成后，一定要回头检查每个场景的结尾，确保"爆笑"环节的存在，并发挥着真正有趣的作用。如果每一个场景都没有这样的结尾，那么意味着接下来你的剧本修改任务还很繁重。

可怕的润色

一旦完成一个粗略的初稿，就要准备进入最困难的环节了。开始逐字逐句地读剧本，一个接一个地检查笑料，对整个作品进行润色。毫无疑问，你会发现种种疏漏——甚至有些页面整页没有笑料，或者有些笑料看起来并不有趣。这些问题不能坐视不理。润色剧本可能是编剧要做的最困难且不得不做的事情。有时，只需要几个小时，有时甚至几天才想出新的一句对白或一个新笑料。我曾目睹某个编剧团队从日落写到日出，重新润色剧本。即使是职业编剧，这项工作也并不容易。

> "对于待售剧本，最糟糕的就是作者不愿意花足够的时间去修改。我写过《人人都爱雷蒙德》（*Everybody Loves Raymond*），花了四五个月的时间。我会随机打开一页，找找是否有足够的笑料。如果没有，我就知道自己做得不够好。"——艾美奖提名，鲍勃·戴利，《绝望的主妇》执行制片人，《欢乐一家亲》联合执行制片人

注意节奏

设置了笑料，抛出爆笑点，至少给观众一点时间反应。如果笑料隐含在人物的对话

中，不要做所谓"紧追笑果"的举动。从另一个角度来看，编剧写下的笑料，是要通过人物的大段、流畅的对话表现出来，观众必然需要几秒时间来理解、消化它后，再笑出来。那些要求观众听到笑料就马上笑出声的编剧，简直是自我折磨，不仅使自己感到挫败，而且对演员和观众也毫无益处。千万不要这样。

删除时间到

如前文所述，剧本页数必须达到业界公认的标准。单镜头喜剧为30～35页，多镜头喜剧为45～49页。写第一稿时，大多数剧本达不到这个数量，也有一些会超出。如果超过了适当的数量，很抱歉，还是把手指放在"删除"键上，开始删除工作吧，虽然编剧心里并不愿这样做。我怎么知道这一点？因为我曾和数以千计的新编剧一起工作过。一旦输入了最后一个词"淡出"，编剧都会有一种如释重负的满足感。每个人都认为自己所写的内容很好，不想删除任何一句。这也是为何年轻编剧把剧本写得很长的一个理由。但任何理由都无效。初次的职业写作主要用来证明你有能力写作，有能力按时交稿，有能力删除——甚至是删除闪光的东西。

还有，有些节目比剧本内容时间更长。《开心汉堡店》正是这样的例子。一集（为多镜头剧本）通常63～64页左右。虽建议按节目自有的格式来撰写剧本，但在页面计数方面并非如此。请记住，如果写了《开心汉堡店》的待售剧本，经纪人也会将其发送给《摩登家庭》剧组，而这里的制作人并不了解《开心汉堡店》剧本长度的情况。当然剧组之间并不会互相讨论剧本页数，相反，他们只会假设你并不了解行业规范。在好莱坞，没有人愿意读一个64页的剧本样本。每一个人都非常忙碌，包括制片人在内，他们只想以最快的方式对作品进行定位，所以请删减剧本至合适的页数。这样做的好处在于，制片人满意，你的剧本也会得到青睐。这一点，我可以保证是正确的。

——————— 第 9 章 ———————

其他类型喜剧

动画创作

许多人都喜爱动画，这种爱可以追溯到我们的童年。因此《辛普森一家》广受欢迎并不足为奇，它于1989年播出后立即大热，收视率纪录一直保持至今。迄今为止，它依然是美国黄金时段最长寿的动画片，也保持着美国电视史上"播出时间最长情景喜剧"的纪录。这部动画片源于马特·格罗宁（Matt Groening）的创意，实际上是《特蕾西·厄尔曼秀》（*The Tracey Ullman Show*）的副产品。《辛普森一家》与传统情景喜剧不同，霍墨和巴特与他们的创作者已经成为美国的偶像，彻底重写了动画片的历史。随着《南方公园》《恶搞一家》（*Family Guy*）、《美国老爹》《开心汉堡店》和《间谍亚契》等剧紧跟风潮出现，难怪动画片是当今最热门、最受欢迎的电视形式之一。短期之内这种状况可能不会变化。

动画创作在某些方面与传统情景喜剧写作类似，而在一些方面却有很大的不同。如果随意浏览一本动画片剧本，它看起来与普通的情景喜剧剧本没什么不同。一些动画片是单镜头剧本风格，其他为多镜头。一些采用三幕结构，其他采用传统的二幕结构。

> "动画片与生活情景喜剧在创作上的差别不大，故事要引人入胜，人物性格要有变化过程。《辛普森一家》是围绕'一个家庭'而制作的动画片，因此我们不断地追寻真实的家庭故事、场景和情感。我相信任何动画节目都会搜索这些内容。《海绵宝宝》会哭、会笑、会嫉妒，也会坠入爱河。它可能会在水下几千米之处表演，但也正是这些，才使得每个节目无论是动画还是真人秀，都能成为独一无二的作品。"——艾美奖得主，约翰·弗林克，《辛普森一家》执行制片人

也许二者之间最显著的区别在于，动画创作可以做到极限，而传统情景喜剧极大地受制于金钱、时间和演员等因素。动画创作中只要能想得到，动画师就可以画出来。从这个意义而言，动画编剧是幸运的，他们不必不断地要求自己考虑："节目可以负担得起这样的费用吗？"

动画创作中，编剧和动画师之间的合作是极致的。成功需要两个人和谐相处，如同情景喜剧编剧将剧本交给导演一样，动画编剧要把剧本交给动画师。因此动画编剧必须通过场景描述来阐释他们脑海中的视觉构图。所以动画剧本中的场景描述往往比传统情景喜剧剧本更详细一些。也就是说，对于动画编剧而言，诀窍在于撰写足够多的描述来使动画师理解画面，但也不能写到限制他们创造力的地步。不必说，这是一个互相平衡的过程。

> "你要描述动作的细节，同时也要给动画师留有足够的创造空间。动画师将会以他们方式添加喜剧桥段。这是一个合作的过程。"——艾美奖提名，凯特·布蒂埃（Kate Boutilier），《小淘气》（*Rugrats*）、《丽莎和朋友们》（*The Wild Thornberrys*）

剧本完成后，如你想象，节目制作与生活类节目大不相同。动画节目的演员、编剧、制片人等会参加圆桌阅读会，与普通情景喜剧一样。但是，由于没有实物背景的舞台，也没有外景，演员只是走进演播室，进入角色录制台词。

像《南方公园》这样的动画片以快而闻名，但通常情况下动画片的制作时间要长得多。为了节约成本，大部分节目是在其他国家完成的。因此，从剧本离开编剧，到节目真正完成并准备播出，可能要几个月之久。而在一般的情景喜剧世界里，这个过程要快得多，周转时间通常是几个星期到一个月。最快的可能是剧本完成一周之内就被投入拍摄。动画片很少有这种情况。

> "动画创作与传统写作的大部分差异源自制作过程。从圆桌阅读会到节目播出，动画片往往需要更长的时间跨度。我们读了一个剧本，录了下来，然后继续看其他节目，直到第一个节目在9个月内以故事板、动画和彩色版本的形式回到我们手中。在这段时间里，我们可以针对剧本、动画和声音表演进行反复修改。大多数真人秀节目的圆桌阅读会都在一周内完成，然后5天后开始录像。写作和表演都必须限制在更短的时间框架内。所以《辛普森一家》大概比其他电视节目要多制作270天，是这样吧？"——艾美奖得主，约翰·弗林克，《辛普森一家》执行制片人

像《辛普森一家》《恶搞一家》和《南方公园》这样的节目是非常酷的，而且大多数人都在为这些剧目写剧本的竞争中"灭亡"了。但是，如果你真的很认真地想写动画节目，不要忽视任何动画频道的节目。虽然入职以上这些公司并非易事，但加入他们并为他们撰写剧本当然是不错的选择。

另一个方式是玩具公司，如今一些玩具公司开始从畅销书、玩具、角色涉足动画领域，并聘请编剧开发基于角色的电视剧。美国孩之宝公司以《小马宝莉》（*My Little Pony*）的形象做成动画节目。不过，这类工作不属于美国编剧协会的保护范围，所以从事

这类节目的编剧在报酬上并不理想。不过，这类工作经验会为你的简历加分，也会为你带来其他机会。

> "大多数编剧在写作时都会在脑海中导演自己的电影，但必须注意，不要在剧本中做过多的指示，因为导演才是做出这些决定的人。动画节目的编剧需要写出各种摄像机角度，写出每一种颜色、语调、表情甚至服装，可以充分地延展想象力。也要记住：节目的实际制作过程是另一回事。"——邦妮·德苏扎，《小马宝莉》《鱼警探》（*Fish Police*）编剧

深夜节目秀写作

许多喜剧编剧都致力于专门为深夜电视节目写作。如果你觉得受到《大卫·莱特曼秀》《肥伦今夜秀》《每日秀》《科尔伯特报道》的召唤，那么你真的需要扎实的功底。因为其中开场独白大多是由笑料驱动。你要了解时下的热门话题，要熟悉时事，也要懂得流行，所以从现在开始每天大量地阅读报纸吧！接下来开始写，要多多地写。可以为自己制定一个目标，每周写多少个笑料，并把它们发给家人、朋友，发给所有熟悉的人，发布在社交平台上，观察和收集人们的反应。与所有电视节目写作一样，迈入深夜节目秀之前，你要证明自己的幽默感。在机会来临之前，你要做好准备。

> "对于深夜节目秀而言，紧跟时事是百分之百重要的，它是令人捧腹大笑的关键。即使是在创作初稿时，写一些普通的喜剧作品，也需要考虑时下流行的笑料、音乐、电影、电视、体育、时尚——即使你不感兴趣，也需要都有所了解。例如，我不喜欢真人秀节目，仅仅是个人喜好。但是无论我个人喜欢与否，别人似乎都爱它——那就应该去看《卡戴珊家族》（*Kardashians*）、《比利弗娇妻》（*Real Housewives*）。有些人不喜欢体育，但是也要了解提姆·蒂博。暂时忘却喜好，关心大众话题是必要的。"——艾美奖提名，乔恩·莱恩曼，《肥伦今夜秀》编剧

写作领域，为了提高才能，你能做的最重要的事情之一就是进入所谓的喜剧圈子。定期去喜剧俱乐部学习，向漫画学习，向单人喜剧学习，研究好的方面和坏的方面，而不要在家待着。了解那些比你更成功或处于同等水平的喜剧演员。因为这是一个非常紧密的团体，归属感是成功的第一步。如果碰到对你事业有帮助的人，不要犹豫，请告诉他或她你的想法，问问他或她是否能帮上忙。

> "递送剧本时要注意穿着得体，举止礼貌，不要表现出狂妄不羁的样子，这样才会有机会。人人都想提携后辈，提携'那个看起来像刚入行时的我'的人。"——艾美奖得主，杰伊·雷诺，《杰伊·雷诺今夜秀》前主持人

为深夜节目秀写作和其他电视节目类型没什么区别，制片人也是需要通过经纪人来联络。你即将迈入的职场是如此专业化，找到合适的经纪人就变得更非易事。为自己准确定位就显得尤为关键。深夜节目秀这一行，强烈推荐（正如其他类型编剧工作一样）努力在相关节目中找到一份工作。虽然并不容易，只要能迈入大门，总有希望抛出一些段子，写出合适的剧本，并从此走上职业道路。

> "我加入《每日秀》节目时，它还是小栏目，编剧当时可以送来一些剧本样本，这些内容也可能会被审读，甚至有些人因此而被录用，但现在没有这样的机会了。如今的大多数深夜栏目会要求由经纪人寄来剧本，而如何获得经纪人青睐，其中的奥秘我也无从知晓。"——艾美奖得主，皮博迪奖得主埃里克·德莱斯代尔，《乔恩·斯图尔特的每日秀》（*The Daily Show With Jon Stewart*）、《科尔伯特报告》编剧

草图剧本

目前很少有草图剧本，其中当然《周六夜现场》（*Saturday Night Live*）是最好的。然而这种工作机会是如此可遇而不可求。如果你的目标是《周六夜现场》，那必须要清醒地意识到他们连锅炉工都很少聘用，编剧就更少了。这并不是诅咒，也不是打击梦想，而是要现实一点。如果想在《周六夜现场》中实现你的梦想，那么就去尝试吧，只有尝试过后，才能知道结果。只是一定要有备份计划以作退路。

与其他电视写作一样，《周六夜现场》之类的节目只会通过经纪人来审读剧本。有时，来自"第二城"（Second City）或"哈佛妙文"（The Harvard Lampoon）等著名喜剧社团的个别人也有可能会勉强过关，但这种情况也非常罕见。

《周六夜现场》这样节目的专业编剧职位通常需要这样的作品：包括3～4页素描剧本和几个模仿段子，可能还需要某种大段独白，然后这些东西会被分发至编剧团队，由他们在审读后决定谁会胜出。

> "裙带关系，多种情况下是丑恶的，但在娱乐界却是至高法则。这并不意味着在垃圾场工作的人可以为家人朋友推荐高薪工作，而是互相信赖的朋友推荐自己熟悉的人。喜剧演员总是愿意与志同道合的人一起工作。他们组成团体如'第二城市''站票''USB影院''单人喜剧社区''大学幽默杂志'等。加入这些团体，成为他们中的一员。在这样的氛围中人们才能了解你、信任你，也可以只是单纯欣赏你。当团体中的某个人进入剧组时，大门也会向其他团队成员敞开。"——艾美奖得主，安德鲁·斯蒂尔（Andrew Steele），《周六夜现场》首席编剧

我鼓励所有的喜剧编剧都试着写几页素描剧本，即使对《周六夜现场》完全不感兴趣也可以写。因为作品中有几张草图剧本，往往可以夺得先机，一旦制片人需要看这样的剧本，机会就来了。绝大多数情景喜剧编剧都不愿意写这样的剧本，但是有备无患，机会说不定就会降临呢？这种情况我可不止一次遇到过。

如果这个理由还不足以令你信服，那么考虑一下：因为素描剧本相对较短，而且一般经常发生在主场景，一旦你写一页好看且有趣的素描剧本，就可以轻松送出并一击而中。还可以把作品放在网站上，如果它确实原创且有趣，可能会引起大家的注意。此外，由于照相机和录音设备的普及，编剧们也可以做真正的制造者，至少在合理范围内，写作与拍摄同时进行，也是完全可行的。

那么，如何撰写一个好的素描剧本呢？这里有一些值得考虑的事项：

- 前提——首先需要有一个强大、有趣的前提。在素描剧本的写作中，创作空间无限，你可以找到一个熟悉且现实的前提。例如，有人去看牙医这样熟悉的日常生活的场景；或者你可以写更多荒谬的东西，比如一条狡猾的鲨鱼突然出现在陆地上；年轻无辜妇女听到按响的门铃，受到袭击等类似有趣的内容。
- 设置——接下来考虑发生在哪里。大胆地想象吧！大多数情景喜剧都发生在熟悉的环境中，素描剧本却并不一定如此。它可以发生在火星上，在海洋中央，或者因某种原因发生在地狱里。这是唯一的一次，编剧的思绪可以（也应该）天马行空。
- 人物——一旦确定了前提和设置，接下来就要考虑主要角色是谁？小建议：把这个角色想象成一个可以重复出现的人，这会带给你更多的稿费。如果你已经画出一幅素描剧本中的人物，虽然只画了一点点，就可以用同样的人物画出更多的草图。设想人物时，不要害怕类型化。我最喜欢的素描剧本形象就是《周六夜现场》中，一位叫马特·福利的励志演说家（由已故的克里斯·法利扮演）。在我们中的大多数人的印象里，演说家都是相当乐观且非常成功的人士，而马特·福利并不如此。他3次离异，婚姻失败，靠政府救济生活，住在河边的一辆面包车里。马特激励人们的方式是践踏他们的希望和梦想，告诉人们最终大家会像他一样住在河边的面包车里。这个角色的特点在于与我们所期望的正好相反，因此他非常有趣。

- 升级——与情景喜剧一样，你需要快速设置矛盾，然后升级。让状况变得越来越糟……最后发生最坏的状况。
- 笑话——10秒一个，你必须这样设置笑点。因为素描剧本很短，所以没有大量时间等待观众思考。
- 捕捉口号——如果可以给主要角色设置一个口号，那就太棒了，这样更会让角色令人难忘。但不要过火。每页有几个就足够了。

　　"最好的突破方式是行动，按自己的方式多多写作，这样就会形成一种惯性，习惯于写作，习惯于向经纪人展示作品，这一点尤其重要。如果足够幸运，就会成为首席编剧。至于开场独白，需要把这些放在一边，坐下来静心写段子。素描剧本可以写一段拍一段——为搞笑而作。不管怎样，看看喜欢它的人们怎么评价它。独白也是一样——在网络平台上发布这些笑料，看看会得到哪些反馈。当然，网络平台不是万能的，因为流行并不能只在一屋子的编剧中出现——但这样可以帮助你养成习惯。"——艾美奖提名，乔恩·里曼，《肥伦今夜秀》编剧

　　在你坐下来小试身手之前，一定尽可能地多看素描剧本，总结它们的共同点。一个完美的素描剧本需要仔细研究，因为它有我们所讨论的所有元素。

　　下一页是一个看起来很专业的素描剧本。它是我在爱默生学院的深夜喜剧写作课的成果，作者是乔恩·莱恩曼，如今的《肥伦今夜秀》编剧。该剧本已经获得乔恩授权。

龙虾生命衰退指数

淡入：

内 厨房

男人站着，准备煮些龙虾。播放着吵闹的音乐。

男人
孩子！我爱龙虾！是时候让宝贝们上桌啦！

男人把龙虾盛在盘子里，这时一名销售员进来了。门铃声响起。

销售员
要不要这么快啊！

男人
你是谁？

销售员
我现在是你最好的朋友！

男人（吃惊地四处看看）

你怎么进来的?

> 销售员
>
> 从大门啊,我是指烟囱。这不是重点,龙虾才是,
>
> 如果我说它们感觉不到自己身处沸水中,你怎么想?

> 男人
>
> 那太好啦!煮起龙虾的感觉更棒啦!

> 销售员
>
> 嗯,可是坏消息来了!它们能清醒地感觉得到
>
> 自己活活被煮的每一个痛苦的瞬间。

> 男人
>
> 天哪,太可怕啦!

(待续)

2

继续:

> 销售员
>
> 实际上,太棒了!

> 销售员(继续)
>
> 因为现在,食物用由橙变红来表现极端痛苦的各个阶段,
> 你也可以以此来衡量龙虾死亡的不同过程,也可以确切地
> 知道距离快乐地食用龙虾大餐有多久!

> 男人
>
> 哇,你的意思是龙虾真的经历了死亡的不同阶段?

> 销售员
>
> 这正是我要说的!精确地定位龙虾烹饪度,将用到新款
> "龙虾生命衰退指数"仪器。

(拿起一部小机器)

> 就是它,"龙虾生命衰退指数"仪器。

> 男人
>
> 不会吧?这就是你所说的那个东西?

> 销售员
>
> 对,但不适用于所何人!只适用于那些挣扎求生的龙虾!

它的工作方式是，你拿起龙虾，放进"龙虾生命衰退指数"仪器。

烹煮龙虾时，可以在仪表指针上看到这只甲壳动物死亡的精确过程。

销售员指了指仪表指针。

> 男人
> 龙虾是甲壳动物吗？

> 销售员
> 龙虾死后，它们的屁股会触碰"龙虾生命衰退指数"的仪器指针。看！（指着仪表）龙虾已经感觉到热量的急剧增加，开始死亡。

> （更多）

（待续）

3

继续：（2）

> 销售员（继续）
> 接下来，第二阶段，龙虾瞳孔消失，
>
> 它完全失去了视力。

> 男人
> 龙虾有瞳孔吗？

> 销售员
> 我都不知道他们有没有眼睛！但是第三阶段有很多细节，因为他们散发出了"讨厌"的让人着迷的气味。

> 男人
> 让人着迷？

> 销售员
> 第四阶段，龙虾由于肢节开裂而经历疼痛、不可想象的扭曲、肿胀，然后是轻微的不适。

> 男人
> 轻微的？

> 销售员
> 第五阶段，龙虾就像得了类风湿性关节炎！
>
> 在第六阶段，它失去了7年的记忆！然后在第七阶段，龙

虾开始遭受发烧一般的折磨！

　　　　　　男人

发烧？哦，天哪！我不想吃得了病的龙虾！

　　　　　　销售员

哦，你当然不必吃！这种病在第八阶段消失，

龙虾此时就像得了感冒一样！

　　　　　　男人

……

　　　　　　销售员

当然这感冒是致命的！

　　　　　（更多）

　　　　　　　　　　　　　　　　　　　　　　　　　　　（待续）

4

继续：（3）

　　　　　　销售员（继续）

现在龙虾死了，你可以享用美味的龙虾晚餐了。

　　　　　　男人

这个东西要多少钱？

　　　　　　销售员

价格？那并不重要。

　　　　　　男人

重要！重要！

　　　　　　销售员

负责任地说，你最好买了它，因为，龙虾的生命也是值得
尊重的。

　　　　　　男人

嗯，把它们做成晚餐太残忍了！我最好买一个。

我该向谁购买呢？

　　　　　　销售员

别问我！

　　　　　　男人

怎么？你不是推销员吗？

　　　　　　　销售员

不！我只是个伙计！我在收费站工作，非常喜欢"龙虾生
命衰退指数"仪器。嗯，我得走了，但别忘了买我们的
"龙虾生命衰退指数"。它属于未来！

　　　　　　　男人

（伸手到口袋）嗯……我的钱包哪儿去了？

　　　　　　　销售员

再见！

　　　　　　　男人

喂！

男人追逐销售员消失在屏幕上，"龙虾生命衰退指数"仪器浮现。

　　　　　　　　　　　　　　　　　　　　　　　　（待续）

　　　　　　　　　　　　　　　　　　　　　　　　　　　5

继续：（4）

　　　　　　　播音员（同步语音）（听起来外行的）
　　　　　　"龙虾生命衰退指数"仪器：紧邻某物的地方有售

　　　　　　　　　　　　　　　　　　　　　　　　淡出

　　　　　结束

单人喜剧与即兴表演

　　我是单人喜剧与即兴表演的爱好者。在我看来，这两个舞台都是喜剧编剧的完美训练营。是的，我也意识到娱乐大众说起来容易，甚至冒着出丑的风险也是可以的。为什么呢？如果你有勇气，并做好准备为喜剧事业奋斗的时候，你就走在了别人的前面。在我的喜剧写作课上，我经常让学生们同时做单人喜剧和即兴表演。他们开始总是抱怨不断。然而完成之后，他们就会意识到，其实并不那么难。但事实上，这是一项艰苦并充满乐趣的工作。

　　让我们从单人喜剧开始。如果你经常练习，就会养成持续撰写新素材的习惯，找到工作之后也会适应得更快。不久之后，你就能够感受到节奏的设置、爆笑点的妙用，以及二者间的过渡以及掌握笑话的时机。单人喜剧会帮助你克服害羞的毛病（这非常重要。相信我，编剧的工作室可不需要害涩的含羞草）。作为喜剧人，你将逐渐开始适应。不要忘

记，单人喜剧会将你的优点放大，别人都会注意到。在洛杉矶、纽约或芝加哥，专业人士可能就在观众中。特别是洛杉矶，经纪人和经理们经常去喜剧俱乐部寻找新人，制片人、明星也会坐在观众席中。我的学生哈里斯·惠泰尔斯，毕业于爱默生学院，后来搬到洛杉矶，一直渴望成为喜剧作家。他聪明且非常有才华，知道不能坐在家里等消息，必须竭尽所能迅速实现理想。于是哈里斯参加了喜剧俱乐部的演出，他努力工作，不断地积累新素材。直到有一天晚上，他在台上表演时，莎拉·丝沃曼恰好在观众席中。不久之后，猜猜结果如何？他成为《莎拉·丝沃曼栏目》的编剧，不久之后，哈里斯跳槽到《公园与游憩》栏目，如今成为节目联合执行制片人。

对于午夜节目编剧和情景喜剧编剧而言，即兴表演是另一种伟大的训练。即兴的表演形式可能令人胆怯——没有任何准备就站在观众面前，你不得不强迫自己思考，如何在一瞬间就能逗笑观众。这就是喜剧编剧的日常工作，如果条件允许的话，可以参加一些即兴表演课，快速提升喜剧写作技巧。

> "拥有创作即兴喜剧的能力对于编剧而言是无价之宝。喜剧是有公式可循的，学会即兴表演（这个词有点俗气）非常有用。即兴表演会令人感觉释放出了第二天性。当你推介创意的时候，房间里坐着十多位同行，可以把他们想象为台下的观众——所以在舞台即兴表演，会为今后的面试做好准备。从伯明翰大学读书到现在，我一直都这样时刻准备着。"——哈里斯·惠泰尔斯，《公园与游憩》联合执行制片人，《体育老师笑传》制片顾问，《莎拉·丝沃曼栏目》编剧

第三部分

黄金档电视剧

第10章

情节驱动型的电视剧

电视剧一般分成两种独特的类型：情节驱动型和角色驱动型。情节驱动型电视剧在分类上更偏向于类型剧，比如《法律与秩序：特殊受害者》主要聚焦于故事，人物驱动型电视剧如《唐顿庄园》则更多聚焦于人物。当然，存在少数横跨这两种类型的"混合种类"，比如《傲骨贤妻》。但是总体而言，大部分剧作或是情节驱动型的，或是人物驱动型的。为了使你在求职的过程中展示丰富类型的成果，我的建议是这两种类型各写一个剧本。这事听起来容易做起来难，你很快就会发现，情节驱动型和人物驱动型剧本的写作要面对不同的挑战，而且都很不好写。大多数编剧更愿意只在其中一个领域里写作。那么你适合哪种？想想哪种电视剧最吸引你，你就能轻松地找出这个问题的答案。你是否会一集不落地追看《老友记》？如果答案是肯定的，那么或许人物驱动型电视剧更吸引你；相反，如果你特别着迷于《犯罪现场调查》，你大概就更喜欢情节驱动型的剧。

可以先写更吸引你的那一种。成功写出一个完整的剧本，有了经验再拓展和尝试新的类型可能会稍微容易一些。为什么两种类型各写一个呢？第一，剧情剧制片人也像喜剧制片人一样有挑剔的阅读口味。《犯罪现场调查》的制片人可能不喜欢"梦幻先生大夫"[Dr. McDreamy，《实习医生格蕾》（Grey's Anatomy）的男主角]，所以即使你写出了最棒的《实习医生格蕾》待售剧本，可能也无法引起他的共鸣。第二，情节驱动型电视剧的制作人肯定也会看人物驱动型的待售剧本，反之亦然，尽管如此，我依然认为如果你写出《海军罪案调查处》（NCIS）或《犯罪心理》的剧本，会更容易在《犯罪现场调查》剧组找到工作，因为这几个剧更有可比性。人物驱动型电视剧也是如此。所以我认为，如果两种类型各写一个待售剧本，你在找工作的时候就能左右逢源。

下面说说情节驱动型的剧。我想你肯定看过长映不衰的《法律与秩序：特殊受害者》，这部剧属于极为成功的《法律与秩序》系列。（剧本非常棒，如果你还没看过就太遗憾了！我曾经不止一次地强调过，编剧一定需要熟悉已播出的所有电视剧，尤其是热门剧）。《法律与秩序：特殊受害者》的故事，围绕着虚构的纽约警探群体展开，他们隶属于警察局精英部门——"特殊受害者部"。每周警探们都会前往犯罪现场调查残忍的犯罪案件，每集剧情都围绕一桩令人发指的罪行展开。故事往往始于犯罪或罪行被发现之时，接下来的每场戏讲的都是警探们努力破案擒凶、为受害者伸张正义的故事。我们很少为了深入人物的个人生活而偏离故事本身。

要明确一点，成功的电视剧都有形象鲜明的人物，只有这样才能吸引观众。因此，绝不要认为情节驱动型电视剧的人物是沉闷乏味、粗制滥造的。正好相反，这种类型剧中人物往往充实而鲜明。他们有背景故事，有习惯癖好，有明确的观点。这些信息会随着时间推移而穿插在剧情中，往往是应某个案件而展开的。以《犯罪心理》为例，我个人认为，这部剧很可能是迄今为止最优秀的电视剧之一。它很棒（还是那句话，如果你想写电视剧本却没看过这部剧，那你需要加把劲了）。《犯罪心理》的故事讲述了美国联邦调查局行为分析部（BAU）的特工小组的故事，这个部门是家庭暴力犯罪分析中心（National Center for the Analysis of violence Crime）的分支。剧中所有人物都丰满而有趣，以斯潘塞·瑞德[马修·格雷·古柏勒（Matthew Gray Gubler）饰]为例，他是个很酷的年轻人，拥有多个博士学位及其他各种证书的天才。从更私人的层面看，瑞德的母亲（简·林奇（Jane Lynch）饰）是一名精神分裂症患者，住在医院。如果这是一部人物驱动型的剧，大概就会有很多剧情围绕着这条故事线展开。但是在情节驱动型的剧中，故事线会集中在这些探员正在解决的案件上。故事推动着剧集展开，个人的信息渐渐明朗。即使这部剧有一集讲到瑞德去看他妈妈，主线依然讲的是小组追踪的罪犯。看出二者的区别了吗？

关于《犯罪心理》的人物，古怪的人物在情节驱动型电视剧中也是有的，看看人物佩内洛普·加西亚（克里斯汀·范奈丝（Kristen Vangsness）饰）吧。她是小组的技术分析师，听起来多么枯燥无趣，但只要加西亚出现在镜头前就一定能给我们带来欢乐。加西亚并不是典型的联邦调查局探员，而是一个天才"黑客"，正是由于她拥有这一技能而被联邦调查局雇用。加西亚的外表也很出格，打扮得古怪又时髦。她招人喜欢，是因为总能飞快地查出需要的信息，有时甚至无须其他人开口要求。加西亚喜欢公然打情骂俏，常说俏皮话。但是深入剧情之后，我们就会发现，她十几岁时父母就遭遇车祸身亡了，她也没有兄弟姐妹。当然，人物的这些私人信息是分散出现的，在若干季的很多集里一点一滴透露出来。为什么？因为在情节驱动型的剧中故事最重要。故事往往集中于一个特定案件，当我们逐渐逼近凶手的时候，谁愿意停下调查的脚步去讨论加西亚的童年呢？那样会让犯罪故事的主要剧情被搁置一旁，引起观众的不满。因此主要故事驱动着一部剧向前发展，重要人物的背景信息则在这个故事的过程中一点点向我们揭示出来。

> "虽然听起来是老生常谈，但一切最终都要归于概念和人物。《犯罪现场调查》展现了独一无二的调查和破案角度，剧中人物都是特立独行之士。人们谋杀或犯下其他罪行的手段越来越独特，刑侦技术则越来越高超，这样我们就能一直有新鲜的素材。"——艾美奖得主乔纳森·利特曼，杰里·布鲁克海默电视公司总裁，《犯罪现场调查》、《犯罪现场调查：纽约》（CSI: NY）、《犯罪现场调查·迈阿密》（CSI: Miami）、《人质》执行制片人

来自新闻头条

对于情节驱动型电视剧来说，报纸是个寻找故事的好地方。历史上播映时间最长的电视剧之一《法律与秩序》（1990年～2010年）就号称自己的故事是"来自新闻头条"，这是该剧的卖点之一。不过，这并不是指剧本里的故事要与真实事件完全一样。《法律与秩序》的编剧迪克·伍尔夫（Dick Wolf）认为，编剧只会用新闻标题而已，剩下的故事要靠他们自己创作。如果你的故事也来自新闻，那就要效仿伍尔夫的做法。为什么？首先，如果故事足够轰动，那么结局早已人尽皆知，这样的电视剧肯定不会引人入胜。何况，如果你的故事和真实事件毫厘不差，就很容易给自己惹上官司。关键在于，找一个真实故事，运用你的想象力加以改编，它就属于你了。你可以通过剧中人物来讲述真实事件，把它作为素材，再加入一些你独创的反转和情节变化。

以《法律与秩序：特殊受害者》中的一集为例来加以说明。或许你还记得安东尼·韦纳（Anthony Weiner）的丑闻。韦纳是前美国议员，已婚，被媒体曝光了一条不雅短信，因该丑闻而使其政治生涯遭遇重挫，被迫辞去美国国会议员的职务。不久后，他决定东山再起竞选纽约市长，却也因为同样的"短信事件"被曝光，而成了全国人民的笑料。《特殊受害者》对大量新闻报道进行改编，拍成一集剧名为"十月惊奇"的电视节目。主角是一个陷入"桃色"短信丑闻的市长候选人亚历杭德罗·穆尼奥斯，他把自己的一些非常私密的照片发给了几个女性，其中一人年仅15岁。这个女孩还回复穆尼奥斯一张自己的私密照片。值得指出的是：韦纳的行为尽管欠考虑，却并没有触犯法律，但此举已越过了道德底线。要想拍成《特殊受害者》的一集故事，就需以犯法为前提，必须有"特殊受害者"的存在。于是编剧把一个短信接收人改写成一个15岁的女孩，这样该故事就能嵌入这部剧中。为了取得更好的效果，编剧把穆尼奥斯写成地区检察官助理巴尔巴的童年好友，这样他与一个剧中常驻角色有了联系，虽然只是增加了一个简单的细节，却让故事变得更加扣人心弦。巴尔巴会陷入情感冲突，在朋友和工作之间左右为难。让故事和某个人物产生联系，或是让人物与故事产生情感关联，这个故事就会更有效果。

观众看这一集，对故事背后的新闻热点一定有所了解。但是，如果你把真实故事和《特殊受害者》的故事放在一起比较，就会看出它们其实是不一样的。

创造真实世界的重要性

毫无疑问，情节驱动型的剧本会比人物驱动型的剧本更难写。这是因为在写前者时，编剧往往必须创造出一个他/她本人并不属于的世界。大部分编剧并没有当过警察、律师、医生或刑侦专家。然而，如果你要写的剧本涉及从事这些职业的人物，你就必须成为专家。要做好调查研究，把剧本写"对"，这一点非常重要，无论如何强调都不为过。如果你没有做到，我保证审读剧本的人会看出漏洞。如此一来，你作为编剧的信誉就会受损，很可能会找不到工作。

> "作为编剧，你应该利用自己的人生阅历，去设想人物在特定情境下会做何反应。然而，要做到这一点，你必须先明白这些特定情境是什么样的，所以你往往需要开展某种形式的研究。对于你的故事的背景世界，观众里总会有人比你更了解。如果你写对了，他们就会欣赏，如果你写得不对，他们就会对讲故事的人——也就是你——失去信任。也许你的观众对故事涉及的某些方面，比方说核物理，他们并不那么懂行，即使如此，他们也能凭直觉看出你笔下关于核电站的细节是否足够特别、具体而真实。"——奥斯卡最佳编剧提名，大卫·马吉（David Magee），《少年派的奇幻漂流》（*Life of Pi*）、《寻找梦幻岛》（*Finding Neverland*）编剧

有个问题我被问过很多次："剧组应该有专家处理这些具体细节吧？"答案是："有"。剧组确实有顾问来检查各种流程和事实并提供建议，但这只适用于准备投入制作的剧本。换言之，只有剧组聘用的编剧才有这个特权，其他人可没有。你必须靠自己把剧本写对。

调查研究：关于警察、律师、医生和其他职业

有些编剧喜欢做调研。我必须承认我不喜欢，但我会强迫自己去做，而且要做好。因为经验一次次地证明，能否做好调研可能会决定你的故事是伟大还是平庸。一开始，研究各种职业和流程可能会让你有些不知所措，不过一旦深入进去，你就能想出一些故事要点和思路，若不调研则永远想不到，因为你不属于那个世界。你发现越多的新事实，就越能投入自己的故事和剧本。

调研这些职业时有很多相对轻松的方式。如果你要写医生或律师，那么你可能本来就认识一些这些职业的人，实在不认识，也可以问问你的朋友是否认识。警察也很容易接触到。大城市的警察局会有一些专为媒体服务的部门。你可以致电警察局打电话，转"公共事务办公室"接听，他们多半会找个人帮你。医院也是如此，如果想找某方面的专家，一定要事先准备几个问题，不要太多。专家都是大忙人，他们不会坐在办公桌前喝着咖啡，等着接你的电话，也没时间陪你探讨故事。因此你要做好功课，问一些能帮助你的剧本增强真实性的程序性问题。

在美国，虽然并不是所有警察局都允许，但有些警察会邀你参与所谓的"随车观摩"（drive along）。一般情况下需要签一份免责书，声明你知晓作为平民参与巡逻的危险，万一发生意外，你（包括你的直系亲属）不会追究警方的责任。至于如何选择，每个编剧必须自己决定，因为虽然一般不会出事，但毕竟无法保证绝对安全。不过，的确有很多编剧都亲临现场，得到了坐在计算机前想不出的极为丰满的故事。我本人也可以证实"随车观摩"的价值，我曾有机会随警方的一个特殊部门在波士顿最危险、犯罪最猖獗的街区度过了一个难忘的夜晚。那天，我和两个警察、两个保镖一起。除了我，所

有人都穿着防弹背心。我可以告诉你们，天黑以后，街上发生的事情超乎想象，与书本或报纸上看到的完全不同。如果你决定尝试，我建议尽量选择在城市进行，小城镇的警方行动一般会少得多。

如果你想专门研究犯罪心理和警方流程，有一些很不错的犯罪方面的书可以作为参考。我的书架上那几本这方面的书，使用频繁程度超出了我自己的想象。书中包含了从犯罪动机到警方调查，从诉讼程序到检控等一切内容。你还可以找到一些很合用的医学杂志。养成习惯，请亲朋好友送你这类参考书作为生日和节日礼物，可以方便地查阅到这类信息是一件对你有帮助的事情。

当然，最好、最简单的调研途径是互联网。通过网络做调研的时候，有一点必须注意：仔细查看信息的来源。要确保文章的作者是可信的，文中的信息是最新的、准确的。打个比方，我可以认为最近刊登在《纽约时报》（*The New York Times*）或《时代周刊》（*Time magazine*）上的文章是经过充分调查写成的，却不会想当然地认为来自密克罗尼西亚的某位名为"莫伊"的博客作者所写的文章也是经过充分调查得来的。

> "作为一名前记者，我非常重视调研，只要你愿意请教，一定会有专家乐于分享他们的知识。但是调研是为了充实剧本，不要让它耽误故事。你的目标是写出伟大的剧本，不是写论文。"——杰森·乔治（Jason George），《罪恶黑名单》高级故事编剧

大学和学院

如果你找不到需要的东西，可以试着打个电话，咨询一下专门研究相关问题的教授。比如有法律方面的问题，但又没找到律师，可以联系一下法学院。你可以在学校网站上教职员栏目找到教授的信息，也可以给学校打电话，请求转到某个院系。前面说过，专家一般都很忙，但是你总能在学校办公室找到一位教授，愿意花一点时间解答你的问题，或者至少愿意为你指明方向。重申一下，要尊重这些人的时间，只问最少限度的问题，也不要总打电话，把教授当成你的私人剧本顾问。

美国编剧协会

调研的时候，美国编剧协会是另一个很棒的资源。你可以登录相关网站，在这类网站中展示的信息都是通过专家同意的，可以帮助需要这些信息编剧写出真实的剧本。即使你不是美国编剧协会的成员，也可以使用这项服务。

创造有力的主角和反派

好的电视剧包含了主角和反派。我们很容易分清。通常情况下，主角是我们支持的对象。主角的英文"protagonist"这个词的前3个字母描述了我们对他们的感情：我们支持（pro）这些角色。他们通常是故事的男/女主人公。刻画出色的主角需要有可靠的计划和明确的目标。

顾名思义，反派就是主角的对抗者。一个强大有趣的反派也要有一个目标，而且在理想状态下，他要阻止主人公实现他/她的目标。如果分解成最简单的形式，你可以将主角-反派的关系理解为正义对抗邪恶的关系。如何让主角和反派一决高下，是你写出成功剧本的关键。

主角和反派不一定是人类。《莱西》（Lassie）是美国有史以来放映时间最长的电视剧之一，该剧的主人公是一只牧羊犬。再想想轰动一时的大片《大白鲨》（Jaws），电影的主角显然是布罗迪警长。那么谁是反派？当然是那条鲨鱼。布罗迪和鲨鱼都有容易辨明的、互相冲突的目标。布罗迪想杀死鲨鱼，让艾米蒂岛的夏季游客和居民们重新拥有安全的海域。鲨鱼想活下去，在海里游来游去，吃人。

故事的主角和反派可以不止一个。让我们回到《犯罪心理》这部剧，主角是行为分析部的探员，反派则是罪犯、冷血的变态。联邦调查局的探员想将坏人绳之以法、保护公众。他们追踪的罪犯则想继续杀人犯罪、逍遥法外。主角和反派之间形成了冲突，观众就会紧张地坐在座位上，等着看谁会最终获胜。

在创造主角和反派的时候，要尽力让他们同样聪明。理想的情况下，要写出一场充满智慧的较量，我们都知道有一方会获胜，却不确定是谁、以何种方式取得最终的胜利。此外，你要密切注意，让主角和反派都保持积极。一个人想得到一些东西并为此不择手段——没什么比这更有趣了。说到这里，如果你能让故事中的主角或反派更加个性化，那就能够给故事增加一些分量。

> "优秀的节目通过主角与反派的互动来呈现出主角的内心斗争。比如说，我们的主角是一名面临抉择的军人：他不想杀人，这是他的内心斗争。但当他需要拯救朋友的时候，能否给杀人找到正当的理由？编剧有责任把主角的内心斗争通过外部行动呈现出来。"——汤姆·陶勒，《执法悍将》（JAG）制片总监，《BTK杀手》（BTK Killer）编剧

构造冲突和危险

好的电视剧围绕着冲突和危机进行。在剧本里构造这些元素的最好方式，就是赋予你

的角色以相互冲突的目标和观点。确保每个角色都有一个明确的计划，而且他们要不惜一切代价去实现这个计划。反派要阻碍主角实现他/她的目标。如此一来，主角就必须寻找其他方式去实现目标。不管主角想要的是什么，反派都必须故意地一次次阻碍他，这样不断加大冲突，更加凸显出行动和戏剧效果。

这就像一个"猫捉老鼠"的游戏。为了创造张力，你必须不断升级困难。故事一开始，你的主角前景黯淡，随着不断加码，前景似乎越来越暗淡。但最后，你的主角通常会实现目标并获胜。注意：在剧情剧里，主角几乎总是最后的获胜者，因为他是观众支持的人，是我们希望获胜的人。当反派获胜的时候，观众往往会因为邪恶战胜了正义而不满。而且对大部分人来说，这样的结局是令人不适的。

一小时剧集结构

传统上，一小时长度的剧本一般写成四幕结构，页数约为55~59页。几年前，一些电视剧开始使用一种五幕结构，有些是六幕的结构。人们在剧情剧和喜剧里增加幕间休息是出于同一个原因：钱。记住，幕间休息就是插播广告的时间。一部电视剧有越多的幕间休息，就有越多的广告费。就个人来说，我喜欢四幕结构。它保持着特定的节奏和平衡，如果每一幕变短，插入更多广告，这种节奏和平衡就会被打乱。一定有人赞同我这种观点，因为越来越多电视剧正在回归传统的四幕结构。尽管如此，你必须弄清正在写的这部剧是几幕结构，按照结构去写。需要提醒的是：很多电视剧都有"冷开场"，不要错把它算作一幕。

在这本书里，我将重点谈谈经典结构。如果你的剧有更多幕，我依然建议先把它写成四幕。这并不难，等你把故事写出来，再在需要的地方插入更多幕间休息。对于喜剧来说，每一幕都必须结束于一个小悬念，观众想知道接下来会发生什么，才会在广告时间留下来。喜剧的每一幕结束于一个有趣的时刻，剧情剧不一样，它的每一幕都要结束于一个戏剧性的节拍上。在一小时时长的剧集里，最重要的幕间休息显然要落在第二幕的结尾。你需要把最大的悬念放在那里，它必须是有戏剧效果且与人物休戚相关的精彩时刻。

第二幕的结尾之所以这么关键，有两方面原因。其中第一原因，它通常发生在半小时的时间点上。这时观众流失的风险最大，因为他们可能会有其他选择，而在第一次幕间休息的时候，他们不太可能换台，因为其他节目都已经开播了，很难跟上进度。但是在开播半小时后，各种新节目正好开始，所以观众如果不是非常喜欢这部剧，就会转到其他节目。观众流失可能会对编剧的职业生涯产生不好的影响。

尼尔森收视率统计不仅以一小时，更以半小时为单位。对于电视剧编剧来说，最糟糕的就是前半小时的观众比后半小时多。这样的数据会向电视网说明，你曾经拥有过观众——他们已经开始收看了——但你没能留住他们。不用我说，这可不妙，尤其是当电视网已经通过良好的"前导节目"把观众送到你面前的情况下。

第二幕结尾要给力，还有一个原因：播出半小时后插播广告的时长是其他时候的两倍，这就意味着要给观众双倍的归来理由。最好的留住他们的方式，就是增加戏剧性的紧张和危机，目标就是让观众"悬在那里"，好奇接下来会发生什么。

有线电视网的剧本有哪些不同

你很可能已经注意到，在家庭影院电视网（HBO）和娱乐时间电视网（Showtime）这样的有线电视网播出的电视剧没有插播广告。这一点也反映在了其剧本写作的方式上。就像电视剧一样，剧本也是从头到尾没有幕间休息。如果你在写这样的剧本也要遵循他们的格式。如果你以为这样的剧写的剧本用作样本来应聘更传统的剧情剧编剧职位，制片人也会理解你为什么没有加入幕间休息。

如何安排情节驱动型的剧本结构

你左手拿着情节驱动型的剧本，右手拿着人物驱动型的剧本，它们看起来挺像：页数大体相同，格式也一样，然而两个剧本在结构上是不一样的。写情节驱动型剧本时，最简单的结构方式就是把它想象成搭积木，第一个场景就是第一块积木。罪案剧的第一个场景展现的往往是犯罪场面或罪行被发现，尽管并非绝对。把它看成第一块积木，现在你需要在上面再放一块，也就是下一个场景。比如警察搜索犯罪现场、发现线索，这个场景就是你的第二块积木，而这个线索带领警察前往的地方，就是你的第三块积木。一个场景无缝衔接到下一个，最终到达一幕的结尾。

一小时的剧集结构比半小时复杂得多。在情节驱动型的剧中，你很容易在中途迷失。为了帮助你简化故事，我建议你先尽自己最大的能力，一个个场景、从头至尾（包括幕间休息）把剧本写出来。然后拿出纸和笔。从第一个场景开始，写下该场景中发生的主要行动。尽量用一句话概括。然后再对下一个场景如法炮制，一直到最后。现在从头把这些句子连续读出来。然后去思考这些问题：它们是否讲述了一个故事？这个故事合理吗？它是否以一种戏剧性的、有趣的方式展开？这么做可以帮助你找到故事中的漏洞，也能让你意识到哪些场景是多余的。

如何用好索引卡

走进一位编剧的制作公司，你很可能会看到一大块软木板，上面钉满了索引卡。编剧喜欢用索引卡来帮助他们分解故事。把每个场景写在一张索引卡上，再把卡片按照顺序钉好，通常是一幕钉成一沓。这样做能让编剧以一种形象、直观的方式呈现出故事是如何组织的。比如，编剧在检查故事，发现有一个信息透露得太早了，他可以拿下这张索引卡，把它插进故事靠后的地方。当编剧满意地看到所有场景都在他理想中的位置、故事也立得住时，他就可以开始写剧本大纲，把软木板上的信息输入计算机。

情节驱动型剧本的待确认事项

- 做了必要的调研吗？

- 如果取材自真实事件，是否运用了自己的想象力化实为虚？

- 明确了电视剧有几幕了吗？

- 是否写出了有力的、目标明确的主角和反派？

- 每个场景是否以上一个场景为基础？

- 每一幕的结尾是否足够精彩，尤其是第二幕的结尾？

- 是否不断升级困境，让故事越来越紧张？

- 如果这部剧有"冷开场"，剧本里写了吗？

若以上所有问题的答案皆为"是"，那么你已经走上了情节驱动型剧本的写作正轨，你将写出一个好故事。

--- 第11章 ---

人物驱动型的电视剧

一切关乎人物

情节驱动型的剧以故事为中心，人物驱动型的剧则围绕着人物进行。这不是说你不需要费心给人物找到一个精彩的、富有戏剧性的故事——你需要。但是故事的驱动力是人物。我们每周收看，是因为我们爱这些人，恨那些人，我们迫不及待地想要看到发生在他们身上的故事。我们看不够这些人、他们的世界和感情生活。

> "我的朋友克莱尔·多宾是墨尔本电影节的运作人，对于我心目中的好电视剧（包括喜剧）所必备的特质，她有一个很棒的说法：'痛感'（ache）。'痛感'指的是我们作为观众中的一员，对于某个有洞察力的时刻、场景或姿势产生的情感关联，它使我们对于主要角色——既包括英雄也包括反派的斗争产生认同感，进而深切关心发生在他们身上的事情。在读一部剧本或看一部电影的时候，我经常发现自己在问：'我为什么要在乎？'那是因为故事缺少真情实感，也无法让我洞察角色的内心世界。一旦你能够与某个角色的某些赋予人性的、诚实的、脆弱的东西产生共鸣，你就很难不在乎他们的命运。"——奥斯卡奖提名大卫·马吉，《少年派的奇幻漂流》《寻找梦幻岛》编剧

连续剧

现在连续剧的风头正劲，但它们并不是新鲜事物。事实上，它的源头可以一直追溯到大文豪查尔斯·狄更斯（Charles Dickens），19世纪10年代，狄更斯开始每周或每月连载小说，这种新形式在当时轰动一时。在那时，人们开始聚在收音机旁聆听"肥皂剧"广播。其中一部1937年开始广播的肥皂剧《指路明灯》（*The Guiding Light*）于1952年被搬上了电视荧幕。很快，"肥皂剧"就流行于日间电视节目中。至于黄金时间，20世纪60年代，一部名为《冷暖人间》（*Peyton Place*）的连续剧在晚间播出并风行一时。黄金时段"肥皂剧"和连续剧在20世纪80年代突然爆发，出现了《家族王朝》（*Dynasty*）、《解开心结》（*Knot's Landing*）、《豪门恩怨》（*Dallas*）等轰动之作。《豪门恩怨》最被人称道之处，

就是在一季的最后一集制造悬念，让全美国人民整个夏天都迫不及待地想知道是谁射杀了J.R.［拉里·哈格（Larry Hagman）饰］。

当下的电视剧行业是连续剧的天下，《行尸走肉》《唐顿庄园》《广告狂人》《纸牌屋》只是其中几个例子。我相信，不用说你们也知道，故事情节连续的剧本比情节独立的（即一集内开始并结束一个故事）要难写得多。对于编剧来说，连续剧写作的挑战之一是结束一条故事线并引入一条（或多条）新故事线。如果做得好，就可以无缝衔接，让观众察觉不到。

> "连续剧允许编剧所写的故事跨越很多集（理想情况下是很多季）。创造长线固然有趣，但每集剧本作为一个自成一体的故事也要下足功夫。特别是试播剧。最棒的连续剧比如《黑道家族》（*The Sopranos*）的精彩之处，就在于既讲述了一个跨越多年发生的长篇故事，又做到了每周几小时的内容既精彩又独立。"——杰森·乔治，《音乐之乡》（*Nashville*）、《罪恶黑名单》高级故事编辑

人们经常问我，为连续剧写待售剧本是否有可能性？答案是有可能性。那么有一个大问题：如何让你写的这一集融入整部剧的情节线中？因为情节线是不断变化的，你写的时候不知道编剧会往哪个方向展开。关于这个问题有两种思考方式。我把它们都列出来，你可以选择适合你的那种。

第一种，你可以写一集我称之为"通用型"的剧本。"通用"不代表平淡、缺少特色，而是指你的故事要能够融入这部剧目前的进展。就是说，你不去改变，也不对接下来的剧情发展做任何假设。这是一种较稳妥的方式。如果你按照一部剧目前的发展写一个剧本，但是剧情发生了变化，没关系。制片人会明白你的待售剧本是在某个时间段写的，只要你把人物写对了，故事也符合你写作时的剧情发展就可以了。

我真正推荐的是第二种方式，就是大胆一点，选一个你喜欢的剧，倾尽全力写出精彩的一集。我更喜欢这种方式，因为它可以提供一个更好的平台来展现自己的才华和讲故事的技巧。不必担心所写剧集与真实剧情朝完全相反的方向发展。只要你的待售剧本看起来像是该剧的一集，制作人在审读剧本时就会明白你已经把握住了人物和整部剧的感觉。他们就会希望你加入，想听到你独特的声音，期待你发挥能力讲述一个精彩的故事。

> "《迷失》（*Lost*）播出的时候，人们会写它的待售剧本。为连续剧写剧本能够体现你对剧中人物的理解程度。假设《迷失》正在播第四季，你想写一个第四季播出的剧本。只要你看过了前三季，就可以选一个故事开始写，只需让它符合整部剧的风格和特点。只要故事不发生在月球上，你就可以做一些自由发挥。"——迈克尔·阿佐利诺，杰里·布鲁克海默电视公司高级副总裁，《人质》制片人

写连续剧的时候，要经常想着"让人上瘾"这个概念。连续剧是最让人们沉迷的电视剧类型。所以你的剧本必须有多重反转，每一幕的结尾要精彩、令人叫绝。我经常读到一些过于平淡的剧本，这时我会坦率地问编剧一个令人痛苦的问题：人们看了这集，立刻想看下一集吗？如果答案是否定的，编剧就要再下些功夫了。

尽管无须多言，我还要强调一下：剧本要写得引人入胜。就像喜剧的剧本必须有趣一样，剧情剧的剧本必须有戏剧性。拿出你的词典，选择那些能将人物情感通过动作传达出来的动词和副词，把你的剧本写得生动活泼。简而言之，它要让人看得忘情、投入。

人物驱动型与情节驱动型的剧本在结构上有何不同

情节驱动型和人物驱动型的剧本表面看没什么不同。二者都是以单镜头拍摄的形式呈现，都包含四幕或更多幕，剧本长度大多为55~59页。然而从结构上来看，两种剧本有着天壤之别。我们之前讨论过，情节驱动型的剧往往开始于一个诱发事件，且在情节驱动型的剧中很少有B故事，C故事则更闻所未闻。人物驱动型的剧则不是这样，在很多方面，人物驱动型剧的结构更像喜剧，因为它往往会有一个明确的A故事和B故事。剧情剧的一集时长是一小时，所以总会有一个C故事，根据具体情况，有些剧还会有一个D故事，这些故事是彼此交织的。如喜剧一样，每一幕都开始并结束于A故事。

最简单的人物驱动型剧本的结构方式，就是独立创作每个故事。这样你就能真正看到每个故事如何展开，从开始、发展到结尾，其间穿插着反转和转折。一旦你确信所有故事都能立得住脚，再把它们交织起来。但当你还不确定各个故事会如何展开时，就很难把它们看成一个整体并试着把它们交织在一起。

交互剪接的人物驱动型电视剧，就是把每一幕进行到即将发生戏剧性的、有趣的节点的时候，加大"赌注"，引入新事物，提出问题，然后立刻切入另一个故事。这样做有助于增加紧张感，让观众迫切地想知道接下去会发生什么。

彩色索引卡的重要性

在创作人物驱动型的剧本时，彩色索引卡非常有用，因为你可以给每个故事分配一种颜色。比如说你选择用蓝色索引卡代表故事A。现在，用一两个简单的句子来描述每一幕中的主要行动，然后再选择一个颜色来代表故事B，如法炮制。接着再这样处理你的故事C和故事D。

就像使用软木板那样，把这些句子按照一幕幕发生的顺序钉到软木板上。通过使用不同颜色，你可以清楚看到自己是否离开了一个故事太久，或是在一个故事上花了太长时间，是否应该切入另一个故事。你会惊讶地发现，相比于在计算机上写下这些故事，这个色彩标记的方法可以让一切结构性错误无处遁形。

彩色索引卡有多重要？如果你有较新版本的Final Draft软件，就会明白。这款软件可以让你在计算机上使用索引卡，这样你就能以数字形式展开你的故事。

生活里的事不一定都适合写进剧本

人物驱动型的电视剧是关于人的，因此就像写喜剧一样，你可以借用自己的个人经历创作出独一无二的故事。

确实有一些好剧的内容源于个人经历，但是你也有必要知道：生活中发生的事情不一定都值得写进电视剧本。有时我们太沉浸于自己的生活，认为没什么比我们身边发生的事更有意思，其实不然。我经常听人们讲述他们的故事，如果最后他们来一句：我的这个经历是不是很适合作为《为人父母》（*Parenthood*）的一集？事实上，他们讲的故事往往无法变成引人入胜的电视剧情节。它们更像是一些快照，记录下了一些平淡无奇的时刻，无法吸引观众在广告过后继续收看，但对于普通人来说，这些瞬间很重要，因为发生在他们身上。因此，不要急于选取一段个人经历去不假思索地围绕它创作故事，而是要先自问：这个故事是否足够重要。如果不那么重要，你可以把它作为故事B或故事C。

将真实生活中的故事改写成剧本的另一大问题是，有时这些故事与剧中的人物并不协调。并不是所有故事都适用于所有剧。如果你想把个人经历写进剧本，它必须和剧中人物产生关联，否则你的剧本就会惨败。有的时候有些剧可能无法与我们的个人经历关联，以时代剧为例，如果一部剧的故事背景是发生在现在，我可以很有把握地说，你在春假期间的经历不论多么激动人心，都不太适合写进这个剧本，因为生活在当下年轻人大概没有春假。

在将个人经历写进剧本时，编剧有时会落入一个"陷阱"，那就是误以为故事必须按照在现实中的原貌分毫不差地展开，但这样会导致剧本一片狼藉。将真实经历写进剧本的秘诀，就是把它作为种子，尽情发挥想象力。并且要进入角色，当一件事发生时你知道自己会有什么反应，如果同样的事发生在角色身上，他们会如何？他们的反应可能和你不一样，这就可能引发一系列新的事件。作为编剧，你必须敞开胸怀接纳这些可能性。如果你用正确的方式把真实经历写进剧本，完成后的故事与原型之间可能只有一点点相似之处。

> "想象你的故事，想象你的场景。现在，想象这个场景可能以最糟糕、最可怕、最痛苦的方式发生在你的剧本中的人物身上。把它写下来。如果你发现把它写得柔和了，那么你写下的可能是一个"轻"一些的版本，这个故事就没有体现出它有价值的部分。"——斯泰西·麦基（Stacy Mckee），《实习医生格蕾》联合执行制片人

如何给个人经历赋予戏剧性

我曾经写了两个自认为还不错的喜剧待售剧本，便决定尝试一下剧情剧，我当时想，如果将来有个剧情剧编剧的工作机会，这样做是有备无患的。我决定写一集当时热播的《警戒围栏》（*Picket Fences*）。

《警戒围栏》是大卫·E.凯利比较出色的一部作品。故事发生在威斯康星州的一个名为罗马的小镇，故事围绕小镇警长吉米·布罗克和他的妻子吉尔·布罗克医生展开。如凯利的大部分作品一样，剧中充满了奇闻怪事，罗马镇处处暗藏玄机。在研究了这部剧之后，我做的第一件事，就是寻找一个我想深入探索的主题。我一直对人类的阴暗面很感兴趣，人们在公众面前的表现与私下形成强烈反差时，我总是会感到好奇。确定了这个范围，接下来我需要找到一个具体的故事。我成长于一个与威斯康星州罗马镇类似的小镇，一个充满秘密的地方，我觉得那是个挖掘故事的好地方。于是我开始给过去的朋友打电话，看看他们能否告诉我一些镇上发生的事，可以作为剧本里的故事原型。高中时代的朋友萨拉中了"大奖"。她给我讲了个很棒的故事：一天，萨拉带着两个小女儿回到家里（我要说明一下，她住在一个小镇上，她认为自己生活在一个安全的小镇，所以她即使外出也不锁门），那天她把车停在车道上，看到给她修剪草坪的16岁男孩正从她家的前门走出来。一看到她，男孩就立刻向后转，穿过房子，从侧门溜了出去。萨拉当时也没多想。过了一会儿，她丈夫回来，进入卧室，发现她放贵重物品的抽屉在床上放着，里面的东西全被倾倒了出来。他们立刻明白，自己遇到了一个小偷。

这是一个古朴宁静的住宅区，还有很多孩子，因此萨拉和丈夫决定报警。警察到了那个年轻人住的地方，在他的卧室里搜出了塞得满满的一箱子女士衣物，整个街区都被他偷过。两名男警察把箱子拖到萨拉家里，把里面的东西倒出来堆在她脚下，让她把属于自己的贴身衣物挑出来。在她那么做的时候，她意识到自己可以在脑子里把这些东西和她的邻居逐一对上号。她把自己的东西从箱子里拽出来，递给警察，他们立刻把它们装进一个透明塑料袋，上面写上她的名字，作为证物收走了。

几个月后，审讯结束，另外几名男警察敲响了萨拉的家门，手里拿着塑料袋，他们是来归还证物的。对任何女人来说，这都是令人极其尴尬的事情。

一个在威斯康星州罗马镇放肆妄为的内衣小偷，这听起来很像是《警戒围栏》的风格。但是我绝不会把这个故事原封不动地写出来。现实生活中的版本很有趣——甚至可以说是引人发笑的——但它依然太缺少戏剧性，不足以呈现在电视荧幕上。为了让它变得更有戏剧色彩，我必须要利用这部剧中已有的人物，同时还要发挥我的想象力。

当我坐下来琢磨这个故事时，首先要做的就是决定这个小偷的身份，由此出发构建故事。我把这部剧里的角色都想了一遍，得出一个结论：他不能是任何一个常驻角色。他闯进了别人家，偷走了女人的内衣，藏在一个宝箱里，可以断定这样的人一定有性格缺陷。作为一个自由编剧，我不能把这种特点加到某个常驻角色身上，因为那样势必会改变该角色给人的好印象，而我们之前已经说过，写待售剧本的时候一定要避免这种情况。

那么这个小偷必须是一个外来者。但他是谁？不可否认，小偷少年的故事使我深受吸引，因此我保留了故事的这一部分。不过我改变了他的一些特征。他不再是一个平淡无奇的修剪草坪的男孩，我把他变成了一个外表整洁清秀、人见人爱的高中冰球明星。这就带来了更多可能性，比如剧中警长的儿子也打冰球，他们可以是一起玩的伙伴。

小偷的身份确定下来了，现在我必须想出故事的其余部分。我让自己思考：警长会如何到处去抓他，男孩被抓住之后，镇上的人会如何对待他。我把自己代入布罗克警长去思考。依照他的性格会做何反应？他在抓小偷行动中，第一步会怎么做？有没有办法让故事与警长发生关联、增加故事的张力，让警长的破案愿望变得更迫切？我研究了一下罗马镇的人物，想想谁最有可能被警长当成第一嫌疑人……

看出我要说什么了吧？先获得一个故事的种子，然后把它变成一集独特的剧集。你必须研究剧中的角色，看看他们都是什么人、身在何处、做过什么。

还要尽量增加故事的戏剧性。当我审视现实中小偷被抓住的那一幕——警察去了他家，吓得他坦白认罪，交出了赃物——我觉得它的戏剧性还不够。简单说，我的剧本是这样增强戏剧性的：

第一幕的开头，吉尔·布罗克发现有人闯进了他们的卧室，偷走了她的衣物，最近已经发生了数起类似案件，小偷一直在作案。罗马镇的居民们一直在向布罗克警长施压，要求他尽快抓住这个小偷。现在这个歹徒袭击了他的房子，冒犯了他的妻子，于是事件染上了私人色彩。布罗克开始讯问嫌疑人，先从有作案动机的人开始调查。与此同时，那位高中冰球队明星和警长的儿子成为了好朋友。两个男孩经常再一起玩——于是，布罗克（以及观众）都不知道，他要找的小偷就在他的眼皮底下。

第二幕，布罗克继续追捕小偷，小偷终于再次侵入了布罗克家——这次偷走了他十几岁的女儿的内衣。偷走他妻子的私人物品已经够恶劣了，冒犯他女儿更是让紧张进一步升级。在第二幕的结尾——还记得吧，这里是最重要的一次幕间休息——那位冰球明星在一场比赛结束后，开车送警长的儿子回家。他们在镇中心的一个红绿灯被追尾了。车子的后备箱弹开，掉出了一个箱子，满满一箱女士衣物散落在大街上。

在第三幕的开始，包括警长的妻子和女儿在内的罗马镇所有失主，排队站在警察局前，指认哪件衣物是属于自己的。这些证物被标记、装袋、最终被带上法庭作为呈堂证供。第三幕剩下的部分和整个第四幕讲的是男孩出庭受审的过程。

很明显，我在此处省略了剧本中的大量细节，尽管如此，通过这个简短的版本你也可以看出，我是如何播下了一个真实故事的种子，根据《警戒围栏》的人物进行改编，最后把它变成了一个完全虚构的故事。在第一幕，警长被卷入一宗案件，这件案子与自身的关系也较密切，镇上的人们也在催他破案，给故事加码。当小偷回到警长家中偷了她女儿的内衣后，局面变得更加紧张。第二幕结尾发生了车祸，女士们的贴身衣物散落得满街都是。看出来了吗？相比于警察上门搜查、少年乖乖交出罪证，这样处理要更富于画面感和戏剧性。

当然，在为人物驱动型的剧本创作时，你不一定要用到真实生活中的故事。你可以观察剧中人物，根据他们的性格来创作故事，也可以思考一些你想探讨的主题，再根据人物来编写。你只需要确保你的故事既符合人物性格，也能融入整部剧。

人物驱动型剧本的待确认事项

- 我构思出的故事是否适合这部剧？
- 我有没有在故事里加入反转？
- 如果这部剧有冷开场，我的剧本里写了吗？
- 我有没有一个线索清晰的故事A？
- 故事B、故事C、故事D是不是同样清晰？
- 几个故事是否以能加重紧张和悬念的方式交织在了一起？
- 每一幕结尾是否有力，尤其是最重要的播出半小时的那个幕间？
- 每一幕在长度上是否较为平均？
- 我是否在每一幕都用到了这部剧的主要角色？
- 如果我的故事源于个人经历，它的分量是否足够撑起一整集？
- 我是否对源于个人经历的故事进行了适合人物与剧情的改编？

肥皂上的污垢

在这一章，我们似乎转了一圈又回到了原点。我在本章开头讲了连续剧的盛行，几十年里，日间肥皂剧一直是重头戏。现在我要告诉你们，肥皂剧正在走下坡路。这有点讽刺，因为黄金时段连续剧似乎正炙手可热。但是近几年里，日间电视节目渐渐不再选择肥皂剧，更多倾向真人秀、脱口秀以及像《法官朱迪》（*Judge Judy*）这样风行不衰的节目。当然，你还是可以在电视上看到一些肥皂剧，但是大部分业内人士认为它们只是在苟延残喘而已。

如果你认为自己只会写日间肥皂剧（有些人确实如此），不必担心。好消息是，《我的孩子们》（*All My Children*）、《只此一生》（*One Life To Live*）等一度被砍的肥皂剧如今焕发新生，在葫芦网站和苹果公司的iTunes等平台获得了一席之地。这是一种新模式，不过我预测它能够持续下去。

还有一个好消息。与黄金时段节目的编剧不同，日间剧的编剧不需要一直住在洛杉矶（或纽约）。编剧可以通过电话会议沟通。通常，只有首席编剧和剧本编辑才需要定期去拍摄现场，梗概和剧本可以通过电子邮件提交。

如果你想尝试写肥皂剧剧本，最好的入行方式是先在一个剧组里找一份基础工作。比如在编剧办公室里负责剧本流程，这个工作就非常理想。你不仅有机会直接向编剧学习，还有可能拿到一份剧本。尽管不能保证你是否能拿到剧本，但有时当某位编剧去休假时，新编剧可能会得到试笔的机会，这可能会帮你得到一份更固定的工作，还有可能让你接触到经纪人。相比之下，通过提交一份待售剧本从圈外入行要困难得多。

第12章
黄金时段剧情剧的格式安排

黄金时段剧情剧的样本提纲

剧情剧均以单镜头、电影风格（见第8章）为标准来拍摄。与单镜头情景喜剧相同，同样的标准也适用于一小时时长的剧情剧大纲和剧本。

下面为一部黄金时段剧情剧《不法行为》（*Malum In Se*）剧本大纲的前几页。作者是米鲁纳·帕尔托维（Miruna Partovi），她是我在爱默生学院"电视剧试播剧写作"课的学生。故事讲的是一个具有能使人和动物复活能力的15岁男孩的故事，我征得作者的同意转载于此。请你们先读一下，然后我们再来看看剧本的第一幕，看看米鲁纳是如何将大纲变成电视剧的。

第一幕

淡入：

<u>外 太平洋海滩 – 白天</u>

海滩上挤满了游泳和晒日光浴的人。汤米·费希尔（15岁）看着急救员把一个装着尸体的袋子运到救护车上。人们在旁边目瞪口呆，议论纷纷。汤米只是盯着那个尸袋，他回想起了自己的往事。

<u>内 临终关怀中心的房间 – 8年前</u>

莉迪亚·费希尔（不到40岁），躺在床上，没有头发，骨瘦如柴，明显已经失去了生命体征。病床一侧站着她悲痛的丈夫哈维·费希尔（同样不到40岁），他抓着妻子毫无生气的手。另一侧站着她的儿子们——费施（14岁）和汤米（7岁），握着彼此的手。

一个护士走了进来，与哈维商量他妻子下一步的安排。哈维让孩子们和妈妈告别。汤米躺到床上，在妈妈身边蜷起身子，闭上双眼。但此时莉迪亚睁开了眼睛，她对于自己身在何处、周围的是什么人一脸茫然。

护士冲出去找医生，哈维和孩子们则试着让莉迪亚想起他们是谁，但她还是完全想不起来。

内 医院走廊 – 8年前

一位医生进来了，看到这样的情形，他对哈维和孩子们解释说，根据之前各方面的情况看，莉迪亚确实已经死去，但现在看来，她的肿瘤已经完全消失了；除了不认识人，她现在的身体已经恢复健康了。

外 太平洋海滩 – 白天

费施（22岁），汤米的哥哥，从他工作的海滨餐厅"帝国"跑了过来，他想看看外面为什么这么混乱，接着他注意到自己的弟弟正注视着医护人员。

费施把汤米拽到一边，他说他们必须走了，还告诉汤米他们没有义务救人。他还加了一句，说"这些"都不是汤米的错。汤米不情愿地和费施一起离开了。

转场：

主标题

你在读每一幕的时候，应该都能清晰地想象出画面、事情是如何发生的、动作在荧幕上是如何呈现的。请注意，米鲁纳在这几段中只勾勒了故事主线，也就是真正重要的情节。她的故事很好懂，我们看了剧本后就能明白它讲的是什么、人物是怎样的、他们面临什么。大纲用散文体写成，不包含任何对话。剧本大纲就应该这样写。（注意：如果你认为有一小段对话一定要加进去，可以，但尽量不要这么做。）

黄金时段剧情剧的剧本创作

完成了剧本大纲，最好你的故事还得到了一些积极的反馈，你就可以开始写剧本了。让我们看看米鲁纳是如何把她的大纲写成一集电视剧的。下面是第一幕的剧本。

第一幕

淡入：

外 南加州 太平洋海滩 – 白天

汤米·费希尔（15岁），一个富有同情心的、谦逊踏实的孩子，看着医护人员把一个装着尸体的袋子抬到了救护车上。

验尸官威廉·沃克（73岁），一个沉默寡言、冷静的德国人，开始查看救护车上的尸体。沙滩上的人们目瞪口呆，议论纷纷。汤米盯着那个尸袋，沉浸在自己的思绪和回忆之中。

淡出：

内 临终安养院的房间 – 夜（闪回）

8年前

莉迪亚·费希尔（不到40岁）躺在床上，没有头发，骨瘦如柴，明显已经失去了生命体征。病床一侧站着她悲痛的丈夫哈维·费希尔（同样不到40岁），他抓着妻子毫无生气的手。另一侧站着她的儿子们——费施（14岁）和汤米（7岁），他们握着彼此的手。

一个护士走了进来，哈维使劲握了握妻子的手，站起身和护士一起走出了房间。

> 哈维
>
> 接下来不需要孩子们参与了。我姐姐会过来，她会带他们
> 回家。

> 护士
>
> 我去告诉他们和妈妈道别。

护士回到房间，哈维对孩子们点点头。汤米躺到床上，在妈妈身边蜷起身子，不肯放弃。

> 汤米
>
> 妈妈，求求你醒过来，我爱你。

哈维伸出手去安慰儿子。汤米紧紧地闭上双眼。就在这时，莉迪亚的眼睛一下子睁开了。她开始大口喘气。

> 费施
>
> 妈妈！

> 哈维
>
> 莉迪亚！

> 护士
>
> 天啊！

护士冲出房间，哈维和费施冲向莉迪亚身边。

> 护士（画外音）（继续）
>
> 里奇满医生，里奇满医生！

> 哈维
>
> 莉迪亚，莉迪亚，你能听到我说话吗？

莉迪亚盯着她的家人，看起来震惊、苦恼、困惑。

> 莉迪亚
>
> 你们是谁？我在哪儿？

> 哈维
>
> 莉迪亚，宝贝儿，是我啊，哈维，你的丈夫……

莉迪亚摇了摇头——她完全认不出他们了。

> 莉迪亚
>
> 对不起……我不……我……

汤米慢慢从妈妈的床上离开，看上去困惑而受伤。房间里变得嘈杂起来……

淡出：

内 医院走廊 – 当天稍晚（闪回）

一位医生正在对哈维、费施和汤米说话。4个人看上去都很疲惫。

> 医生
> ……我们还有几项检查没做。但是根据各方面的情况来看，费希尔先生，你的太太之前确实已经去世。在拔掉仪器之后，她已经有一个小时没有任何生命体征了。

> 哈维
> 这是怎么回事？

> 医生
> 现在我还无法解释。她的大脑完全能正常运转，检查结果也很健康，就好像她从来没有患上癌症似的。

> 费施
> 可她为什么不认识我们了？

> 医生
> 我也不知道。

汤米突然靠在哥哥的身上。

淡出：

外 太平洋海滩 – 现在

费施（22岁），汤米的哥哥，从矗立在沙滩中央的"海滨帝国"餐厅跑过来。他是个随和而友善的人。

他看到了救护车，然后看到了汤米。费施把汤米拉出人群，试着把他拽走。

> 费施
> 汤米，不要这样对待你自己。

> 汤米
> 但是，费施，我忍不住……

> 费施
> 不，不行，汤米，不要想了。快走吧！

看到汤米眼中的悲伤，费施露出了痛苦的神色。

> 汤米
> 那个人可能也有家人……

> 费施
> 听着，不管他是谁，或者说不管他活着的时候是什么人，这么多人亲眼看到了他已经死了。

费施伸出一只胳膊搂住汤米，推他往前走。汤米回头望向那个尸袋，但还是顺从了。

> 费施（继续）
> 我喜欢你的"乐于助人"，可你现在必须放弃。你没有义
> 务拯救这个世界，汤米。

他们一起走到了"帝国"的门口……

高档餐厅里热闹非凡。游客们正在欣赏海景，服务员们也在享受这轻松的一天。

内 帝国餐厅－白天

餐厅里人不多，只有几位顾客光临。特莎·雷塔诺（19岁），她活泼热情，也很友善，又不显得愚蠢或烦人。她站在服务台后面。

她正在和她的室友艾弗里·乔丹（昵称"AJ"）聊天，乔丹工作努力，喜欢参加派对，总是显得有些叛逆。

> 特莎
> 你说觉得他很帅，我给你们牵了线。现在你又犹豫什么
> 呢？又有什么难题了？

> AJ
> 我就是想不通。他管自己叫"鱼"，你明白吗？

> 特莎
> 首先，他的真名叫韦恩，昵称为什么不能是"鱼"？再说
> 了，这只是夏天的一次约会而已！你俩又不打算一起开着
> 车驶向夕阳。

> AJ
> 没错，我们只是约会而已。他也知道吧？

> 特莎
> AJ，他很清楚。你不要那么紧张，他是一个不错的人。

AJ叹了口气，一对情侣朝女招待的服务台走过来，她点了点头。

> AJ
> 好吧。你先工作吧。告诉"鱼"我今晚和他见面。

> 特莎
> 这就对了！

特莎朝AJ笑了笑，转身去招待那对情侣。AJ摇摇头，微笑着走开了。

外 费希尔家－白天

费施搂着汤米，朝那栋简朴而舒适的房子走去。

内 费希尔家－白天

男孩们进屋，看到他们的姨妈柯拉·费希尔（33岁）正盘腿坐在屋子中间的地面上。柯拉一心参禅，不过不一定有什么体悟，她总是不惜一切代价逃避责任。

费希尔家养的惠比特犬"威士忌"正在睡觉，身边的收音机里传来舒缓的音乐声。费施和汤米等着音乐结束，然后费施开始鼓掌。

> 费施
> 太棒了！

> 柯拉
> 你破坏了禅意。

> 汤米
> 嗨，柯拉阿姨。

> 柯拉
> 今天过得怎么样，汤米？

费施在汤米身后使劲摇头，但是已经来不及了，柯拉阿姨的目光集中在了汤米身上。"威士忌"也在这时抽着鼻子醒了。

> 柯拉（继续）
> 发生什么事了？

> 汤米
> 我正在海滩上等费施，这时候有一个人犯了心脏病……

> 柯拉
> 汤米，这不是你该……

> 汤米
> 我知道，不是我的责任，不关我的事，我不该管。这些我
> 知道，柯拉阿姨，但我本来可以救他。

> 柯拉（宽厚地）
> 我不知道有多少种方法能告诉你这个道理：死亡是生命的
> 一个自然部分，我们不该违背自然规则。

汤米摇摇头，打开冰箱，背对着柯拉和费施。

> 柯拉（继续）
> 好吧，我说完了。

尴尬而明显的沉默充斥着整个房间。在汤米背后的费施和柯拉，用眼神向对方传递着"算了，到此为止""我也无能为力"的眼神。

> 费施
> 听我说，老弟，我明天回来之后，咱们一起去冲浪怎么
> 样？明天浪会很大。

> 柯拉

你说"等你回来"是什么意思？你要去哪儿？

费施

我有约会。

柯拉

真的？你是在开玩笑吗？

费施

这话太过分了。

汤米还打算继续生柯拉和费施的气，即使使劲忍住不笑，但还是失败了。

费施（继续）

我也没看到你有约会啊，老弟！

柯拉

好了，好了，别吵了。

费施

汤米，明天冲浪啊！柯拉，祝我好运吧！

柯拉

知道了，快走吧！

汤米

祝你好运！

费施抓起外套走出房门。柯拉转向汤米。

柯拉

那么你呢，嗯？你今晚打算做什么？

汤米

我还在禁足呢，你这是明知故问吧？

柯拉

如果你这么说是想让我感到内疚，然后解除你的禁足，那
就少来了。

柯拉打开一个抽屉，递给汤米一沓磨旧的外卖菜单。汤米立刻抽出了一张。

柯拉（继续）

又吃这个？

汤米

如果你没把我关在家里……

柯拉

听着，汤米，你在大街上让那只狗起死回生，你就要被禁
足。就是这么简单。

"威士忌"呼哧呼哧地喘着气，简直像在表示赞同。

> 汤米
>
> 如果不是因为它弄坏了你的冥想石，你也不会生气。

> 柯拉
>
> 第一，我会生气。第二，那些冥想石是别人送的礼物。
> 第三，"威士忌"现在可以咬烂一切，恕我对此无法表
> 示高兴。

汤米偷偷看了一眼"威士忌"身边那块被咬成两半的砖，那是靠墙放着的一小堆完整的砖中的一块。

> 汤米
>
> 好吧。

柯拉从汤米手中拿过菜单，朝电话走去。

<u>外 特莎和AJ的公寓 – 傍晚</u>

费施抖了抖肩膀，长出一口气，敲门。

<u>内 特莎和AJ的公寓 – 傍晚</u>

房间既有艺术感又显得年轻、清新、舒适，散发着一种适宜居住的气息。AJ已经化好了妆，穿着一件衬衫，她打开锁，开门，费施站在门外。

<u>内 特莎和AJ的公寓 – 傍晚</u>

> 费施
>
> 你好吗？

AJ退后，让他进屋，然后关上了房门。

> AJ
>
> 还行，费施，你怎么样？

费施耸了耸肩。

> 费施
>
> 老样子，老样子。顺便说一句，你看起来很漂亮，当然平
> 时也很美。

> AJ
>
> 嘴真甜。你想喝点什么吗？

> 费施
>
> 好啊，谢谢。

费施坐在沙发上，AJ走到冰箱前，弯腰拿出两瓶啤酒，然后躲在冰箱门后面给特莎发了个短信："祝你今天晚上有聚会可以参加。"

然后她站起身，面带一丝得意的笑，走回费施身边。

内 帝国餐厅 – 继续

特莎看着AJ发来的短信露出笑容。她回复说："不用谢！"然后把手机放回了衣服口袋。

两对情侣走进来。丹（41岁）和塞西利亚·伊万斯（41岁），还有拉奎尔·兰德–萨拉扎尔（35岁）和利亚·舍费尔（29岁）。

丹衣着随意，状态比较放松，在这海滩上显得十分自在。他的妻子塞西利亚眼睛明亮，外表温柔，挽着他的胳膊。

拉奎尔看上去机警而谨慎，和她的女友利亚在稍微靠后的地方，利亚是个善良而乐观的人。

> 特莎
> 欢迎来到帝国餐厅。几位今晚有预约吗？

> 丹
> 伊万斯预约的，4个人。

> 特莎
> 没问题！请跟我来。

两对情侣随着特莎来到他们的座位。

内 费希尔家 – 夜

汤米躲在沙发后面坐着，手里拿着一只鸟的尸体，脚边放着一个笔记本。威士忌坐在那里咬旁边的瑜伽砖，爪子上沾了一堆灰。

汤米的目光越过沙发扶手，偷偷看了一眼柯拉，然后目光回到那只鸟身上。

> 汤米（低声）
> 嗨，小家伙，你不能这样。

威士忌又咬穿了一个瑜伽砖，动静吸引了汤米。

当汤米再回头看时，那只死去的鸟开始扑扇翅膀了。汤米咧嘴笑了，鸟儿在他手中挣扎着，慢慢变换着颜色站起来，开始飞。

随着它飞到不同的高度，它的颜色也在变换——仿佛不同的高度对应着不同的颜色。

汤米一边看着那只鸟，一边草草地记下笔记。

> 柯拉（画外音）
> （受惊吓地）
> 我的天！

> （带惩戒意味地）
> 汤米！

汤米畏缩着，把头靠在沙发的扶手上。

柯拉愤怒地指着那只在房间里飞来飞去并变换着颜色的鸟。

柯拉（继续）

这是真的吗？

汤米站起身，打开一扇窗，那只鸟飞了出去，叽叽喳喳地叫着。

汤米

它只是一只鸟。

柯拉

这不是问题所在，汤米。如果人们看到一只五彩斑斓的鸟
在到处飞，怎么办，嗯？

汤米

严格来说，我并不认为它是五彩斑斓的，它只是会变色
而已。

柯拉瞪了他一眼，汤米闭上了嘴。

柯拉

我都不知道该怎么办了，汤米。

汤米

你就让我把这件事解决了吧。

柯拉

没门儿。

她瞥了一眼威士忌面前的那一大堆砖屑。

柯拉（继续）

20分钟之内饭就会送到。在那之前，你能不能把这个烂
摊子收拾好，而且别再让任何东西死而复生了？

汤姆拿起一个簸箕，坐在威士忌旁边铲起那堆垃圾。柯拉长出了一口气，揉着脑袋走了出去。

柯拉刚一走，汤米就立刻就拿起他的笔记本，继续写起来。他翻过的纸页上写着这样一些标题："鸟4号""蜥蜴12号"。这时威士忌又咬碎了一块瑜伽砖。

内 特莎和AJ的公寓 – 夜

啤酒瓶扔在地板上，费施和AJ正在沙发上亲热。

外 特莎和AJ的公寓 – 夜

一个男人的轮廓，他注视着费施和AJ因为薄窗帘和廉价的灯光而透出的剪影。AJ的笑声传来，墙壁只能起到轻微的阻隔作用。男人的手在颤抖。

外 费舍尔家 – 白天

阳光明媚，美好的一天。

内 费舍尔家 – 白天

柯拉坐在房间的正中间，这是她常坐的位置，她正在冥想。

汤米走进来，揉着眼睛，从冰箱里拿出橙汁，"扑通"一声坐到沙发上。柯拉睁开眼睛。

> 柯拉
> 早上好，亲爱的。

> 汤米
> 早上好。

> 柯拉
> 我以为你和费施今天要去海滩呢。

汤米耸了耸肩，柯拉站起来伸展身体。电话铃响了，柯拉接起电话，坐在汤米身边的沙发上。

> 柯拉（继续）
> （对电话）
> 你好……你是哪里？……是的，是的，好的，我们马上就
> 过去……好的。

汤米看着柯拉，想听她解释，但是她只是站起身开始穿鞋。

> 柯拉（继续）
> 咱们得走了，费施在医院。

汤米睁大了眼睛。

内 医院 等候室 – 白天

费施迷茫地坐在一把椅子上，看起来精疲力尽，上身穿着一件白大褂。

特莎坐在他对面，眼睛哭得通红。

警察塞西利亚·伊万斯和拉奎尔·兰德–萨拉扎尔，礼服外面套上了警探夹克，站在那里，目光在费施和特莎之间游移。

柯拉和汤米走进来，两人都在试图掩饰担忧的心情。

> 柯拉
> 费施，你受伤了？

费施摇了摇头。伊万斯走上前。

> 伊万斯
> 我是伊万斯警探，这位是我的搭档拉奎尔·兰德–萨拉扎
> 尔警探。您是费希尔女士？

> 柯拉
> 是的，发生什么事了？

> （转向费施）

你为什么穿着白大褂？

　　　　　拉奎尔·兰德-萨拉扎尔
　　他没事，夫人。只是我们需要他的衬衫作为证据。

　　　　　汤米
　　证据？

　　　　　伊万斯
　　　　（对柯拉）
　　昨晚在特莎·雷塔诺和艾弗里·乔丹的公寓里发生了一起
　　案件。有人开了枪。雷塔诺女士当时不在家，但是你的侄
　　子和乔丹女士在家。

柯拉瞥了一眼费施，后者没有看她或汤米。

　　　　　拉奎尔·兰德-萨拉扎尔
　　警官们到场的时候，乔丹女士还活着，但是她没能撑过
　　手术。

汤米抬起头，目光依次扫过费施、特莎、警察和柯拉。

汤米的目光回到费施身上，他看着哥哥悲痛的样子，往后退了一步。没有人注意到他。

　　　　　伊万斯
　　我们还在追查此事，到目前为止尚未发现凶器。

　　　　　拉奎尔·兰德-萨拉扎尔
　　我们已经记录了你侄子的证言，但是我们可能还需要再和
　　他谈一谈。

　　　　　柯拉
　　等等，你们认为费施和此事有关？

汤米向后退，走到电梯处，眼睛盯着他的哥哥，但他一直没有抬头。依然没有人注意到汤米。

　　　　　拉奎尔·兰德-萨拉扎尔
　　夫人，我们只是按流程办事。他是目击证人。

镜头聚焦汤米：

在电梯边，他扫视了一下通往医院不同楼层的导览图。他还没决定去哪儿，弗鲁克静静地出现，按下了向下的按钮。

汤米看着弗鲁克的胸牌上的字：验尸官。

弗鲁克走进电梯。门关上了，汤米看到电梯上方的楼层数字闪烁着，直到地下室的按钮亮了起来。

汤米看了看导览图，看到一行字："地下室，非内部人员禁止入内。"

镜头聚焦柯拉：

> 柯拉
>
> 是的，明白，谢谢您，警探。
>
> （转向费施）
>
> 费施，你还好吗？

费施表情麻木地摇头。特莎抽泣起来。费施在犹豫，不知该安慰她还是由她去哭。

汤米四下环顾，看到了人手不足的护士站。

一名护士正在接听电话，一边翻看着文件，看起来很紧张。

他的外套挂在椅背上，汤姆从衣服的领子上偷偷拿走了他的身份卡。

> 柯拉（继续）
>
> （对费施）
>
> 咱们回家吧。你需要休息。我会给你的老板打个电话，今
> 天别上班了。
>
> （对特莎）
>
> 你也是。

电梯来了，汤米溜了进去。

伊万斯坐到特莎的旁边，特莎又开始哭了。柯拉一只胳膊搂着费施，扶他站起来。她四下环顾，想让汤米来帮忙，然后意识到他不见了。

> 柯拉（继续）
>
> 汤米？

内 医院 停尸房 – 白天

弗鲁克拿起几份文件，放进他的公文包里。

画面上可以看到3具尸体，其中包括AJ的尸体，都还没有被分配抽屉。弗鲁克的目光停留在三人的脸上，然后转身走了出去。

汤米的脸出现在门上的窗户外，然后他推门走进了停尸房。他颤抖着接近尸体，抓起脚趾上的挂牌，紧张地读着上面写的字。

第一个上面写着"瑞秋·道森"，第二个是"伊莉莎·托马斯"，第三个是"艾弗里·乔丹"

汤米注视着AJ没有血色的脸，然后抓起她的手，可以听到他粗重的呼吸声。

> 汤米
>
> 醒醒，求你醒醒。

什么也没有发生。房间寂静。然后，一瞬间，AJ睁开了双眼，喘着气活了过来。

> 淡出：

第一幕结束

将大纲和剧本对同一场景的描述相比较，你就会发现二者对于所发生之事的表述是相同的。但是请注意，米鲁纳做了一些微调。她把汤米母亲复活那一场的地点从临终关怀中心改成了临终安养院，这是合理的。你在写剧本的阶段可以自由地做一些小调整，只要没有大变化就行。你可以看出，对话能大大增加场景的生动感。请注意，这个剧本中的对话是随意、放松的，即使在一些紧张的场景中也是如此，比如费施和汤米在海边的那一场。这是因为人们在现实生活中就是这样讲话的，在紧张的情形下尤其如此。

另外，请注意米鲁纳在大纲中用了不到3页纸便写完了前4个场景。这一点做得好！米鲁纳的写作速度很不错，这能让她的故事向前推进。你们在写剧本时，也要尽量把一个场景控制在两页纸之内。写的时候可能偶尔会超出，不过可以把它当作基准。一个场景最长不要超过3页，而且只有在绝对必须的情况下才可以写这么长。记住，我们生活在一个快节奏的社会，人们每天都会接受很多视觉刺激，因此在同一个地点连续上演几分钟的戏码，都可能令观众觉得剧情拖沓。关于米鲁纳的这几页剧本，我还有最后一件事要说。看看我们在短短的时间里了解到多少信息吧：我们知道汤米的妈妈在他小时候死了；他说他爱她，求她醒过来，她就真的醒了；汤米的母亲苏醒来时，她的癌症完全消失了，一起消失的还有她的记忆，她认不出自己的家人；医学无法对这一切做出解释；汤米能让人死而复生；他是个善良的孩子——因为他想让海滩上的那个死去的人复活；汤米的哥哥费施知道汤米的这种能力，他担心这迟早会给汤米带来大麻烦；我们还知道汤米对自己的能力感到很矛盾。所有这些信息，都在短短3页纸里呈现了出来。现在想一想我们不知道的事情吧，想想到现在为止米鲁纳给我们提出的所有问题。

我之所以提出这一点，是因为在喜剧剧本中，你需要尽快给出所有的信息，剧情剧却相反，你不应该在第一幕就交出打开宝库的钥匙。写作剧情剧时，你应该给观众一些关于故事的信息，但不要一次全给他们。这可能会有一点微妙，弄清该在什么时候披露什么信息并不容易。在写自己的剧本时，你们要想想米鲁纳的前3页是怎么写的。尽管她给了我们许多信息，却明显还有很多她尚未披露的东西。比如，严格来说，我们并不知道汤米是如何让他的母亲死而复生的：是因为他说爱她，还是因为他求她醒过来？海滩的那个场景暗示了我们，汤米可能会因为他的超能力而陷入麻烦。因此，米鲁纳在给出信息的同时，也提出了问题。你们自己写剧本的时候也要这样做。接着，米鲁纳带着我们从第三页继续推进，请注意她是如何一点点地向我们呈现出汤米让生命死而复生的能力的。她写了那只鸟，还有狗。到了幕间休息的时候，出现了一个巨大的两难困境：一个女孩死了，汤米的哥哥费施成了嫌疑犯。汤米知道，如果他让那个女孩复活，哥哥就不会被控谋杀。然而，所有的人包括警察在内，都知道那个女孩已经死了。但是汤米还是让她复活了。啪！第一幕结束！干得漂亮。

第四部分

原创电视剧写作

第13章

电视试播剧

"首先,不要总想着写出下一部热播剧。其次,你要知道观众会被概念吸引,但是留住他们的是角色。要知道,在今天这个热闹的电视剧圈子里,很多想法已经被提出、尝试甚至播出过了,因此,编剧比任何时候更需要拿出真正独特的概念和出色的完成水准,这样才能脱颖而出,获得关注。最重要的,你的创作要出自激情,而不是只考虑商业。没有人知道下一部热播剧会从哪里诞生,但是迄今为止,所有的热播剧都来自编剧迫切想创造世界、故事和人物的愿望。"——艾美奖得主乔纳森·利特曼,杰里·布鲁克海默电视公司总裁,《犯罪现场调查》《犯罪现场调查:纽约》《犯罪现场调查:迈阿密》《人质》执行制片人

为什么要写试播剧

试播剧是你的编剧履历中的亮点,它给你机会,让你展现你的创造力和作为编剧的特点。如果你的试播剧写得不错,它会为你打开一扇大门——如果你写得很棒,就能得到工作。因此一定要坐下来,冲破条条框框,放飞思维,逼自己想出一些新的、有创意、一些人们前所未见的东西。奉劝大家不要再写有关"问题家庭"的喜剧,或有关警察的剧——除非你能加入一些原创的东西。比如《嗜血法医》,主人公德克斯特是迈阿密地铁警察局的一名血迹分析师,但他还有另一重不为同僚所知的身份:连环杀手。他杀人不是出于私人目的,事实上他的动机是完全无私的。他希望能够铲除罪大恶极的凶手,为世界除害,这就变得有趣起来。有趣的性格、有趣的前提,这在罪案剧中都是新鲜元素。如果想让你的试播剧脱颖而出,你就必须想出这种具有突破性的好点子来,效果一定很棒,我保证。

一旦写完试播剧,你就要想尽一切办法把它拍出来。不过,如果没能播出,也不要失望。大部分试播剧,包括很多知名编剧的作品,最后都未能投入制作。而且我要告诉你一个令人遗憾的消息,作为刚刚起步的新手编剧,你的剧本拍出来的机会更小。

要想让一部试播剧被制作出来,你需要有多年担任节目运营官的经验,还要有多部热播剧的业绩。说到底,电视剧是一门生意,你要用生意头脑去思考。假设可口可乐在

招聘北美地区的总裁，他们拿到了两份求职申请。申请人A以优异的成绩毕业于沃顿商学院，尽管他很有热情，却从未在饮料公司工作过；申请人B毕业于哈佛商学院，已经在百事可乐公司副总裁的职位上干了15年。如果你是可口可乐公司的面试官，你会选哪个人来监管北美区的业务？当然是申请人B，因为他的经验丰富得多，你相信他懂业务，能够推动公司向前发展。

电视行业也是如此。对于新剧集来说，成功的压力是巨大的，失败就要付出惨痛的代价。对于电视网和制片厂来说，赚或赔都不是小数目，所以他们不愿冒险尝试新人，他们想要的是有经验的人。一般说来，推销试播剧的人应该管理过编剧团队，因为只有自己写过剧本，才知道该如何管理。

> "我们想看到原创的东西，听到新鲜的声音。但是在电视网的工作中，我们却要找已经有些成绩的编剧。这不像是拍剧情电影，成败在于能否拍好110页的剧本。我们需要找的人，必须能够编出、讲出至少100个这样的故事，并且能按时完成。显然，我们要找到一些有深度、有发展潜力的点子，并具有拍成若干季的潜力。"——史蒂夫·斯塔克，狮门电视公司制作总监

我知道你们想到了谁——莉娜·杜汉姆。没错，莉娜的事业看起来可谓一帆风顺。她努力拼搏，凭借着她的电影短片《微型家具》（*Tiny Furniturn*）放手一搏，为自己闯出了一片天地，这部电影获得了美国西南音乐与媒体会议颁发的最佳剧情片奖。接着她又创作了《衰姐们》（*Girls*），这是一部大胆的喜剧，与当时电视上其他的剧完全不同。但是一个冰冷残酷的事实是，大部分人并不是莉娜·杜汉姆，她是个例外。如果你还不相信，你可以这样做：列一个单子，写下目前正在播出的20部电视剧（当然，要选择那些排名至少前五十的，而不是成绩平平的）。列出这些剧中编剧的名字。然后打开网站，输入这些名字，看看他们中有几个人是此前没有任何作品的。我猜一个都没有。要知道，我说这些并不是为了让你泄气。恰恰相反，我非常想看到你的成功。但是经验告诉我，取得成功最快、最好的方法就是做好充足的准备。莉娜能够在这个竞争残酷的行业中迅速成名，这很值得称道。然而，每当媒体宣传某个人像童话般一飞冲天时，总有一些年轻编剧以为这很容易，他们不去付出努力，结果必然更加失望——因为他们如此期盼能一帆风顺。事情总是看起来简单，做起来难。

所以，让我们先聚焦于写出好的试播剧剧本。记住，金子总会发光。只要你去做而且做好，最终一定能得到回报。在你拥有足够丰富的经验，能够让你的剧本在制片厂和电视网畅行无阻，并且能够运营剧目、管理编剧团队之前，你不应该去推销你的试播剧。原因在于：如果你没有被认可的成绩，人们可能会把你和某个有经验的、能够担任节目运营工作的编剧绑定在一起，但那个人和你的创意不一定相同。很多编剧会开玩笑把试播剧的创作比喻为生孩子，这个比喻也算恰当。你的目标是创造出某个东西，并在接下来的很多年

里照顾和养育它。你一定不想把它拱手让人，交给别人抚养。

我有一个好朋友在一家大制片公司担任主管，她经常说起那些没有足够剧目管理经验、却通过某种方式卖出试播剧的编剧。在她看来，这类事情的结果总是差不多——编剧和剧都惨遭失败。后来，这个朋友靠自己的实力，成了一名非常成功的编剧。也有人来向她买试播剧剧本，但她在很长一段时间里一直拒绝，因为尽管多年担任热播剧的编剧和制作人，她依然认为自己没有完全做好准备去处理剧目管理的日常事务。很多人会觉得"这太傻了，编剧怎么会拒绝卖出剧本的机会，断了自己的财路呢？"可事实上她非常聪明。在进入游戏场之前，她要百分之百地确定自己能够胜任这份工作，不会在全国观众面前颜面扫地。她耐心等待，锤炼技艺。我相信，比起迫不及待地去尝试，这样做更能让她的作品长映不衰。

试播季的流程

在开始写作试播剧之前，很重要的一点是先弄清"试播季"是什么，以及一部电视剧登上荧幕前要经过怎样的流程。

电视网的节目一般分为五季：春、夏、秋、冬，还有最激动人心的"试播季"。在试播季，编剧会向电视网推销新剧构思，电视网会决定把哪些构思拍成试播剧。尽管试播季的时间集中在1~4月，但在这之前早已开始。

每年7月4日后不久，电视网就会向编剧打开推销新剧的大门。从7月到9月，节目监制会从许多满怀希望的编剧那里听到上百个构思。之后，电视网会向其中为数不多的一些人订购试播剧剧本。制作一集试播剧的成本非常高，所以这些剧本中只有很少一部分能够投入制作，最后真正能播出的更少。

或许很难想象，一集试播剧从卖出到最后在电视上播出，需要一年多的时间。下面是一个大致的时间表：

- 5~6月：编剧向制作公司或制作公司推销新剧创意。
- 7~8月：编剧向电视网推销试播剧，电视网下单订购剧本。编剧们开始工作。
- 10~12月：编剧与制片公司、制作公司、电视网一起工作，创作试播剧剧本。很多版剧本被交上去征求修改意见。
- 1月：电视网宣布将对哪些试播剧"开绿灯"（预定投入制作）。
- 2~4月：电视行业最疯狂而忙碌的几个月。投入制作的试播剧将要进行选角、交易谈判、布景搭建等工作。同时剧本可能还在修改，然后进行拍摄并剪辑。
- 5月中上旬：电视网的主管在纽约市碰面开会，即所谓的"电视广告预售会"。会上，各大电视网会向广告商展示秋季的节目安排。他们希望打动广告商，让他们争相预购广告时段，这就是"预售会"一词的来源。
- 5月中旬~5月的最后一个周一：新的秋季节目一旦确定，经纪人们就会开始争抢编剧工作。对大部分编剧来说，这几周是最忙碌、焦虑的一段时间。如果到了5月的最后一周，你都没有被任何一个剧组雇用，那么大概这一年中你也只能作为自由编剧寻找工作机会了——除非某部有线电视网的剧目还缺人，它们的时间安排往往和一般电视网稍有不同。

- 6月：编剧们开始新一季的工作。他们开始充实这一季的角色变化——即确定每个角色在9月新剧开播的时候到来年5月这一季结束的时候，处于什么样的性格变化状态。还要确定故事弧线，规划这部剧在整个播出季的方向。编剧们还想在开始拍摄、工作变忙之前多写一些剧本"囤积"起来，把工作尽量往前赶。大部分剧集是可以"囤积"一些剧本的，但是通常当制作进入紧锣密鼓的阶段后，任何"储备"都仿佛瞬间消失无踪。

- 7月底～8月：演员们进剧组，剧集进入拍摄阶段。

- 9～10月：新的秋季剧播出。

> "在不同的电视网工作，面对的受众也不同。你要寻找那些符合某个电视网的受众群体特性，并能与他们产生共鸣的东西。没人能说清楚那是什么东西，如果谁说他可以说清楚，那他一定在撒谎。但是通常你心里会明白有些一定要避免或一定要做到的事情，只有达到这些标准，才会得到'开绿灯'的机会。不过说到底，最后还是由电视网观众来判断。"——道格·赫尔佐格，维亚康姆媒体网络娱乐集团总裁，关于一部剧能否被投入制作的决定影响因素

电视网节目时间安排：亦敌亦友

当你的剧进入电视网的节目表，你还需攻克一个巨大的障碍：时间段。你的剧被安排在哪一天的哪个时间，这将成为影响成败的因素。竞争对手是谁？是某部已经站稳脚跟的热播剧吗？它会从本来已经很分散的观众中又抢走一大批观众吗？前导节目，即排在你的剧之前的节目是什么？收视率高不高？能不能帮你拉到一些观众？它的观众如果不多，你的剧也难拉到观众。这些都是你的剧能否有良好收视率的重要指标，它们最终能影响这部剧是继续播出还是被砍。

《天使在人间》就是一个很好的例子。哥伦比亚广播公司（CBS）最初将这部剧放在周三晚上播出，收视惨淡，即将被砍。但是创作者约翰·马修斯和玛莎·威廉姆森也许真有神仙保佑。不知怎的，哥伦比亚广播公司（CBS）的高层看到一丝希望，认为这部剧有潜力，把它挪到了周六晚上播出，收视率开始上升，于是这部剧就在该时间段播完了整季。随后，莱斯·穆恩福斯接手了哥伦比亚广播公司（CBS），在播出时间上做出了天才的决定，将它放在了人们梦寐以求的周日晚上8点档，紧接在《60分钟》（*60 Minutes*）之

后播出。这个安排超级完美，这部剧一下子大获成功——收视率很高，而且屡次荣登每周最受瞩目的十部剧榜单。

在9年的播出时间里，《天使在人间》（*Touched by an Angel*）成了CBS最热播的剧集之一。讽刺的是，它当初几乎被放弃。

> "不要模仿别人。随着有线电视和互联网的爆炸，如今的年轻编剧浸染于传媒之中，这成为了他们的劣势。保持原创富有挑战性，而模仿则很容易。年轻编剧应该保持警惕，毫不妥协地在这种模仿的风潮中保持原创。"——奥斯卡奖提名，艾美奖得主，皮博迪奖得主，丽贝卡·伊顿（Rebecca Eaton），《唐顿庄园》《杰作剧场》（*Masterpiece Theatre*）《浮城迷事》（*Mystery*）执行制片人

为什么一些有线电视网的时间安排不同

电视网最重要的工作之一，就是安排节目播出的日期和时间。这个决策过程有很大一部分是关于所谓"规避性对抗"（counter-programming），也就是评估竞争对手在做什么，然后做得比他们更大、更好，不同或相反，以吸引观众并取得这个电视时段的胜利。夏季档历来都是重播以前的节目。这种做法可以理解，因为夏季的观众数量会缩水。一些家庭会外出度假，而且在炎热的夜晚，人们更愿意观看小型联盟比赛，甚至坐在自家的门廊下纳凉。反正结果就是，人们在夏天不会像冬天那样爱看电视。尽管如此，每年还是会有一些电视迷希望在夏天也能有一些重播之外的节目可看。不久以前，有线电视网听到了观众的呼声并抓住了机会，开始在夏天开播新剧，观众们便开始心怀感激地追剧。这个小小的"规避性对抗"之举看似平淡无奇，却被证明非常聪明。这些今天在有线电视网观看新剧、明天在办公室饮水机旁谈论新剧的观众，将不会再去看广播电视网的电视节目，后者因此损失惨重。而且一旦有线电视网用它们的电视剧"拴"住了观众，广播电视网想把观众争取回来就要大费力气。这是一场硬仗，他们没有胜利的把握。因此，如今观众也经常能在一年里的各种零散时间，包括夏季，看到电视网的新节目。然而对于广播电视网来说，黄金时段的节目安排依然会在5月披露，在9月或10月开播。但是在不远的将来，这一切可能会改变。福克斯的总裁凯文·赖利不久前宣布，福克斯将取消试播季。希望其他广播电视网也效仿这种做法，铺平道路，让一整年都能用来开发和制作电视节目。我认为只有这样做，它们才可能与有线电视网和诸如亚马逊和网飞公司等流媒体平台竞争，因为后者正在按照自己的播出排期和时间表，大量推出高质量的电视剧。这些对编剧来说都是好消息。

"读剧本的时候，我一般会看3个方面。一是有趣。如果我只是想了解某一位编剧，我可能会从喜剧的层面看它是否有趣。有人写东西的结构乱七八糟，但如果内容非常有趣，我就会认为这位编剧是有用武之地的。二是某种表达方式。剧本的结构也许很糟，但它是否传达了些什么？令我觉得新鲜或是有共鸣等，这种我当然也很喜欢。三是结构，编剧是不是擅长讲故事，剧本是不是有原创性。我认为人们低估了创造半小时或一小时的"真实世界"的难度：人物要有真实感，故事也要精彩到能够讲这么久。我一般就观察这3个方面，三者兼备者可谓凤毛麟角。"——塔尔·拉比诺维茨，全国广播公司娱乐喜剧节目执行副总裁

---- 第14章 ----

找到创作的前提

> "电视是编剧创作的小说的地方。在有线电视中,你对角色的发挥余地更大,因为这方面的审查较少。你可以在12集的剧情中,也就是一季的时间里,创造出各种复杂的人物,那将是丰富多彩、引人入胜的。"——理查德·拉·格拉文斯(Richard LaGravenese),奥斯卡奖提名,艾美奖提名,《烛台背后》(*Behind the Candelabra*)、《渔王》(*The Fisher King*)编剧

电视网想要长青剧/热播剧

当然,电视网都很希望找到一部像《辛普森一家》或《法律与秩序:特殊受害者》那样长映不衰的节目。换言之,他们想要可以播很多年的节目,同时能够拥有一批忠实观众,并通过辛迪加来获得巨大收益。但是他们知道,在当今时代,这样的机会可遇不可求。由于观众太过分散,而且随着网飞、亚马逊和葫芦网这样的流媒体平台的加入,符合这样要求的电视剧越来越少。因此它们很高兴遇到《唐顿庄园》或《绝命毒师》这样的热播剧,尽管这些剧质量上乘,却未必能够播很多季。关键在于,它们能够制造话题和热度,这样它们就能尽量长时间地从中获取利益。

带着这种期望,电视网在考察试播剧时,想要看到的是从目前的角色和前提中能够创造出多少故事,角色是否足够有趣、有看头,能让这部剧撑过几季,或者是故事的可能性是不是有限的。

我不想反复强调制作一部试播剧的成本有多高,但这是一个很现实的问题,不能忽视。如果一部剧从电视上退出,电视网就必须找到东西替代它,这就意味着要投入更多的钱制作另一个试播剧,这总是要冒风险。要记住,如果你在写的试播剧里,所有主要角色都在第一季的结尾死于一场车祸,就很难让观众继续保持对这部剧的兴趣。

> "它唤起了观众的熟悉感。这部剧并没有开辟一个新世界，它讲述的是观众已经知道的、想了解的或喜欢的关系。"——艾美奖得主麦克斯·马奇尼克，《威尔和格蕾丝》创作者与执行制片人，谈为什么一部剧会大受欢迎

了解市场

在构思试播剧的时候，大部分编剧首先想到的是故事和人物。但是，他们漏掉了最初的可能也是最重要的一步：研究市场、弄清电视网想要播出的是什么样的剧。每年的情况都不一样，比如剧情剧热闹了几年，喜剧流行了几年，电视网什么时候想要多镜头节目，什么时候想要单镜头节目等。电视节目总是风水轮流转。比如现在，连续剧正受欢迎，过一段时间风向会发生改变，别的类型又会流行起来。这段时间，我到处听到人们在寻找这样的编剧：有"大创意"和"独特观点"，并且对自己创作的剧本有激情。

> "每年都有不同的购买趋势。如果他们现在只对单镜头喜剧感兴趣，你拿去的却是多镜头情景喜剧，就是在浪费大家的时间。"——史蒂夫·斯塔克，狮门电视制作公司总裁

你可以通过几种方式把握购买趋势。最简单的是每天仔细观察交易情况。同时，尽可能多地和业内人士交谈，向他们了解行业发展方向。

还要随时留意有没有什么突破性的剧集。当一部剧大热之后，往往就会有一些效仿之作。20年前，好莱坞还没有涉足医疗题材，后来迈克尔·克莱顿（Michael Crichton）和史蒂文·斯皮尔伯格（Steven Spielberg）的安培林娱乐联手制作了《急诊室的故事》。这部剧与大卫·E.凯利的《芝加哥希望》（Chicago Hope）在同一周开播，两部剧都大获成功。突然之间，好莱坞开始热切需要医疗题材——剧情剧、喜剧、电视电影——什么形式都行。因此，你要在某种类型的电视剧里寻找趋势，紧跟潮流。

开发未来趋势

如果你目光长远，能看到未来的趋势，并按照趋势来打造你的试播剧，就能在竞争中遥遥领先。你可以想想这些问题：流行一年后的趋势会是什么样？人们还会对什么感兴趣？他们最看重什么？

预测未来当然并不容易。或许，帮助你自己前进的最好方式，就是多观察。消化新闻，看看哪些话题反复出现，引起全国上下的关注。玛莎·斯图尔特看到，家长在工作中

忙了一整天后，还要给孩子安排很多活动——送他们去参加生日派对、足球训练、芭蕾舞课等，结果家长和孩子都疲惫不堪。她意识到，人们最后会渴望回归家庭（确实如此），而且人们一定希望自己的小窝是舒适快乐的、能让全家人放松并一起享受美食的地方。凭着这种观察，作为编剧的斯图尔特名利双收。

把握潮流，大赚一笔。多年来，许多精明、成功的编剧和制片人正是这么做的。下面这些新老情景喜剧都是如此：

《脱线家族》

表面上看，这部周五晚播出的喜剧，似乎是关于传统美国家庭的情景喜剧。但是再深入挖掘，你就会发现布雷迪一家并不是一个典型的家庭，而是一个重组家庭；麦克和卡罗尔不是一般的父母，而是继父和继母。该剧的创作者舍伍德·施瓦茨认真做过研究，他意识到这是一个新现象。在琼·克利弗和沃德·克利弗一家[1]的年代里，人们很少离婚。20世纪60年代末，情况发生变化。婚姻自由，恋爱自由，还有"你有你的生活，我有我的生活，有缘自会相逢"的观念盛行。结婚后，一些人发现情况并不像他们当初设想的那样美好，这时他们不会"忍"下去，而是会选择离婚，并且还会再婚。突然，继母不再只出现在《灰姑娘》的故事里。美国有越来越多的孩子开始有了继父和继母。你可能会想："但是麦克·布雷迪和卡罗尔·布雷迪没有离过婚，他们是寡妇和鳏夫走到了一起。"是的，如果是布雷迪夫妇主动结束了以前的婚姻，美国人民可能不会那么容易地接受他们。时至今日，重组家庭变得很普遍，但是在《脱线家族》的那个年代，这个概念才刚刚开始产生影响。施瓦茨意识到，不能硬塞给观众他们还没准备好接受的事物。有时候，你必须慢慢地引入一个观念，让观众有机会去慢慢地吸收和理解。

《玛丽·泰勒·摩尔秀》

这部剧的主题曲提出了全剧的核心问题："你要怎样独立生活？"它真正在问的是，30岁依然单身且结婚无望的玛丽·理查兹该怎样生活下去？时隔44年，这个问题看起来大概十分荒谬，但是在当时，这个问题是重要的、恰逢其时的。20世纪70年代，女性一般都会结婚（如果你不能在25岁前找到一个男人把自己顺利嫁出去，就会被视为老姑娘），她们回归家庭、照顾孩子、做家务、每天晚上给丈夫端上可口饭菜，让他能穿上干净的内衣和笔挺的衬衫。

但是20世纪70年代也是一个变革的时代。妇女运动的影响力越来越大，女性第一次意识到自己还有别的选择。在创制《玛丽·泰勒·摩尔秀》的时候，吉姆·布鲁克斯和艾伦·伯恩斯就像拥有预言水晶球一般。仿佛他们拥有一种本能的天赋，让她们可以预见未来，看到女性身上即将发生的变化——许多女人将扔掉煎锅，穿上职业套装。女人

1　美国20世纪50—60年代的情景喜剧《反斗小宝贝》（*Leave It to Beaver*）的主角——译者注

们正在意识到，她们可以依靠自己而不必靠男人养活。"职业女性"题材的情景喜剧就此诞生。

这部剧还开启了"工作场所喜剧"这一子类型，并开创了"和同事亲如一家"的思路。卢和玛丽就像是父女，泰德·巴克斯特是讨厌的弟弟，穆里·斯劳特氏是一直看顾着玛丽的大哥，等等。

《摩登家庭》

创作者克里斯托弗·洛伊德和斯蒂夫·莱文坦似乎在水晶球中看到了美国家庭的发展趋势，然后想出了这部热播剧的创意。这部剧的核心问题很简单：现代家庭是什么样的？答案是复杂的。在琼·克利弗和沃德·克利弗的时代，家庭生活是简单的，问题也是简单的——比如，怎么才能让比弗试着吃球芽甘蓝？今天，现代家庭要复杂得多。人们会离婚，会再婚，会与自己文化背景不同的人结婚，人们会领养来自不同文化背景的孩子……这一切创造出一种"混搭"的大家庭，家庭成员之间也不一定有血缘关系。如果你想画出普里切茨一家和邓菲一家的家谱图，大概会有眩晕的感觉，因为你的大脑要使劲转，才能理清所有家庭成员之间的关系。与大部分喜剧不同，这部剧中的家庭成员并不生活在同一个屋檐下，而是分别生活在3个家庭里。由于以上因素，家庭成员之间难免会产生误会或矛盾，洛伊德和莱文坦的这部剧表明，现代家庭的成员之间并不会总是那么亲亲热热。

> "我认为《摩登家庭》最成功之处，是它展现了一种现代的、时代的、明确的大家庭观念。我认为，它确实创造了一道新的电视风景线。观众对它有共鸣，因为他们在观看这部剧的时候会像看《老友记》时一样，在剧中人物身上看到自己、自己认识或认同的人。"——艾美奖得主凯文·布莱特（Kavin Bright），《老友记》《乔伊》（Joey）、《白日梦想家》（Dreamon）执行制片人

加入你的独特观点

研究好市场，展望了未来的潮流，你就可以开始思考自己要写哪种试播剧了。想要脱颖而出，最重要的一点是，你不能照搬那些观众已经看腻了的老生常谈。在阅读试播剧剧本的时候，我常常看到这样一个问题：很多编剧只看了一部他认为很时髦的剧，就"照葫芦画瓢"。虽然不是剽窃，但他们的人物和情景都惊人地相似，结果就是剧本充满陈词滥调。去看一看拉里·戴维、珊达·莱姆斯、阿伦·索尔金和J. J. 艾布拉姆斯的作品，如果能够达到那种水准的编剧，都有自己独特的观点要表达，你才能鹤立鸡群。他们创造的角色，拥有与众不同的看世界的视角。你心里可能很想去模仿其他编剧，但屈服于这种"诱

感"的结果不会太好。你的试播剧剧本必须是新鲜的、属于你自己的。

难以完成的任务

相比为一部已有的电视剧写一集剧本，试播剧剧本的写作难度大得多。第一，你必须介绍你的角色和前提。这部剧是关于谁的故事？角色们想要的是什么？他们达成目标的障碍是什么？第二，从这里开始情况变得棘手，你的试播剧必须有一个好故事，而且这个故事必须是整部剧的出发点。最重要的是，试播剧必须能反映出未来的剧集走向。这一点很难，因为剩下的剧集在此时还没有写出来。没关系，最重要的是要对整部剧有一个清晰的构思。在写试播剧之前，你心里要清楚这部剧的后面是什么样子的。

> "人们看电视是为了看到该如何生活。一部剧有寓意、有观点，就会变得更强大。"——艾美奖最佳演员，亨利·温克勒

这些年，我读过不少试播剧剧本，新手编剧容易犯的一个最大的错误，就是他们会忘记写故事。他们太关注介绍角色和前提，却忘了要讲故事。比如，假设一个试播剧讲的是一对已婚夫妇在佛蒙特州沃特伯里市的一个古色古香的小镇上开了一家民宿。新手编剧一般会表现这对夫妇在接待台闲谈的场景。如一个男人走进来，闲谈，我们发现他是公寓的管理员；然后他走了，厨师又走进来，继续闲谈。但是，这些闲谈只是呈现出试播剧中的几个角色，却丝毫没有起到推动故事的作用。没有危机——没有人处于成败关头，因此也就没有幕间休息。你必须在一个构思非常巧妙的故事里介绍角色和前提，就像《玛丽·泰勒·摩尔秀》，人们在40年后依然会对它津津乐道。如果我说这很容易做到，那我是在撒谎。确实很难做到，但你一定要朝着这个方向努力。

有前提和无前提

直到不久以前，大部分试播剧还是前提驱动型故事。就是说，发生了一件或多件大事，让角色开始行动起来（整部剧由此展开）。在《玛丽·泰勒·摩尔秀》中，玛丽和她的医生男友分手，搬去明尼阿波利斯，在一家全部由男性组成的新闻编辑室找到一份助理制片的工作。在《三军统帅》（*Commander in Chief*）中，当美国总统因脑部动脉瘤去世时，副总统麦肯茜就成了第一位女总统（即"三军统帅"）。

有前提的试播剧必须预示出角色每一周都会遭遇的问题和故事。如果想让观众下周继续收看，就要让他们知道自己会看到什么。《玛丽·泰勒·摩尔秀》和《三军统帅》以及所有出色的试播剧，对此都有明确的呈现。这两部剧相隔35年，尽管有许多不同，但在某些方面又惊人地相似。它们都讲述了这样的故事：一个强大的女人在一个通常由男人从事

的工作中冲锋陷阵，证明女人也可以做得同样出色。这两部剧的试播剧都非常清楚地提出了前提。

有前提的试播剧依然很受欢迎，但现在也出现了另一种潮流：无前提试播剧开始被接受，这种试播剧中并没有启动整部剧的事件。试播剧的内容和感觉都和即将要播出的剧集很相似。电视网高管们有一句名言："试播剧要看上去像第三集"，即当一部剧被重播或被出售给辛迪加时，有前提的试播剧会让观众感到难以理解。我个人认为，观众远比他们想象得聪明。

> "要迅速确定角色、气氛、环境，以及系列剧的品牌。我们已经很少见到设置前提了。你要伪装它，让试播剧看起来像电视剧中真实的一集。要用巧妙的、暗示的方式引出你的角色，在行动中呈现他们。这将是观众对角色的第一印象，第一印象很重要。如果观众不喜欢你的角色，你就没有机会了。"——杰夫·埃克勒，《弑者诛心》制片顾问，《法律与秩序：特殊受害者》制片总监

了解其他人在写什么

关于试播剧，一个好消息是每天都有新作品诞生。你应该养成习惯，观看、再观看。看看编剧如何创造出角色，如何搭建剧中世界；观察有哪些独特的方法可以用来表现你见过或没见过的东西，你还要尽可能多地阅读试播剧剧本，要阅读那些成功脱颖而出、卖出试播剧的编剧所写的剧本，它们可以帮你更好地理解好剧本的写作方法。

试播剧的大纲样本

在为试播剧写作大纲的时候，最重要的事情之一是确保让你的角色和前提可以被迅速理解。大纲没有现成的规定格式，所以你可以有一定的自主权，你只需要确保你写出的并不是分场大纲。其次它应该是粗线条的，同时应该包括足够多的细节，让人读完后能清楚地知道每一集会是什么样的。

> "写一部试播剧的时候，最需要考虑的是它是否能形成一部系列剧。这个环境中、这些角色，你是否还有更多故事可讲？如果你不能想象你的第6集、第10集和第14集，那你大概需要重新思考你的试播剧，不管它本身看起来有多好。"——艾美奖提名，李·阿隆索恩，《生活大爆炸》执行制片人，《好汉两个半》联合创作者、执行制片人

展现出剧集的未来

制作人在听编剧推销试播剧或亲自阅读试播剧剧本时，想到的第一件事：往往是，有没有足够多的引人入胜的故事来支撑这部剧上演几年。你要预先设想会被问到的问题，并想好如何回答，有备无患。做好这些准备，你就能写出一份详细的剧情简介。试播剧可以作为第一集。你不必写得非常详细，只要简略描述出情节就可以了（包括故事B、C和D）。你要确保每个主要角色都有戏份。相比只写出一集试播剧，写作更多的剧情简介可以帮你更清晰地看到这部剧的面貌。在写作过程中，你对于前提和角色都会有更多发现，这会帮你更好地应对那些说"我看不出这部剧的前景"的主管或制片人。下足功夫，做好准备，你就成功了一半。

> "优秀的为连续剧创作的试播剧剧本，会让人看到下一集会发生什么。一种普遍的做法是写好剧本，再写一份'宝典'——这是我的连续剧剧本，故事都在这里。我还要再给你一份文件，介绍这个系列剧的角色和故事弧线，让你能够看到第一季的展开。这种方式无疑是最好的。"——迈克尔·阿佐利诺，杰里·布鲁克海默电视公司高级副总裁，《人质》制片人

无须知道未来发生什么

在构思和写作一集试播剧的时候，你需要注意的一件事是不要走得太远。当然，知道一部剧的走向，特别是它在第一季的走向，无疑是好的做法。但我经常遇到这样的情况，特别是在连续剧中：我读了试播剧剧本后感到很困惑，于是告诉编剧，我看不太明白。他们总有一套现成的话来回答："别担心，我会在第五季的第二集揭晓，那时候你就明白了。"这些编剧似乎没有完全弄明白一件事：如果试播剧本身靠不住——比如让人摸不到头脑——那么连第一季都不会有，甚至连一集都不会有。如果剧本不合理，你的试播剧就不会被制作出来。所以不要浪费很多时间去规划接下来10年里的每周会发生什么情节。相反，你要集中精力，通过复杂有趣的人物讲好一个引人入胜的故事。

最初的几页

我说过，好莱坞的一切似乎都在追随潮流。在很长一段时间里，编剧们写作试播剧待售剧本这种事几乎闻所未闻，因为卖出去的机会非常渺茫。人们心照不宣地觉得，主管一定想和编剧一起创作和发展剧本。因此，如果你拿着一份已经完全写好的剧本去求职，对方可能不会太投入，他们更想要一份可以参与创造和施加控制的剧本。

这种风潮已经发生了改变，相比于推销创意，编剧通过写好的剧本来卖出试播剧的可能性更大。在推销过程中很难介绍清楚新角色、剧集前提和试播剧中包含的故事，同时让对方了解这部剧接下来每周的大概内容。但是所有这些问题，可以在一个好的试播剧剧本中轻松得到解答。编剧们相信，如果他们能够拿出一份剧本，让主管和制片人都更好地专注于自己的本职工作，他们就更有可能把剧本卖出去。

然而，事情也有另外一面：在推销过程中，对方总是能完整地听完你的构思，比如主管或制片人一般都会礼貌地从头到尾听完一段，他们很少在你讲到一半时打断，或表明态度，而某集剧本不是这样，如果不够好，阅读者很可能会放下它。因此，如果想要出售一个试播剧剧本，必须确保人物和故事都是"对"的，写法也是新鲜的。剧本的最初5页应该确实能够吸引住读者。你必须迅速确立前提和人物，确保制片人和主管们想接着读下去，而不是放下它去读下一个剧本。

下面，让我们看看一部单镜头喜剧,哈里斯·惠泰尔斯的试播剧《梅尔斯坦公馆》。哈里斯是我在爱默生学院开设的"电视剧试播剧写作"课的学生，现在是美国全国广播公司播出的《公园与游憩》节目联合执行制片人。经哈里斯授权，该作品在此转载。请大家留意，如何在这么短的时间里介绍人物和剧集前提。这是试播剧迅速建立人物和前提的一个很好的例子。

《梅尔斯坦公馆》

试播剧剧本

第一幕

淡入

内 餐厅 - 白天

安迪·梅尔斯坦（25岁），头发凌乱，没刮胡子，坐在一张精致的餐桌旁。在他旁边是梅布里先生，一位40多岁的律师。

桌旁还有安吉·梅尔斯坦（17岁），穿着黑色的哥特风服装；马修（19岁），身穿深色衣服的歌剧首席歌手；塞巴斯蒂安·梅尔斯坦（15岁），瘦小，轮廓分明，认真负责。

梅布里先生递给安迪一支笔，并指着放在他们面前的桌上的合法监护文件上的签名行。安迪拿着笔。其他人看着，露出可怕的表情。

梅布里先生
（对安迪）
这边请。（用游戏节目主持人的语气）梅尔斯坦先生。您骄傲地胜出，赢得了3个可爱的兄弟姐妹的监护权。

塞巴斯蒂安
（对梅布里先生）
谢谢您，律师先生，您让我觉得自己就是一辆车。

　　　　　　　　　梅布里先生
　　　多可爱的孩子。

　　　　　　　　　安迪
　　　你想要他吗?

　　　　　　　　　马修
　　　我不敢相信安迪现在是我们的监护人了。

　　　　　　　　　安吉
　　　　　　　（对梅布里先生）
　　　我能申请无效审判吗? 这算是一场审判吗? 管它是什么,
　　　搞错了吧? 请不要让安迪来管我们。

　　　　　　　　　　　　　　　　　　　　　　　　　　　　　（待续）

　　　　　　　　　　　　　　　　　　　　　　　　　　　　　　　2

继续

　　　　　　　　　梅布里先生
　　　抱歉,安吉,恐怕没有搞错。

　　　　　　　　　马修
　　　等到安迪把家产都变卖了,用来买酒精兑可乐的时候,我
　　　会怀念这一切的。

　　　　　　　　　梅布里先生
　　　听我说,法律无法抗拒。

梅布里收拾好公文包,从桌边站起身。

　　　　　　　　　梅布里先生
　　　　　　　（继续）
　　　很高兴见到诸位,抱歉我要先走了。

他朝房门走去。塞巴斯蒂安追过去,拼命地抱住他的腿。

　　　　　　　　　塞巴斯蒂安
　　　　　　　（绝望地）
　　　听我说,梅布里先生……我能这么称呼您吗? 想要什么?
　　　去夏威夷旅行?
　　　　　　　（接着）
　　　或者,您想要夏威夷吗? 我们很有钱。请收下夏威夷
　　　吧——所有,都是您的了。

　　　　　　　　　梅布里先生
　　　对不起! 我无能为力,你们现在都归他监护了。

梅布里先生离开了，塞巴斯蒂安站在房门口。

> 塞巴斯蒂安
> （对他大喊）
> 他根本不会对我们负责的！

梅布里先生没有回答。塞巴斯蒂安"砰"地关上房门，回到餐厅，大家还都在那里。

> 安迪
> 嘿，各位……

安迪给自己倒了一杯威士忌兑可乐，走出房间，走向客厅。

（待续）

3

继续

安迪手里拿着酒杯慢悠悠晃了过来，倒在沙发上，其他人也走进客厅，站在他面前。

> 安迪（继续）
> 我真的不明白你们为什么这样担心。我是最年长的，要让
> 我说，责任心就像酒，年头一到，自然就有了。

安迪摇了摇他的酒杯。

> 安迪（继续）
> ……好吧，你们明白我在说什么吗？

> 塞巴斯蒂安
> 你自己明白自己在说什么吗？

门外响起敲门声。门开了，又关上了。罗德里戈，一个留胡子的危地马拉人，50多岁，穿着一身和梅布里先生相仿的西装，慢悠悠走进了客厅。他讲话带着浓重的危地马拉口音。

兄弟姐妹几人都不再说话，盯着他。

> 安迪
> 梅布里先生……你回来了。

> 马修
> 还变成了墨西哥人。

> 罗德里戈
> 你们好，我是罗德里戈，并且我是危地马拉人。

兄弟姐妹几人看起来都很困惑，除了塞巴斯蒂安，他走过去和罗德里戈握了握手。

> 塞巴斯蒂安

嗨，罗德里戈……

（对所有人）
各位，这位是罗德里戈。

（对罗德里戈）
罗德里戈，这是大家。

（接着）

我未雨绸缪，雇了罗德里戈做咱们的管家。

（待续）

4

继续

　　　　　　塞巴斯蒂安
　　（继续）
他的履历和背景胜过了其他所有申请人。先来这里试一段
时间，你们觉得可以吗?

　　　　　安吉
可以吧。

　　　　　罗德里戈
您一定是安吉小姐。

　　　　　安吉
我要回房间了。

安吉离开了。

　　　　　马修
我是马修。

　　　　　罗德里戈
您就是马修，很高兴见到……

他的话没说完就被打断了。

　　　　　马修
　　（慌张地）
天啊，我的《雾都孤儿》选角会要迟到了，我真的很想得
到这个角色!

马修抓起他的车钥匙，一边唱着《雾都孤儿》中的选段"把你自己当成……"，一边朝房门冲过
去，他回头看了看大家，为他们唱了一段短短的小夜曲。

马修（继续）

（用可怕的伦敦腔演唱）

把你自己当成我们的同伴，把你自己当成这个家的一分子……

他离开了，其他人完全无动于衷。

安迪

（过了片刻说）

好了，罗德里戈，很抱歉浪费了你的时间，但是我现在主持大局了，我们不需要你来服务。

塞巴斯蒂安

安迪，闭嘴。

（然后转向罗德里戈）

（待续）

5

继续（2）

塞巴斯蒂安（继续）

事实上，我们非常需要你的服务。

安迪

你能不能停止捣乱。

塞巴斯蒂安

安迪，我们需要一位新管家！伦道夫年纪太大去世了，我们让罗德里戈试试吧。

安迪

我不需要什么权威人物整天盯着我。

罗德里戈

我没打算盯着任何人，绝对没那个意思，安迪先生，我只想略尽绵薄之力而已。我也在年纪轻轻的时候父母双亡，明白其中的艰辛。我不想碍谁的事，我是个十足的好人。

塞巴斯蒂安

安迪，他是管家，不是保姆。

安迪

伦道夫还活着的时候，根本没什么用。他在这里的唯一原因就是爸妈在出车祸之前雇了他！但是现在只有我们了！

塞巴斯蒂安

没错，只有我们了！谁做饭、打扫卫生、操持家务？你？

安迪

算了，随便你吧，我要去接收网购的东西了。

（尖酸刻薄地）

你不反对吧，罗德里戈？

安迪抓起车钥匙，冲出了房间。

（待续）

6

继续（3）

塞巴斯蒂安

（疲惫不堪地）

欢迎来到我们这个欢乐的家。

罗德里戈

一切都会好的，就像那句老话说的——

（接着）

"一切都会好的。"

塞巴斯蒂安

嗯，好吧……您自便吧，我要去完成科学课的项目，然后
去睡觉。

罗德里戈

晚安，塞巴斯蒂安先生。

在这最初的5页纸里，我们一定能感觉到这部剧的基本面貌。看看我们迅速了解到的一
切：莫斯坦一家非常有钱；莫斯坦先生和太太死于一场车祸，身后留下3个十几岁的孤儿，
由最年长也是最不负责任的孩子安迪照料；在剧集的一开始，安迪不顾兄弟姐妹的反对，
签字取得了对他们的监护权。但是我们很容易看到，真正抚养和凝聚这个家的"家长"是
年轻的塞巴斯蒂安，来自危地马拉的管家罗德里戈将协助他。

争取帮助

写完试播剧后，你可能非常高兴，但你的士气很快就会受挫，你把剧本寄出去，就
会发现尽管人们会读这部待售剧本，但因为你只是个无名编剧，没有人想把你的剧本拍
出来。提示：情况很可能会是这样的。如果你依然义无反顾地想把你的试播剧写成一整部

剧，那么我可以提一些小建议，但是在此之前，我还是要提醒你，成功的希望不大。

建议是：要看看是否能结交到一位在业内有足够影响力，可以让试播剧被拍出来的编剧、制作人或节目运营者。但这个办法时常行不通，因为我们已经讨论过，编剧要付出多年的血汗和泪水，才能达到这样一个位置：让电视网相信他们能制作出自己的电视节目。对于很多编剧来说，这就是终极梦想。而大部分编剧在达到这个位置的时候，已经有了自己的电视剧构思。于是问题就变成了：他们为什么要抛弃自己的构思去和一个无名编剧合作？更不用说他们还要和你共享名誉和收益。对于已经跻身高位的编剧来说，这样做并没有什么吸引力。

尽管如此，如果你真的有一个很棒的想法，而且把它好好写了出来，成功的机会虽然渺茫，但什么都有可能发生。我坚定地相信，作为一个编剧，你把剧本写好，然后不管怎样，你都要坚持不懈地向前推进。当你抱着这种心态，有时候事情会以你意想不到的方式发生。

试播剧写作清单

- 是否创造了一些观点针锋相对的有趣人物？
- 用这些人物，你是否能轻松编出许多引人入胜的故事？
- 试播剧是否能为未来的连续剧提供好的开端？
- 能否清楚说明你的试播剧有何与众不同？
- 试播剧是否包含一个真正的故事，而不是仅仅介绍了人物和前提？
- 是否清楚地建立了人物之间的关系？

第15章

销售原创构思

在电视剧编剧界，没有什么比卖出试播剧更激动人心的事情了。无论你是刚开始干编剧这一行，还是已经创作了几部成功的系列剧，都是如此。卖出试播剧是大部分电视剧编剧热切盼望的事情。很简单，你的构思可能会被发展、制作，在千家万户播放——这就是一个终极的梦想。

一年多前，我有一个绝好的机会，可以把一个构思卖给华纳兄弟和全国广播公司。这是一段不可思议的经历，让我受益良多，非常愿意与大家分享。因为我希望，当机会来临的时候，你能做好更充分的准备。如果想让电视网接受你的剧本，你要走的路是漫长而曲折的，一路上会有许多波折起伏。每当回首，有些事让我感到无比骄傲，也有一些事让我感到有些后悔，很想从头来过。不管怎么样，我都会尽量诚恳地向你们讲述，然后你可以自己决定要从中汲取哪些东西。

伟大的创意

一个伟大的电视剧创意，可以在任何时间、任何地方出现。真的是"任何地方"，可能是从天而降，或灵光乍现……我的经历就是如此。有一天，在爱默生学院的办公室中，我听到了电子邮件的提示音。那封邮件我永远不会忘记，它来自地球的另一边，发信人是我的两个童年时代的朋友，他们现在是军人。他们曾读过本书的第一版，根据自己在战争中的亲身经历写了一部剧本，问我是否愿意看看。在此要说明一下，我在工作中会听到很多创意，还会被请求阅读很多剧本和长版大纲。虽然我很想读，但一般没有时间品读这些信息。

我之前说过，写出优秀的待售剧本是很难的，而写出优秀的试播剧剧本更是难上加难，对于第一次写作的编剧来说尤其如此。我读了他们的剧本，很遗憾，还远未达到可以送到经纪人或制片人手中的标准。他们有一个创意的萌芽，却没有把它有血有肉地讲述出来。剧本既不是喜剧，也不是剧情剧。我约两位军人通过网络进行通话，对他们的剧本提出了批评。在内心，我知道必须以近乎残忍地坦诚建议他们放弃现有的剧本，从头再来。虽然对此我感到非常抱歉，但对于编剧的作品必须实话实说，否则对他/她不会有任何帮助。不用说，打这通电话很难。

几天后，我的手机在约定的时间响起。我接通之后，我听到电话另一端的两个人很急切，对他们的试播剧剧本充满热情，兴奋地想听听我的意见。在我的日程规划里，我为这次通话预留出了一个半小时，然而3小时后，我们还在说个不停。他们讲了建于危险沙漠中的21世纪军事基地的生活，他们的故事非常让人着迷和感动，有些令人捧腹大笑，有些让人心酸乃至心碎。我立刻清醒地意识到，虽然他们没有写出完美的试播剧剧本，但是他们手中的故事元素却能变成一部非常有趣的电视系列剧。于是，我给了他们一个建议——关于如何继续前进的最好方法……当然也说出了那句可怕却一定要说的"全部打散重来"。尽管听起来刺耳，但它是继续前进的最好方式。谢天谢地，他们坦然接受了。挂掉电话，我甚至感到有点头晕目眩。

5分钟后，我再次回拨了电话，告诉他们，我想加入他们，一起写一个试播剧的剧本。没想到他们的回答是："我们乐意之至。"

就这样，我和两个远在千里之外的空军基地里的军人，组成了一个看起来相当不可思议的写作团队。

延展和扩充

当务之急，我们这个团队应该集中精力确定到底写什么，喜剧还是剧情剧？前提是什么？最重要的是，观点是什么？两位军人想写一部揭示战争真相的电视剧，那么更合适的体裁当然是剧情剧而不是喜剧。

我们就这样开始了伟大的征程，每天夜以继日地通过网络视频电话一起创作。在接下来的7个月里，我们抓紧一切时间工作。因为时区问题，创意的完成比一般情况更长。我请他们二人绞尽脑汁地思考，因为那里埋藏着信息和故事的宝库，需要找到某种方法将它们在纸上呈现出来。

我们充实人物，让他们变得有血有肉。有些角色以这两位军人的同事为原型。比如指挥官贝克上校，他不喜欢自己的权威遭到质疑；还有名为"小牛仔"的男孩，他经常在基地附近晃悠；还有一头名为卡米尔的饿坏了的牛，士兵们发现它在基地附近觅食，就喂它食物，帮它恢复健康。我个人坚持要增加一个强大的女性角色，以赞美许多为国效力的勇敢女性。于是我们创造了罗茜·查维斯，她是基地的副指挥官，同时是一位西班牙裔单身母亲，她像男人一样坚强，有时候甚至比男人还强。

一旦确定了角色和人物关系，我们就开始构思试播剧故事。既然是剧情剧，我们就需要一个A故事，一个B故事和一个C故事。在我的不停推动下，两位军人给我讲了一个又一个精彩的故事。但是请记住，对于试播剧来说，好故事是不够的，它们还必须是"对"的故事。力求新鲜，并且能够以最好的方式引入人物、开启整部剧集。最后我们确定了三个故事。此时，是时候咬紧牙关，写出一份包含逐个场景的提纲了。

提纲完成后，大家都感到非常激动。直觉告诉我们，这个创意不仅新鲜、原创，而且我们还可以自豪地说，它具有强大的开拓性。如果我们能够成功地让这部剧登上荧幕，它将是电视网有史以来第一次播出的一场正在进行中的战争题材的电视剧。

最后，经过漫长的7个月，我们终于完成了写作试播剧剧本的全部工作。

令人失望的打击

还没来得及坐在计算机前开始写剧本，我们就得到了一些令人不安的消息。突然之间，有一家电视台突然开始播放一部名为《战地医院》（*Combat Hospital*）的新系列剧预告。这部系列剧讲的是一群医护人员在一所军事基地医院的故事。喔，仅仅30秒的一段预告，我就知道我们所有辛苦努力都白费了，我们的构思完蛋了。现在，我们的剧已经不可能像当初设想的那样播出了。如果《战地医院》热播，我们的剧就可能造成所谓的"品牌混淆"[1]；而如果《战地医院》失败（事后证明果然如此），那么其他电视台也不会愿意制作和它有任何相似之处的新剧。

> "它应该是一个可推广、可塑造、可构造、能在播出的两小时内让观众（收视率）增加的创意。除了有社会价值和启发性，它探讨的应是非常迫切的当下问题，播放第二天，全国人民都会在茶余饭后热烈讨论。当然，很多编剧认为每周一部好电影，就是他们的谋生之道。"——沃尔特·克伦哈德，《车库拍卖神秘事件》（*Garage Sale Mystery*）、《带艾瑟莉回家》编剧

在这种时候，我要强调在写作时拥有一个支持体系的重要性，且你需要一些可以知无不言的人。我把这个消息告诉了两位军人，他们和我一样感到极为失望和沮丧。然后我打电话给我最要好的一个女性朋友安妮·蔡瑟，向她倾诉、抱怨。安妮是一位非常出色的媒体战略专家，所以我知道她会提出很好的建议。如果说，我们还能做些什么来挽救这个项目，那我确信只有安妮能帮我。我的判断是对的。她沉默片刻，给出了一个绝妙的建议："你们为什么不把它写成喜剧？"我回答说她一定是在开玩笑，不然就是完全疯了。我们怎么能在还有人在战争中死去的时候，拍一部战争题材的喜剧呢？可是安妮认为，如果我的军人朋友真如他们所说，急迫地想要表达对于这场战争的看法，喜剧绝对是最好的载体。我们需要转换思路，放弃剧情剧，转向喜剧。挂电话前，安妮告诉我，考虑到这部剧要转换方向，她为我们想出了一个完美的剧名：FUBAR。如果要有点讽刺性，还要冒险在有线电视网播出，这个名字就更加合适了。我来解释一下，这个缩写词是在"二战"期间的军队中诞生的，意思是"面目全非"[2]。

---

1 brand confusion，意思是新创意与另外一部正在播出的剧太接近，观众们会分不清二者——译者注

2 英语原文为fouled up beyond all recognition，FUBAR是其首字母缩写——译者注

从头再来

两位军人很喜欢这个关于喜剧的想法。于是我们重新开工，开始创作一部名为"FUBAR"的新剧。我们之前设计的一些角色还用得上，只是要把他们变得更有趣。令人惊讶的是，这个创意写成喜剧，居然比剧情剧更合适。

接下来我们又工作了6个月。这次进行得更为艰难，一方面，夏天到了，基地的军事行动增加，军人变得更忙碌了。他们告诉我，敌人在夏天比在冬天活跃得多。所以有些夜晚，当我们通过网络一起工作时，我能听到远处传来警报器的响声。最后，他们中的一个人会说类似这样的话："警报已经响了两个小时了，我们可能得去掩体里躲一躲。"我还记得自己当时的想法是："天啊！你们在开玩笑吗？"他们对这个项目如此热情，不惜冒着生命危险创作，这令我大受感动（虽然似乎不用提醒，我还是要多说一句：生命的价值永远大于创作任何一部电视剧）。还有一些夜晚，我们正在一起工作、哈哈大笑时，突然听到对方背景里传来吵闹的声音。"那是丧葬号声"——我的一位搭档解释道。当基地中有将士牺牲时，无论是下午2点还是凌晨2点，丧葬号都会立刻奏响，告知人们有一位军人永远地离去了。这是情况顺利的时候，当然也有一些夜晚，我们本该一起工作，但是电话却一直没有打来。每当此时我都会十分担心，与此同时我也会联想到那些家人、爱人在军中的人们，他们每天都会饱受这种担心的折磨吧？各种疑问和恐惧在我脑中盘桓：他们在哪儿？为什么没有打来电话？如果他们出事了该怎么办？

谢天谢地，他们平安无事。不知不觉间，那个漫长而疯狂的夏天过去了，秋天来了。进入九月，我们完成了剧本大纲。终于，又要开始写剧本了。这时候发生了一件意外的事情，"第六感"提醒我，不要先写剧本，而应拿着故事大纲，试着去推销看看。事后想来，我当时之所以会有这种想法，是因为直觉告诉我这部剧的最好时机就是现在。在内心深处，我也隐隐担心《战地医院》播出之后，迟早会有人想到写一部战争题材喜剧。我可不希望等到剧本快写完了，才发现有人已经在拍类似的剧。而且对于我们三个人要花久很才能写出的这集试播剧，我也没有把握。我们身处不同时区，我从来没写过喜剧剧本，两位军人更是彻头彻尾的新手，考虑到这些因素，我认为我们需要一段时间才能拿出一些有价值的东西。

但是，没有写完剧本就去制片公司和电视网推销也很冒险。卖创意比卖剧本难得多，况且我们没有这方面的经验。如果我们有剧本，对方读后觉得喜欢，就很难拒绝你。而如果没有剧本，只是推销创意，对方很可能会找一个经验丰富的节目运营者来创作剧本。综合考虑了各种因素后，直觉依然告诉我，先去推销这个构思。

适时推介你的构思

比较幸运的是，凑巧，两位朋友中的一位服役即将期满，决定回美国来专心和我一起推进这个项目。在他准备离开的时候，我开始制定推销"作战"计划，思考如何把我们的试播剧交到一个能够让它被制作播出的人物手中。我翻了一遍名片夹，列出所有我认为能接触到的业内人士，然后开始给他们打电话、写邮件，请他们阅读我们的故事大纲，并询问他们是否愿意向其他人推荐。

事情在此时开始变得有些不愉快，有可能遭到拒绝，有可能听到难听的话，甚至有些话令人沮丧至极，以至于怀疑自己的写作能力。你要明白，这些都是一名编剧的必经之路。罗列一些曾经听到的评价吧："你在浪费时间。没有人会买下你的创意。""一部关于战争的喜剧？不，没有人愿意碰这样的题材。"还有最多的一种："你为什么要给别人看这种东西？"

接下来一点很重要。严格来讲，别人所说没错，通过推销一个创意而卖出试播剧的机会非常渺茫。电视网的主管可能会感到压力，他们不愿拍摄表现一场正在进行中的战争题材喜剧。但是我依然选择相信自己。第六感告诉我这个创意一定能卖出去，而且时机正当时。所以当时的我下定了决心，无论发生什么，哪怕千难万险，我也要试一试。无论是否四处碰壁，无论需要敲开多少扇门，我都不会停下脚步，直到有人点头为止。我不断地提醒自己，只需要找到一个人接受就够了——无论是推销创意、试播剧还是剧本，你也要这样不断地鼓励自己。你只需要找到一个人说："我想做这个项目。"即使有一万个人都曾说"不"，谁在乎呢？你需要的只是一个"好"。如果你这样去考虑问题，就不那么容易气馁。

我可以承诺，这个试播剧诞生过程中的每件事都是真实的。我下一步要做的事情可能会让很多人"大翻白眼"，但我要为它辩护，我要告诉你们，它是我们为这个项目所做的最明智的举动之一。

在思考能去什么地方去推销我们的创意时，我忽然想到，那位刚回国的伙伴完全没有这方面的经验。所以如果我们幸运地得到陈述方案的机会，他一定不清楚要面对什么样的场面。更何况我俩久未谋面，如果要一起去推销，我们就必须要有默契。更不必说，我们的提案本身也必须完美。机不可失，时不再来。说错一句话，我们的构思就会"胎死腹中"。因此，绝不能靠临场发挥，尤其当有两个人参与时更是如此。我们要对彼此在什么时候该说什么话烂熟于心。能事先彩排更好，但关键还要表现得不像彩排过，而像一次自然的谈话。

因此，我面对的问题是如何让我和那位军人都做好准备。然而，仿佛从天而降一般，我突然收到一封邮件，通知我下周在洛杉矶将有一场推介会。如果你不知道什么是推介会，可以把它想象成一场大型面试会，经纪人、经理、制片公司等都会聚集在那里，等着无数位编剧去推销他们的创意和剧本，希望达成交易。太棒了！真是完美的时机。推介会的时间是军人朋友回国两天之后。虽然我没奢望在推介会上把我们的创意卖出去（我觉得那种情况太少见了），但我知道那是一个很好的场合，可以让我们演练一番，还能从业内人士那里得到第一手的意见，了解我们的构思是否可行、有什么地方需要修正。于是我收拾好行李，出发前往洛杉矶。我觉得，既然长途跋涉到西海岸，就应该抓住这个好机会安排一些会面单独推销。真令人又兴奋又害怕，这意味着要去联系一些人——你能想到的任何人——请他们带你步入圈子。为此，我列出了联系人名单，其中一位女士毕业于爱默生学院，那是我的母校，也是我现在执教的地方。我和这位女士素不相识，但曾记得在哪里看到她就职于华纳兄弟公司。我决定写封邮件试试。在邮件里，我简短地介绍说，我和两位军人构思了一个战争题材的试播剧，并提出自己将前往洛杉矶，希望能和她见面谈谈。她回信说，她觉得我们该见的人不是她，她会帮我们问一下开发部的执行副总裁是否愿意见面，听听我们的创意。一个素昧平生的人愿意给我们这么大的帮助，令我和那位军人朋友非常兴奋。

几天过去，没有回信。我们都不太有信心，我猜我们是被拒绝了。我坐在洛杉矶机场的休息室里，等着登机，给安妮打了电话。我告诉她我没有收到来自华纳兄弟的回信，安妮说："再给她发一封邮件吧。"绝不，我想，我绝不要成为一个惹人烦的家伙。安妮说："他们都很忙，也许她只是没时间给你回信。再试着联系一次，反正你也不会损失什么。"这真是超棒的建议！为什么这么说？因为这也是我要给你们的建议。一旦独自面对这种事的时候，决定起来就没有那么容易了。我挂掉电话。过了一会儿，坐在飞机上，我想到了那两位军人，想到我们一起付出的努力，我是多么不愿意看这一切付诸东流。我想到对自己的承诺——无论如何我一定会把这部剧卖出去。于是，在飞机即将起飞时，我拿起手机，给那位华纳兄弟公司的校友发了第二封邮件，提醒她我正在去洛杉矶的途中，询问她是否找到了什么人愿意听听我们的方案。

6小时后，飞机在洛杉矶降落，我拿出了手机，收到了回复邮件，华纳兄弟公司的会面安排好了。

推销准备

第二天早上，我驾车前往贝弗利山的一家酒店，推介会将在那里举行。我的搭档正在那里等我，他两天前刚回到美国，皮肤黝黑，神情疲惫。说实话，见面的时候我们两个人都很激动。我们在网上交流了那么久，在这个项目上投入了那么长时间，一年之后，终于真的见面了。我们很兴奋，并开启了高效率的一天。

走进推介会的会场之前，我们先拐进一家咖啡店，用了约一个小时来预演。我要再强调一次，一定要把你准备的内容大声说出来，这样自己才能真正听到它。即使编剧只有你一个人，你也要出声排练一下。真正听到自己要说的话与仅在脑中预演，绝对不同！

参加推介会是我们最正确的决定之一。第一，它给了我们一个机会演练；第二，我们得到了很棒的反馈。这些反馈非常重要，不仅聆听人们所说的话，还要观察他们的肢体语言，观察他们有什么反应？他们有没有和你进行眼神交流，有没有点头、微笑、看起来很投入？他们有没有在座位上不安地动来动去，眼神茫然、缺乏热情？如果情况是后者，那你就会明白你的表现不好。至于我们，得到了很多人真诚、热情的回应。有一位经纪人让我们回去把剧本写出来，说他肯定能把它卖出去。还有一位经纪人教了我们一些提高推销水平的小技巧，他建议那位军人这样开场："我刚服了三期兵役回国，我想告诉大家，这场战争真的很有趣。"这个办法挺有趣，但我们不敢表现得那样大胆。不过，我们确实吸取了这位经纪人的建议。从那时候起，我们的开场白是让那位军人说这样一番话："我刚服了三期兵役回来，这段经历就是这部剧的灵感来源。"两句简单的话就能让人们对我们的创意产生一种直接的情感联系。

第二天，安排在华纳兄弟公司推销被临时取消，改到下周进行。这虽然有点扫兴，因为我必须回波士顿，这样一来就无法亲自参加了。经过仔细考虑，我们决定让那位军人（他住在加州）去和华纳兄弟的人见面，我则通过电话会议来参与。尽管这并不是一种理想的推销方式，却是那种情况下最好的办法。有时你只能随机应变。

向制作公司推销

与华纳兄弟公司主管的见面过程简短而愉快。我们谈了我们的构思，也谈了它是如何产生的。我们讲了一些人们无法轻易接触到的关于现代战争的有趣细节。举例来说，那个军事基地有一条用木板铺成的人行道，两边有"星期五餐厅""DQ"和"内森热狗"等连锁餐饮店。这样，即使身处前线，依然可以约会……只是你的约会随时可能被敌军的炮火打断。我们还谈了一些人物设想。军人朋友讲了几个有趣的小故事，让主管开怀大笑。我们以一种老式的销售策略结束谈话，直截了当地说明他们应该制作这部剧的理由。我们说，这部剧是开创性的，过去没人拍过关于正在进行中的战争题材喜剧。还有，已经很久没有出现过一部优秀的战争题材喜剧了，我们有信心，一定会有人愿意拍这部剧。主管们说，他们会进行内部讨论，然后尽快给我们反馈。两天后，我收到了期盼已久的回复：华纳兄弟愿意拍摄它。

我觉得自己是全世界最幸运的编剧。不仅有人接受了我们的项目，还是这么有名的制作公司！华纳兄弟素来是业内的"佼佼者"，而且是一家对编剧非常友好的制作公司。这一切仅仅是个开始。几天后，华纳兄弟的一位主管打来电话，说他们一直在讨论如何以最好的方式制作我们的创意。她说制作公司和杰里·布鲁克海默电视公司有业务往来。他们认为布鲁克海默公司可能会有兴趣拍摄军事题材的喜剧。她说，如果我们愿意，应该在洛杉矶与布鲁克海默公司的开发团队见个面。

1月，我飞回了西海岸。我和军人朋友一起去见了布鲁克海默公司的主管。我们再次陈述了创意方案，情况似乎进展顺利。他们问了很多问题，但突然局面开始失控。在谈话过程中，我们提到了这部剧的名字是"FUBAR"时，房间突然安静下来。显然，由于布鲁克海默的军方背景，他们都知道"FUBAR"是什么意思。最后终于有人开口了，他说布鲁克海默公司主要讲述英雄的故事，杰里本人绝不想表达任何政治宣言，尤其可能会被误读的宣言。我的脑中立刻出现了两个词："我的天"和"哎呀"。"我的天"是因为，布鲁克海默公司当然不会表达任何负面的态度，他在那个圈子有太多宝贵的人脉。"哎呀"则是因为，他们公司历来讲述英雄故事——这在他们制作的电视剧和电影中已经体现得很明显了。从我们的角度来看，我们因为有可能与杰里·布鲁克海默这样的大制作公司建立联系而兴奋得昏了头，没有三思而后行。我们应该多花一点时间，好好了解这家公司，否则肯定不会告诉他们剧名是"FUBAR"。

当时，主管们提出，如果采取另一种方式去处理这部剧，问我们是否愿意接受。我们的答案是：当然没问题。在推销方案的时候，一定要表现得善于接纳他人的想法和创意，这非常重要。如果坚持"FUBAR"式的讽刺挖苦风格，那天就只能"一拍两散"了。但我们留了下来，听取了主管对这部剧制作的想法。他们想把它拍成一部职场喜剧，类似《老友记》和《办公室》的结合，只是这部剧中的"办公室"是一个军事基地。他们不打算批评这场战争，而只想赞美参与这场战争的人们。我思考了一下，完全明白了他们的想法，而且我真的很喜欢这个新方向。

那天，我们带着一部名为"FUBAR"的剧走进布鲁克海默公司的办公室，离开的时候收获了一部名为《哨站》（新剧暂定名）的新剧，另外的收获是布鲁克海默公司看上了我们的创意。

达成协议

华纳兄弟公司的主管提出，制作《哨站》需要先签订正式协议，因此我们要找一名经纪人或娱乐行业律师。这方面我不想谈太多，只想提几件值得注意的小事你或许认为，当一名编剧要和一家像杰里·布鲁克海默这样的大型制作公司和一家像华纳兄弟这样有声望的制作公司签协议的时候，找一个经纪人易如反掌，事实并非如此。作为一个编剧团队，我们籍籍无名，大部分经纪人可能认定我们的试播剧永远不会投入制作（当我讨论到向电视网推销方案的部分，你们就会立刻明白他们为什么会这么想）。还有一个原因，我之前也提到过：我们没有剧本。这会削弱我们的议价能力。如果我们带着剧本前去，就更有机会列入我们梦想的"主创人员"名单，也有可能得到"执行制片人"的头衔，这些都能让我们在找经纪人时拥有更多筹码。但我依然坚持先行推销创意方案而不是剧本的决定，考虑到之前说过的理由，这无疑是正确的做法。这个做法对每个人未必都适用，如果你能写出一个很棒的剧本，当然要写出来，那会大大增加你的议价筹码。

最后我们找到了一位很棒的经纪人和一位非常出色的娱乐行业律师。经过艰苦的谈判，他们很努力地维护我们的利益，达成了非常公平的协议，很感谢他们。协议的结果是将有节目制作人加入并执笔试播剧剧本的写作，我们的身份是制片顾问。在合同里有一项"剧本承诺"——如果试播剧能够拍成系列剧，我们将有机会写作其中的一集。

确定节目运营官

向电视网推销《哨站》前的第一步准备工作，就是确定这部剧的节目运营官。前面说过，节目运营官是辛勤工作、业绩卓著、有行业影响力的制片人。华纳兄弟和杰里·布鲁克海默的主管提名了一些人选，他们认为这些人既能做好这个项目，也能让电视网感兴趣。接下来，他们去和这些人接触，告诉他们这部剧的情况，询问他们是否有兴趣担纲制作。

然后每一位节目运营官（或团队）与布鲁克海默的主管，以及我和两位军人会面，谈他们对这部剧的想法。会议在华纳兄弟公司进行，我们三人编剧小组中的一位军人亲自到场，我和另一位军人分别在不同城市通过网络电话连线参会，会议场面很酷。有时候，正开着会，他们的网络电话因为基地刮起沙尘暴开始频繁断线……这件事本身并不有趣，但有趣之处在于能让这些候选的节目运营官感受到这部剧的妙趣所在。

从多个层面上讲，这些会议都很有趣。之前我们花了很长时间充实构思，现在很乐意听到一线制片人们讲述他们将如何制作它。我们立刻明白，选择一位正确的节目运营官是如此关键。这个人（团队）将带领这部剧继续向前，不同的人物将会使它呈现出不同的面貌，每个人拿出的方案也都有些不一样。对于每部剧，默契都是关键因素。节目运营官将和我们共事很长时间，因此我们需要彼此喜欢和投缘。

在见了许多候选人，聆听了他们关于制作的创造性意见之后，华纳兄弟和布鲁克海默两家公司的主管们一起选定了一个我们大家都很喜欢的团队。团队有两个人，当时正在担任美国广播公司《幸福终点站》（*Happy Endings*）的执行制片人，他们过去的成绩也很出色，曾参与制作多部成功的喜剧片。他们对这部剧的构思是《办公室》与《陆军野战医院》（*M.A.S.H.*）的结合，再加一点《实习医生风云》的元素。他们想把它拍成一部单镜头、伪纪录片形式（一种可以让角色直接对镜头说话的技巧）的喜剧。我们很乐意让他们来掌舵。

与节目运营官合作

有了两位有才华的节目运营官加盟，前景看起来一片光明。凑巧，另一位军人也服役期满，他决定回国，加入我们。时机赶得刚好，不过我们还是要努力，还有很多工作要做。现在已经是7月中旬。华纳兄弟和布鲁克海默的主管希望我们在9月中旬去电视网推销。

在接下来的两个月里，我和两位军人一直在与节目运营官一起工作，帮助他们准备提案。我们向他们提供所需的一切信息，让他们能了解关于北约军事基地的详细情况。军人们给他们讲述了许多真实发生的趣事。我们还提供了关于我们构思的几个人物的一些想法。

在这个过程中，节目运营官把剧集的名字从《哨站》改成了《安心之地》。你的第一反应可能——又要换名字……真的吗？是的，真的。如你所知，剧集名称非常关键。它要聪明，还要用只言片语传递出一部剧最核心的内容。我个人不喜欢《哨站》这个名字，我觉得它太容易让人想到全国广播公司近年的《服务外包》[3]。那部剧背景设在印度，只播了

3　Outsourced，两部剧的英文名相似——译者注

一季就被"砍"了。我担心我们的剧播出后，剧名的相似度会让人们把它们搞混。我还担心在我们推销的时候，那些主管一听到这个名字就联想起那部刚刚失败的剧，潜意识里就会产生排斥的影响。

我们的节目运营官扩展了前提，把基地写得像一个危险的夏令营。不出所料，他们为了展现自己对剧集的想象，创造了一些新角色，其中一些非常有趣。比如维克托·钟，此人有一些埋在心底的小秘密，他不敢将实情告诉自己严厉的父母。在过去的20年里，为了躲避自己的家人，一直在军队度过。节目运营官创造的另一个角色"王子"是我的最爱。在我们的剧中，所有人都寸步不离地跟着王子，甚至跟着他去厕所，生怕他受一点轻伤——如果他受伤了，他们就会丢掉饭碗。不过我们依然很高兴地看到，他们保留了我们关于角色的一些核心构思。虽然可能换了名字，但罗茜、"牛仔"和卡米尔都出现在了剧中。我们还很高兴地看到，在节目运营官的版本中，这些角色依然是"地方重建小组"的成员，小组的工作就是重建村庄。大家非常有合作性。你最初有一个想法，然后所有人对它作出补充，不知不觉间，那个想法已经变得很棒了！这就是我喜欢从事电视行业的原因。

在预定向电视网推销前的那个星期，我们聚在华纳兄弟的会议室里，在华纳兄弟和布鲁克海默的主管们面前练习了一番（还记得我告诉过你们演练的重要性吗？这里证明，就连最高级别的专业人士也会这么做）。在向电视网推销的时候，节目运营官要能清晰地阐释这部剧的前提、角色、角色生活的世界，还有作品风格。由于这是一部喜剧，他们需要以一种能让对方开怀大笑的方式去陈述，还要讲几个可能在试播剧中发生的故事。

主管们非常感兴趣地听完，做了一些评论，指出一些他们认为需要进一步明确或做出微调的地方。"一图胜千言"，我们还讨论了视觉呈现问题。主管们考虑是否应该让市场部整理一些实地照片，这样就能让对方更好地了解我们谈论的对象。军人们有一些特别棒的照片，主管们决定用上它们。

向电视网推销

让我来描述一下推销季电视网的混乱场面。想象一下这幅画面：上午十点，地点为电视网公司。主管们聚到一间办公室，一名编剧走进去，讲述关于试播剧的构思。大约半小时后，门开了，这名编剧出去，另一名编剧进去。现在，想象这幅场景同时在美国广播公司、全国广播公司和美国福克斯广播公司发生。从7月到9月，一周五天，每天从早到晚，这样的情景一直在上演，有时还会延续到10月。你们算一下，就能粗略估算出这些电视网每一季要听到多少试播剧方案。要记住，相对而言，电视网的节目排表上只有为数不多的几个空位。所以经纪人和其他业内人士才会觉得，编剧真的能让试播剧被拍出来并播放的概率大概相当于"在中彩票的同时被闪电击中"。

华纳兄弟安排我们在一周内与四大电视网的主管见面。我们的战略是，如果走运，有一家以上的电视网想要我们的剧，项目能获得一些热度，几家电视网就会竞标，争相与制作公司签合同。

必须承认，《安心之地》的推销非常成功。一开始，华纳兄弟的一名主管解释了我和两位军人是如何邂逅的，我们又是如何通过华纳兄弟市场部的一位主管（我的校友）找上门去，这一切是多么不寻常。接着，布鲁克海默电视公司的一位主管简短地说，他们拍了那么多军事题材的作品，本以为所有角度都被拍过了——直到听到我们的构思。简而言之，他们都在巧妙地向电视网的主管表达："你们将听到的内容是令人兴奋的、新颖的……你们肯定闻所未闻。"

接着，节目运营官站出来，开始讲述试播剧本身的内容。其中一人先讲了他本人和军方打交道的故事。他说自己曾去非洲旅行，同行的朋友生病了，于是他们被空运到了一个军事基地，基地和他想象的完全不同，那里有种种现代化设施。他说从那天开始，他就想拍一部军事题材的喜剧。他的这段话很重要：先讲一个自己的故事，让电视网的主管了解他为什么对这部剧有共鸣。与试播剧之间的个人联系真的非常关键，因为它能让那些主管明白，编剧在剧本中投入了感情，这正是主管非常想看到的。

接下来，节目运营官介绍了这部剧的设定和风格。他们想把它拍成单镜头的、纪录片风格的剧。然后他们开始介绍角色。要卖一部喜剧，就必须讲得生动有趣。他们使用了一种非常有创意的方法：一个人先介绍一个角色，再举例说明该角色有什么笑料。但他们并不自己举例，而是朝两位军人转过身，让他们讲一个在基地真实发生的、有趣的、同时又能融入剧本的故事。这么做不仅可以加入更多样的声音，而且重申了一个事实：我们中有两位刚刚回国的军人，他们有很多新鲜有趣的故事。我相当有把握，在电视网的主管当天听到的所有推销中，我们肯定独树一帜。

节目运营官简单介绍了他们构思的试播剧的故事梗概。他们在结束前说，有很多英雄儿女正在世界各地为美国效力，表彰他们的时刻已经到来。我认为这是一种相当聪明的结束方式，因为任何正常人都不能反驳这个观点。

我们去电视网推销的时候，心中祈求能幸运地得到一家电视网的接纳。到了那星期结束时，哥伦比亚广播公司、全国广播公司和美国广播公司都通过了，只有美国福克斯广播公司没有通过。接下来，就要由华纳兄弟和布鲁克海默电视的主管来决定，选一家他们认为整体上最合适的电视网。虽然对此没有发言权，不过我们内心更倾向全国广播公司。因为，虽然其他电视网也很热情，但全国广播公司可以说是盛情难却。在推介方案的过程中，他们中途打断了我们的发言，说："我们只想让你们知道，你们不用继续说了，我们想要这部剧。"当得知还有其他电视网在竞买这部剧后，全国广播公司的主管们寄给我们一些非常有创意的礼品袋，里面有在我们的故事里出现过的各种物件，还附言说他们很喜欢这部剧，希望我们选择他们做它的"大本营"。并不是这些礼品和热情让我们倾向这家电视网，打动我们的是，这些忙碌的主管对我们的剧如此感兴趣，而且千方百计要把这种感觉传达给我们。但话说回来，选择哪家电视网，我们说了不算。然而大概一天后，杰里·布鲁克海默公司的办公室给我们发来一封邮件，告知他们决定和全国广播公司合作，我们确实感到很高兴。

重中之重的剧本

接下来的3个月，我们投入到这部剧的深度开发和剧本写作之中。我们与节目运营官密切合作，把所知一切关于军队生活的信息告诉他们。试播剧剧本的写作很难，我们这部剧更麻烦，因为节目运营官必须创造一个他们自己并不熟悉的世界。你可能觉得3个月时间足够，其实未必。事情没有看起来那么简单。你要知道，运营官需要写好几稿剧本，每一稿都会从全国广播公司、华纳兄弟和杰里·布鲁克海默电视那里收到意见，再做修改。

对于编剧和主管们来说，10月到1月中旬非常忙碌（而且紧张）。每一稿出来，你都会感觉时间不够用，因为最终稿的截止日期——电视网要求的完成时间是1月中旬——正在逼近。我讲一下，你就能明白这些人顶着多大的压力（以及他们有多努力）……圣诞节当天早上，我接到了新一稿的剧本。新年当天，全国广播公司的主管们反馈了意见。新年两周后，节目运营官向全国广播公司提交了剧本定稿。

这35页的内容，将被电视网用来评估我们的试播剧是否能继续走下去。

"绿灯"还是"红灯"

对于等待电视网决定试播剧剧本命运的编剧来说，1月是坐立不安的。这段时间，电视网通常会浏览他们订购的所有剧本，然后作出艰难选择，决定哪些试播剧将被制作出来。不用说，这个决定事关重大。如果某个试播剧被选中制作，编剧就离剧集在电视上播出更近一步。如果剧集真的播出并大热，编剧的人生就会永远改变。

决定给哪部试播剧开绿灯的是电视网的高管。订购剧本并参与它成型的开发主管当然可以向高层提案，说明它为什么可以拍成一部好剧，但是试播剧是否能投入制作，却不是他们的决定。最终一切都要看剧本，这也是难点所在。

因为，写作是一件如此主观的事，有些东西能引起开发主管的共鸣，却可能无法让他们的上司完全满意。而且，你的剧本可能确实不错，但和竞争者相比之下是否更好？

在这段令人焦虑的时间里，编剧只能咬紧牙关，默默祈祷。在等待电话铃声和邮件的日子里，我经常看《好莱坞头条》，看看全国广播公司每天给哪些喜剧开了绿灯。主管有时会打来电话，告诉我们这部剧依然在参与角逐，我们随时可能接到消息。最后，在一月将要结束的时候，消息来了：全国广播公司拒绝了《安心之地》。我们付出了那么多艰苦努力然而一个电话，一切化为乌有。我们一直不知道原因。这就是好莱坞。

我的经验教训

那么，这次经历给我的经验教训是什么？我已经反复说过，最好用剧本去推销你的剧。这很重要，我不会再重复了，因为你一定会那样做。但我接下来要告诉你们的是本书最重要的道理。一句话：热情。热情比一切都能让你更快地走上成功之路。你必须对自己的项目有信心，愿意向别人展示它，不论如何都坚定地支持它。你必须把自己当成《小火车头做到了》的主人公。当唱反调的人说你疯了，说你的剧肯定不行，你要在心中暗笑，坚信他们说的是错的。因为如果你拼命努力，它就一定能成功。你只需在迈出脚步之前，问自己一些问题：我真的有一个很棒的构思吗？它能和已有的剧区别开来吗？我拿出来的东西已经做到最好了吗？如果答案是肯定的，那就去推销它吧！要敢于表现出你的野心，热情是有感染力的，它能移动大山，也能让电视剧诞生。

人们问我，我们的剧最终没能拍出来，我是否失望。当然失望。我是否绝望？不，完全没有。我看到，在准备项目的过程中，我结识了许多优秀的人并和他们共事；我看到，有许多曾经紧闭的门向我敞开了。我知道，我可以卖出试播剧。我能做到第一次，就能做到第二次。还有最重要的：如果我能做到，你也能，或许还能比我走得更远。

第五部分

电视电影创作

第16章

电视电影创作

电视电影在20世纪50年代出现，到20世纪70年代已大受欢迎，拍了许多当时人们认为有争议的题材，比如青少年酗酒和家庭虐待问题。直到现在，电视网还会定期播出电视电影——有些电视网甚至每周播出，业界称之为"每周电影"。只是最近电视网拍的电视电影少多了，有些令人失望。

既然每部电影内容独立，故事不同、人物也不同，就很难将不同的电视电影拍成连续的系列剧。此外，因为电视电影包含了许多子类型，其观众内部也是有分歧的——其中一些类型吸引了这一群观众，却不吸引另一群观众。举例来说，我愿意看一部围绕真实生活展开的优秀家庭剧，但不愿看琐碎无聊的爱情片，但别人可能正好相反。因此，电视电影很难有电视剧那样的高收视率。

不过，如果你对电视电影有热情，也不用担心。虽然广播电视网制作的电视电影变少了，但是生活时间和贺曼频道等有线电视网还在大量制作电视电影。那么怎样拍出一部优秀的电视电影呢？

> "它应该是一个可推广、可塑造、可构造、能在播出的两小时内让观众（收视率）增加的创意。除了有社会价值和启发性，它探讨的应是非常迫切的当下问题，播放第二天，全国人民都会在茶余饭后热烈讨论。当然，很多编剧认为每周一部好电影，就是他们的谋生之道。"——沃尔特·克伦哈德，《车库拍卖神秘事件》《带艾瑟莉回家》编剧

以贺曼频道为标杆

贺曼公司喜欢夸耀他们贺卡的品质，其实真正值得吹嘘的是他们的"名人堂"系列电视电影。自第一部于1951年播出，名人堂系列在获得了81项艾美奖之后，势头依然强劲。"名人堂"（注意不要把它和贺曼频道播放的贺曼原创电影搞混）的整体品质在业内一直无人能及。简而言之，贺曼树立了一个高标杆，让我们看到电视电影应该拍成什么样、能

拍成什么样。这么说对生活时间等有线电视网可能有点不公平，因为贺曼每年只推出为数不多的几部"名人堂"电影，而且投资巨大，相比之下，大部分电视电影的预算都很有限。

　　是什么让"名人堂"电影出类拔萃？答案很简单。这些电影讲述了一些原创的、不同寻常的故事。它们不流于平庸，总是塑造出勇敢的、鼓舞人心的人物，演绎出具有真情实感的故事。如果稍加分析，我们就能发现这些故事都简单得不可思议，以下是贺曼曾播出的一些影片：

- 《平凡岁月的魅力》（*The Magic of Ordinary Days*）："二战"期间，莉薇·邓恩发现自己未婚先孕。她的牧师父亲把她赶出家门，她在科罗拉多的农村嫁给了一个陌生农夫。二人一开始几乎没有什么共同点，但却在平凡的岁月中相爱了。
- 《共舞人生路》（*To Dance with the White Dog*）：在结婚50年后，妻子科拉的死使萨姆先生伤心欲绝。他的身体衰弱，孤单度日，似乎已经开始走下坡路。就在这时，一只白狗进入他的生活并改变了一切。
- 《玫瑰山》［*Rose Hill*，改编自朱迪·加伍德的畅销小说《为了玫瑰》（*For the Roses*）］：故事发生在19世纪初，4个男孩（街头孤儿）在纽约市发现了一个被遗弃的女婴，收养了她。5个孩子组成了一个家庭，一起长大，后来他们移居蒙大拿州。在蛮荒的西部，这个不寻常的家庭面临一系列挑战，他们何去何从？是紧紧凝聚还是永远分离？

　　如果你有兴趣写电视电影的剧本，好好钻研几部不同的贺曼"名人堂"作品。贺曼每年会在广播电视网播放几部新片——一般是在假期以及2月或5月。另外，贺曼频道会有定期重播，很容易找到。

电视电影的目标观众：女性

　　如果你是男性，可能一想到我刚刚说的几部电影就想睡觉，但如果你是女性，可能会对它们很感兴趣。因为电视电影的目标观众群体主要是女性。你可能会持反对意见说，斯派克和TNT等电视网会拍一些风格粗犷的电影，这些电影可不是以女性为主要目标群体的。然而，在所有成片当中，它们只是例外而不是常规。如果不信，不妨想一想你是否看到过几个男人在茶余饭后热切地谈论昨晚播出的电视电影的情景呢？答案可能是"没有"。可是只要稍微注意，就会发现18岁到80岁的女人都在谈论这个话题。因为我在电视行业工作，人们有时候觉得我就是一个"活节目单"。每周总有几次，我的女性朋友会饶有兴趣地问我："今晚有什么好电影吗？"她们希望我说"有"，如果我说"没有"，她们就会大失所望。生活时间频道每播一部新片，第二天都会引发她们热烈的讨论。

　　如果你在考虑做电视电影的编剧，那么你的思考模式就必须是女性式的。问问你自己，什么样的故事或问题是女人感兴趣的？你是否需要在故事里设置一个强大的女性主角？这是必要的，不过不难做到。比如你在写一个罪犯的故事，你可以创造一个不看到罪犯被捕不罢休的受害人，也可以创造一个追查到底、誓将罪犯绳之以法的女警形象。

如果你不惜任何代价，也想写一部充斥着激烈的武打动作、枪和暴力的剧本——那么你肯定是走错了方向。我已经说过，你只能去几个有限的地方销售你的剧本，而卖出一个满是这类内容的电视电影的希望是渺茫的。你必须考虑你的目标观众，大部分女性并不想看到这类故事，因此大部分做电视电影的公司都不想买这类剧本。

> "要想方设法去了解对方。摸清他们制作哪类片子，最近播出了什么，哪些收视率高。你必须做好研究。如果你的剧本是一部只有男性喜爱的角色的古装片，我们可不想买。"——利比·比尔斯，生活时间电视网（Lifetime）原创电影频道前副总裁，《圣诞回家》《带艾瑟莉回家》执行制片人

热门类型分析

有几种类型的故事适合电视电影市场。与大部分电视节目一样，这个市场的趋势也是周期性的。某一种类型的故事往往会大热一段时间，接着此类型的故事的市场就会过度饱和，然后人们在一段时间里就不再会制作这种类型的故事，转而开发下一个热门类型。

以下列举了一些在电视电影领域多次获得成功的影片子类型：

- 真实犯罪：想一想泰德·邦迪、斯科特·彼德逊、BTK连环杀手丹尼斯·雷德。这些优秀故事中往往有一个"怪物"在迫害富有同情心的、毫无防备的受害者。
- 小说改编：将小说改编成电视电影往往效果甚佳。因为好小说有引人入胜的故事、强大的主人公和对手。在我看过的此类电视电影中，最出色的大概是《约定》（*The Pact*），主演是梅根·莫拉利，这部影片改编自朱迪·皮考特广受好评的同名畅销小说。故事很简单，十几岁的克里斯和艾米丽从小隔街而居，长大后终于相爱。双方家长是多年挚友，因此很容易地接受了这段恋情。但是青春期的焦虑让克里斯和艾米丽私下约定一起自杀，在一个决定命运的夜晚，他们前往当地的旋转木马结束生命。艾米丽自杀身亡，然而在最后一刻，克里斯决定活下去，他被控谋杀了艾米丽。随着故事的展开，两个家庭最终理解彼此，也弄清了事情的真相。这是一部以非常真实的、令人同情的人物构建的让人揪心的影片。小说改编的电视作品收视率很高，因为小说带来的是忠实的观众，这些观众读过或是听说过这部小说，当然想看看电影。
- 周期疾病：一种很明白易懂的子类型，讲述的往往是女性勇敢搏斗、战胜某种肉体或精神疾病的故事，《凯特的秘密》（*Kate's Secret*）和《拯救艾米莉》（*Saving Emily*）都属于这种类型。
- 女性遇险：这种受欢迎的子类型讲述的是被男人伤害的女人。这类影片里经常会出

现伤害其妻子的丈夫，类似影片有《为那张脸而死》（*A Face to Die For*）、《为那张脸行凶》（*A Face to Kill For*）等。

- 浪漫爱情：通常改编自丹妮尔·斯蒂尔这类作家的小说，类似影片有《喜忧参半》（*Mixed Blessings*）和《星》（*Star*）等。
- 女性战胜难以置信的人生困境：这类影片很励志。它们往往基于真实故事，塑造遭受可怕的人生打击，却自强不息、战胜困难的女性形象。一个很好的例子是《风雨哈佛路》（*Homeless to Harvard*），影片讲述的是丽兹·默里的真实故事，她的母亲有精神疾病，导致她15岁的时候就孤单地流落街头。尽管处境悲惨，她却从未放弃希望，努力求学，最终考进了哈佛大学。另一个很好的例子是《迎向黎明》（*Dawn Anna*），德博拉·温格饰演一位与脑瘤斗争的勇敢母亲。就在她渐渐康复的时候，她的一个孩子在哥伦比亚中学枪杀案中丧生。
- 恶男：我要承认，这是我最喜欢的一个子类型，其中包括《保姆杀人案》（*The Babysitter's Seduction*）和《有三个妻子的男人》（*The Man with Three Wives*）。标题就已经说明了一切。这类电影的剧情往往相当直白，却有一套办法吸引女性观看。

> "圣诞电影经久不衰。每年制作公司和电视网都会制作很多这类电影。对于新手编剧来说，这是一个很好的途径，这是一个能帮他们登堂入室、获得梦寐以求的一切的机会——让自己的作品被拍出来。诀窍就是为你的目标买家量身定做。贺曼公司的电影与生活时间电视网（Lifetime）的当然不一样，与梅丽尔·斯特里普主演的大片也不一样。怎么判断这些差异？答案是你要"沉"进去，成为圣诞电影的专家。在用大量时间看了十部贺曼、十部生活时间公司的圣诞电影后，你可能想重新考虑你的职业选择，也会知道你的构思如何能受到欢迎。"——沃尔特·克伦哈德，《车库拍卖神秘事件》《带艾瑟莉回家》编剧

构思电视电影的故事时，切记不要编得过分复杂，这或许是最重要的一点。电视电影通常是在晚8点或9点的时间段播出，此时大部分女性观众的脑子已经很疲惫——她们已经在家里或办公室（或二者兼有）忙碌了一整天——想看点东西放松一下，她们想看到的是既聪明又刺激，同时又不需要太集中注意力和耗费脑力的影片。

请远离的故事类型

通常不适合电视电影的故事类型是动作驱动的故事。让人意外的是，喜剧也不太适合。每隔一段时间，电视网就会尝试推出一部轻松的爱情喜剧——但不知为何它们并没有很强的号召力。全都是男性角色或大部分是男性角色的故事也行不通。同样地，不要尝试将一部旧电视剧改编成电影——就像《家族王朝：团圆》（*Dynasty: The Reunion*）那样。你没有写这些角色的权利，因此可能会被起诉。

进军电视电影行业

作为编剧，你一般有两条进军电视电影行业的路径，这两条路径都需要你写出充满活力的电影剧本。第一条路径是写出剧本，把它交给一家制作电视电影的公司（当然要通过经纪人），请他们考虑把剧本拍出来。

第二条路径是你写出剧本，但不期待一定有一个电视电影制作公司把它拍出来——也许它是一个剧情片剧本——然而它能呈现出一个结构合理、完成度高的故事，里面有引人入胜的人物和真实的情感。这个剧本更多的作用是作为一个样本展现你的能力，向主管和制片人说明你是一个什么样的编剧。如果他们看了之后很感兴趣，就会邀请你来讲述方案，更好的一种可能是他们带着一个电影构思来找你，如果你感兴趣，他们就会雇你来写。

> "写一部电影的待售剧本，你要投入热情，展现你的写作能力。故事需要充满情感，戏剧性不断升级，引人入胜。并且剧本要传递这样的信息：'我是一个你们应该关注的编剧。'我们可能不会买下这个剧本，但它会告诉我们你能写出什么，这对你推销其他创意会有帮助。如果你确实没有非常出色的作品样本，那么你的推销就很难成功。"——利比·比尔斯，生活时间电视网（Lifetime）原创电影频道前副总裁，《圣诞回家》《带艾瑟莉回家》执行制片人

改编真实故事

真实故事能改编成很棒的电视电影。当观众知道一个故事不仅是编剧想象力的产物后，往往会对其格外赞赏。但是真实故事可能会伴随着更多复杂情况。如果你想讲述的故事的主人公还在世，那么你必须先取得授权。这很重要，可以让你避免官司。即使如此，剧本写作也可能遇到很棘手的情况，因为你可能会写到那个人生活中的其他真实人物。即使你取得了主要人物的授权，当电影中出现的他身边的其他人，而且如果他们认为你把他们写得形象欠佳时，他们依然可能起诉你。这种事情真的会发生，尤其是在故事本身比较不光彩——比如一场备受瞩目的谋杀或离婚——而且涉事各方依然存在争端的时候。

如果你写的人已经去世了，情况可能稍好一点，但也不能完全松懈。再说一次，除非你写的真人真事里涉及的所有人都早已离世，否则就可能会被起诉。如果故事涉及任何一桩法庭案件，那么你要确保写在剧本里的一切都在法庭文件中，这样可以在一定程度上保护自己。举例来说，如果你的剧本是关于一个男人谋杀了他的妻子，你就应该去法院仔细阅读所有记录。如果你能找到一个证人作证说看到那个男人开枪击中他妻子的头部，你就可以在剧本里这样写。那个人就很难来起诉你，因为证词是真实的，不是你编造的。

> "有些法律问题需要注意。你一定要弄清哪些是真实的，哪些是你虚构的——每一个场景的出处都要有证据。"——沃尔特·克伦哈德，《车库拍卖神秘事件》《带艾瑟莉回家》编剧

在沿着这个方向发展时，你必须非常小心，不要偏离故事的本来面目。编剧往往认为他们可以为了剧本的戏剧性而随心所欲地塑造故事。有时，为了制造戏剧性、让故事好看，确实需要对事实进行删减或稍作调整，但是你不能增加未曾真正发生的场景或情节，并把它呈现得好像真实发生过一样。所以，你有时会看到"根据真实故事改编"的免责声明。但是作为编剧，你不能把免责声明当作让你免于被起诉的"护身符"，不能为了让故事更精彩就随意编造不曾发生的内容。如果你想改编一个真实事件，就必须尽可能贴近事实。

> "人们写书的时候，即使写的是小说，也要做很多功课。在用一个非虚构的、真实发生的故事作为素材创作电影时，需要做更多的调研。作为编剧，你不能只依赖书本上的内容，而应自己主导项目。就是说，你必须亲自做很多调研，不仅要搞懂作者在说什么，还要对这个世界有足够的了解，这样你就有足够的资本和知识，根据原作者的意图做出决定。"——史蒂芬·格兰茨，《沃特森一家去伯明顿》（*The Watsons Go to Birmingham*）及其他多部电视电影的编剧

主角对抗反派

如所有电视节目一样，电视电影也是公式化的。你会注意到主角和反派之间的关系提升到一个新等级。在电视电影中，主角总是获胜。比如，一个女人在整部电影中都被一个人跟踪和恐吓，一直无法摆脱他。为了逃脱，她决定去一个她认为他绝对无法找到的地方——她的林中小屋。她到了那里之后，你们猜谁会出现？不过，跟踪狂并不是唯一追到那里的人。就在跟踪狂要伤害她的时候，负责此案的警探会突然出现，他拔出了枪。在电视电影的公式中，警察绝不会杀死那个跟踪狂，这件事必须由那个女人来完成。她是那个遭受威胁的人，唯一能让女性观众真正满意的方式，就是让受害者自己战胜坏人。我们在她的苦难经历中投入了两个小时，当然希望她能获胜。如果有人替她做了这件事，尤其是，如果那个人是个男人，观众就实在无法感到满意。

如何获得改编权

如果你看过一些电视电影，那么你或许已经注意到其中有许多作品都是小说改编的。

除非你以书面形式获得了对一部小说的改编权，否则绝不要改编它。如果你打算把你最喜欢的小说改编成一部电视剧，有两件事一定会发生在你身上，且这两件都不是好事：如果你使用其他作家写的人物和对话，就会违反版权法，很可能会被起诉；如果你用了很长时间改编这那部小说，电视网的人正迫不及待地等着它，你却不得不告诉对方，你没有改编权——想象一下这会让人多么尴尬和失望。对方可能会感到恼火（这很正常），因为你提交了一部你没有合法权利出售的剧本，浪费了他或她的宝贵时间。

获得一部小说的改编权并不容易，但也并非不可能。我不建议你尝试去获得斯蒂芬·金和丹妮尔·斯蒂尔那种著名作家的改编权，因为在他们的作品出版之前，改编权就已经被争购了。即使没有出售，价格也一定很高，你可能负担不起。登上《纽约时报》畅销书榜单的书都是如此。相反，那些已经面世多年的或内容较为晦涩的小说的改编权，你可能有更大的机会获得。

> "这是一种本能反应，一种情感反应。就像是遇到喜欢的人、找到想买的房子。你要有一种'对'的感觉。除此之外，作品还需要有出色的情节和人物。对话没那么重要，但是情节要像一部货运列车那样，启动之后一直往前开，并一直驶向剧终，越开越快，直到到站为止。它走的不一定是直线，但要用情节拽着你一路向前。"——奥斯卡奖提名，艾美奖得主，皮博迪奖得主，丽贝卡·伊顿，《唐顿庄园》《杰作剧场》《浮城迷事》执行制片人

如果你发现一本书，认为它能改编成一部好电影，你要仔细查看书的封面和封底，从里到外，记下你能找到的一切关于出版商和作者的信息。

接下来，给出版商打电话，要求接通法务部门。告诉接听电话的人，你想知道你感兴趣的这本书的影视改编权由谁持有，那个人会帮你去查相关信息。仔细听好——在对方回复的内容中，有些对你非常重要，比如他可能会告诉你一个经纪人或一个制片公司的名字。但是，二者都是坏消息。

如果是一个经纪人持有权利，就意味着他很可能会代表作者在谈判中尽可能卖出高价。此外，经纪人不太可能把该权利交给一个没有作品的无名编剧。经纪人的目标不仅是帮客户赚钱，还要让书被拍成电影，给作家带来更多的金钱和声望。

如果是一家制片公司持有权利，对你来说也不是好消息。它意味着还有其他人认为这本书可以拍成一部好电影，而且已经打败了你。不过对方不一定能把电影拍出来，你要记得询问出版商合同到期的时间，把它记在你的日历上，到时候再尝试一下。

还有一种可能，也是最好的一种情况：权利由作者持有。我发现与作者本人打交道的效果要好得多。同为创作者，你们可能会有些共同语言。如果一位作者的小说问世多年乏人问津，那么有可能——取决于你向作者推销自己的能力——他会免费给你这个机会，或只需你支付很少的费用。

你必须找到作者，有时这并不容易。所以我才提示你要仔细阅读护封上的作者信息。比如，作者可能住在纽约市，但会去缅因州蒂尼镇度假。你要留意任何能给你提供线索的信息——关于作者本人或是关于在哪里能找到作者类似这样的信息。

有时你必须跳出思维定式，发挥创造力才能找到作者。我在哥伦比亚电影公司为一位制片人工作时，看到了一本将在6个月后出版的书的推荐语。那个故事中有很多动作元素，还交织了一段很棒的爱情故事。我想要得到那本书的改编权。问题在于，在那个时候它只出版了法文版，而我不懂法语。当时它正被译成英语，但我知道自己不能等。如果它真如我想的那么好，我就要在它被翻译过来、吸引其他人参与竞争之前，先得到它的改编权。于是，我给高中时代的法语老师打了个电话，问她能否读一读这本书的法语版，给我讲讲细节，她同意了。不久她给了我反馈，那个故事完全符合我的期待，于是我下定了决心：我要取得那些权利。

问题在于，那本书的影视改编权在作者手里，但出于某些奇怪的原因，出版商并没有他的地址或电话。我不断地到处打探。期间，我在推荐语中发现一小段话，表明故事中的这两个人来到纽约后定居于华盛顿特区。他们的名字并不普通，我觉得自己可以尝试用电话簿来查找。没错，就这么简单，接线员给了我电话号码。我拨了电话，一个带浓重口音的男人说："你好。"我立刻开始滔滔不绝地讲起他的故事。一周后，他和妻子坐在我对面，还有我在哥伦比亚电影公司的制片人也在场，我们一起讨论把故事改编成电影的可能性。有时，最明显、最简单的小线索可以带你找到你想要的答案。当然，有了互联网，你只需动动手指，几乎就可以找到任何线索、任何人。

在和作者交谈时，你要表现出对作品的热情，这会让对方感激；你还应该说明你为何认为这本书能拍成一部好电影；你一定要讲一些关于你自己的事；如果你有人脉，能在拍电影的事上帮忙，把这个信息告诉作者；如果资金是个问题，最好告诉他们你付不出太多钱购买改编权，但不要一上来就这么说。最重要的是，你要让对方对你感兴趣，对你在这个项目中的投入感兴趣，要相信热情可以成就大事。如果那本书很多年里一直乏人问津，他们可能会答应让你试一试。

当你试图获取一本书或小说的改编权时，你要的其实是一个"期权"[1]。期权的意思是：作者（或拥有权利的人）同意收取双方谈妥的一定数额的金钱，给予你在一段时间内对该作品的改编权利。在某些情况下，比如作家和书籍的知名度较高，这项权利的费用可能高达数十万美元。但不是所有书都这么贵，期权也可能是免费的。通常，价格介于这两个极端之间。

一旦有人将作品的期权给了你，那么直到到期前，他们都不能把该权利出售给其他人。这就是为什么书面合同如此重要的原因。为了论述方便，我打个比方，比如说畅销书作家约翰·格里沙姆在新罕布什尔州的避暑别墅就在你家旁边。通过某种方式，你用你的

1 　期权，英文为option，在美国改编双方一般签署期权协议，即option agreement，而我国国内一般签署许可协议或版权转让协议，二者稍有不同——译者注

热情说服他把新小说的期权给了你。你付给他1000美元，他授予你一年的期权时间。如果第二天本·阿弗莱克打电话给格里沙姆先生，出价20万美元来购买这项权利，格里沙姆先生也不能接受。因为他对你有法律义务，所以他必须等到你的期权到期，而且那时你还未能成功地把电影拍出来并投入运作。此外，他还要寄希望于阿弗莱克先生来年仍然对这部电影感兴趣。

关于期权，我有几个提示。如果没有书面协议，那么当出现更高的报价时，作者就很容易受到诱惑，放弃和你的交易。期权的合同不必复杂——一两页纸就够了。但是，因为实在事关重大，你最好花点钱让律师起草合同，以确保你的权利能得到充分的保护。再说一次，如果一本你没有期权的小说，那你就不能改编并销售它。你一定不想浪费宝贵的时间和精力来推敲故事，辛辛苦苦写出剧本，却发现作者利用合同中的漏洞退出了交易。

至于最初的期权期限应该是多久，我建议至少一年。你需要时间来完成剧本，甚至出去推销这个项目。你会惊讶地发现，在电视行业里，一年过得飞快。

> "人们总是在寻找素材，如果你发现了一个确实很不错的、可以作为素材的故事，那你得到一份电视电影编剧工作的机会就会大大增加，因为你能提供的不仅是你的写作能力，还有更多东西。"——史蒂芬·格兰茨，《沃特森一家去伯明顿》及其他多部电视电影的编剧

是否应该写迷你剧

作为一个新手编剧，在职业生涯的初级阶段，有无数个问题可以阻挡你去写迷你剧。比如以下这些问题。

从大局来看，很少有迷你剧真的能被制作出来。那些被"开绿灯"的剧往往耗资巨大。一部迷你剧可能播出两三个晚上甚至更久。它们的制作往往比较精良，经常使用特效，演员阵容豪华，并且这些演员都会得到巨额片酬。那些能登上电视荧幕的迷你剧，大部分都是在收视普查月播出的，它们会得到大力推广。这也是电视网投放"诱饵"、吸引观众的方法。电视网的想法是，如果能让观众在第一天"上钩"，那么第二天甚至第三天晚上他们也会回来。电视网投入了大量资金，所以不会把两三个整晚的电视节目交给一个刚刚入行的编剧，这些剧本通常会委托有成功经验的编剧来写。

另一个不该尝试迷你剧的理由是，你需要"先学会爬再学走、先学会走再学跑"。你要先尽力掌握两小时剧本的写作技巧，然后才能去尝试4小时或更长的剧本。如果你不这样做，很可能会失败。

不要把两小时变成四小时

初涉电视电影领域的编剧很容易犯的一个错误是，当他们开始写剧本的时候，突然有一些其他想法出现在他们的头脑中。于是灵光不断闪过，不知不觉间，他们已经写了60页，却只是完成了剧本的三分之一。他们不愿意删减、抉择，于是说："素材太多了，或许我应该把它写成一部迷你剧。"大错特错！迷你剧不是这样写出来的。更不要说，在这个行业里没人愿意会去看一部迷你剧的待售剧本。对你来说，更好的做法是写一部很棒的两小时剧本，让它被拍出来（这本身就很了不起了），然后继续推进你的编剧事业，直到有电视网来找你，问你是否想写一部迷你剧，但要达到这个目标，你还有很远的路要走。

确定结构

电视电影剧本的平均长度是110页。传统上，电视电影遵循一种"七幕"结构，现在有些电视网把它扩展为"八幕"结构。与剧情剧和喜剧类似，每一幕都以一个小悬念结束，它增加了戏剧性，让角色置身于危险之中。最重要的幕间休息是在影片播放到一半的时候，正好是整点，会插进双倍的广告。虽然不一定分秒不差，但每一幕的时间长度应该差不多。电视电影的结构是非常公式化的，我在观看的时候甚至不需要时钟，就能根据影片的情况猜出当时的钟点。下面是一部典型的电视电影的分幕情况：

- 第一、二幕：建置部分。有哪些角色，他们想要什么？
- 第三至六幕：剧本的核心和灵魂。主要冲突在这一部分上演。
- 第七、八幕：问题的解决。故事如何结束？谁得到了自己想要的东西，谁没得到？谁一路走来发生了成长和转变？

现在你知道一部电视电影可以分解成怎样的结构了。但我不建议你按照这种方式写剧本，反倒强烈建议你把它写成一部剧情片。原因在于，如果能有一部剧情片被拍出来，你就能跻身于精英编剧之列，它可以为你赢得巨大声誉，相比于有一部电视电影被拍出来，它能为你的编剧之路打开更多大门，你赚到的钱也多得多。虽然我不想过多强调金钱因素（写作是为了艺术而不是为了钱），但事实是，如果有机会，我们大部分人都希望我们的剧本能卖出几十万美元。

> "至于电视电影，不要去碰。去写剧情片的待售剧本吧，能在大银幕上播放的那种。第一次写的时候，要多从商业角度考虑，尽量写那些人们经常制作的类型——圣诞节喜剧、恐怖片、爱情喜剧——而不要去写《阿拉伯的劳伦斯》那样类型的剧本。"——沃尔特·克伦哈德，《车库拍卖神秘事件》《带艾瑟莉回家》编剧

如果你能想到一个可以写成剧情片的故事，但是——这是关键所在——它也可以写成一部电视电影，你自然就有了双倍的成交机会。你可以先把这个剧本作为剧情片来销售，如果没卖出去，就转而把它作为一部电视电影继续在电视业内销售。最棒的一点是，你甚至不必把剧本转换成电视电影格式。电视电影行业的主管和制片人完全可以阅读你的剧情片剧本。如果他们决定购买，他们就可以与你合作开发。

适用于剧情片和电视电影的故事

如果你打算写一部剧情片，一旦卖不出去，就以电视行业作为第二市场，那么在这之前你就需要想出一个在两个领域都适用的故事。让我们先以几部剧情片为例，看看如果它们没有被投拍，是否有很大机会被拍成电视电影。

- 《致命诱惑》：这部奥斯卡提名的惊悚片看上去似乎更适合成为一部电视电影。丹·加拉赫（迈克尔·道格拉斯饰），纽约的一名律师，看似坐拥一切：好工作，美丽的妻子和孩子、漂亮的家，甚至还有一条很棒的狗。一个周末，妻子出了城，他禁不住诱惑，和一名与公司有业务往来的出版社编辑亚历克丝·弗雷斯特（格伦·克洛斯饰）发生了婚外情。他本来觉得这只是一场天真而短暂的艳遇，结果却变成了一场梦魇。亚历克丝竟是个精神病患者。她开始了一场情感勒索的游戏，跟踪丹和他的家人，并不断威胁他。

  如果不是由迈克尔·道格拉斯和格伦·克罗斯这样的明星来饰演，《致命诱惑》其实很容易成为一部电视电影。其对于老故事的创造性转换，当然是"女人跟踪男人"的情节。这其中值得关注的是这个看似很小的转换，却让电影对男人和女人都产生同样的吸引力，因为亚历克丝·弗雷斯特是一位精神疾病患者。

- 《普通人》：这部改编自朱迪丝·盖斯特的小说、由罗伯特·雷德福执导的、富有感染力的人物驱动型影片，赢得了4项奥斯卡奖，包括"最佳影片""最佳导演"和"最佳改编剧本"。故事围绕中上阶层家庭贾勒特家族展开，这个家族由于一个儿子意外溺水，另一个儿子企图自杀而分崩离析。如果不是因为雷德福执导，这个故事最终可能会成为一部电视电影。

经典三幕结构

如果你打算先把剧本搬上舞台，那么你需要把它写成一个电视电影剧本。剧情片剧本和电视电影剧本的主要区别在于，后者会将幕间休息写进剧本里。在翻看剧本的时候，你可以看到这一幕在哪里结束，下一幕在哪里开始。而剧情片虽然有明确的幕间休息，却不会写进剧本。然而，业内人士在讨论剧本或电影时会提到各幕。他们怎么知道一幕在哪里结束，另一幕在哪里开始？这就是所谓经典的三幕结构。虽然并非每部电视电影的结构都是如此，但大多数是这样。就我个人而言，我很推崇三幕结构，特别是在你开始写作的时候更应该使用。我认为它很容易理解，也很有效，而且它可以让写120页剧本这件事显得不那么可怕。

经典三幕结构极易理解，它分为以下几个部分：

- 第一幕（第1～30页）建置。把它看成故事的开端，定基调和节奏，介绍角色、他们的世界和目标。

- 第二幕（第31～90页）冲突。把它看成中间部分。这是故事的核心和灵魂。困境不断累积，不断升级。在你的主角达成他们设立的目标的道路上，出现一个又一个障碍。

- 第三幕（第91～120页）解决，或结尾。在这部分，你的故事得到解决。我们会发现谁赢谁输，还会隐约看到角色此后将会走向何方。

这里有几点值得指出。要注意第二幕的长度是第一幕和第三幕的两倍。如果说大部分编剧会在某个地方半途而废的话，那就是第二幕。你需要确保自己有足够丰富的故事、冲突和危机，能够吸引观众大概一个小时。如果你的第二幕比第一幕或第三幕短，或者和它们一样长，你需要把它看成一个"危险信号"了。另外，页数只是一个大概的估计。有些剧情片的剧本，尤其是喜剧页数会比较少，接近105页。如果你的剧情片剧本少于120页，没关系，但是不要多于120页。我知道你在想什么：很多电影的时长超过2小时，比如史蒂文·斯皮尔伯格的电影，还有奥利弗·斯通的那些史诗级电影。我尽量客气地说吧：你还不是奥利弗·斯通或史蒂文·斯皮尔伯格，在没有那么大的名气之前，至少要按规则行事。还有，如果你希望你的剧情片可以兼作电视电影，那它的页数就不能太多。你还必须考虑幕间休息，它们也会占去你剧本的部分时间。

经典的三幕结构有"转折点"（也被称为"情节点"）。一个转折点就是一个让行动转向的事件。你的故事原本在朝一个方向发展，这时候有件事情发生，改变了故事的走向，开始朝着另一方向发展。一部剧本里可能会有很多转折点，但是在经典的三幕结构中，有两个地方必须要有转折点：第一个是第一幕的结尾，也就是大概在第25～30页的地方。这个转折点把我们从第一幕带到第二幕；第二个重要的转折点出现在第二幕的结尾，大概在第90页处。第二个转折点可以看作是结尾部分的开始。它带我们离开第二幕，进入第三幕，在这一部分事件将得到解决。一旦我们进入第三幕，一切就发生得更快了，因为故事的动力在推动我们走向终点。

看电影的时候，你要有意识地辨别三幕结构的存在。一旦理解了它，你就会很容易看出来。正如我说过的那样，它是一个很好的、简洁的方式，可以帮助新手编剧尝试剧情片的写作而不至于迷失方向。

第六部分

角色

——— 第17章 ———

创造复杂的、令人信服的角色

毫无疑问，一切故事最重要的组成部分就是角色。角色是推动故事前进的力量，他们吸引观众观看。没有有趣的、鲜明的角色，你的故事就行不通，因为观众不会关心它。因此，你必须创造"多向度角色"。多向度角色即有很多层次的角色，他们如大部分人一样也有缺陷和弱点，并不完美。有时这些缺陷和弱点会使他们误入歧途、陷入困境，然而也使他们的故事引起我们的共鸣。

> "动态角色是指通过一个计划并采取行动来推动剧情的角色。你需要问问自己'这个角色想要什么？''他们要做什么才能得到它？'" —— 李·阿隆索恩，艾美奖提名，《好汉两个半》联合创作者、执行制片人，《生活大爆炸》执行制片人

角色的三个层次

要想创造出复杂的多向度角色，你需要深入挖掘角色的内心和灵魂。要问自己："角色的计划是什么？观点是什么？"要想创造一个令人信服的角色，你需要界定3个重要的层次：

1. 公开人格：角色在公开场合的"面具"。他/她在有其他人在场的时候是如何行动与反应的？
2. 私密人格：当没有别人的时候，他/她是如何思考和感受的？很常见的情况是，私密人格与公开人格是冲突的或是形成鲜明对比的。这会创造出其自身内心的斗争，是角色有趣而鲜明的来源。
3. 未被意识到的人格：是角色在最核心处的真实面貌。有些发生于其内心深处，可能就连角色本人都没有意识到。

什么是背景故事

我们每个人都有背景故事。它包括从你出生那一刻起（或者你还可以溯源更远）到现在发生过的一切。每个人的背景故事各不相同。背景故事塑造了我们，让我们成为了今天的我们。

角色也有背景故事。在登上屏幕之前，他们身边发生的一切都构成了他们的背景故事。作为编剧，你要明白你的角色的背景故事的错综复杂之处，这很重要，因为他们过去发生的一切，直接决定了他们现在是什么样的人，背景故事造就了他们的人生观。举例来说，生于城市贫民区、大部分时间忍受饥饿的人与从小在城市富裕家庭长大的人相比，看待世界的方式肯定是非常不同的。背景故事可以塑造角色的人生观。

背景故事是非常复杂的。有一些日常发生的现实会影响角色的观点。这些是相对较小的因素，此外还有一些改变人生的重大事件，足以改变和影响角色的人生。例如，被收养的角色可能曾经被抛弃，父母被谋杀的角色可能在心底埋有愤怒情绪，小时候因肥胖经常被刁难的角色在长大后可能依然会有自卑感。

在创造角色的时候，了解角色过去的日常琐事是很重要的。但是，真正定义一个角色的是更重大的、改变其人生的事件。有时，就像在现实生活中一样，角色自己并没有意识到过去发生的事情是如何间接影响了他们对某些情况的反应。

基于真实人物的角色

如果以某个认识的人为基础创造角色，那最好了，写作时更容易捕捉到该角色的性格和观点。你能够凭直觉知道角色在特定情况下的反应。另一个好处是，如果这个人足够有趣（我假设他/她是有趣的，否则你不会创造这个角色），他/她所做的事或发生在他/她身上的事，是可以为你提供一个故事的宝藏，可以让你以之为基础进行创作。

拉里·大卫是我最喜欢的一位节目运营官，最近他访问了爱默生学院，并就他在电视行业的成功进行了一次非正式发言。我很惊讶地听到他说《宋飞正传》中有多少角色是基于他认识的人创造的，就连臭名昭著的反派角色也确有其人。在谈到《宋飞正传》和《消消气》这两部剧的一些剧集时，大卫总是会反复陈述一个事实：这些剧集中有太多故事植根于现实生活中的人物和情景。

如果你觉得以自己认识的人为基础创造角色有难度，请不要害怕加入你的想象力和反转。你以真实人物作为起点，从那里开始构建你的人物。

最好的角色不一定是人类

你所写的角色不一定是人类。事实上，在影视作品中有许多精彩角色并不是人类。创造好的非人类角色的关键就是赋予其人类的品质和特点，这样观众就可以和它们产生认同感。最好的非人类角色非"E.T."莫属。影片编剧梅丽莎·马西森让我们从一开始就爱上了这个丑陋的小个子外星人。当宇宙飞船爆炸，留下可怜的"E.T."独自在一无所知的星球上自生自灭，看到这一幕，谁能不为他心痛？谁能不同情他呢？他总是想"打电话回家"，这一点让我们不断地想起相同的感受。当"E.T."慢慢发现了一些地球上的好东西，比如啤酒和锐滋巧克力时，谁又不暗自觉得好笑呢？尽管外星人来自遥远的星系，但我们和他有很多共同之处。这就是这个角色能够立得住的原因。

> "在情景喜剧里创作非人类角色的唯一方式，就是把该角色当作一个人。他们有自己的声音，必须与剧中其他角色同等对待。有时候'不是人类'这一点——比如《家有阿福》（Alf）中的阿福，能赋予角色更独有的特征和声音，让它比更容易被创作。创作一个非人类角色，其实就是一个写得更有趣的'人'。"——阿德里安娜·阿姆斯特朗，《家有阿福》编剧

在电视历史上，我最喜欢的非人类角色是赫尔曼·芒斯特（Herman Munster）。赫尔曼这个角色能立得住，是因为他的内心与外表截然相反。他体型巨大，面孔吓人，但其实非常和蔼可亲。他友好、善良，会被自己讲的不好笑的笑话逗得开怀大笑。他有一种孩子般的单纯，他有时候也会像小孩子一样发脾气。赫尔曼天真的不可思议，他完全不懂人们对他的反应。当陌生人为了避开他而撞到墙壁或迅速跳出窗户时，他总是感到困惑不解。这一切都使他惹人喜爱。赫尔曼这个角色表面看似简单，其实却是多面的、相当复杂的。我认为他是迄今为止电视历史上刻画的最出色的非人类角色之一。

我认为令人印象深刻的非人角色有：Ed先生、哈利［出自《大脚哈利》（Harry and the Hendersons）］、阿福、艾迪犬（出自《欢乐一家亲》），还有《迷失太空》（Lost in Space）中的机器人。

儿童电视领域也是如此。比如，在《芝麻街》（Sesame Street）中你就可以找到爱发牢骚的奥斯卡、艾摩、甜饼怪，当然还有大鸟。

在创造非人类角色时，你应该像对待人类一样对待他们。为他们提供一个可变化的过程，以及明确的目标和愿望。如果给予这些角色明确的观点，让他们与观众产生共鸣，赋予他们人类的性格特征，他们就会非常讨人喜欢。

现在，除了在儿童电视节目中出现外，这些角色在电视上出现的不多，但是这不意味着将来不会更多。重申一下：电视节目自有其循环规律。只需要在黄金时段有一个非人类角色出现，这类角色就会成为这段时间的热门。

要让观众喜欢你的多个角色

我经常读到一些充斥着可鄙人物的剧本，剧本中一个接一个不讨人喜欢的、几乎没有

什么可取之处的角色出现。我总在心中暗想，这样写有什么意义？

> "至少应有一个你深深关心的角色，你对他/她的情感命运是投入的。影片中应有许多积极元素，人们看电视和看书的方式是十分不同的。一旦他们把一本书看了15页，20页，往往就会坚持看完。但在看电视的时候，如果他们对故事中任何一个人都提不起兴趣，就特别容易放弃。"——奥斯卡奖提名，艾美奖得主，皮博迪奖得主，丽贝卡·伊顿，《唐顿庄园》《杰作剧场》《浮城迷事》执行制片人

写剧本的时候，一定要写一些观众支持、至少可以产生感情认同的角色，这是很重要的。如果观众不喜欢你剧本中的任何一个人，他们就会对这个故事产生抗拒。如果他们不喜欢你的故事，一切就结束了。这不是说你不能写黑暗的角色。可以写，但你需要赋予他们一些观众能够与其产生共鸣的特质。

近年来，出现了一系列较为成功的剧，这些剧的主角都是——怎么讲呢——坏家伙。比如托尼·瑟普拉诺（《黑道家族》），他做了许多坏事，是个犯罪头目，听起来谁都不会喜欢他，但是每个观众都喜欢他。为什么？因为他有很感性的一面。他所做的事或许是大坏事，但是在生活中，他是一个很爱家的男人。他一直在看心理医生，想让自己的生活继续下去，这让他显得很脆弱……但这对于角色塑造来说是好事。再比如连环杀手戴克斯特·摩根（《嗜血法医》），戴克斯特并不是典型的连环杀手，他只瞄准罪人——那些犯下了你能想象的最凶残罪行之人。德克斯特知道，除了他没人会除掉这些人。于是他把"为世间除恶"视为自己的使命。这是一种扭曲的正义感，但让作为观众的我们感到敬佩。在内心深处——也许不愿承认，我们很高兴看到戴克斯特给这些恶人应得的惩罚。沃尔特·怀特（《绝命毒师》）又如何？他从一个高中化学老师变成了毒品制造者。虽然应该受到社会的鄙视，但观众爱他。也许因为他是在被诊断出患有癌症后，才开始犯错；也许是因为他有妻子、女儿和一个患有脑瘫的儿子，沃尔特想让家人在他去世后能够衣食无忧……这听起来都是令人同情的，不是吗？难道我们以沃尔特的绝境来做换位思考：如果生活那样对待我们，我们会不会做出同样的选择？如果你想写一个反面英雄的主人公，就必须给这个角色的行为提供一个很好的理由。记住。如果托尼·瑟普拉诺只是个匪徒，戴克斯特·摩根只是个连环杀手，沃尔特·怀特只是个毒贩，一定没人会喜欢他们。

创造持有对立观点的角色

写剧本的时候，你必须创造一些持有对立观点的角色。这可以制造冲突，无论是喜剧还是剧情剧都需要冲突来驱动。

在历史上，《全家福》的剧本写得最为经典。剧中每个角色都有血有肉。他们在内心深处彼此相爱、互相关心，却持有截然不同的观点，且并不害怕表达出来。

一些最有趣的场景发生在阿奇和"木瓜脑袋"之间。原因是阿奇和"木瓜脑袋"是完全相反的两极。我们把两人的一些性格特质并排放在下表中：

阿奇	"木瓜脑袋"
"蓝领"	"白领"
未受良好教育	受过良好教育
激进	温和
努力工作	好吃懒做

两个人这样的对立特质还有很多。几乎可以肯定，这两个人的任何谈话都会导致冲突。他们不能谈论工作，不能谈论信仰，不能谈论政治。无论讨论什么，他们都会陷入激烈的分歧，最终演变为私人恩怨。

想象一下，如果我们把阿奇的这些性格，放到"木瓜脑袋"身上，他们之间的对话将变成什么样？阿奇谈到对一件事情的看法，"木瓜脑袋"表示赞同。在这个场景中，冲突何在？幽默何在？荡然无存，这两个人在分享完全相同的观点。因此，他们谈论的任何事情都不会太有趣。相反地，在阿奇和"木瓜脑袋"为了这件事争执不休时，他们的对话则生动得多。争论不断升级，最终演变为个人矛盾，在那一刻，阿奇失去了耐心，让"木瓜脑袋"去跳湖。

"主要原因在于萨米和阿奇·邦克之间的关系。这两个截然相反的人相遇了，最后以一吻结束。大致上有一种'我没事，你也没事'的感觉。作为观众，我们了解阿奇·邦克，知道他绝不会照萨米说的去做。如果我们认为他真的会那样做，我们会从他的窗户扔砖头进去。《电视指南》（*TV Guide*）明白这集的善良意图，因为它实现了一个重要的目标。"——艾美奖提名，比尔·达纳，《全家福》编剧，谈到《电视指南》为何把"萨米来访"（在该集中小萨米·戴维斯亲吻了阿奇·邦克）评为电视史上最优秀的剧集之一

让我们看看《消消气》，这也是一种很棒的电视剧。拉里（拉里·戴维饰）和他的妻子切瑞（切瑞·海恩斯饰）是一对"老少配"的夫妻。他们显然是相爱的，但是个性却有天壤之别。拉里是一个不擅社交、说话冷嘲热讽、古怪自私的富人；切瑞年轻很多，她性格外向、擅长社交，并深深地关心周围的世界。把他们放在一个看似简单的环境之中，就会产生一些电视上最经典、最有趣的喜剧效果。他们总是以不同方式出现，有不同的观点。

创作角色时，要确保他们对大部分事情都采取不同的观点，这样你就可以将冲突最大化，使这部剧情剧或喜剧的冲突升级。如果需要，画一张他们的性格特征图，这样你不仅

可以清楚地看到他们各自是什么样的人，而且可以看到他们如何与其他角色"对抗"。

> "好笑料是适合角色的笑料。当一个笑料行不通的时候总有人会说：'把它给另一个角色吧'……错！笑料是不可以随便换人的，因为你是在通过角色讲述故事。"——托德·J.格林沃尔德，《汉娜·蒙塔娜》（*Hannah Montana*）制片人，《少年魔法师》（*The Wizards of Waverly Place*）创作者、执行制片人

次要角色很重要

在将主要角色写得丰满的同时，在次要角色上多花些时间也是很重要的。刻画出色的次要角色真的可以让剧本或电视剧提升一个层次。尽管这种情况不很常见，但是次要角色也可以脱颖而出，成为一部剧的代名词。举例来说，费莱泽·凯尔恩一开始并不是《干杯！酒吧》（*Cheers*）中的常驻角色，而是在该剧开播几季后作为戴安的心理医生朋友加入剧中的。剩下的就是电视史上一段耳熟能详的故事了。

另一个例子是《欢乐时光》（*Happy Days*）里的亚瑟·方扎雷利。他是个穿着皮夹克、骑摩托车的叛逆青年，一开始他只是个小角色，在天才的亨利·温克勒的演绎下，"方兹"（方扎雷利的简称）这个角色迅速成为20世纪70年代人的偶像。不过，温克勒本人可能会告诉你，他得到了一些帮助。该剧的创作者加里·马歇尔坚持没有把这个形象塑造成20世纪50年代经常出现的那种流氓形象。事实上，经过马歇尔的深入挖掘，温克勒成为他创造出一个非常两极的人物形象：他既是个"超人"，又非常容易接近。方兹是个高中辍学生，但充满了"街头智慧"。他打一个响指就可以招来许多追随者；转转胳膊肘，就可以启动自动点唱机；他可能是密尔沃基最酷的人，但一个人过圣诞节的时候他却倍感痛苦；他会在转瞬之间从极恶变得极弱。表面上看，这些特征多是互相矛盾的，但当它们拼凑在一个人身上时却显得特别合适。马歇尔和其他编剧如果没有如此深入探究人物，而只流于显见的表面，那么方兹可能就不会成为20世纪70年代甚至至今仍家喻户晓的名字，《欢乐时光》这部剧可能也不会如此受欢迎。

> "他有很多面……他很酷，但是当脱掉外壳之后他是非常富有人性的。他关心自己的朋友，会因为没有父母这件事而心烦意乱，对自己的处境感到不自在。"——艾美奖最佳演员，亨利·温克勒，演员，谈"方兹"这个角色为何如此深受人们喜爱

你可能会认为，在试播剧剧本中为刻画次要角色多做一些努力，是一种事倍功半的做法。我不这么看。如果你希望你的剧本能带来一份工作，就要尽可能让它在各个方面都新

鲜、有趣。角色扮演对于助你成功有着重要的作用。每个角色，无论大小都很重要，除了常规演员外，也要确保有适合客串演员的角色，这样会让剧集变得有趣得多。

如何写好讨人喜欢的"怪咖"角色

在过去十年里，塑造"怪咖"角色已经变成一件寻常事。观众喜欢他们是因为他们有不同的行事方式和不可预料的行为，他们看待世界的方式与我们不同，因此这样的角色会让人感到新鲜而有原创性。主管和制片人喜欢他们，因为他们能够脱颖而出。想一想艾米·法勒·福勒（《生活大爆炸》）、艾比·舒托（《海军罪案调查处》）或拉里·戴维（《消消气》），这样的角色还有很多。

所以，你该如何创造那些具有某些特定怪癖的人物？你要先观察周围的人，不仅是家人和朋友（他们当然是很好的开端），无论去哪都要有意识地观察人们，包括饭馆、机场、图书馆等一切地方。聆听人们的谈话，你会得到丰富的信息。拿出笔记本，每次有什么让你觉得很特别的东西出现时，就把它记下来以供将来参考，不要指望自己能用脑子记住，因为根本记不住。到了要创造角色的时候，就拿出你的笔记来参考一下。将全部内容都翻阅一遍，试着把来自不同人的不同特质混合在一起，创造一个全新的人物。在创造角色的时候，试着与固化人物类型相反，比如"害怕动物的动物饲养员"就很有意思。

角色简历

在写作之前，你需要花些时间充实人物角色。你必须深入了解他们，这一点无论如何强调都不过分。他们必须在你的头脑里和心里"活"起来，他们日日夜夜和你谈话，你必须聆听他们想说什么。

> "寻找真实的情感。如果有，创造角色就不难，我理解那个过程。"——艾美奖最佳演员，亨利·温克勒，演员

很多编剧会坐在计算机前，写下所谓的"角色简历"。编剧在此时决定一个角色是什么样的，为什么是这样的。他们会定义角色的背景故事，包括一个角色从出生到与观众相遇时人生的所有重要细节。一个角色背景故事中的大部分细节并不会在荧幕上呈现出来，它们更多是用来帮助编剧发展角色和理解人物特点的。

"角色简历"是一种很好的方法，可以让我们理解人物是什么样的，是什么驱动着他/她前进以及个中原因。然而，我认为太过了解人物也存在风险。我曾见到一些编剧写了一本又一本笔记，里面充满了角色性格和行动的细枝末节。他们真的会花好几个月来充实每个人物，但大部分职业编剧不会这么做，他们会把角色的基调定下来，然后他们只会处

理那些足以界定一个角色的重大时刻。我见过许多新手编剧沉迷于了解一个角色的所有细节，以至于迟迟不能动笔写剧本。写作是一个发现之旅，在写作过程中，你会发现一些故事与角色自动契合。如果你事先敲定了一切，就无法敞开去写，无法接受人物发展过程中出现的新的可能性。

关于每个人物的19个问题

在此列出的19个问题，可以助你开始创造丰富而饱满的角色：

1. 外貌如何？（可能不会把它用在剧本里，但最好在脑子里先有一个形象）
2. 在哪里出生、长大？
3. 和家人的关系如何？
4. 家庭经济状况如何？
5. 重要的朋友是谁？（包括宠物）
6. 有什么内心斗争？
7. 有什么习惯？
8. 什么职业？
9. 有什么愿望和隐秘的欲望？
10. 是否有不可告人的秘密？
11. 是否有害怕和恐惧的情绪？
12. 有哪些才能？
13. 有何特性和怪癖？
14. 是否在担心什么？
15. 有无敌人？
16. 如果房子着火，他/她第一个抓起来一件东西是什么？
17. 有什么秘密武器？
18. 最喜欢的食物是什么？
19. 有什么曾对其人生产生巨大影响的重要事件？

创作每个角色时都试着回答这些问题，也可以增加一些你想到的问题。如果把这项工作做得足够充分，就能创造出一些有趣的、吸引人的角色，他们最终会"活"起来，在屏幕上获得自己的生命。

第七部分

儿童节目市场

———————— 第18章 ————————

儿童节目

儿童节目开发

> "为了做好节目，编剧们需要寻找各种与儿童相关的话题，这是观众的情感入口。不要为给孩子写作而写作，孩子们内心拒绝这种降低身段的写作姿态。儿童节目对于孩子们而言，应该是安全的避风港，至少要将性与暴力的镜头隔绝在外。它的挑战在于，如何在处理语言和内容限制的同时，写出聪明有趣的节目。"——艾美奖提名，马克·沃伦，《浪漫满屋》《天才魔女》《乔纳斯兄弟》《欢乐道场》执行制片人

在我的身边，不止一位编剧曾多次表达过，他/她要以创作儿童节目为职业目标，还将自己的最终目标锁定面向8~12岁之间的孩子播出的迪士尼和尼克国际儿童频道，因为这个年龄段正好处于充满焦虑和叛逆的青春期之前。几乎所有的编剧都会问我：什么样的剧本才能成为"敲门砖"，是随便挑一档最热的儿童节目写待售剧本，还是应该走试播剧本的路线？

现实总是与年轻人的梦想背道而驰，至少在我的周围，大多数儿童节目运营官本身就是非常优秀的喜剧编剧。他们中的大多数人都参加过主流节目，说实话，他们宁愿重返主流节目。然而，工作是工作，理想归理想，你必须找到适合自己的定位。

所以，对于前面的问题，我的回答是：两者均可。你可以考虑为黄金时段在播的电视节目写作，或者为有线电视频道中的试播剧写作。节目运营者永远愿意阅读好剧本，即使它的受众更倾向成年观众。我向你保证，大多数节目运营者并没有为迪士尼频道写过儿童剧本，但他们的工作却是每天围着儿童剧本转，对于一本包含着各种巧妙笑话的剧本，当然会欢喜备至。归结为一句话，请记住，在找经纪人之前，你需要准备两份成熟的待售剧本。因此，如果你坚定地想在儿童市场打拼一片天地，就要写两个儿童剧本，作为备份。它将向监制和制片人证明你有能力且了解这个年龄段，并且足够时尚，可以在这个领域写作。

在我们讨论具体元素之前，先要从伦理学角度讲几件事。很重要的一点是，儿童是非常敏感的人群，他们能感受到来自同龄人的压力，在未来的几年时间内这种压力会变得更大。编剧们必须要有一些责任感，避免让孩子们接触到他们这个年龄还没有准备好接受的东西。要知道，电视即力量。年纪尚幼的儿童没有多少鉴别能力，在他们面前不要写口无遮拦的脏话。电视节目应带给观众新鲜的观点和看法。此外，虽然儿童电视节目的观众群是8～12岁的未成年人，但他们是潜在的忠实观众，只是比别人年轻一点儿。小孩子总是想长大，哥哥姐姐们如果认为一部电视剧很酷，孩子们很可能会一起看。基于此，我一直认为父母应该学会引导孩子们选择合适的电视节目。

到此时为止，你可以大大地松一口气——再也不必写一堆无聊、古板的角色。例如写这样一个节目，其中一个小孩子不喜欢科学课，有许多儿童都会与这个角色产生共情，因为他们也不喜欢科学课，但这并不是鼓励大家远离科学，而是要求编剧们真正关注儿童，把他们当成真实的个体，这才是一名编剧应该做的事情。你笔下的角色对他们而言是真实的，才能具有吸引力。选择塑造一个不喜欢某一科目的孩子或塑造一个毒贩的孩子，二者之间的区别是巨大的，这个道理你肯定明白。

如果你想写一部在播儿童节目的剧本，方法与其他节目一样——研究节目本身，想出一个故事创意，写出大纲，等等。但是，如果你想写一部儿童节目的试播剧本，让我们接下来看看这档节目中重要的元素有哪些吧！

前提

儿童节目的创意一定要直达孩子们内心深处的理想与愿望。例如，《汉娜•蒙塔娜》的主角——汉娜。表面上，汉娜是一个普通孩子，有朋友，平日里正常去上学。但她还有一个秘密：她还有另一个身份——歌星，她过着双重生活。哪个孩子不曾有过歌星梦？这个节目与儿童心理非常契合，尽管这并不一定是现实。结果是孩子们争先恐后地付费去看这档节目。《少年魔法师》也是这样，围绕着"三兄妹到底谁是巫师"而展开故事。再说一遍，故事本身并非必须建立在现实的基础上，但绝对要顺应孩子幻想中的生活：作为巫师、拥有超能力是不是很酷呢？因此，找到一个简单但又容易使人产生联想的前提，即使它只是进入孩子们幻想世界的一个引子。

> "除了出色的写作技能、优秀的人物和故事，还有两点非常重要：关联和梦想。关联：要让观众愿意了解角色，并与角色一起成长；梦想：孩子们喜欢的事情就是梦想。"——艾美奖得主，托德•J. 格林沃尔德，《汉娜•蒙塔娜》制片人，《少年魔法师：如何成就一部优秀的儿童节目》主创与执行制片人

关于人物

需要着重陈述一下的是，儿童节目需要儿童人物。这并不是指不可以有成年人，而是只需确保故事围绕儿童展开。《爱卡莉》（*iCarly*）就是一个完美的例子。故事的主人公卡莉·谢伊是一个十几岁的孩子，她和朋友们在阁楼上制作关于自己和朋友们所经历的一些趣事的网络视频。

儿童人物的撰写需要做一些调查研究，与这个年纪的孩子们真正相处过，才能找到他们关心什么，喜欢什么，讨厌什么，有哪些娱乐方式，有哪些可信任的朋友……注意：无论哪部儿童节目，主角通常都会有一个"死党"。主角可能是一个普通、平凡的孩子，与现实中的大多数孩子一样，但他的小伙伴总是很有趣，大胆而古怪。说到这一点，千万别忘记给你笔下的人物添上一些缺点和怪癖，孩子们喜欢这一点。关键是，这些缺点和怪癖要让孩子们感到真实，还要有趣。其他比较典型的角色类型有主角迷恋某个人，或者某人（通常令人相当讨厌）迷恋着主角。

也可以就具体的问题做些调查，问问孩子们最喜欢的节目有哪些，最喜欢哪些角色，以及喜爱的原因。听听他们的答案将为创造人物提供极大的帮助。此外，如果你已有一个节目创意，也可以和孩子们聊聊，他们的反馈通常令人大吃一惊，也可能会让你灵机一动，想到一个你从未想过的角色。不要小瞧他们，要知道他们才是核心观众，他们的反馈是无价之宝。举例来看，我正在制作一部儿童动画片，目前正为一个故事元素所困。于是就向朋友12岁的女儿求助，她很快想出了完美的解决办法，一下子就解决了我的难题，令人喜出望外。"求助于这位小天使真是太幸运了，否则我此刻还在苦思冥想呢！"

儿童对话

写对话时，要对一件事心中有数，就是儿童说起话要像儿童。经常在读儿童节目剧本时，人物对话成年化。大错特错！儿童对话必须像镜子一样，反映他们平时生活的真实状态。不要一副高高在上的样子，他们会在一瞬间发现这一点，然后迅速抛弃你和你的剧。记住，儿童也是独立的个体，创作对话时一定要明确这一点：不要太爱说教。要明白，儿童每天有大量的时间被父母、老师们教训，他们时常被告诫什么该做，什么不该做。闲暇时间坐下来看电视时，他们只想放松心情，娱乐一下而已。

击中笑点

笑话不一定需要深思熟虑，只要有趣、能引起共鸣即可，但是必须是10岁孩子认为有趣才可以。可能在大多数情况下，成年人并不认为这些笑话有趣。

> "为孩子写作，笑料要简单且有感染力。可以写青春痘的笑话，但叙事结构是一样的。"——艾美奖得主，托德·J. 格林沃尔德，《汉娜·蒙塔娜》制片人，《少年魔法师》主创与执行制片人

儿童节目清单

- 前提是否与儿童的生活相关？
- 前提是否回避了毒品、性和暴力之类对儿童可能有负面影响的因素？
- 人物是否与孩子们有关联？
- 对话是否紧跟孩子的潮流，而不是大人角度的说教？
- 笑话是否令孩子们感觉有趣？

第八部分

对话

第19章

对话写作：在纸上跳舞

很大程度上，对话是推动剧本不断前进的原动力，这也是行业内众所周知的。以我阅读不计其数的剧本的经验也可以证明，大多数人会跳过动作描述。如果这些描述太多，它们将被人忽略。讲述故事需要将人物和对话相结合。因此，你的对话必须清晰而有节奏。前后矛盾的对话只会令阅读者迷惑，可能会让他们跳出故事和剧本所营造的氛围。

最重要的：对话来自人物

关于对话，最重要的一点是它必须源于人物。制作人常常最先通过剧本来评估编剧是否抓住了角色的语言特点。这也是我一直以来喋喋不休地向大家强调要研究所写的节目的原因所在。你必须知道他或她是谁，才能够化身为他或她。你必须了解他或她的语言模式，才能以他或她独有的语言风格进行对话。例如，在《摩登家庭》中，海莉和亚历克斯是姐妹，但她们的性格一点儿都不像。她们的对话永远不可能互换，因为那完全是从两个不同的角度看待世界。没有任何人物的语言是一样的，因为世界上没有两个完全一样的人。如果你在写《摩登家庭》的剧本，你写了一行对话，既可以由海莉讲，也可以由亚历克斯讲，那它将会是一个十分危险的信号。所有的对话都要个性鲜明。

另一点需要注意的是，不要让自己的语言介入对话。我们都有自己独特的说话方式，都有最喜欢的词或经常使用的短语。写作时要记住，要用角色的方式来说话，而非你的方式。如果你最喜欢的词是"了不起""太棒了"，它适合某个角色的说话风格，那可以用这类字眼。但如果你在为《唐顿庄园》写一集剧本，想想从罗伯特·克劳利口中说出"了不起"这个词时的情形，该是多么荒谬。如果你用自己的方式而非特定角色的方式来写对话，当制片人读你的剧本时，马上会认定你不是一个好编剧，因为你没有抓到角色的语言特征。我读过很多由熟悉的编剧所撰写的剧本，在阅读过程中，人物对话的背后总能感受到编剧自己的讲话风格。这并不是一个好习惯。

如果待售剧本应该遵守以上规范，那么试播剧更是如此。不同之处在于，试播剧集的编剧或主创有额外的责任去塑造人物特点，并找到他们独特的语言。虽然不必花时间来研究剧中人物角色和他们已经确立的表演风格，但必须要努力地撰写特定角色的对话，将其语言风格贯穿整个剧本。如果语言前后不一致，或者东一句西一句不成体系，那么经纪人、监制或制片人可能会认为这个角色不够充实。没有充实角色的试播剧集，可能面临着下线。

对话就像打乒乓球

可以把对话想象成一场乒乓球比赛，你的目光随着球来来回回移动。写对话的场景和节奏是一样的，有来有回。除非有人在讲故事或演讲，否则对话通常不能是大段的独白。

平时你可以试着倾听人们聊天的节奏，在不太显眼的公共场所，比如海滩或咖啡馆，听听人们之间的交流是如何进行的。剧本的对话就应该这样来写。

翻阅任何一本电视剧本，仔细观察大部分对话段落的长短，就能够准确地理解我的意思。它们越短小，读起来感觉就越好。对话段落应该不超过一至四句，这并不是指在剧本中不存在大段对话，有时大段对话是无法避免的。但是，如果整个剧本都是大段对话，就需要回过头来进行删剪，使它更具有对话性。删减时去掉无关的词语，使它们读起来更轻快，让人物用尽量少的词语来表达，效果会更好。

提炼人物口头禅

在许多节目中，都有一些属于人物角色的口头禅，当我们听到这些词或短语时，立即就会联想起某个特定的人物。《生活大爆炸》中谢尔顿·库珀的"逗你玩"（bazinga）就是一个极好的例子。这个词已经成为谢尔顿角色的标志，华纳兄弟公司甚至将其注册为商标。为已有的节目撰编剧本时，角色对话中可以使用这些口头禅。事实上，你应该学会使用它，这一点足以向制片人证明你对节目的了解和对角色的熟悉程度。当然也不要过度使用，一集节目里写太多的"逗你玩"会让观众很疲惫。

多样性对话

值得庆幸的是，如今电视节目众多，角色也多种多样。根据角色编写对话的过程可能会有趣得多，如果你没有与人物相同的生活背景、人生经验以及性格，写起来还是有一定挑战性的。不过，需要提醒一下，过多地使用"俚语"，来给对话加料的做法是欠妥的。因为有可能会被误以为是虚假的迎合，这样反而会令对话减分。请牢记一点，你写的是一个人物角色，而非一种刻板的印象。

> "重要的是，你不是在写一个群体，而是在写一个独特的人物，一个个体。无论你创造的角色性格是单一的还是多元的，目标都是一样的。他们有血有肉，而你渴望了解他们的内心。当我为不同族裔人群写作时，总是更多地关注共性而非差异，个体的内心追求通常是相通的，可以适用于不同族裔、年龄甚至性别。"——曼尼·巴萨尼斯，《史蒂夫·哈维秀》联合执行制片人，《韦恩斯兄弟》联合制片人

如果遇到问题，我的建议是可以找同族裔的人写一段，做个比较。很明显，他并不能代表他们族裔中的每一位，只可能会依照他们的生活经验告知你，如何更好地表达。请仔细倾听他们的对话，有不明白之处，及时讨教。这样，可以大大提升撰写人物对话的水平。

对话的职业风格

当剧本的某个角色是特定职业时，要撰写特定于角色的对话，同时也要展现出该领域人群的交谈特色。例如写司法人员，就必须在对话中加入职业术语，警察一般不会用长篇大论、语法严密的句子来讲话。从职业上来看，他们没有这种时间，因为他们的主要职责是抓捕罪犯，所以他们讲话简单扼要，有时甚至会出现缩写单词。例如，"犯罪嫌疑人"（perpetrator）经常简化为"嫌犯"（perp）。医生和律师的习惯也是如此。他们都有一套职业的说话方式。写作时必须包含这种职业术语，方显真实。

粗口和俚语

妈妈可能告诉过我们，不许讲脏话！但我可以很高兴地通知大家，在人物对话中用上一点脏话是完全可以被接受的，只要这个词符合某个特定角色身份。显然，有些词和短语可以在有线电视节目中使用，但同样的词和短语在公共频道却属于限制范围。因此，你要对写作节目和观众有着非常清醒的认知。还要记住一点，在一些电视系列剧中，诅咒也是被允许的。当然多数情况下，编剧们并不想让自己笔下的人物总是说脏话，那将很容易令人厌倦，也会降低对话的质量。那么如何写出个性分明的人物和巧妙流畅的对白呢？秘诀在于让人物讲一些有趣的事情。

日常会话中，大多数人都不会一字一顿地说话，句子的语法也不一定完全正确。因此，在人物对白中使用俚语是可以的，只要它与角色的身份相匹配，并且是剧本语境所需要的，可以坚持这个习惯。但是经常会看到的一种错误是人物在某次演讲中使用俚语，而在下一篇演讲中该人物使用了非常正式的英语，基本属于英国女王演讲水平的那种风格。前后不一致的讲话风格显然不是同一个角色讲话的方式。人物的语言风格通常是一致的，要么讲一口地道的英语，要么满口俚语脏话，二者不可兼得。

大白话：错！

要避免的另一个陷阱是对白过于直接，像白开水一样索然无味。无论"真相"是什么，通常人们都不会脱口而出。假设一个女人认为丈夫有外遇，当丈夫一进门，妻子不会直接说"我觉得你有外遇了"，而是可能会更谨慎和含蓄一些，类似下面这种对话。

妻子：你去哪儿了？现在都半夜了。

丈夫：我告诉过你，我在办公室。

妻子：为什么不接手机呢？

丈夫：没听见。

妻子：我打了二十多次电话。

丈夫：我说过，我很忙。

妻子：我猜你也在忙。

表面上看妻子在说一件事，实际上她的话另有深意，这就是所谓的潜台词。妻子的意思是，她认为丈夫对她不忠。好的剧本总是包含着潜台词，它增加了人物实际表达内容的深层含义，从而使对话更加深入和有趣。因此写对话的时候，一定要寻找潜台词，这一点会使剧本大大增色。你会经常发现，角色在字里行间的话才是最重要的。如果潜台词写得很好，那自然比直截了当的对话更有趣。

当心称呼

写作时不要过度使用人物姓名。现实生活中每当人们交谈时，不会在每句话的开头或结尾都经常提到对方姓名。整个剧本中正确使用人物称呼，偶尔提到姓名，听起来会更自然，只有两个人在现场时尤其不要直呼其名。

保持对话的原动力

观众定期观看电视节目时，他们唯一能看到的就是屏幕上的内容，没有人会在家里随时捧着剧本当作观看指南。所以，避免使用动作描述向观众们介绍场景背景，因为任何信息都必须通过人物对话或者角色的动作来实现。例如，如果有一位名为鲍勃的人物，他已经在商店里待了两个小时。如果用动作描述来写剧本，是这样的："鲍勃沮丧地从大门进来，背着一包食物。他在超市里已经待了两个小时。"而这样的信息本该由对话来体现，让鲍勃"像风一样穿过大门"，然后对妻子说："今天，我足足花了两个小时，才买全野餐所需的食物。"看到不同之处了吗？人物和故事通过对话来呈现更顺畅。

为何不能用对话来揭示背景故事

也许编剧面临的最困难的挑战就是，他们需要向观众提供一些信息，但这些信息正好不适合由当前的对话来表现。当你试图在一个场景或谈话中插入背景故事，而它与场景或对话又并不匹配，那它的存在就会像一只受伤的拇指一样显眼。这听起来似乎很勉强，强加于剧本的内容，本来就不会顺畅。此时，你需要停下来，回过头来浏览整个剧本，努力地找到一个地方，可以以一种更自然的方式揭示这些信息，以一种对人物、故事和剧本都更有感觉的方式。

关于手机的建议

现代人对智能手机十分依赖，所以电视中的人物使用手机与别人联络的场景也很自然。话虽如此，长时间的电话交谈会像独白一样，即使我们通过镜头切换能看到通话的双方。十之八九，角色分别在不同地点，他们所谈论的内容中戏剧或喜剧成分会明显减少。屏幕上，镜头变成了会说话的头像。问题出现了，这样的镜头在视觉上很枯燥。只要有可能，把人物带入同一个房间，让他们当面唇枪舌剑。我向你保证，同一物理空间中的对话将非常精彩，退一步而言，即使把人物带入同一个房间，我们也要让电话交谈变得更简短，也更亲切。

角色的特征是否相似

一旦初稿完成，你一定要大声地从头到尾地朗读剧本。从一个角色到另一个角色地仔细品味，每个人都与众不同吗？每个人都有属于自己的、独特的语言习惯吗？

极有可能的情况是，初稿读完后，其中某些角色的一些对话听起来惊人的相似。这是一个危险信号！对话不能随机分配给任何一个的角色。此时此刻，一定需要逐行检查剧本，纠正这些错误。如果你在为现有的节目撰写待售剧本，最好去查看该节目最近的几集。如果你在写试播剧本，显然这样的对话也不能通过。不管怎样，关键在于关注角色的特征。通读剧本，抽出每一个特定人物的对话，进行相应修改。一般情况下，如果你的脑子还没乱成一团的话，这种方法更有可能使你保持在正确的写作轨道上。一个角色的对白修改完成后，再将其他每一个角色照此方法修改。最后，从头再读剧本，很可能会有很大改观。

对白写作清单

- 对白的角色独特吗？
- 是否取消大段对话，人物是否只是在你一句、我一句地交谈着？
- 如果合适的话，对白是否编入了人物口头禅？
- 如果合适的话，对白是否使用了人物的特定职业语言（比如警察或医生）来进行交谈？
- 对白是否包含潜台词？
- 背景信息是否自然地插入了对白中？
- 是否大声朗读对白，并排除相似的人物对白？

第九部分

重写：不可避免的不幸

---------- 第20章 ----------

重写

> "你必须全神贯注。写作是一种时间承诺，会不断地推翻重来，而你永远不知道最终稿会是什么样。我们愿意，且非常愿意，在开拍之前的两天扔掉所有草稿。"——艾美奖得主，麦克斯·马奇尼克，《威尔和格蕾丝》联合主创和执行制片人

剧本初稿完成，祝贺你！太棒了，我为你骄傲，你也应该为自己而感到骄傲。写成初稿这件事本身就是一件巨大的工程。

现在，你可能已经做好准备把剧本分发出去，或者开始与经纪人、经理人联系，希望得到他们的代理。然而事实是，在发出剧本之前，你还有事要做。大多数职业编剧都懂得，写作中85%的工作是重写。那么你现在需要做的正是对剧本进行修改，使其上升一个层次。当然，这样的建议肯定会引起白眼，你会觉得剧本已经很完美，并不需要重写。我完全赞同，剧本很好，可是你没有考虑到，在当今竞争激烈的市场条件下，"好"是远远不够的，必须达到完美，或者尽可能地完美。同时我保证，一旦回看初稿，你就会发现一些可以改进之处。

个人化的"圆桌阅读会"

重写之前，先得到反馈再进行修改才是正道。一定不要请母亲、祖母或最喜欢的阿姨对剧本提建议。她们可能至今还保存着你的幼儿园画作，端正地挂在家中，把你比作毕加索呢！你所需要的反馈需要基于客观和诚实。完美的状况是，让行业内的朋友来提意见，他们懂得电视的运行规律，并且熟悉你所写的节目。或者去请教你的编剧朋友们，这一步将使你大大领先于同辈。

也许获得反馈最好、最简单的方法就是召集一次圆桌阅读会，逐字逐句地朗读你的剧本。当然你负责提供零食和饮料，其他人负责标注修改意见。我有几点建议供你参考：首先，不要提前为参会者提供剧本，要把他们当作制片或经纪人，请他们冷静客观地阅读剧本。其次，分发剧本，分配每个人负责哪个部分。你并不需要读哪一部分，甚至标注都不

需要。只需静静地听别人大声地朗读你的剧本，这样做绝对有用。听一听哪里不通顺，标识出来，可以修改；听一听哪里有拼写错误不通顺。如果是喜剧，那就数一下笑点，是否足够？有一些笑话没有达到效果？记下来，再修改。

当剧本从头到尾读过一遍之后，就到标注环节了，请大家开诚布公地讨论作品。如果听到负面的评价，不要难过。请记住，提出意见的人是需要勇气的。与其让经纪人或制片人在审读中提出这些意见，不如从你的"圆桌阅读会"得到反馈。讨论要以友好的氛围开始，任何相关问题都可以探讨。例如，哪里不确定或者哪里不清晰，都可以提出来，当然也可以咨询如何改进。虽然不必全部采纳这些建议，但请一定要认真地思考与斟酌。有时，当编剧刚写完一个剧本，他或她会像恋爱一样爱上当前的剧本，而对于写作而言，持有一种开放的态度，才意味着会有更多工作机会。如果剧本是喜剧，别忘记咨询是否有任何恰当、合适的笑料可以补充。不要担心，这不涉及剽窃，职业编剧们互相寻求帮助也是常态。

面对多方面的建议，有两件事情优先考量。首先，这一点非常重要，如果有人提出你的故事结构有问题，那么先要重新整理大纲，然后再静下心来进行重写的工作。但是很多编剧都不按这样的流程来做，认为自己可以边看边修改。然而不可避免的是，剧本改来改去却比原来更糟。其次，你要停下来，间隔一两天，仔细想想那些从心底里抗拒的修改意见。通常，在听到与你的想法相反的意见时，每个人都会本能地会选择放弃。而有时候，花一小段时间客观地思考一下，才会意识到它的价值所在，你会兴奋地接受这些建议，开始修改剧本。

> "找到那个令人魂牵梦绕的故事，那才是你最感兴趣的原创故事，才是能引起观众共鸣的故事。只有这样的故事才能提供源源不断的动力，包括草稿、重写、讨论、修改以及这些过程的不断轮回。"——奥斯卡奖提名，艾美奖得主，皮博迪奖得主，丽贝卡·伊顿，《唐顿庄园》《杰作剧场》、《浮城迷事》执行制片人

当修改成为常态

以我的经验来看，此时剧本中的某些部分一定是你的得意之作，看着它们，你就情不自禁地欣喜："哇！它们真的出自我的手笔吗？真是写得太棒了！"虽然成就感对于写作而言非常重要，但也不要陶醉于任何片断中，要学会放弃。写作的过程，就是不断地舍弃的过程，也是不断重写的过程。

职业编剧每天最重要的工作就是重写，这占去大量时间。在任何一个片场，即使到最后一分钟，编剧们都会在改剧本，以便演员们在现场有更通顺的台词来朗读。一旦成为专职编剧，每一天你都会被来自制片公司高管、电视频道高管、执行制片人等人的修改便签

所淹没。不管是否同意或者愿意，记下这些需要修改之处，然后融入剧本中，这是你的工作。当然你也可以坚持己见，这是你的权利，但要注意谨慎地选择表现权利的机会。如果每一行台词的修改你都不同意，大家会认为你"难以共事"，而这个"帽子"对于编剧来说绝对不是一件好事。麦当劳的例子可以拿来作为类比。在麦当劳做汉堡，会被要求添加某几种配料：番茄酱、芥末、洋葱或者泡菜。那么，假设你是麦当劳的员工，因为你只喜欢放番茄酱的汉堡，所以你告诉老板，你决定只做这样的汉堡。你认为这份工作能坚持多久呢？写作也是一样的道理。制片人与公司高管就是你的老板，按照他们的要求去做，完成他们所需要的产品，这是你的工作。通常这意味着要放弃那些你认为出色的内容。

最困难的事情在于这些修改便签来自不同人群，有时令人难以承受，有时相互冲突。对于编剧而言，最困难的事是在保持原作意图和剧本完整的基础上处理好这些修改便签，这需要不断地练习，重写剧本正是这样的开始。重写的美妙之处在于：一旦内容重做修改，一周之后，你甚至不会记得原文曾让你如何难以割舍。虽然很奇妙，但事实确是如此。

> "对于编剧而言，尊重他人与认真地倾听意见是非常重要的。即使善意的拒绝也会影响到节目。请记住，制片人并不是敌人，要对他们保持尊重。关键是以节目为重。越改越糟糕的节目是不可取的。相信我，倾听很关键，全神贯注然后第二天再回复。如果有可能，将这些修改意见做成笔记，它会使制片人意识到你非常重视他们的意见。"——苏珊·罗夫纳（Susan Rovner），华纳兄弟电视公司开发部执行副总裁

新人注意事项

未来将如何处置来自高管的修改意见呢？我不能一一告诉你解决方法，总体来看这取决于你如何优雅地迈过这道坎。当然，在这之前，我可以给你几条建议，使剧本看起来更出色。下面几条建议，并没有特定顺序，但这些都应该是在首次检查与修改剧本时，要格外注意的事项。

剧本长度——确保剧本在标准页数内，超出必须删减。没有人愿意读一本65页的喜剧剧本——不管它有多幽默，必须做出决定。剧本简短，一定可以更快地完成阅读，但是如果过于简短，则需要添加相应的内容——当然是添加故事而非对话。

多余词语——通读并删除所有不必要的词语。例如："乔哭了起来。"并不需要写"起来"，这是肯定的。

每个场景都有冲突——几乎每一个场景都应该被看作对某种分歧的争论。如果没有冲突，每个人都面带微笑地对每件事表示赞同，这样的场景很有可能是极其平淡的，那么剩

下的工作只有修改它。

不要喋喋不休——每一句对白都必须推动故事向前发展。新手编剧们通常认为，我们会通过角色之间的对话来了解人物。事实上，闲聊的唯一作用就是拖延故事的进展。如果一行对话没有用，删掉它。

拼写检查——只需在计算机上轻点一下，就是职业与业余的天壤之别。事实上：职业编剧不会交出带有拼写错误的潦草剧本。当然你也不应该这样。

角色语气——当你读剧本或者听别人大声朗读剧本的时候，听听角色的语气。它们前后一致吗？此外，如果你在写作一部在播节目而非试播节目，人物语气是否符合节目中的人物？这非常关键，许多经纪人和高管会专门确认剧本中人物的语气是否与节目中的相符。

简短而甜蜜的对白——翻翻剧本，看看是否有大段对话。偶尔有几处没有关系，但如果大部分对话都这样，必须删改。可以找原剧本作为对比，注意人物说话的节奏，它们通常只有一两句，就像在现实生活中一样，有来言也有去语。

动作动词——看看是否规避了被动语态。可以使用"查找"功能[1]，如果找到了，一定也要修改，这些动作动词是触及角色情绪状态的核心。

句子结构——大声朗读作品，如果听到一些以同样的方式开头的句子，比如"乔走进房间""乔坐在沙发上""乔把脚抬起来""乔读报纸"，这样的阅读会变得乏味。尤其涉及同一主题时，故事会变得异常枯燥。尝试着改变句子结构，会得到更好的阅读体验。

长句——高中英语不会用这样的句式，当然剧本中也不应该用。电视上的每句话都应该简短而温馨，要用尽量少的逗号进行断句。

不要重复场景说明——场景说明是"室内 厨房-白天"，就不必再描述"乔走进厨房"。毕竟我们已经在场景说明中了解到他走进厨房了，甚至不需要写"乔坐在厨房的桌子旁"。同样的道理，我们知道桌子位于厨房内，因为场景说明已经很明确地提示出这一点。所以要改为"乔走进来，坐下来"，而不是"乔走进厨房，坐在餐桌旁"。看出二者的不同了吧。

正确的格式——浏览剧本，确保格式正确。创作不符合行业规范的剧本是最不专业的行为。

说明——仔细检查对话。人物所说的内容是自然的，还是由于你——编剧——需要告诉观众些什么？如果对话有暗示的嫌疑，删掉它，换另一种方式来传达信息。

平淡的场景——把每一个场景放在显微镜之下，问问自己设置这个场景的目的是什么？如何推动故事向前发展？如果答案是否定的，删掉或者重写。

故事剪辑——通读剧本，仔细看看是否把所有故事都穿插在一起，同时确保没有因为过度重视其中一个，而忽略了另一个故事。

以上这些，只能帮助你完成剧本的第一步清理。现在，最难的部分来了。虽然完成了

1　原文中提示可以输入"is"和"are"进行英文剧本中的被动语态搜索，中文可以相应地搜索"被"字——译者注

第一次修改，你可能还需要做第二次、第三次。然后，把剧本搁置一周后，回头再看。还会有错，把它们清理干净，然后再从头到尾看一遍。要知道，剧本是你唯一的名片，必须做好。

> "对于待售剧本，最糟糕的就是作者不愿意花足够的时间去修改。我写过《人人都爱雷蒙德》，花了四五个月时间。我会随机打开一页，找找是否有足够好的笑料。如果没有，我就知道自己做得还不够好。"——艾美奖提名，鲍勃·戴利，《欢乐一家亲》制片总监，《绝望的主妇》执行制片人

第十部分

如何推销喜剧、情节剧与电视电影

第21章

推销要素

受高管或制片人邀请，为一部在播的电视剧、电视电影或试播剧提供创意，真的是一件令人兴奋的事情。这意味着你将以职业编剧的身份迈入娱乐圈，推销自己的想法。

这样的邀请会议有几种不同的方式。如果是一部在播的电视剧，你的目的是希望受雇写一集故事，那么制片人很可能已经看过你写的样本，邀请你来是想听到你的构思。同样的道理也适用于电视电影。而如果是试播节目，他们邀请你来一定已经读过你的作品，而且也了解你的编剧积分和作品履历。会议通常由经纪人或经理来组织。如果有特殊渠道，当然也可以自己安排会议。

在接下来的两章中，我将重点讨论在播节目和电视电影推介会上应该考虑的具体问题。后面的章节也会涉及试播剧的问题。不过在此之前先要了解如何推销。本章的技巧适用于任何电视广告。如果遵循这些原则，你将会有更多的机会腰缠万贯。

"最常见的错误就是没有'自己的理念'。很多时候，人们只对一个元素兴奋不已，却忽略了其他细节。如果一个警察能够与谋杀案受害者的鬼魂交谈，从而找到凶手，这个创意可能会让电视网总裁兴奋不已，但如果没有提供角色、人物关系和故事背景，这部剧就卖不出去。电视是一个讲究细节的行业，高大上的想法容易获得，而执行起来却并非易事。"——艾美奖提名，彼得·扬科夫斯基（Peter Jankowski），沃尔夫影业（Wolf Films）总裁、首席运营官，《法律与秩序：特殊受害者》和《芝加哥烈焰》（*Chicago Fire*）执行制片人

谁在会议室

如果是试播剧或电视电影的推介会，你很可能可以知道所有与会者的名字。如果是节目创意或在播节目的推介会，你至少应该了解一位即将会面的人物的名字。但也有这种情况，事先并不知道会遇到谁。在播节目都会有编剧参加，当然编剧们在最后一分钟被拉进来也是常有的事情。我和节目制作人都参加过一对一的推介会议，也曾受邀向整个编剧组推介节目。

别忘了谷歌

一旦得知与哪些人会面，绝不能盲目地走进会议室，之前一定要用谷歌检索他们的背景资料，尽可能多地提前了解他们，比如职业背景、作品等。这些信息的重要性在于，在大众娱乐行业，作为一名优秀的编剧需要特别外向的性格。想象一下，假设你从小在肯塔基州路易斯维尔的农场长大，暑假时到邱吉尔唐斯公司打工赚钱。正好此次会面的主管或制片人对赛马很感兴趣，同时也拥有几匹赛马，他每年都去肯塔基参加赛马大会。如果在开会前你不知道这些情况，根本不会提及有关内容，坦白地说，那简直是错失了一个大好机会。如果事先用谷歌检索一下这位制片人，会话场景就会变成这样：你走进门，在你开始介绍作品之前的几分钟介绍自己，随意地提起："对了，听说您喜欢赛马。我从小在路易斯维尔长大，每个暑假都会在丘吉尔唐斯公司工作一段时间……"是不是马上拉近了彼此的亲近感？客观地思考一下，这样的信息绝对很重要。如果此时的你与另一位编剧同时竞争这份工作，你认为谁更有优势？人与人之间的关系都是这样温暖而模糊的。所以，别忘记谷歌。找一些可以随意提起的话题来打破陌生人之间谈话的僵局，这并不难。比如他曾经写过一部你喜欢的节目，顺便提一下这个节目，如果他问起你怎么知道，直接讲："我在网上谷歌过您的信息，我总是习惯在与人见面之前做点小研究。"没有人会因此而生气，你也不必害怕，恰恰相反，他们会认为你既聪明又稳妥，同时也会对这份用心心怀感动。

提前到达

如果你常常迟到，那么我要给你的忠告是，准时到场非常重要，实际上，要比约定时间更早一些出现。

迟到总会给人以压力，争分夺秒地赶着去开会，尤其是决定职业生涯的重要会议，必定会让人血压飙升。这样的状况下，紧张不安的情绪也会伴随着会议始终，那么可以预见到，成功的可能性也会降低。前文提到过，高管和制片人都非常忙碌，他们没时间坐下来等你。虽然表面不说，其实在内心深处，他们会因为你的迟到而感觉浪费了宝贵的时间，并因此而不满。不管如何，迟到是非常不专业的行为。

因此预留20～30分钟避免迟到，毕竟加利福尼亚州的交通拥挤不堪且不可预测。更何况制片公司或电视网都会有警卫室，通常情况下，警卫室门口会排起长队，轮流确认身份。然后，警卫在门口递给你一张地图，指引会议室方向。制片公司房间甚多，有时很容易迷路。另外停车也会消耗宝贵的时间。所以10点58分到达会议室门口，准备出席11点的会议，这种想法实在不可取。换个角度来看，如果早一点到达，你就多有一点时间了解情况，大多数制片公司和电视网络的室外都备有长椅，你可以喝杯咖啡，放松一下。趁此机会，再回顾一次剧本，为这次见面做足心理准备。

如果确实要晚到，我的建议是提前打电话通知会议办公室，让助理得知你正在赶时间，告诉她预计什么时候会到达。这个借口尽量少使用，但相信我，"堵在路上"总比

"没起床"要好得多。

衣着得体

作品推销的会议并不十分正式，因此你可以选择舒适一些的衣着。当然也别忘记，这是一次面试，你正在申请一个编剧职位。故而，远离牛仔裤、短裤、带有标语的T恤。如果恰巧在座的制片人不同意这个标语所表达的内容，那它就有可能代替你的作品而成为会议争论的焦点。

如何着装才得体呢？要穿得像一名编剧，给制片人留下这样的印象：勤奋努力的你，刚刚创作完成一部伟大的剧本，来这里与制片人见面。那么，别穿商务套装，它们是为公司高管量身定做的，并不适合职业编剧。具体来看，男士们建议穿着休闲衬衫搭配得体的裤子，女士们可以穿衬衫搭配长裤或裙子。提醒女士们注意：不要穿太短的上衣或太短的裙子，毕竟到这里来是为了推销创意，而非展示性感。

不断练习

对自己的创意内化于心，随时可以顺畅自如地表达它，就像给朋友讲发生在你身边的故事一样自然，这一点至关重要。而这种顺畅与轻松则需要反复练习。仅仅写下来远远不够，还要大声地讲出来。要知道，在纸上写故事和在口头上讲故事，二者是有很大区别的。不相信我吗？我来证明给你看。

举个例子，找到你最喜欢的一集电视节目，随机找一个人，讲述节目中的故事。你一定感慨这种口头讲述比想象中困难得多。

那么找朋友来实践一下吧！试试看，讲得通顺还是越来越迷惑？或者更糟的是，你的朋友是不是也有点迷惑？如果是这样，这可能表明你还需多多练习。

与朋友们演练完成后，继续自己练习。走在大街上，睡觉前，洗澡时，都可以反复地练习你的推销词。当然还可以站在镜子前，向自己推销。有些编剧更进一步，给自己拍一段视频。关键在于，要看到你推销时的模样，注意动作细节。紧张得浑身发抖？手舞足蹈地讲述故事？这些动作都会分散听者的注意力。请在固定的位置，平静而放松地练习。请记住，要努力保持自信，你面对的听者不仅准备购买你的创意，他们也会聘请你为他们工作，所以，要由内而外充满自信。

> "编剧们常犯的错误在于讲话没有威严感，没有激情。有些人进来说话还需要拿着剧本来看，有些人则长篇大论。正确的做法是，20分钟之内说明你的剧本。这个时间是适时而恰当的，能让制片人与公司高管对你的创意有清晰简洁的了解。"——史蒂夫·斯塔克，狮门电视公司制片总裁

气氛控制

短短的推介过程中，最重要的就是所谓的"气氛控制"，即从会议开始的那一刻到会议结束，你要吸引会场内的每一个人。不关乎内容，而关乎内容如何传递到位。吸引参会者的注意力，最简单也最有效的方法就是眼神交流。现场有多少编剧能与那些有决定权的人目光对视呢？我不敢保证。如果没有，那绝对是巨大的损失。如果没有目光的关注和交流，与会者的思绪很快就会游离到别的事情上，诸如一会儿给谁回电话，或者午餐吃什么之类。一旦他们的关注点转到金枪鱼还是火鸡、全麦还是黑麦这些问题上，就再也听不进去你的陈述了。也许你觉得这些无关紧要，只要大佬们认可剧本就好。而事实上，优秀的高管和制片人都非常信任他们的团队。当你离开后，他们会询问房间里所有人，要他们给出反馈意见。当大家都认同你的创意，并被你的热情感染时，通常他们会不遗余力地支持你。如果大部分人没有什么兴趣，你的机会就会缩减至很低。

其次，如果你推介的内容中有他们所喜欢的，也很可能会吸引他们加入讨论，这样的结果不但会优化你的故事，更会为你创造诸多优势。但是，如果你放弃吸引他们，结果就大不相同了。

几个禁区

无论怎样，都不要死记硬背。不然要么你会表现得比铁皮人还僵硬，要么在会场的压力下，你会忘记很多细节。最终结果都一样，你的推介会将成为一场灾难。

另外，有些编剧习惯于现场朗读他们所写的文案，这一点也极其致命。没有比这更糟的点子，与会者绝对会丧失兴趣。你的眼睛盯着纸面，也就失去了与他们眼神交流的机会。由于零交流，你对现场气氛的掌控能力也会下降。讲述一个好故事，关键在于心中有故事，并以热情和激情来描述它们。要勇于表达出你爱这个故事，且相信这个故事。激情能够吸引现场的高管和制作人对你的高度关注。

使用记事本

无论准备如何充分，也还是容易在推介会上忘记要说什么，通常是由于紧张和压力造成的。可能讲到一半才突然意识到遗漏了前面的重要内容，也可能突然间大脑一片空白，不知所言。为防止这种情况发生，许多编剧都会使用索引卡或记事本作为提醒。

我更喜欢使用记事本（有一种"拍纸本"，更多页，空间更大），可以按故事节奏的顺序罗列每个要点，把记有这些要点的记事本打开放在膝上。这些要点如同路线图一样，非常有效，中途无论忘记哪一点，不经意的一瞥，就可以轻松地找到它们，然后想起来接下来应该怎么表述。这种不经意的停顿往往天衣无缝，在座的诸位并不会意识到我忘词了，并且也不失眼神交流的机会。重点在于罗列要点，如果故事或创意文字写得太多，就难以一下子找到停顿的位置，你不得不停下来，低头找一找讲到哪里了，仅仅几秒的停顿就可能会让房间里的人开小差。

在索引卡上做笔记是另一种保持进度的方法。许多编剧喜欢这种方法，而我发现它存在些许小问题。索引卡比拍纸本页面小得多，记录空间也会小一些。选择索引卡，就会增加额外一项工作——不断地翻页，才能跟得上讲述的速度。如果没有翻页，而讲着讲着想不起来了，就得停下来前后翻一翻索引卡，找到中断的位置。不管快慢，讲述都会暂停下来，那么此刻，你可能会失去对气氛的掌控。此外，拍纸本可以展开平放在腿上，而索引卡却只能用手拿着，由于紧张很可能你的手会发抖。这样的小动作不仅会让人分心，还会传递出一种不自信的微妙信号。

察言观色：为何"不行"就是"不行"

随着时间和实践的增多，你会慢慢学会一种技巧："察言观色"，当你在推销作品时，观察房间里的其他人，观察他们脸上的表情。他们是否看起来很积极，是否与你有眼神的接触。如果看出他们很积极，你可以多讲一些方案的具体细节。如果看出他们感到无聊或困惑，你可能要加速略过当前讲述的部分。

有时，高管或制片人会打断你的话，提出当前这一部分并非他们感兴趣的领域。原因有多方面，你的创意不适合他们的节目，或者他们已听到过并否决过。遇到这种情况，最糟糕的回应是争论或试图说服。这是一场没有胜负的争论，而争论只会令人厌烦。请记住，会议室是他们的地盘，他们比任何人都明白想要播出什么样的故事/节目。

当故事被修改的时候

对于试播剧、在播剧、电视电影的创意，也有可能发生这样的情况。高管和制片人会让你从头至尾地表述完成，然后发表一些评论。偶尔，他们也会由于不感兴趣而在中间某处打断。最好的情况是，在陈述的过程中，他们随时增加一些内容。这是一个不错的信号，意味着他们喜欢所听到的部分。有人也可能会改变你的创意，同时另一个人可能还会再增加点什么。不知不觉间，房间里充满讨论的声音，而你暗地里在思考："我可不是这么想的。"此时，最好的做法就是保持微笑、点头。如果可以，请他们随意地修改和增补内容。可能你还没有意识到，此刻你已经迈入签订合同的边缘了。回顾推销的过程，会有无法处置的刻薄评论，但更多的是前卫的意见。在不同角度深入修改，没有任何问题。要知道，每一个故事都有一千种不同的讲述方式，在这种情况下，你的方式、他们的方式和合作的方式要融合在一起。不必担心修改，你的故事仍然属于你。

故事变化太大可能会令某些编剧感到失望，不要介意这些。请记住，推介会的目的是把作品销售出去。

> "有些编剧一进门就道歉，'你可能不喜欢这种，但是……''我知道结尾显得有些啰嗦……''这一版不太好，但我的经纪人认为……'别这么做，要充分相信你的作品，或者至少对制片人表达出这种自信。当然也不要过度吹嘘，激情是一回事，个人膨胀是另一回事。请在2~3分钟内讲完你的创意，然后准备回答提问，详细描述某些内容。如果制片人提出朝另一个方向的修改建议，为了愉快地将作品出售，不要与之争论。"——艾美奖提名，马克·沃伦，《浪漫满屋》《天才魔女》《乔纳斯兄弟》《欢乐道场》执行制片人

这些年，有许多次碰到新手编剧问我："我并不喜欢高管或制片人对故事发展的意见，可以拒绝署名吗？"那么，先让我们来问自己一个问题：为什么拒绝署名？拒绝职业记录（和薪酬）的方法是愚蠢的。以前我曾讲过，如今再强调一遍：电视讲求合作。一旦与高管和制片人建立联系，意味着你得到了一份好工作，并且他们可能会提供给你更多的工作机会。仅以艺术气息的名字和一个剧本，不仅不能让他们关注到你，更不会给你任何工作机会。抓住每一个职业机会，增加自己信用记录，这才是你应该做的最重要的事情。而不要去管最终产品的好坏。

对于提问，提前准备

推介故事之后，高管和制片人可能会进行提问。或许针对你没能充分阐释的内容，或许是他们发现的一些疑点。提前预想一些可能会涉及的问题，对编剧而言很重要，当然也要提前准备好答案，可以不完美，但要尽量巧妙。事实上，当前你提出的每个答案都有可能在拍摄中无法实现。尽管如此也无妨，即使这些回答不正确，只要能引发他们的思考或灵感，提供一些可行的解决途径就足够了，今后会在实践中不断学习、思考。工作面试只需要让制片人了解你的创意，同时了解你反应敏捷、有创造力、对节目有贡献。如果只会安静地像只老鼠一样待在角落里，就太糟了，那就等于把工作机会拱手让与别人。

推销文本留与不留

有些编剧将推销文本打印出来，带到会场。我从来不这样做，而且永远也不会。在我看来，推介重在语言，不需要文本。把想法写在纸上，这可能让你处于劣势。如果写得不精彩，或者有拼写、语法错误，可能会留给高管和制片人拒绝你的理由。同样，写得太详细，也有风险，他们会因为不喜欢某个细节而放弃购买。

唯一有可能留下的书面材料的机会是，当参加推介会的人层级较低，无法决定是否购买你的创意，他们需要把它送给更高级别的人，转述推介一次。当然，转述的过程可能会造成细节误差或内容重叠。或者只需你提交文本，当然这种情况发生的机会很少，他们可

以只把文本转交，并不转述。如果觉得有必要，你可以在文本前附一个封面，写上名字和日期，把这份文件收在公文包里，需要的时候再拿出来。估计也只会在以上这些情况下才会留下它。说实话，赞成留下书面材料的人较少。实际上，当我们去电视台与节目总监讨论编剧们的创意推介时，与会者人手一份文本。同时，节目总监也非常清楚，任何情况下他们都不会留下这些文档，并且非常清楚它们来自哪里。

熟能生巧

第一次面试结果并不如你所想，别担心，这很正常。许多编剧在回顾他们的第一次面试时都是这样。推销是一种艺术形式，通常需要时间、耐心和大量的练习。

爱默生学院每学期的电视写作课程，我都会请学生们进行一次推介。曾经与大家分享过一篇文章，名字叫《安格斯》，让他们大声地朗读出来。这是一篇为纪念戴维·安格斯〔作品有《欢乐一家亲》和《疯狂航空》（*Wings*）〕而重印的摘要，由莱斯·查理（作品有《干杯！酒吧》）撰写。在袭击事件中，安格斯与他的妻子琳恩因乘坐的飞机击中世贸中心而坠毁。这篇文章于2001年10月刊登在美国编剧工会每月出版的刊物上。

当我们坐在教室中，可以忽视波士顿公园的美景，但年轻而热情学生们再次读起查理的文章，咫尺之遥就是公牛和黄莺酒吧[1]，如今它因《干杯！酒吧》而驰名。在文章中，查理回忆起安格斯第一次来推介时的难堪场景，当时他和哥哥格伦是《出租车》（*Taxi*）的制片人。查理回忆道，安格斯因过度准备，讲了太长时间，因此那一白天的时间特别无聊。当然他没有得到那份工作。

这次推介之后，安格斯奇迹般地发现自己再次坐在了查尔斯兄弟对面，这一次是《干杯！酒吧》的一份临时工作。这一次他们雇用了他。事实上，虽然安格斯第一次失败了，但是后来他却成为电视行业最伟大、最睿智、最受人尊敬的制片人，成为所有新人的偶像。所以不需要完美的推介，失败也没关系，只要你从中吸取了经验就好。

查里继续赞扬安格斯是一位非常出色的人，从来没有让巨大成功冲昏头脑，总是不忘初心，心系所有帮助过他的人。如果找到这篇文章，强烈推荐你好好读它。戴维·安格斯虽已仙逝，但对于整个新生代的电视编剧而言，他仍然是优秀的楷模。

1　Bull & Finch Pub，公牛和黄莺酒吧是经典美剧《干杯！酒吧》的核心场景地——译者注

第22章
为在播节目和电视推销创意

如果推销在播节目或电视电影的节目创意，要牢记第21章我们讨论过的所有问题，以及每一种应用技巧。然而，对于戏剧或在播喜剧系列，有更多的事项需要考虑。电视电影也是如此。

一次谈几个

推介会议持续时间应不超过45分钟，这是极限。30分钟之内结束，恰到好处。问题是，在相对短的时间量里讲几个故事创意最合适，同时可以给参会的制片人留下好印象。这主要由节目类型来决定。显然，45分钟内讲情景喜剧比电视电影合适一些，毕竟电视电影更长、更复杂。

> "有些编剧常犯的错误是没能足够精练地表达自己的观点。我们想要看到的是戏剧性进展和困境升级的故事建构，这对我们来说是关键点，但不要陈述太长。只要告诉我们主角是谁，主要故事是什么，我们就可以想象出来。陈述太长，大家将失去兴趣。"——艾美奖提名，马克·沃伦，《浪漫满屋》《天才魔女》《乔纳斯兄弟》《欢乐道场》执行制片人

除了本次推介的故事，也可以备存多个不同类别的故事。只需要准备故事概要就好，不需要详细的故事细节。这是一种策略，如果推介故事没有成功，就可以迅速地抛出不同类别的故事，看看是否能引起注意。如果制片人表示其中的一个可以考虑，这意味着你还有机会，回家继续扩充和完善这个故事概要，找机会再来推介会。

以下是关于一次推介多少故事的粗略统计：

类型	故事
情景喜剧	5~6个+1~2个备用
情节剧	4个+2个备用
电视电影	2个+2个备用

> "写次要角色的故事是好主意。告诉制片人，你可以将主角置身于一个全新的环境中。比如失散多年的劳拉叔叔回到了劳拉阿姨身边，别忘记，故事事件只是主角性格冲突与喜剧效果的催化剂。"——利比·比尔斯，生活时间电视网（Lifetime）频道原创电影前副总裁，《圣诞回家》《带艾瑟莉回家》执行制片人

故事顺序

多年来，许多人提及推销顺序的问题，当然先讲的故事是最好的。往往第一个故事最能吸引大家的注意力，在座的每个人都能直接决定是否雇用你，或者你讲的内容是否与他们的节目合适。所以第一个故事的重要性在于，即使他们不打算购买创意，但也有可能留下来听完你的全部推介。如果最好的故事留在最后，绝对是重大失误，高管和制片人可能在一瞬间已经认为故事平庸，那么你就已经出局了。

细节的多少

决定展示多少故事细节是很棘手的，我一直奉行"少即是多"的理念。你肯定希望高管和制片人可以形象地理解你的文字，那么，明确的开端、发展和结局是十分重要的。还应该包括幕间广告，这样他们可以看到危机以及危机升级的程度。如果情景喜剧包含有图片或身体动作，也要把这些细节描述清楚。不过，也不可能太过于详细。要知道你说得越多越详细，就越有可能某些细节成为拒绝你的理由。一旦有人提出一些反对意见，总体结果就很难有回转余地了。这就是所谓的细节决定命运。

推销情景喜剧，我通常关注"A"故事，而每一个"A"故事都会搭配一个"B"故事，通常只有一句话，目的只为增加成功的机会。曾经在《浪漫满屋》的推介会上，我全力讲述"A"故事，而他们却看上了"B"故事，最后他们决定购买"A"故事搭配"B"故事。

推销以情节驱动的剧情剧相当简单，只需从头到尾简单地说明重点故事的要点即可。而以人物驱动的剧情剧，要区分主要故事和次要故事，并且分别对每个故事区分推介，或者从头至尾描述整集故事。这两种剧情推介依个人喜好而定。我听过许多剧情剧推介，单独讲述每个故事似乎效果更好，因为它听起来逻辑性更强。比如，编剧们的故事经常前后矛盾，只是因为他们忘记了某个重要细节，影响了后面的叙述，通常情况下，他们会停下来重新讲这个故事，这种混乱不知毁掉了多少好故事。

推销样本

我在前文提到过，我的第一次推介是《浪漫满屋》的其中一集《简单骑手》，讲米歇尔学骑两轮自行车的故事。具体内容是这样的：第一幕：孩子们取笑米歇尔还骑着有辅助轮的自行车，所以她决定学会骑两轮自行车。有一个小孩子（或全部小孩）同意教她。幕间广告：米歇尔从自行车上掉下来，擦伤了，她不愿意再骑了。第二幕，全家人团结一心，努力帮助米歇尔重新开始学。

太简单了是不是？至少在第一幕很容易地想象故事的画面，第二幕却不太清晰。制片人想知道全家人如何团结一心，他们会采取什么具体行动？他们担心第二幕缺乏明确的行动。我的想法是怎样的呢？当然不能只是语言劝说，这将成为"头部特写"(即无聊场景)。会议室静悄悄的，每个人都看着我，等待答案，然而我一点想法也没有。"也许他们可以以糖果作为奖励？"我说，第一个想法冒了出来。在剧本里，乔伊试图用米歇尔最喜欢的迪士尼电影来"贿赂"她。虽然没有提供准确的解决方案，但至少提出了一个思考的方向。

不买怎么办

有时，不管你做了多少准备工作，参加过多少推介会，依然没有一个创意售出。我所经历的这些事，每一位编剧都经历过。理由多种多样：与他们想法不一致，与其他编剧的创意重复等。原因真的不重要，因为结果都一样——没有售出任何一个故事。当发生这种情况时，最好的做法是让对方向你敞开大门，而非仅仅说"谢谢，再见！"要反复向制片人重申你多么热爱这份工作，多么渴望与他们合作，如果有更新的创意是否可以再回来联系他们。通常情况下，他们会同意。毕竟，他们是因为喜欢你的作品，愿意购买你的创意，才与你坐在一起开会的。那么，你要认真考虑自己的故事问题出在何处，不要重复犯错。如果他们说可以电话联系，或者可以通过电话、电子邮件来推介新创意，不要紧张，你可以将其他类型的创意推介给他们。电话推介真的没问题，我成功过。虽然不理想，但仍然是一个机会。

学会尊重

虽然这一点是不言而喻的，但我还是要提醒作为新人的你务须尊重节目组以及运营它的人们，至少你希望成为他们中的一员。我曾遇到过这样的新人，他们才华横溢，写作能力强。但是与编剧团队见面之后，由于缺乏人际交往的基本技能和日常的礼貌礼仪而丢失了很多工作机会。即使内心深处认为自己非常优秀，且有理想的电视节目或电视网，但也不适合对制片人说这样的话，比如"天呐，你真的需要拥有像我这样的编剧，目前的节目太糟糕了"，或者"我梦想在家庭影院电视网（HBO）工作，而不是你这样俗气的地方"，这些看似普通的吐槽，会封死以后的求职路。一旦进入这个圈子你就会明白，那些制作不那么精彩节目的制片人和工作团队并不总能意识到他们的节目低于平均水平。他们每天努力工作，将他们所有的创造能力都注入剧本中，最终，即使节目无法成为他们骄傲的资本，那至少也应该保护它。

经常听到新编剧说他们想去某个节目工作是他们唯一的目标。当然，他们选择的节目总是最时髦的。能够清楚地了解自己在这个行业中的定位以及理想的写作节目类型，这一点虽然重要，但也必须实事求是。实际上，大多数在播节目充其量只能算是平庸之作，只有少数所谓的"热门"节目是例外，那么，从统计学角度来看，参加热门节目的机会是微乎其微的。这并不是投机主义，而是每个人都必须接受的现实，并对每个工作机会都心存感激。否则，现实很残酷。

许多年前，经纪人电话通知说，为我安排了《大脚哈利》的推介会，电话这边的我不屑一顾地翻了翻白眼，不情愿地拼凑了几个毫无生气的故事参加了会议。对于我的每个创意，制片人都会插话，比如"哈利不会这样想"或"哈利不会有那种感觉"。记得当时，我只能盯着制片人，认为他简直疯了。"真是一只愚蠢的大脚"，这句话几乎脱口而出。问题就在这里，对我而言，哈利可能是一只愚蠢的大脚，但对节目编剧和制片人来说，他是一个充满活力的人，爱憎分明，是真实的人物。

会议结束后，制片人建议我深入研究哈利的角色，想出一些更符合哈利内心深处想法和感受的故事，并且表示欢迎我再来。我却没有再去过。

多年以后，我清楚地明白，没有为《大脚哈利》写作是我的损失。具有讽刺意味的是，在我的职业生涯中，我一直在制作一些与《大脚哈利》类似的优秀节目。我学会了永远尊重这只"大脚"，希望你们也这样做。

第23章

推销试播剧

"首先，要有激情和远见，编剧要坚信自己的创意。我参与过的大部分热门节目，都是由一位有着执着追求和饱满热情的编剧开始的。其次，要有甄别，不要模仿已经播出的节目，我需要的是与众不同。最后，源自本能，有时候你只是听到一些令人喜欢的故事，但必须去尝试开发它。"——苏珊·罗夫纳，华纳兄弟电视公司开发部执行副总裁，谈关于推进故事创意的决定因素

大创意

为了在当今竞争激烈的市场上卖出一部试播剧，你需要有一个大创意，这是唯一的方法。什么是"大创意"呢？它一定是新鲜的、原创的，当你推介它时，每个人都会积极地、热情地做出回应。想象有这样一个节目，只是一听到它的介绍，你的内心就像电了一下，立即觉得"多么棒的创意啊，为什么我没想到呢？"

娱乐时间电视网（Showtime）的《国土安全》就是一个很好的例子，对我来说，购买这档节目一定是不用费心衡量的。这一理念完全适用于电视，它几乎可以说是一部激动人心的电视剧。我们都知道这个世界有危险存在。恐怖分子可能在任何时间、任何地点发动袭击。所以，哪有人会否定一部关于特工冒着生命危险保护国家的电视剧呢？这就是那些"让人一听就兴奋"的概念之一，很容易地想象出故事的场景，本能地感觉到它具备了一部好剧的所有元素，如果执行得当，一定会火爆。

这一切多么简单！请记住，创意——至少从推销的角度来看——不应该过于复杂。如果你的创意很复杂，请试着简化它，要易于听懂。还有新颖的问题，在开始推介之前，问问自己，哪些创意是独创的？清楚地向高管和制片人说明这一点，你一定会比别人更出色。

"如果想创造一部新的《老友记》，就要研究电视，找到一个新主题和新领域，一个从未在电视上展现过的内容。我们在制作《老友记》时，当时电视上正在播出的是《宋飞正传》，观众都是30岁左右群体。《老友记》的定位是将整个剧的每个演员都锁定在20多岁的范围内。它讲述的是20多岁的年轻人的生活，他们不受父母的影响，也不受成年人的影响。虽然成年人也出现在剧里，但那只是出于年轻人的需要，而不是突发奇想。因此与以前人们看的剧有所不同。"——艾美奖得主，凯文·布莱特，《老友记》《乔伊》执行制片人

简洁才是法宝

简洁是制胜法宝。当今社会中的每个人都忙得不可开交，拿着一大堆昨天需要完成的事情与表盘上的指针赛跑。因此，如果简明扼要地表达你的观点，主管和制片人会发自内心地喜欢你。当然，这并不是建议你只写一点文字，像木头一样呆坐着，等着像挤牙膏似的问一句答一句。不过，如果喋喋不休地谈论某个角色和他的背景故事等细节，也容易令人失去兴趣。所以，一定要找到两全之策，既提供了足够的信息，使得故事背景和人物都很清晰，但细节也不是太多，让他们等不及下一次见面。当我们向华纳兄弟公司（Warner Bros.）和杰里·布鲁克海默电视公司（Jerry Bruckheimer Television）推介的时候，大约只有两分钟时间。我记得结束后，布鲁克海默电视总裁对我们的评价非常积极：简短而甜蜜。你的推介不必那么短，但要尽可能地速战速决。至于一些细节，先问问自己是否每一个都有必要。因为讲的时间越少，你就会有更多的时间与主管或制作人讨论节目的其他问题。在我看来，这些部分才是他们真正会关注的重点。故事简介和人物讲完以后，在对具体的问题的提问与沟通之后，他们才会对你的创意有一个更好的理解，才能明白故事展开的方向。

"推介务必简洁明了。关于节目内容，有一件事经常被忽视：要用一至两句来进行故事概述，预先告知大家所听的内容，在这种故事设定的范围内，大家才好判断接下来的故事内容。"——迈克尔·阿佐利诺，杰里·布鲁克海默电视公司高级副总裁，《人质》制片人

建立情感联系

以某种个性化故事叙述的方式开始推介，可以展现出你对主题有着深厚的情感联系，

拥有别人无法达到的创意。举个例子来说明这一点——设想一下，如果我走进华纳兄弟，推介一个关于战争的喜剧创意，可能会被讥笑、赶出房间。不管事先对这场战争做了多少研究，都没有建立个体化的联系。毕竟我从未踏足战场，更不用说面对面地与敌人作战了。但是，如果是两名在战场上执行了多次任务的士兵，情况则完全不同。毫无疑问，他们会带来更多其他人无法想象的个性化故事。推介时，他们那热情的陈述也会感染在场的每个人。对他们而言，他们才是节目的核心。所以，你需要找到与故事相符的某种情感联系，并且能够清楚地叙述出这种联系的前因后果，包括为什么此刻这个故事对你来说如此重要。

核心和灵魂

在对节目的重要性以及个人联系的阐述完成之后，直接进入前提，说明这是一个什么样的节目，人物所居住的世界是什么样的，计划探索什么样的主题。接下来，介绍主要人物。以上每一项均需要做简要的描述，用几句话说明，人物的核心是什么，他（她）的动力是什么，有什么缺点和怪癖。

当涉及人物角色的说明时，有一处有时会被忽略，即人物之间的关系。因此，不要把人物仅仅当做个体来讨论，要讲清楚他们之间的关系。人物关系是才是观众观看电视的主要目的，也是故事矛盾冲突所在。所以，无论如何，要确保将人物关系的生活化。

更多的样本剧集

有必要在推介会议之前，多准备一些样本剧集的故事。优秀的公司高管和制片人都可能对接下来剧集的设想进行提问。当然，你不需要把这些后续故事都写出来，写出简单的情节概要就足够了。如果系列创意能够适用于无数集，那就太幸运了，如《犯罪现场调查》或者《摩登家庭》。只要一听到这些剧集的故事前提，马上就能意识到未来剧集的创意可以是多种多样的。不过，当涉及你的节目创意时，制片人还是希望看到故事未来的延展……他们也会想知道你希望这部剧在哪里播出。当然，这是不言而喻的。如果提前思考这些问题，故事想法就会脱口而出，否则，你可能需要停下来思考一下，毕竟要考虑故事是否有足够的力量来建立一个完整的系列。请记住，制片人肯定不希望制作那种只持续一到两季的电视剧。

像二手车销售一样

毫无疑问，推介就是销售。与其他任何销售工作一样，你需要做成交易。这些高管和制片人每年会听到数百个节目推介。为什么他们购买你的节目而不是别人的？你的工作就是说服他们，礼貌地陈述所有理由，让他们为你的创意和你本人而疯狂。但是，这里也有一条不能越过的底线，不要热情过度到令人讨厌。记住，推介意味着工作面试，而你的目的是被录用。所以，请带着激情和自信去推介，让所有人都知道你将全部精力投入了这个项目。毕竟，如果你自己都不自信，他们怎么会相信呢？

我还记得，在华纳兄弟公司的推介即将结束时，其中一位高管曾经问我还有什么需要补充的内容。直觉告诉我，关键时刻到了。大门敞开着，是时候放手一搏了。因此，我告诉他，已经有人想要制作我们的节目。我提到，美国广播公司采纳《战地医院》的创意十分正确，但是，他们选择了错误的类型。拍电视剧时，他们照搬了每天晚间新闻的内容。当出现负面消息时，令人十分沮丧。观众们不想在"娱乐"的幌子下看到更多类似的节目。对于我们的节目来说，喜剧是最好的选择。我提到，当时电视界的潮流之一是翻拍，而我们的节目实际上是一个每天更新版的《陆军野战医院》。在结束时我说，我们的创意来自固有的观众群……毫无疑问，美国的军人家庭将会喜欢它。我不确定我说的话是否很重要——如果有这种可能的话。也许他们已经愿意购买这个创意。但关键是，如果制片人和高管都持观望态度，那么你就要让他们看到希望。

> "编剧最常犯的错误是会前没有准备——不知道谁参会，不知道准备的材料是否充分，当然更不知道以何种方式陈述才能成功。对于福克斯和哥伦比亚广播公司，当然不能是同一档节目，也不能是同样的推介内容。你不得不关注不同的方面，这两个不同的商业公司需要不同的内容。家庭影院电视网也是同样的道理，他们不会寻找一档能在美国广播公司播出的节目。如果它能在美国广播公司播出，他们一定不会购买。"——艾美奖得主，凯文·布莱特，《老友记》《乔伊》《白日梦想家》执行制片人

第十一部分

网络剧写作

------------ 第24章 ------------

网络系列剧写作

  几年前，写作本书第一版之时，就有许多人看好网络系列剧的发展。但在我看来，网络系列剧远没有像人们所期待的那样名声大噪。原因在于——时间，似乎没有人准确地了解它的精确类型与运作方式。当时，电视网并不担心网络剧的冲击，而如今，随着越来越多的人在计算机上观看电视，形势将会发生变化。虽然潮流还未逆转，但像《纸牌屋》《女子监狱》等剧集已成为新的黑马。

  先应对当前的状况。新手编剧们似乎有一种误解，认为创作完成后把它放到网上，全世界就都能很容易地搜索到它。有人认为这是获得电视节目工作最简单、直接的途径。的确，电视网的高管们也开始在互联网上四处寻找新的素材和人才。有可能他们在网上发现了你写电视系列剧，从此你就直达好莱坞，其实这种想法与现实还是有点距离的。事实上，现在的互联网上到处都是追逐名利的人。除了像你这样正经的编剧/制片人/导演，还有很多人只是为了好玩而制作一些东西——比如东奥什科什有一些完全没有相关行业知识的家伙，在"男人窝"网站上发布自己制作的网络系列剧，觉得这样非常酷。此外，业内知名人士也会在网上发布一些搞笑的内容。因此，要想在鱼龙混杂的环境中脱颖而出，是非常具有挑战性的。就好像在蜂巢里，除了和小蜜蜂竞争，你还要与蜂王竞争。而蜂王有很多资金和资源可以支配，这一点你毫无优势可言。

  也就是说，写作和制作网络系列剧并不是一件坏事。只要有可能，找机会制作你写的剧本——不管是网络连续剧还是短片。事实上，经纪人、高管和制片人都希望你这样做，而且你没有理由不这样做。现实中很容易获得拍摄用的设备，价格也不贵。某些设备的质量几乎和电视播出的效果一样好。底线就是：当你撰写一部网络系列剧时，世界在你手中，如果真的能突破极限，跳出思维定式，你可以做一些非常有创意的壮举。

>   "创作完全自由。写作网络系列剧，找演员表演，然后拍摄。不必担心来自电视网或制片厂的修改建议。你可以四处走走，随兴而写，尽享写作的乐趣。"
> ——艾伦·巴奈特（Alan Barnette）《希区柯克》（*Hitchcock*）制片人，《城堡》（*The Castle*，网络系列）执行制片人

电视系列剧和网络系列剧

有一些网络系列剧，实际上就是电视系列剧。举个例子：《纸牌屋》由家庭影院或娱乐时间这样的有线电视网投入制作也很容易，只是需要大牌明星和高额预算。每集时长和电视剧也几乎差不多。唯一真正的区别是载体，观众通过网络还是电视机来观看。而对于大多数网络系列剧来说，情况并非如此。人们经常会想："如果我能写出一个伟大的网络系列剧，高管们就会注意到它。"我很遗憾地告诉你，到目前为止，对于大多数编剧/制片人而言，事实并非如此。只有少数几部网络系列剧成功转型电视系列剧。也许最著名的就是《网疗记》（*Web Therapy*），开始时它是一部网络系列剧，后来被娱乐时间电视网（Showtime）选中。听起来像梦一样，不是吗？该剧由丽莎·库卓（Lisa Kudrow）身兼编剧和制片人，同时她也是该剧的主演。要知道，这不是一些不知名或初出茅庐的无名小卒一夜成名的故事。更不必提库卓还可以利用她的明星身份来吸引很多知名人物前来客串，包括著名的《老友记》剧组成员。仅这一点似乎就能引发大部分人的观看兴趣。

当然，也有一些专门为网络而设计的网络系列剧。从内容来看，它们根本就不适合在有线电视网播出。

> "《来自家乡的问候》（*Greetings From Home*）的创意很引人注目——受伤的士兵复员回家，却发现他的妻子已经离开，眼下他面临着抚养两个十几岁孩子的重担。我们有很棒的演员阵容，他们都在无偿付出，导演也非常出色。而这个项目天生就是网络系列剧，最大的优点在于讲述故事的方式——每一集都由朋友和家人用他们的摄像机、苹果手机等录制而成，这些信息随后被编辑在一起组成故事。我喜欢这个项目的原因在于，它正是为网络而生，充分利用了流媒体视频的特点。这也意味着，它是一个在电视上行不通的项目。"——比尔·罗森塔尔（Bill Rosenthal），《护士杰姬》（*Nurse Jackie*）、《圣乔治》（*Saint George*）、《来自家乡的问候》联合执行制片

创作属于你的网络系列剧

写网络剧和试播剧没有什么根本的不同。首先，自问想写喜剧或剧情剧，自然是喜剧更合适。原因是网络剧集(有时也被称为节)短小精悍，大约5分钟一集。你可以在五分钟或者更短的时间内完成搞笑。为了证明这点，让我们看一些广告。以政府雇员保险公司（Government Employees Insurance Company，简称为Geico）电视广告为例，它们总是很叫座。我最喜欢驼峰日[1]（Camel Hump Day）的广告。它用30秒的时间讲述了一个非常有趣的

---

1 驼峰日，通常指一周中最低谷的日子，比如周三、周四——译者注

故事，一头骆驼在办公室里四处游荡，因为今天是"驼峰日"而兴奋不已。非常有趣，也非常有创意。而剧情剧则完全不同。写一部剧情性的网络系列剧要困难得多，因为在短时间内创建一个扣人心弦的剧情是十分困难的。但这并不意味着不可能。也许你就是写出创新模式的第一人。

与试播剧一样，创作是白手起家。你需要想出一个有趣的前提和生动的人物。当然，还得找出故事轮廓和连贯的脉络。就像所有优秀的故事一样，每一集都要有明确的开端、发展和结局。开始动笔的时候，也要试着构思整个系列的故事。由于每一集都很短，就更要有紧凑的制作计划。一旦确定了拍摄地点，就要把所有的灯光、演员、背景都到位，如果你告诉大家下周再来拍摄下一部5分钟的续集就太愚蠢了。因此这一切就意味着，在开始制作之前，必须锁定剧本。制作非常烦琐，对你而言，匆忙做出改变会面临巨大的困难。

"我们的写作和制作过程几乎和电视剧一样。整理故事，按照第一集、第二集的顺序写出大纲，修改草稿，为每一集的拍摄做好准备。我们的预算只够在12天内拍摄整个剧集（大约120页内容）。由于拍摄日程紧张，剧本必须尽可能地接近完美。一旦我们投入拍摄，就没有时间再进行重大的修改。"——比尔·罗森塔尔，《护士杰姬》《圣乔治》《来自家乡的问候》联合执行制片

小处着眼，跳出框框

写作与拍摄网络系列剧，要考虑在较小的范围内完成，而非鸿篇巨制。记住，它应该由你和你的朋友来完成，因此不能设计那种在17个外景地点，由一万人挤在大街上的大场面。如果你想尝试太多，尤其是处女作，我保证节目的效果会很平庸。一部发生在一两个地点的大型网络系列剧比一个发生在25个地点的要好看得多。

我所说的简单，并不意味着要削减创造力。正相反，现在是时候——尤其是当你没有资金的时候——伟大的创意才是推动自我创新的原动力。事实上，如果认真思考，投资也可能从天而降。我身边不乏这样的例子。假如你住在科罗拉多州的一个风景如画的小镇上，山峰连绵形成天然的风景。小镇上有一个非常不错的小酒厂，且交通便利。毕竟我们说的不是加利福尼亚的纳帕谷[2]。你可以找到酒庄的老板，告诉他们你想以他们的酒庄为核心创作一部网络系列剧。这种创造性的方法，可以为他们向全球提供免费广告。随着网络系列剧的播出与流行，他们的业务可能会越来越好。与此同时，你也将得到一部作品，二者有趣地结合于你的创造力。甚至可以让酒庄老板们拿出一些钱来资助拍摄。明白了吗？

2　加州的纳帕谷（Napa Valley），是全美著名的葡萄酒产地，风光迷人，每年有大量游客前来品酒，有葡萄酒爱好者的迪士尼之称——译者注

回头好好想想。也许，有些想法就在眼前，你完全可以创造一部出色的网络系列剧，只需要你寻找到这些创意。有多少次，你开车路过那家酿酒厂？那么又有多少次把它想象成为网络系列剧的背景故事呢？那么今天你已经在心里播下了思考的种子……

视频集锦的好处

好消息是：没有法律规定不能以原创网络剧在互联网上博取关注，同时还利用它来为电视编剧。我建议你拍摄和编辑剧本的全部内容。一旦拍摄完成，就要考虑做成视频集锦。关于视频集锦（sizzle reel），你可以把它想象成一串拖车。看电影的时候，会有即将上映的电影的预告片吧，他们把一些特定的场景（通常是最好的）剪辑在一起，这样观众就会明白这部电影大概的内容是什么，希望去电影院看一看，你要做的就是这个。选择剧中最引人注目的部分，将它们精彩地编辑在一起，引发人们"看起来真不错，我想从头到尾地看这部剧"的感觉。视频集锦可以用来向制片人、高管、经纪人展示你的才华。要让他们有这种感觉，看你的作品对于他们是一种休息，可以从桌子上成堆的剧本中解脱出来。这样，他们就可能会约你见面。

> "我认为现在的编剧更轻松，因为有太多的载体、途径和媒介可以任由他们真实地表达自我，而不必被代表。以前，除非他们认识某个代理、主管，否则没人知道他们的存在。现在有网络平台，人们可以随时发声，并很快被经纪人发现。我们发现，只要几秒就能够发声和表达。同时，我们也一样，我们不断地与助手、实习生甚至是我们自己交流——每个人都在网上搜索和寻找。我们会向编剧或者刚在油管网做了有趣视频的人发出邀请。因此我的建议是不断地工作，不断地表达自己。现在的编剧们比过去的人幸运得多，他们有多种多样的机会发表自己的观点。"——塔尔·拉比诺维茨，全国广播公司娱乐喜剧节目执行副总裁

第十二部分

真人秀

————— 第25章 —————

真人秀写作

真人秀并不新

真人秀是纪录片和剧情剧的混合体，是没有剧本的电视剧。许多人错误地把《幸存者》当作首部在电视上播出的真人秀节目。事实并不是这样。1948年，艾伦·方特首次以《偷窥》（*Candid Camera*）亮相电视屏幕，随后又推出了一系列现实题材的游戏节目，包括《真相或结果》（*Truth or Consequences*）和《说出实话》（*To Tell the Truth*）。1973年，美国公共广播公司推出了一档开天辟地的12集系列剧《美国家庭》（*A American Family*），讲述了比尔·劳德、帕特里夏·劳德和他们五个孩子的家庭生活故事，他们一家是现实生活中的一家人，电视节目中所反映的几乎都是真实的家庭问题。美国人普遍关注的是婚姻内部问题。

《幸存者》的收视率非常之高，在它之前还有很多真人秀节目，包括《警察》（*Cops*）、《人民法院》（*the People's Court*）等。《警察》讲述的是现实生活中的警察在大街上巡逻的故事，《人民法院》则捕捉到了人们因小额财产纠纷在法庭上的戏剧性。因此，《幸存者》虽不是第一部真人秀节目，但它却让这类节目变得热门起来。

为何真人秀常青

令人惊讶的是，《幸存者》获得成功之后，似乎每一档新节目都变成了真人秀。有些成为同质竞争关系。虽然大多数人都不看好真人秀，舆论认为，真人秀最终会走向自我毁灭。可是毁灭并未发生，也不会发生。虽然最初许多人对真人秀的热潮并不看好，但这并不妨碍观众们很快就接受了它。今天，它红得发紫。很多节目都有大批忠实的粉丝，收视率极高。如果说美国人喜欢电视真人秀，那么美国电视网对它的喜爱更有过之而无不及。真人秀的成本比剧本节目更低，如果节目获得成功，广告收入的回报会更大。随着《美国偶像》（*American Idol*）、《极速前进》等节目的巨大成功，电视网将会继续推出新的真人秀节目。这当然是一件好事。事实是，真人秀在为剧本节目买单。

> "在制作真人秀节目时，我们要多多考虑观众……这种类型的节目会有观众吗？宣传和推广什么？电视网如何推广它？预算是多少？大多数真人秀节目永远不会在电视辛迪加重播，也不会在电视网进行二轮重播，所以你需要一次赚到所有的钱。比如《改头换面》（Extreme Makeover）的西尔斯……你的西尔斯呢？"——艾美奖提名，格伦·米汉，《访谈》制片总监，《小身材大世界》（Little People, Big World）联合执行制片人

虽然有些真人秀节目非常糟糕，想想《甜心波波来啦》（Here Comes Honey Boo Boo），或者《与卡戴珊姐妹同行》（Keeping up with the Kardashians），但有些节目真的非常棒，比如《与明星共舞》（Dancing with the Stars）、《卧底老板》（Undercover Boss）和《鲨鱼坦克》（Shark Tank）。

好与不好的区别在于，是否触及人们共同的兴趣点和需求，大多数会集中探索一个核心问题，观众也会在收看中得到答案。比如：

- 《飞黄腾达》（The Apprentice）：如果你能拥有一切会怎样？
- 《卧底老板》：每个"大老板"是否真正了解我有多努力，了解我面对的是什么样的工作吗？
- 《单身汉》（The Bachelor）：你能找到真爱吗？人类总是想相信爱情和浪漫。
- 《美国偶像》：谁将成为富人和名人？这就是美国梦。
- 《交换配偶》（Trading Spouses）：当生活变得平淡无奇，在某种程度上我们中的大多数人总会幻想着在别处过着别人的生活。
- 《幸存者》：谁是丛林之王？这几乎可以追溯到原始人，正所谓适者生存，当然还有智慧。

像所有电视节目一样，如果你想制作真人秀，不要重复。相反，要想出自己原创的创意。如果能找到触及人类基本需求或欲望的东西，你就会走在创作者的前列。同时，要考虑节目是否围绕一个普遍主题——能引起大多数人共鸣的主题。这可以保证观众流量。以我的经历为例，我在哥伦比亚广播公司等着开会，无意中听到一段有趣的对话，杰里·布鲁克海默电视台总裁乔纳森·利特曼——他也是《极速前进》的执行制片人——谈到有一次，只是听到某个节目的推介就知道它一定会大获成功。他的大意是："谁没有和配偶、朋友或爱人一起旅行过？——在驶离车道之前，你们就已经在争吵了。"

> "电视上从来没有这样的节目：规模和范围都是前所未有的，而人类/情感的组成部分却瞬间重新联系起来。"——艾美奖得主，乔纳森·利特曼，杰里·布鲁克海默电视台总裁，《极速前进》执行制片人

《极速前进》除了拥有普遍主题外，它的天才之处在于它足够广泛，足以吸引上至耄耋，下至孩童的各个年龄段观众。想出一个这样的创意，你的事业就成功了。

真人秀为何令人迷恋

真人秀火爆的一个原因与美国人对名声的痴迷有关，很多人都梦想着成为明星。内心深处，大多数人都意识到可能不会实现"明星梦"；而在电视上，你可以成为演员。真人秀让普通人也能一夜成名，好莱坞似乎对每个人都敞开了怀抱。它的美妙之处在于，你不必成为一个演员，也不必长得好看，甚至不必有某种天赋。这也正是《美国搞笑家庭集锦秀》（America's Funniest Videos）长时间收视良好的原因所在，它让人们有机会在15分钟内风靡全国。电视真人秀只需15分钟就能让普通人出名，名声也会给他们中的一些人带来财富，比如比尔·兰西奇、伊丽莎白·哈塞尔贝克、凯莉·安德伍德、崔斯特和瑞恩、罗伯和安布尔。这样的例子不胜枚举。因为他们都是生活中真实的人，能与观众产生共鸣，甚至引发人们的钦佩之情。这正是"真实"对人们的吸引力。观众会在潜意识里认为，任何人都有可能成为这些名人中的一个。

另一个原因是，它满足了我们偷窥的心理。当《甜心波波来啦》或《鸭子王朝》（Duck Dynasty）这样的节目出现在电视屏幕上时，观众不可能不被它们吸引。也许在内心深处知道不应该看这些内容，但事实上根本停不下来，像上瘾一样……对大多数人而言，观看这类节目是基于一种罪恶的快乐感，符合节目的心理预期。

纪录类与游戏类

大多数真人秀可分为两类：游戏类和纪录类。游戏类真人秀有《与明星共舞》《天桥骄子》（Project Runway）、《极速前进》和《幸存者》等。这些节目都围绕着各种各样的个人挑战，最终赢得比赛。如果仔细观察，你会发现它们其实只是一些游戏，只不过游戏地点从演播室搬到了室外。纪录类真人秀更倾向纪录片。比如《与卡戴珊一家同行》《新娘酷斯拉》（Bridezillas）、《真实世界》（Real World）和《小身材大世界》。无论是游戏类还是纪录类，真人秀的大部分写作工作都是在编剧室完成的。

> "在纪录类节目中，最大的变化是拍摄大量的视频，将其剪辑成播出长度，同时还会制作出易于理解的故事。经常会听到真人秀明星抱怨过度剪辑，其实他们真正烦恼的是，由于时间限制，发生在他们身上的许多事情必须被砍掉，因此没有看到他们的完整观点。当拍摄比例为40∶1时，事实就是这样的——大部分故事都不会播出。"——艾美奖提名，吉姆·杰斯顿（Jim Johnston），《真实世界》、《重启人生》（Starting Over）执行制片人

真人秀是制片人的游戏

真人秀由制片人负责运营。虽然涉及写作的文字很少，但讲故事的方式仍然很多。事实上，真人秀中有一种工作头衔叫作"故事制片人"。为了让你了解这份工作与编剧的工作有多接近，我得告诉你美国编剧工会目前正在努力将真人秀制片人纳入工会，这样他们就可以和其他编剧一起受到保护。

> "我从不把真人秀当作现实，它更接近于剧情剧，要看剧情如何建构。说到底，讲故事才是吸引观众的原因。"——艾美奖得主，杰伊·宾斯托克（Jay Bienstock），《学徒》（*The Apprentice*）《幸存者》《全美烘焙大赛》（*The American Baking Competition*）执行制片人

真人秀可能没有剧本，但是它独有的方式让它像是一部有剧本的节目……这可能是它具有广泛吸引力的一部分原因。它有剧情，角色也是真实的，这更加激动人心。故事情节通常遵循戏剧创作的基本原则。一般都会有明确的开始、发展和结尾，有主角和对手（如《单身汉》，每个人都喜欢善良的女孩，都讨厌恶毒的女孩）。人物必须以某种方式成长或改变。商业广告在故事情节中的位置至关重要，必须确定每一幕的时间，确保观众会一直等着看故事结尾。有时，重大喜剧场面会被分在两幕中，就更需要吊足观众的胃口。

> "作为故事制片，你通常会遇到很棒的场景——争执、对抗或浪漫的纠缠——然后在它们基础上构建你的故事。你需要一场一场地搜索那些为大场景服务的画面，寻找那些能够展示人物成长变化的画面。"——艾美奖提名，吉姆·杰斯顿，《真实世界》《重启人生》制片人/执行制片人

如何为真人秀撰写剧本

你可以向真人秀节目推销创意，也可以参加推介会或者撰写方案。真人秀没有所谓的标准，关键在于迅速而简洁地表达创意。要尽可能地使文字视觉化，还要添加照片，让你的创意更加时尚。如果你决定主动推介，就更要尝试创造性地思考如何以娱乐的方式最有效地传达你的想法。

> "很多时候，我们会在推介会上展示或销售样片。现在我们有一档真人秀节目，我们玩换装游戏来展示。"——艾美奖提名，格伦·米汉，《访谈》制片总监，《小身材大世界》联合执行制片人

真人秀的伦理观

过去的几年中，我听到了很多新的真人秀节目创意。虽然大多数都很有趣，但也有一些着实令我震惊，节目的创作者们缺乏对社会正义和伦理道德的基本认知。他们四处寻找买家，但无人问津（谢天谢地）。有些创意可能只需要一个小小的调整以适应市场，它们的制片人再仔细研究一下就好了，但有些节目，如果真的制作出来会让我不好意思告诉别人我在电视台工作。

还有一些创意概念，有的是给无家可归的人一大笔钱，有的是让精神病人离开医院，看看他们在没有药物的情况下出现在社会上会发生何种状况。这样的例子不胜枚举，在这里，我要提醒每个制片人，如果你想从事真人秀工作，任何其他类型节目的道德准则同样适用于真人秀。有时候，没有标准并不代表免责，真人秀并非法外之地。

第十三部分

电视的商业性

—————— 第26章 ——————

经纪人、经理和娱乐律师

> "一名优秀的娱乐律师负责组织交易、起草合同、互相介绍，提供社会名誉、提供职业咨询。"——丹尼尔·H.布莱克（Daniel H.Black），格林伯格·特劳里格律师事务所（Greenberg Traurig LLP）娱乐律师

为什么需要经纪人

如果想在这个行业做一名编剧，就需要找经纪人。除了已有的人际关系，经纪人是向节目组提交剧本的主要途径。正如我们已经讨论过的，电视网、制作公司不接受毛遂自荐的剧本，因为他们害怕被起诉。

此外，经纪人可以让你排除干扰，只专注于职业生涯中创造性的那部分工作，他们会为你处理所有商业事务。大多数编剧都不是顶级谈判专家或商界人士，这种工作需要一整套技巧，大多数有创造力的人并不具有这种技能。基于此，经纪人正是你所需要的那位——善于处理商业事务，并尽可能为你争取到最大利益的人。

经纪人实际做什么

优秀的经纪人是你事业上的伙伴，他或她会为你做各种各样的事情。首先也是最重要的一点，他们会把你和你的作品带入这个行业，找机会向制片人引荐你，给你展示的机会。经纪人每天都在为他们的客户铺路。他们会在早餐、午餐、晚餐、下午茶、周末派对和周日烧烤聚会等各种时机把你推荐给制片人和高管，与他们见面，并不断地鼓励你。他们发送出你的剧本，并代表你进行报价。他们也会与你协商一些交易。这些工作很多是非常琐碎的。如果你赚不到钱，他们也赚不到钱，因为他们以佣金作为收入。这也就是为何当你刚刚入行时很难找到代理的原因。从经纪人的角度来看，新人的剧本运作起来有一定难度，因为电视行业是靠编剧积分体系而运转的。

> "经纪人/客户关系是一种神秘的东西。最好的伙伴关系是自然形成的。你在社交场合遇到一位才华横溢的作家；经理人或律师搭线牵桥；或者来自远方的仰慕者。在一天结束的时候，写作者总是需要拿出笔来写点什么的；能够在'编剧室'中清晰地表达自己的愿景；当波士顿红袜队来的时候，去观看洛杉矶道奇队的比赛也有很趣。抛开所有笑话不谈，每页上所写的文字、编剧个人的轨迹和我们所处的时代精神之间，需要一种有效的联系。"——肖恩·巴克利，经纪人格什局

代理费用有多少

你并不需要预付经纪人任何费用，一旦签约，他们将收取10%的佣金，这是行业标准，适用于行业内一切作品，除了追加酬金。假设你售出一集《生活大爆炸》（故事和剧本），华纳兄弟公司将会向你的经纪人支付稿费，稿费最终不会低于当前美国编剧工会规定的2.5万美元一集，经纪人把支票存入信用账户，将扣除代理费后的费用以支票的形式寄送给你。

通常情况下，编剧并不介意支付代理费用，因为经纪人在为大家共同的利益而努力工作。但是，如果你认为经纪人没有给予你的作品足够的时间和关注度，这也许会有点棘手，这需要你通过自己的人脉补充获得更多工作机会。不管通过哪种途径得到工作——你自己安排好的，还是经纪人安排好的——只要你和经纪人签有合同，那么他就有权得到佣金。

不要付钱请人看你的作品

寻找经纪人的过程中，要注意他们不会收取阅读作品的费用。阅读剧本是一种商业礼节。他们希望你的剧本不同寻常，与你签下合约，然后帮助你建立辉煌的职业生涯，这样双方都将从中受益。规则非常简单：如果有人要求付费来阅读你的剧本，自动远离他，因为他极有可能是个骗子。

推荐是最好的选择

这听起来很有趣，大多数经纪人与电视网和制片厂一样，不接受主动提供的剧本。不要盲目地浪费时间给不同的经纪人发送剧本，他们根本不会打开阅读。

最好和最常见的方式是通过推荐。也就是说，你与另一位编剧或同行的人有联系，他们愿意向经纪人推荐你。包括几种方式：第一种方法是，这位推荐人拿起电话，将你作为编剧介绍给经纪人。这是最好的办法，经纪人从业内人士口中听说你非常有天赋之后，你

再把剧本发送给他，那么他将会认真地通读一遍。

第二种方法是，推荐人让你以他的名义直接打电话给经纪人。虽然这种方法并不理想，但它仍然管用。在这种情况下，你可以自己打电话给经纪人。如果是助理接电话，你可以说："我找乔·彼得森。他不认识我，但比尔·奥尔森介绍我来找他。我是一名编剧，正在找工作，比尔觉得乔和我会很投缘，所以我想和他谈谈。"助理一般会帮你接通电话，或者留下你的电话号码。有了推荐人，一般都会接到经纪人回电。如果由于某种原因几天内没有回信，不要放弃，再来一遍。

编剧为何会保护自己的经纪人

你必须明白，当一位编剧把你介绍给他或她的经纪人时，这是一个很大的恩惠。因此，你绝不能随随便便地对他说："嘿，我写了一个新的剧本。你能把它转交给你的经纪人吗？"你要先请编剧朋友读一读你的剧本。这一点非常重要，如果你的剧本没有达到行业标准，而编剧却将它交给了经纪人，那么经纪人可能对这名编剧的水平产生怀疑。那么下一次再推荐某人时，经纪人就不会那么爽快地说"好"了。

最好让编剧朋友读一读你的作品，希望他或她喜欢它。此时你可以这样说："我很高兴你喜欢它，为了这部剧本我付出了很多努力。我觉得我已经准备好委托给一位经纪人了。有什么人可以推荐我认识吗？"这种方式更恰当，即使编剧朋友不愿意介绍他的经纪人给你，这样的对话也不会让他陷入困境，同时开启了其他可能性。大多数编剧都认识各种各样的经纪人，可能有更适合你的呢！

选择适合的经纪人

许多新手编剧都梦想着被CAA、ICM和WME[1]这样的大机构签约。事实上，初入行时，以上这些公司对你来说并不是最好的选择。职业生涯刚刚开始，你比以往任何时候都更需要经纪人，他会真正地投入时间把你的作品推向市场，并推动你成为一个编剧新星。假设选择了大型代理机构，它签约的编剧有查克·罗瑞（Chuck Lorre）、J.J.艾布拉姆斯（J.J.Abrams）和拉里·戴维（Larry David）这样级别的人物。你认为公司会花大把时间在什么事上？为你还是为更知名的编剧服务？新人很容易在这些大机构的选择中迷失方向。唯一的优势是，如果在代理机构中有节目制作人，那么代理机构可以把剧本直接交到他们手里。除此之外，最好先从小公司做起，找一个有时间、有热情的经纪人，陪伴你顺利成长，最终成为一名真正的编剧。

---

1 美国好莱坞三大娱乐经纪公司，CAA（Creative Artists Agency），创新精英文化经纪有限公司；ICM（International Creative Management, Inc.），国际创新管理公司；WMA（William Morris Agency），威廉·莫里斯经纪公司。

> "主要是四种因素的结合：天才、原创、市场竞争力和盈利能力。然而，总还有其他一些因素，比如'我能和某个经理或律师合作吗？''这是积极支持某位同事的机会吗？''目前的作品清单上有没有一个特别的类型需要填补？'对于这些问题，类似且有说服力的原因是，在决定不接受客户时，我在寻找什么？由于某种原因，我曾放弃了与有才华、有创意、有市场、盈利能力强的客户；也许他们太像那些我已经代理的艺术家，也许我太忙没时间做好，也许他们太咄咄逼人，期望过高，或者名声不好。"——亚当·吉尼威茨（Adam Ginvisian），经纪人，ICM合伙人，关于在决定是否接受新客户时，他会考虑什么

洛杉矶还是巴尔港[2]？经纪人的位置很重要吗？

电视产业主要位于洛杉矶，那么经纪人似乎理应在洛杉矶。如果你不住在南加州，这就显得更加重要，甚至有时只因为你没有住在洛杉矶地区，许多经纪人就倾向于不与你签约。如果在洛杉矶找不到经纪人，你的下一个最佳选择是纽约。如果这两个城市都不成功，不要去别的地点选择经纪人。主要原因是，事业起步的人可能没有太多的人脉，而经纪人会有。如果你的经纪人住在奥什科什[3]，他与娱乐业的联系究竟有多大呢？答案是，很有可能不及南加州的经纪人，而你真正需要的是一位每天都为你寻找工作机会的经纪人，这是相距较远的经纪人所满足不了的。当剧本来自加利福尼亚州以外时，除非剧本来自纽约，否则根本比不上来自洛杉矶的剧本的竞争力。地域间行业发展不平衡可能不公平，但它确实存在。

接受自由投稿的经纪人

如果运气不好找不到经纪人，那么可以从美国编剧工会的网站上寻找那些接受自由投稿的经纪人名单。虽然许多专家建议先选这条路，但我认为这条路是"最后的选择"。出色的经纪人在业内有很多人脉，他们会与那些能够决定聘用你的关键人物在一起，与他们相约共进早餐、午餐、晚餐、鸡尾酒会或者周末烧烤会。出色的经纪人都八面玲珑，每天忙于为客户工作。所以，如果一位经纪人有时间去翻看自由投稿时，那么在已有客户身上能花多少时间工作，就不得而知了。

公平地说，对于那些接受自由投稿的经纪人而言，可能是他们的助手在读这些材料，也有可能代理机构刚刚成立，他们接受自由投稿以求建立稳定的客户群。但这恰恰是个危险信号，新手的资源是非常有限的。因此，拥有一个更成熟的经纪人将使你大大受益。

2　洛杉矶，位于美国西南部的加利福尼亚州；巴尔港，位于美国东北部缅因州。

3　奥什科什，位于美国北部的威斯康星州——译者注

"在制片部门找工作，当一名制片助理或编剧助理是非常难得的训练，它会让你近距离地观察这个行业，也能让你证明自己，成为一个有独特想法的、有趣的人。一般来说，编剧在节目初期得到工作后，会被制片人等圈内人士慢慢熟悉，你也会知道这个行业的一些信息，这有可能是你获得代理的第一步。"——贝丝·博恩，贝丝·博恩代理公司总裁

你是否需要经理人

在竞争激烈的编剧世界里，有些人选择让经理人与经纪人并肩工作。经理人和经纪人的区别在哪里呢？经理人没有交易许可资格，只有经纪人或娱乐律师才可以有。经理人可以在电视节目或电影中获得制作信用，而经纪人则不能。与经纪人一样，经理人会利用他们的人脉资源，把你的作品交给制片人和高管，努力替你争取聘用机会。他们会从长远方向考虑你的职业生涯，并为你的未来铺路。由于经理人没有从业执照，所以他们的收费相对随意。大多数人会拿走你收入的15%，比经纪人略高。曾经我以为不需要他们，而且收入的25%真的是一大笔钱。如今我改变了态度，现在形势非常严峻，有更多的人出来为你而战，只会是好事。毕竟，你永远不知道谁会给你带来工作机会。

如果找不到经纪人的话，一定要找个经理人。大多数经理人与经纪人有联系，你极有可能通过经理人的帮助找到经纪人，并且他们二者都可以很好地为你工作。

"如今岗位越来越少、竞争越来越激烈，不少编剧都认为，经理人是他们的秘密武器。每个人都离不开经纪人。他们的工作是确保雇佣关系和协商条款。经理人更关注的是剧本开发——真正地研究文字，真正地交流想法，只为了让别人再打一通电话，让别人阅读你的作品。"——理查·阿洛克（Richard Arlook），阿洛克集团（The Arlook Grouup）总裁，经理人

娱乐律师

娱乐律师现在很热门。成功的编剧背后都有他们的身影，与经理人和经纪人一样，他们可以将作品提交给制片公司，也可以和你协商交易。大多数优秀的娱乐律师都很精明……换句话说是他们擅长在涉及交易时以恰当的方式处理问题，这正是你所需要的。娱乐律师会仔细检查合同，关注你的利益，确保每一步都受到法律保护。他们有两种支付方式，按小时或者签约，当然按小时付费价格很贵。签约情况下，他们通常会收取所有收入的5%作为费用。

> "娱乐律师不仅是强有力的谈判代表，对交易法律也有着清醒的认知，在"大局"中更会考虑客户利益（如编剧的身份和声誉，各种问题的普遍习惯和规则，以及电影和电视业务关系的个性）。如果没有他们对交易的整体的把握，客户们有可能对某些陷阱视而不见或不屑一顾，最终陷入危险境地。娱乐律师的角色突破了合同原来意义上的四方。它还需要在一个由个性驱动的行业中有强大的业务联系。当然，最重要的是优秀的判断力。"——赖安·诺德（Ryan Nord），娱乐律师，赫希·沃勒斯坦·海姆·马托夫+菲斯曼律师事务所（HWHM+F）

查询经纪人和经理人

大多数经纪人和经理人不接受自由投稿，但你可以通过编写询问信的方式，请他们对你的剧本提意见。这是一封真正的营销信件，向经纪人或经理人介绍自己和剧本，请他读读自己的作品。一般来说，询问信更多地用于故事片剧本，而非系列剧剧本。诚实地来讲：我不太相信询问信。25年的职业生涯中，我只记得成功过一次。

然而，如果想尝试一下，以下内容是一封好的询问信应该做的事情，你可以通过它来吸引经纪人/经理人阅读你的剧本。因此，要写一篇关于你工作情况的文章，不要讲太多细节，只是为了吊起他们的胃口。还要写一段简短的简介，请尽可能地罗列，比如行业经验、奖项、人际关系，或者你的学位。最后，直接询问经纪人是否可以送出你的剧本。为了便于他们回复，在信中一定要附上写有自己地址、贴好邮票的信封。

写信时，重要的不是显得绝望或需要帮助，关键在于你要展现出你具有专业编剧的职业感且拥有出色的剧本样本，并对在行业内找到工作怀有严谨的规划目标。

> "你只有一次机会向制片人或经纪人发送剧本或询问信。如果他们拒绝了你，不管你以后修改得再好，他们都不会再读了。因此，当收到拒绝信息时，必须仔细地看看这些信息，修改后再发给其他人。有时他们会给你一个理由，如文笔平淡，人物没兴趣，或者不够独特。不论获得哪种形式的批评意见对你而言都是非常幸运的，必须重视它，重读你的文字，仔细琢磨这些意见，再次发送之前必须重写。记住，没有第二次机会。如果你已经发出了15封没有回复的询问信，那就应该坐下来再看一遍询问信。因为它对你没有任何帮助，也许需要重新撰写一封了。"——阿德里安娜·阿姆斯特朗，《查理当值》编剧

询问信样本：好和坏

下面是一封写得不好的询问信：

2014年4月1日

佐伊·施摩女士
佐伊·施摩代理公司
日落大道999号202室，洛杉矶，加州，90039

亲爱的施摩女士：

　　我正在为我的剧本《扎卡里的真相》寻求经纪人，这是一部小型家庭剧，关于一个陷入困境的16岁男孩出发去寻找他的亲生父母的故事。我希望得到您的代理，因为我已经给其他经纪人发出了15封询问信，他们都拒绝了我。他们认为这个故事既不新鲜也不新颖。对于这一点，我并不认同，您读过我的剧本之后，我相信您一定不会这样认为。

　　虽然我的职业是银行家，但拍电影一直是我的愿望。真希望我能摆脱朝九晚五的工作，进入一个更具创造力的行业。我确信《扎卡里的真相》就是我的职业入场券。

　　我想寄给您一份剧本。请让我知道这是否可行。

　　谢谢你的考虑，期待着尽快收到您的回信。

真诚地
玛蒂·库克

那么，我们试着重写一下，让玛蒂编剧和她的剧本看起来更有市场。

2014年4月1日

佐伊·施摩女士
佐伊·施摩公司
佐伊·施摩代理公司
日落大道999号202室，洛杉矶，加州，90039

亲爱的施摩女士：

　　我的第一个剧本名为《扎卡里的真相》。它是一部情节剧，讲述的是一个深受困扰的16岁被收养者的故事。表面上看，扎卡里经常在学校招惹是非麻烦，是个小混混。在他进入一家非传统治疗机构后，医生认为，扎卡里只能通过找到他的亲生父母才可能改掉这些毛病。于是寻找开始了。当扎卡里与亲生母亲——只有这个女人是他认为可以"拯救"他的人——面对面坐下时，他发现了过去所有的"真相"。他逐渐认识到，一生最重要的是爱和陪伴，而非某个特定的人。

虽然我们平时也可以看到一些关于收养的电影，但大多数的结局都是可以预见的，比如温暖人心的母子团聚。我就是一个被收养的孩子，以我的经历来看，在真实的收养世界里，情况并不总是这样。《扎卡里的真相》为这个社会问题提供了一个新视角。这个故事高度个性化，感情真挚而饱满。我也力求在写作中体现出这一点，同时剧本已经入选马萨诸塞州的编剧比赛和著名的切斯菲尔德编剧计划，且只提交于这两项赛事。

在现实中，我敏锐而强烈地预感到，社会应当强烈地关注复杂的收养领域，并且时机已经成熟。现在很多名人领养孩子，在选择角色时剧本会很受欢迎。

我认为编剧写剧本应该持有强烈的社会责任感。为此，我研究了多部为电视制作的电影，如《X》和《Y》，它们在情感内容和基调上都很相似。大多数都是由您所代理的编剧所写。我相信您对此一定有着与我同样的感受，这一点对我而言非常重要。这也是我联系您的最重要原因。

我很高兴有机会与您分享剧本《扎卡里的真相》。如果您有兴趣看一下剧本，请在您方便的时候尽早告诉我。另外，随信附上我的一份简历。

谢谢您花时间考虑我的作品，期待着尽快收到您的来信。

真诚地
玛蒂·库克

确定最终版本

新手编剧最大的问题就在于，作品还没有完全准备好，或者没有彻底润色，就急着把它交给了经纪人。由于某些原因，他们似乎错误地认为，经纪人是像写作伙伴一样的合作关系。"嗨！这是我的剧本，如果有什么问题，我会随时修改的。"第一，没有准备好之前，千万不要把它交给任何人，尤其是经纪人。人们会在看到剧本之后，对你能否胜任编剧工作而形成评价，而且这种判断不会改变。第二，经纪人是商业伙伴，而不是写作伙伴，他们不会反复阅读剧本。因此，在寄出它之前，要确定它已经彻底完成，并且是最好的版本。

耐心也是美德

找一个经纪人——即使是有作品积分的编剧——也不容易，但并非不可能。你要有心理准备：这可能需要一些时间，也有可能不止一次地被拒绝，然后才有结果。这不是某个人的问题，写作是一项商务活动，并不是一个人就能完成，尽管常常会有这种错觉。

请记住，虽然接受过一些与剧本有关的培训教育，但经纪人也是人。他们并不总是正确的。我的第一部剧本花了一年时间才完成，当时我在环球公司做制片工作，几乎没有时间再修改和重写。终稿完成后，我把它寄给了我的经纪人。她的回复是这样的："这也许是我读过的最糟糕的剧本了。假如你不是我的委托人，我肯定不会耗费心力读完它。"她还说，在她看来，我的剧本根本没有挽救余地，但如果我坚持的话，她可以推荐一位付费的剧本医生，与我一起修改。

真是欲哭无泪。尽管如此，我仍非常感谢她所付出的时间与精力。对于编剧而言，始终保持专业性是十分重要的。因为剧本一字未改，所以我又找了一位新经纪人。同样的剧本签约了一家更好的经纪机构，还参加了全国性大赛，打开了一扇与奥斯卡获奖导演见面的大门，剧本最终被环球公司选中。

尽管这个过程很难，但如果经纪人拒绝了你，不要沮丧，继续前进，找到一个了解你、愿意与你相知相伴的经纪人，他知道你的作品是最棒的，可能这样的人才最终能够代表你共同完善你的剧本。

不要把剧本传到网上

如今许多网站可以发布日志、摘要或完整的剧本，让全世界的人看到，我却不喜欢把作品放到网站上。我认识的许多职业编剧，没听说谁会通过在互联网上发布剧本而得到工作。

这些网站会承诺制片人、监制和经纪人搜索他们的网页，寻找新的素材挖掘新人。真假与否取决于网站自身。即使是真的，这样的做法绝对无法保护自己。在一番辛苦的努力工作之后，如果你向世界上的所有人开放自己的作品，难道是想让人们随意使用你的作品吗？

联系经纪人或经理人之前要做的工作清单

- 至少有两个剧本展示吗？
- 剧本已经尽善尽美了吗？
- 如果可能，已经请一位编剧读过我的作品了吗？
- 在美国编剧工会注册作品了吗？（见27章）

> "是的。特别是已经取得了一定成就的编剧，他可以较为轻松地支付律师费用（无论按小时付费，还是百分比付费）。此外，大多数代理机构和管理公司都鼓励客户聘请律师成为团队的一部分。"——丹尼尔·H.布莱克，格林伯格·特劳里格律师事务所娱乐律师，关于编剧在已有经纪人或经理人的情况下是否需要聘请律师

—————— 第27章 ——————

美国编剧工会

美国编剧工会

美国编剧工会是电视和编剧的主要行业联盟，以WGA字母缩写为业内人士所熟知。它是娱乐业三大有关创意的工会之一，包括美国导演工会（DGA）和电影演员工会（SAG）。

有两个分支：（1）东部编剧工会，总部设在纽约，为生活在密西西比河东部的编剧服务；（2）西部编剧工会，位于洛杉矶，为生活在密西西比河西部的成员服务。

你应该经常登录美国编剧工会的网站，其中有很多关于写作的文章，非常有用。有时，工会也组织一些竞赛，为新编剧们介绍制片人或经纪人。至少，通过此网站，你会了解到行业当前关于编剧或写作的近况。

如何成为会员

进入工会有非常严格的规定。推荐你在编剧工会网站查询信息。不过，登录网站还需有特定的信用积分系统，必须在过去的3年里累积到24个积分单位。满足此要求后，还要支付2500美元的一次性注册费。一旦成为注册编剧，将按季度接受会费评估，这取决于编剧的收入多少。看起来这倒不失为一个公平的方法，那些赚大钱的编剧应该比失业的编剧交纳更多的会费。

如果你想成为一名电视编剧，就必须加入工会。电视网和制片厂都与工会签署了合作协议——这意味着他们只雇佣工会会员。有些非常具体的协议要求，关于何时加入，所销售的剧本数量等（重申，请登录编剧协会网站，详细了解这些具体规定和原则）。大多数编剧都渴望获得编剧工会卡。与拉里·大卫、J.J.艾布拉姆斯、肖达·雷姆斯等人同属一个行业工会，那感觉真是太美妙了！

尽管如此，偶尔还是会有编剧因为某种原因不想加入。但是，工会一定会找到他的。每个节目都会向编剧工会发送一份演职人员表，所以工会也会精确记录每一位编剧所写的剧本。达到一定数量之后，工会会写信给你，通知你还未加入工会，应该马上加入，否则会违反他们与行业的协议。在这种情况下，节目会通知你加入工会，否则他们会取消你的工作任务。没有哪家电影网或制片厂会为了一名新编剧承担违反工会协议的风险。

工会保障的利益

工会所做的最重要的事就是保护编剧的利益，如果没有工会，制片人想如何对待编剧都可以，甚至稿酬标准都没有统一的规则。美国编剧工会与制片方达成了协议，明确了这些规则。如果制片人违反了这些规则，工会将代表每一位个体去追讨应得的利益。

举个例子来看，假设你写的电视剧在辛迪加播出，应该得到一笔余款，工会会追踪编剧的欠款情况。如果你觉得没有得到应得的报酬，可以给工会致电，他们也会帮你查询信息。根据事实，制片方如果没有付款给你，工会就会致函要求付款。并且，在此之前，工会有可能寻找同样情况的人，随信一同寄出几个人共同的清单，以防止制片方针对某个人不利。通常情况下制片方会立刻支付，如果还不支付的话，工会可以评估稿酬利息和滞纳金。接下来可以采取法律行动。那么，想象一下，如果一名编剧独自完成这些是多么艰巨的工程，而制片方很可能并不在意某一个人，因为如果起诉，花钱请律师的费用可能比欠款还多。

美国编剧协会还提供养老金计划和健康计划。在这两个方面，享受的资格也有明确规定。

如何查阅余款

余款（residuals）的薪资有点复杂。你应该再次在编剧工会网站上查询，全面了解后期分红的模式与流程。

总体来看，一旦节目进入辛迪加，全国范围内都有一定的目标市场。假设你写了一集《好汉两个半》，9月13日在费城播出，你将得到一笔费用。从此刻开始，如果有其他目标市场播放这期节目一次，你都是没有任何额外的收入的。然而，一旦其中任何一个第二次播出了这一集，你将会收到第二笔费用。所以，基本上首次播出意味着它可以在所有市场上播出一次。

有线电视和国外市场在这方面有单独的规定。你可以查阅工会网站来了解细节。

什么是仲裁

当两个（或两个以上）编剧同时为一个剧本工作时，仲裁就很有必要，最终确认由谁获得写作信用。这样的情况下，两份剧本草稿都被提交到工会，封面并不署名。由工会中的3名成员（即真正的编剧或制片人）阅读每份草稿，并决定如何分配信用积分。在电视行业，信用积分常常由两位编剧平分。有时，一位编剧可能被给予故事积分，而另一位被给予节目积分。通常情况下，节目制片人不会对自由撰稿人的书面意见做出评判。但如果他们认为编剧对节目没有任何贡献，他们当然可以这样做。当同一节目的两位编剧之间发生仲裁时，情形可能会很尴尬。这种情况并不经常发生，但确实会有。

万一编剧罢工

20世纪80年代末，美国编剧工会开始罢工，大约持续了6个月。节目断档，许多人失业——不仅是编剧。这次罢工影响了从演员到助理所有的从业人员。许多人失去了家园，陷入经济危机。在那段时间里，制片人只能聘用少数不参加罢工的家伙来写作，以使节目重新开张。一些没有经验的编剧把这当作机会。我只能说，这不是好主意。

遇到编剧罢工，最不明智的做法就是投诚之举。因为当不久之后罢工结束，编剧们也会重新开始工作。制片人就会立刻抛弃那些没有经验的临时工，而重新对工会编剧委以重任。同行们是不会欢迎恶意竞争的人加入工会的。

聪明的做法是向工会主动请缨，承担制作标牌等志愿者工作，在此期间有可能会与一些同行建立联系。

如何保护你的作品

在寄出的作品上，要标识写作日期和其他一些凭证，以证明它在法律上属于你。虽然没有万无一失的方法来保证它不会被剽窃（除非不投稿），但也有一些方法来保护自己不涉险地。大多数编剧都在美国编剧工会网站上登记注册他们所写的剧本。即使不是会员，也可以注册，非会员每个剧本需缴纳20美元，可以通过邮件、互联网或亲自前往进行登记，有效期为5年，可续期。目的是提供工作完成日期的法律记录，如果有诉讼，工会可以提供注册号作为证据。

另一种方法是作品版权保护。更多信息可以登录美国版权局的网站查看。必要情况下作品版权注册是更符合法律的做法。也就是说，大多数编剧通常只选择在工会注册作品。

其他福利

美国编剧工会提供多项福利，大部分仅供会员使用，但有些项目非会员也可享用。比如工会会提供导师计划，或为青年编剧提供咨询服务，还有培训计划，也很吸引人。如果住在纽约或洛杉矶，当地会有很多由工会提供赞助的活动，非会员也可以参加。好好利用一切资源，多多与编剧们见面，一起聊聊，机会是相当多的。

—————— 第28章 ——————

写作伙伴

需要找个写作伙伴?

迈入这一行时,就要考虑是否与写作伙伴一起工作。在这个行业中,两名编剧共同组成一个写作实体,称为写作伙伴。我曾经有独自工作的经历,也曾经作为写作伙伴的一员工作。二者各有优缺点,你只需权衡利弊,然后决定哪一种更适合你。在喜剧创作中,我认为有个搭档非常有益,尤其是笑料写作的时候。

组成写作伙伴很像结婚。事实上,不少编剧们公开承认他们与写作伙伴在一起的时间比与另一半要多得多。与婚姻一样,顺利时一切都很美好。但进展不顺时,也会压力很大,想要从中脱身并不总是那么容易。

> "创意和笑料会立即得到共鸣,就像编剧会议室的缩小版。"——马特·富斯菲尔德,《杰茜驾到》制片总监,《废柴联盟》联合制片人,《美国老爹》编剧

合作的好处

团队的最大优势之一是,比起单枪匹马更令制片公司喜欢,原因当然是价格。工作流程是这样的,节目要为每个写作岗位的员工做工资预算。不论这个职位是由一名编剧还是两个人,薪水都是一样的。那么假设《摩登家庭》为一个故事编辑的工作安排了X美元的预算,而执行制片人决定与一个团队合作,那么这个团队将平分这份周薪。日后他们还将平分剧本费,同样地平分余款,甚至共用一间办公室。

作为写作伙伴的一员,最大的优势就是总是能从另一半那里获得灵感。这对于遇到写作障碍,或者困于某个故事点或笑话之时是非常有益的。找个人一起集思广益,一起找到解决办法,绝对是无价的。

合作的另一个好处是,有人分担一半的工作,事情变得容易起来。晚上,剧本写到第15页的时候去睡觉,早上醒来,进度奇迹般地进展到第35页。这意味着,当一个人睡觉的

时候，团队伙伴像小精灵一样，能量爆发迅速地写完了20页剧本。听起来相当不错吧。

　　当然，也会带来一定数量的行业内人士的联系方式。刚刚开始，这个数量极其有限。有了写作伙伴，联系人的数量肯定是翻倍的，因为你现在可以接触到写作伙伴拥有的所有业内联系人。

　　说到写作，每个人都有一定的优缺点。例如，你擅长提创意，可到销售时，可能就不是特别擅长了；或者，你擅长搭建故事架构，可写的人物对话并不能写得引人入胜。此时，写作伙伴的优势就很明显了。有着互补关系的伙伴可以平衡个体的优势与劣势，也会使工作突飞猛进。当然还可以更快地撰写剧本，因为有些问题已经迎刃而解。

> "参加编剧会议时，有写作伙伴的帮助很大。至少两个人在一起时，不会那么紧张，彼此也会有内在默契。虽然薪水平分，但从好处来看——工作机会更多，作品更多更好，这是值得的，至少对我而言是如此。"——马特·富斯菲尔德，《杰茜驾到》制片总监，《废柴联盟》联合制片人，《美国老爹》编剧

对伙伴的事业负责

　　你不仅要对自己的事业负责，也要对伙伴负责。压力看起来是两倍，但实际上压力也是动力，你会进步得更快。一个人的时候，很容易找到停滞的理由，一点小事就会让你把写作放在一边，拖延到明天。但有了伙伴，你们可以约时间聚在一起写作。想要拖延并不容易，因为耽误的不仅仅是自己的事业。如果你天生自律能力不强，那么如今需要对伙伴负责反而是一件好事。

　　合作关系中最美妙的事情也许就是感到并不孤单了。没有接到电话通知的这段日子，或者接到了一个更糟的电话——对方告知他们不想成为你的经纪人或雇佣你，虽然这些可能都是人生所必须积累的财富，但一个人来承受这些情绪是很困难的，也会让人陷入自我怀疑的痛苦之中。如果苦难有人陪伴，有人分担，那么就可以很快振作起来，想出"B计划"。

合作的缺点

　　一旦确认合作，身份就已确定。比如，人们不再称呼你为芭芭拉·史密斯，而是把你和合作伙伴的姓合起来："史密斯和琼斯"，而且顺序不变。如果将来合作不顺，决定分道扬镳时，你可能会遇到一种职业上的认同危机。

　　当然，写作伙伴解散的原因很多。最常见的情况是，像婚姻一样，一方觉得付出多于别一方，从而导致了怨恨。"分手"绝不是一拍两散这么简单。最大的困扰在于，多年来

的工作成果都是以团队完成的，所以不可能放下过去的所有而重新再来。制片人和高管可能会介意如何雇用你，因为他们并不了解你们之间深层的问题所在。有些人认为，一个人可能更能发挥自己的才华，任何人都不能拿走你的文字，因为它完全属于你。而证明才华的唯一方法只有敞开胸怀，独立写作或找一个新的合作伙伴，写完一本新的剧本。无论如何，都是新一轮的开始。基于此，不要急于确定合作关系，就像慎重对待婚姻一样，这一点也很重要。要慎重地了解合作伙伴，要坐下来聊一聊未来设想，更要确保你们之间有共同的愿景和行业底线，从而建立起一套有效的计划。

经过仔细挑选，很可能对方的优点就是你的缺点。那么随着时间的推移，你会逐渐地依赖对方去做那些你不擅长的事情。表面上看这没有问题，但长久下去，你的弱点将永远存在，并不会改善，这也可能会影响到作为编剧的你的能力的全面培养。如果哪一天你们的合作关系破裂准备要单飞，问题就会显现出来。

另外一个问题是，也许一个节目的制片人偏爱你，但不喜欢你的伙伴。我也不止一次地在身边看到这种情形发生，在一个写作团队中，其中一位人很受制片人和高管的青睐，而另一位则备受轻视。毫无意外地，这样的团队最终都被解雇了。原因当然是因为合同，一个人走了，剩下的那一个人也留不下来。这就需要提前确定伙伴的能力，包括写作能力与人际交往能力。

> "以个人身份写作时，剧本上只有一个署名，它只属于你。有天赋的人才能做这份工作，作品必然属于他，这一点毫无疑问。此外，在写作中与职业选择上还会有更多的自由意志和自主权。我熟悉这样一位编剧，由于合作伙伴不愿举家从洛杉矶搬到纽约，他只能放弃为一档梦寐以求的热门节目工作的机会。作为团队的一员，在写作与职业选择中就要自动放弃50%的决定权，甚至别人的评价也是如此。如果合作伙伴言行粗鲁或不专业，当然更会影响到你。"——曼尼·巴萨尼斯，《史蒂夫·哈维秀》联合执行制片人，《韦恩斯兄弟》联合制片人

如何选择写作伙伴

选择合适的伙伴是关键之处。一方面，你们的想法要保持一致，有相同价值观和写作哲学。另一方面，你们还应有差异性。制片厂倾向于选择多元化的团队，而非成员相似的团队。例如，男女搭配的团队比由两名男性或两名女性组成的团队更有可能被录用。原因在于，高管们认为多元化团队会提供两种以上不同的想法。当然并不局限于性别。白人可以与少数族裔编剧合作，20岁出头的青年可以和年龄稍大、更成熟的人合作。

在同意合作之前，坐下来谈谈合作细节是明智之举。谁负责什么？什么时候见面一起写作？这些细节看似无关紧要，但如果你习惯周末写作，而伙伴计划周末休息，是不是会很麻烦呢？往往因一些小事导致彼此的嫌隙，团队也因此而最终解体。

> "写作团队本身是一体的。团队分裂后，成员才会发现，即使从业多年，也不得不重新开始，重新证明自己。独立写作自然不必担心这些事。"——曼尼·巴萨尼斯，《史蒂夫·哈维秀》联合执行制片人，《韦恩斯兄弟》联合制片人

第十四部分

如何迈入职业大门

第29章

如何找到一份电视编剧的工作

> "理想情况下，写作各有风格。电视就像一个饥饿的脚本怪兽，每天、每小时都需要新的作品。在电视领域，编剧就像国王，需要有丰富的故事。如果你崇尚自然天性，意志坚定，面对否定也能坚持自我，那么可以做制片人。如果你擅长批评或销售内容，可以尝试做经纪人，或者房产经纪也可以。无论哪种，都将是一段艰难的攀登之路。也许这很简单，每个人都可以。你只需记住努力工作，相信自己，努力再努力，才能等到运气来到的那一天。"——艾美奖提名，彼得·扬科夫斯基，沃尔夫影业总裁兼首席运营官，《法律与秩序：特别受害者》《芝加哥烈焰》执行制片人

为什么需要计划（和备用计划）

读到这里，你至少已经学会电视节目写作的一些基础知识，到了为职业生涯制定计划的时候。当前最重要的就是现实一点。如果你计划去洛杉矶找一份电视编剧的工作，虽不太现实，但它总算是个长期目标。你现在需要一个短期目标。我曾与很多编剧们交流过这个建议，但有一些人并不放在心上，他们可能会自认为自己是例外。可是一个月之后，他们又会惊慌失措地打电话给我，因为此时他们才意识到，即使是一份入门级的工作也不容易，更不用说找经纪人或销售剧本了。

那么，现在我来问你——你的短期目标是什么？打算搬到洛杉矶去找工作吗？打算一边等待机会，一边写剧本吗？或者，你打算待在艾奥瓦州的农场，写剧本攒钱，等到什么时候可以负担得起洛杉矶房租时再搬家？其实计划是什么并不重要，只要你有，并且能够坚持下去。

实习的重要性

如果可能的话，你应该至少参加一次实习，它是有效的入门途径。大多数实习是不带

薪的，但通常会得到积分。

　　实习的重要性主要有以下几点：首先，为你的简历增加了职业经验。通常，学生迈出大学校门，他们的学业将转化为职业经验。有人确实如此，而有人并非如此。尽管学生电影和类似作品无疑非常引人注目，但除非获得多项大奖或者作品引起很大轰动，否则仅凭一部学生电影可能无法谋生。一旦大学毕业，你将和那些有专业经验的人站在同一起跑线上进行竞争。这时，只有实习是一种能在你的简历上增添一项从业经验的好方法。

　　除此之外，实习还能提供一份职业履历。作为甲方，我可以给实习主管打电话，求证你的工作状况，准时上班还是经常迟到？易于合作还是很挑剔？愿意从小事做起？做事能够善始善终吗？

　　如果你实习表现出色，可以直接得到从业机会。虽然并不总这么幸运，但机会还是不少的。假设你正在做的是一份入门级的实习工作。而我是老板，准备发布这个职位的招聘，这需要整理无数份简历，预约面试候选人，查看推荐信，签订合同，还要培训。最终结果还是未知，所选的人可能顺利入职转正，也可能并不合适。而正在实习的你就在我面前。你的优点在于了解公司文化，了解公司的各项工作流程，所以根本不用培训。此外，你的良好的工作态度已经证明了自己，那么，既然可以雇用你，为什么还要费那么大的劲去面试别人呢？所以，要想得到机会，你就需要在实习时证明自己的能力，可以胜任这份工作。

广泛联络，聊聊理想

　　一旦决定了未来计划，就要让人们知道你的想法。不要以一种令人厌烦的方式，我的意思是，不要害怕把它说出来。机会经常会在不经意的时候出现。任何人都不知道何时会降临，我也不知道。你只需打开每扇门，看看有什么机会。有的时候，只要告诉别人你想要什么，他们马上会接着说"我认识一个人可以推荐给你"。所以，公开谈谈你的目标，不要畏惧。

　　"很多怀有编剧梦想的人都不在行业内，我认为这是不对的。如果你的终极目标是好莱坞，那么必须想办法让自己成为一个圈内人士，即使暂时处于行业内低微的职位。除非你人脉很广，否则为了迈入这个行业你可能就是要从底层做起。从这些工作中可以学到了很多，这里有很多人可以帮助你达成所愿。保险公司的行政职位还是制片厂的清洁工，如果要在二者之间做出选择，我一定会选后者。"——曼尼·巴萨尼斯，《史蒂夫·哈维秀》联合执行制片人，《韦恩斯兄弟》联合制片人

谋生：行业内还是行业外

从事写作工作的同时自然也需要一些收入来维持生计。无非两种职业规划：行业内工作或行业外的工作。

有些人觉得像餐厅服务员、商场导购这样的工作也不错，至少有灵活的工作时间，可为写作和编剧会议提供一定保障。虽然如此，我依然坚持认为，如果可能的话，还是设法在电视网或制片厂里找份工作。原因有二：首先，每天都会与编写剧本、制作节目的人一起工作，当然比分发菜单学到的专业技能多得多。我初次来洛杉矶时，以为自己知道写作是怎么回事，而如今回首过往，才意识到我对写作的了解比我想象的要少得多。直接为编剧工作（并和他们一起消磨时光）才令我真正学会如何写作。这些时光中，我才真正学会如何拆分故事，如何写/重写笑话。此外，还听到一些自由撰稿人在推销剧本时常有的误会。

其次，行业内工作是快速发展人脉的最佳途径。我的剧本都是通过朋友推荐而销售出去的——如果在乔的餐厅而非环球影视工作，这些朋友永远也不会遇到。正是基于这种考虑，如果可能，希望你在行业内找份工作。

以下是一些你考虑的职业，按重要性排序：

- 编剧助理。虽然这些工作很难找到，但它们是成为编剧的最佳捷径。工作包括接电话、输入和校对剧本。你也可以通过观察专业人士的工作方式来提高自己。如果工作得力，且得到编剧们的青睐，甚至可以帮他们推销剧本——至少你有机会去结识一位经纪人。

- 制片助理。与编剧助理同样，都是为制片人工作的——由于制片人也是节目创造力的一部分。当然，你也可以为流程制片工作，虽然不理想——毕竟他们很少处理剧本创意，而是更多关注节目的预算和技术环节，包括后期制作等，与编剧的工作距离远一点。

- 制作助理。分为两种：在办公室和在现场。不得不说，制作助理的职位，对新人更有利，将有更多的机会与编剧、制片联系。现场制作助理将会把大部分时间花在演播室，与演员、工作团队的接触多于编剧。作为制作助理，需要做很多与节目制作直接相关的事，有时甚至是一些私人琐事。好的助理应当精力充沛，且有条不紊。

> "有趣只是成功的一个因素。好莱坞还有许多有趣的人也想工作。所以先写一个待售剧本，接着写第二个、第三个。经过大量练习，写到第十个剧本时，可能还需要学新东西，才能越写越好。同样地，也需要与职业编剧保持联系，并向他们学习。最好的办法就是为他们买咖啡、订午餐、接电话、记笔记。感谢这样的机会吧！有成千上万的人排在你身后，如果你不做，他们会很乐意去做。不要轻视助理工作，其实它们价值连城。"——马特·富斯菲尔德，《杰茜驾到》制片总监，《废柴联盟》联合制片人，《美国老爹》编剧

　　如果从这些初级工作做起，你就有可能进入光鲜靓丽的制片厂工作，每日不停地与各路人等见面会谈。比如，也可以试试收发室。诚然，分发邮件可能不是世界上最有趣的工作，但它却是你在行业生涯中迈出第一步需要支付的代价。在演播室里四处忙碌，也会遇到很多人。你应该把这些工作当作垫脚石，当其他更合适的工作机会出现时，才有可能最先得到消息。

　　IT部门也是与人接触很多的工作，前提是你对计算机和软件有所了解。我认识一位在环球影视工作的家伙，他认识公司里的每一位编剧。他是所有人的救世主，当大家在截稿日期前遇到计算机问题时，他总是挺身而出挽救了大局。通过这份工作所建立的人际关系，他得到不少推销机会。

　　在电视网和制片厂，还有很多的工作听起来无聊透顶。但如果你不能得到一些比较理想的初级工作岗位的机会，为何不考虑会计、法律部门的职位，不必永远待在这个位置上，当然你也不会永远这样。只是尽可能地迈出第一步吧！

初级职位入门指南

　　找一个初级职位可能很难，公司甚至不会在报纸上登广告，因为有那么多人在排队等这些职位。但也经常会在电视网与制片厂的网站上看到他们发布的新职位。此外，还应尝试关注联合精英经纪公司（United Talent Agency, Inc. 简称为UTA）的"工作清单"，它会定期发布一些行业入门级工作。诀窍是，你必须认识某个人才能得到这份名单。那么在实习的时候多询问周围的人吧！

　　一位业内朋友曾经给过我一些很不错的建议，结果我接到了《查理当值》的工作机会。当时是5月中旬，电视网刚刚公布当年秋季档期新节目。朋友建议我去读读《洛杉矶时报》，看看哪些新节目会在秋季播出（如今可以在网上查到这些信息）。他解释说，新节目需要雇用整个制作团队，意味着会有工作机会——这才是你应该先了解的。

　　新节目将通过工会和报纸刊登出来。一旦节目获批，制作部门几乎会立刻成立。你要做的就是拨打电视网或制片厂电话总机，请他们转接节目制作部门电话。当电话接通时你可以这样说："请问节目目前需要编剧助理/制作助理吗？"或者咨询你想去的岗位，接电话的人一定就是查阅简历的那个人。

简历和求职信

　　找工作的第一步是写简历，将你的简历连同一封恰当的求职信一起寄给未来的雇主。简历和求职信可以被视为一种营销工具，推销自己与自身技能。好的简历和求职信可以为你打开大门，使你有机会面对面地说服雇主聘用你。另外，如果简历和求职信写得太差，充斥着拼写和语法错误，等待它的往往是被扔进垃圾箱的命运。所以精心准备这两个文件是非常重要的。

由于简历和求职信是潜在雇主对你的第一印象，所以我强烈建议多一些预算来购买质量好一点的纸张和与之匹配的信封，目标是打造整体而全面的职业形象。至于颜色，白色、奶油色和象牙色都是相对安全的选择，如果你喜欢，也可以选择柔和的蓝色或灰色。要避免使用夸张的颜色，如青柠绿和深紫红，它们或许可以用来作派对邀请，但对职业简历毫无益处。有些人认为把简历放在醒目的信纸上会令人另眼相看。的确醒目，因为它们会脱颖而出，但绝不合适。

不管多么诱人，都应该远离那些做作的噱头，它们很少会管用。记得我在哥伦比亚电影公司工作时曾收到一个信封，打开它后一堆面包屑撒了一桌子。在这堆乱七八糟的东西中间有一个小小的纸团，皱皱巴巴的。拆开它时，我才意识到那是一份简历和一封求职信。求职信写得简短而甜蜜："就是它了……简而言之。"这位求职人的简历也太"简而言之"了吧。他一定没有想到，这份简历在投递过程中会被压扁。这封求职信留给我的唯一印象就是他一定疯了，结果当然是这位求职者没有被录用。

如何写简历

简历不要超过一页纸。有时我会看到一些刚刚开始工作的人简历长达三页。对于一个在电视行业工作了25年的人，如果我能把简历写在一页纸上，你一定也能。当然，这需要做出选择。

虽然简历有很多写法，但我还是建议你选要点来写。如今的生活中，人人都很忙，段落形式的简历读起来很难让人一目了然。如果使用"项目符号"格式，别人就能够在30秒内浏览你的简历，准确地了解你是谁，迄今为止做了些什么。

我一直认为，简历应该从职业经验开始写起，有些人可能也会建议你从教育经历开始写。虽然学历很重要，但这并不是雇主雇用你的主要原因。主要原因只有一个，即有无做这份工作的经验。

我从不相信目标职位，因为选择余地非常有限。你永远不知道简历会转给谁来看，所以一定要保留所有的选择。我也不相信列出业余爱好和兴趣会加分。作为雇主，我决不会雇用这样的人，比如热爱在周日下午划独木舟的人。我之所以雇用你，是因为我能胜任这份招聘的工作，而且你也有足够的经验。此外，目标和兴趣爱好虽然也可以在简历中占据一席之地，但我更愿看到这个空间有更多具体的内容，比如你的工作经验、获得过的奖项等。

无论什么样的简历，都不要撒谎，总有一天会被揭穿的。虽不会是今天或明天，但最终谎言会吞噬你。在这个行业，你所能控制的为数不多的事情之一就是自己的声誉。一旦这些都完了，你的一切也就结束了。同样地，也不要在简历上贬低自己。

经常有学生问我，如果在某个领域没有丰富的经验，他们应该在简历上写些什么。这就是实习之所以显得如此重要的原因，实习会带给你职业经验。当然，你还应该列出所做过的与这个行业没有直接关系的工作。大学时在百视达（Blockbuster）或必胜客（Pizza

Hut）等公司工作过，看似与电视行业不相干，但事实上却恰恰相反。全职学习与兼职工作表明你没有被宠坏，同时也为潜在的雇主提供了另一种参考。更不用说你永远不知道你的哪些能力会吸引他们。我的表姐毕业于一个与电视甚至通信都无关的专业。一时心血来潮，她把简历寄给了一家大型有线电视网。没想到的是，打电话通知她面试的那位高管只对一个事实很感兴趣：在整个大学期间，她都在照顾孩子。很明显，这位高管有4个孩子，他认为如果表姐能白天上学，晚上照看孩子，她一定很努力，且精力充沛。最终他雇用了她。你永远猜不到结局。

此外，还应该列出所有学生时代的奖项以及读过的全部相关课程。不要忘记写明你所拥有的任何特殊技能。

简历样本

以下是一份使用"项目符号"格式的简历样本。你可以用任何方式来设置简历，只要越容易阅读越好。

乔·布洛   艾奥瓦州苹果街20号*农田91405 * (515)555-9135 * JoeBlow@gmail.com

职业经历

2014年，全国广播公司（NBC）/环球影业 洛杉矶 加州 实习生
- 协助执行制片人的各项工作，《公园与游憩》

2013年，华纳兄弟公司 洛杉矶 加州 实习生
- 编剧团队助理，《好汉两个半》

2012年，艾奥瓦州电影委员会 德梅因市 艾奥瓦州 办公室助理
- 协助执行董事推动影片进入拍摄状态
- 联络好莱坞制片公司
- 协助制片人选择角色

2010—2011年，弗格森和福特 德梅因市 艾奥瓦州 接线员
- 接听电话
- 处理客户信件
- 整理客户档案

相关经验

2012—2013年，波士顿 马萨诸塞州
编剧/制片人
- 撰写、制作20分钟短影片《魔法英里》（*Magic Mile*）
- 获得柯达杯最佳学生电影奖
- 入围MTV最佳学生电影决赛

教育经历

2010—2014年，艾默生学院 波士顿 马萨诸塞州
- 文学学士学位，电影/视频专业
- 优等毕业生

技能   熟练使用Word、Final Draft、Movie Magic等软件
西班牙语和法语流利

其他   根据要求提供

如何写一封完美的求职信

如果求职信写得好，它的作用堪比简历。简历可以列出你的经验和技能，而一封好的求职信会详细说明这些经验如何直接转化成当前工作，并使你成为理想的候选人。

求职信是商业信函。从技术上讲，它行文正式，但同时也应该是对话式的。格式上它应该用单倍行距，每段之前应有两个空格。与简历一样，求职信的内容也应该控制在一页纸之内。

求职信原则上应该写给特定的人，如果你不知道这个"特定的人"是谁，那么写给他的信绝对是浪费时间……那写信还有什么用？所以，你的工作就是搞清楚他是谁。通常，这一点是相当容易做到的。只要打电话给公司，问问谁负责招聘这个职位即可。把简历和求职信寄给一个真实存在的人，至少会知道它的下落，强于扔在一大堆信件堆里。并且知道了负责招聘人的名字以后，如果一周内没有回复，你也知道该跟谁问讯结果。

写信之前，最好先给打算投递简历的那个人的办公室打个电话，跟助理核对一下名字的拼写，如果遇到一些中性的名字，还要核对性别，以防对方收到一封"玛蒂·库克先生[1]"的求职信。因为在我读到这样信件的第一行时，已经对于这位求职者有了负面的印象。如果不仅拼写错了对方的名字，还写错了性别，那么求职者实际传达了一个重要的信息：他/她对细节不太注意。众所周知电视行业是一个非常注重细节的职业，如果对方觉得你连一些小细节都处理不好，怎么能信任你能够处理好节目制作中的一些大事呢？答案必然是否定的。带有明显错误的求职信不可能达到目的，甚至会降低得到面试的机会。

年轻求职者在信中最常见的错误是，他们大多倾向解释为何这份工作对他们的职业生涯大有益处。相反地，写信时最重要的一点应该是写清楚你能为他们做什么，而不是他们能为你带来什么。例如："我申请编剧助理职位，是因为我想成为一名喜剧编剧，未来能为像《生活大爆炸》这样的高收视率电视节目工作，在那里我可以向有才华的编剧们学习，这将是我伟大职业生涯的第一步。"

对于这样的求职信，回复可能是：虽然查克·罗瑞可能会因为你喜欢他的节目而受宠若惊，但他绝不会为了你未来的喜剧写作生涯而雇用你。即使他要雇用你，原因也只有一个：他需要一名助理，而你有能力胜任这个职位。

这里的能力具体是指，在这类节目上你有突出的工作经验，了解节目制作流程与完成期限，了解如何整合剧本，可以在编剧室里快速而全面地记录笔记，在重压之下也能保持工作状态良好，了解如何接听电话和回复信息，还拥有令人愉悦的个人魅力。

几年前，一位很有前途的编剧请我帮忙看一下他准备寄出的求职信。这封信将寄送给一位身兼两家电影公司的首席执行官。如今他还拥有一家颇有盛名的制片公司。这位编剧和这位制片人是同一所大学的校友。在这封信中，这位编剧略去了发件人和收件人的名字。

1　玛蒂·库克是本书作者名字，身为女性，如果收到以"玛蒂·库克先生"的求职信，明显是求职者的错误——译者注

2001年4月23日

乔·布洛先生
董事长兼首席执行官，＿＿＿＿＿制片公司
公司地址：＿＿＿＿＿

亲爱的乔·布洛先生：

娱乐圈的每个人都是肮脏的，除了你和我。

与你相同，我也毕业于X大学，在那里学习影视专业。五月份我将获得学位，届时计划搬到好莱坞工作。以下是我最近取得的一些工作成绩：

- 完成6部长篇剧本，获得诸多肯定与奖励。
- 制作完成2部电影。
- 作为后期编辑，完成3部电影。
- 作为摄影指导，参与5部电影。
- 出演过2部电影。

娱乐圈里的每个人都是肮脏的，除了你和我。我们有什么理由不一起工作呢？

希望很快能收到你的回信。

真诚地
乔·肖默

这是一封无比糟糕的求职信，这位编剧犯了两大错误。开篇第一句就贬低别人，这是一个极大的禁忌。别人犯错并不会使你得到职位，相反地，你的实力才是得到职位的真正原因。

另一个错误在于，没有说清自己想得到什么职位。这位编剧通过求职信告诉对方，自己是个万事通：他身兼编剧、制片人、后期编辑、摄影指导和演员。现在，设身处地作为雇主想想，如果收到一封这样的信，你能猜到求职者想要做什么吗？他想做编剧还是想请你帮忙做后期编辑呢？在这个忙碌的行业中，没有人有时间停下来思考这些问题。作为求职者，你必须快速而清晰地表达出为何写作，以及具体想要什么职位。

正确的做法应该是求职者在到达洛杉矶后，写下这样一封信：

亲爱的乔·布洛先生：

我即将毕业于X大学影视编剧专业。虽然知道编剧行业竞争很激烈，但我依然致力于成为一名编剧。为此我刚搬到洛杉矶，希望尽可能多地与业内人士见面，找到一份初级工作。

一直以来，我就是您的影迷。像《X》和《Y》这样的电影正是我的终极职业梦想。知道您非常忙，作为刚迈入洛杉矶的行业新人，如您能在百忙中抽出几分

钟时间能给我这个小校友提一些建议，将不胜感激。请恕冒昧地随信附上简历，以便您能更好地了解我的一些从业经验。

　　过几天我会致电您的办公室，如您方便的话，我们可以约时间见面。

　　谢谢您花时间读我的这封信。

此致，敬礼

乔·肖默

求职信必备的五个段落

首先，求职信上要留有你的联系方式。其次要记住，求职信的目的是让人想与你见面。那么它应该以专业而不僵硬的对话形式进行。

- 第1段：自我介绍。简单陈述为何而写作。如有任何与招聘者相关联的信息，比如某人推荐或者校友关系等，在此段一定马上进行说明。如申请广告职位，也请写明。
- 第2、3段：求职信的核心和灵魂，也是说明自身的核心竞争力之处。仔细留意具体的工作内容及要求。然后核对简历，集中将过去工作经验中相关的案例列举出来。
- 第4段：要求面谈。要知道，没有哪家公司会在看过求职信之后就录用你。发送简历和求职信的目的在于能够进入下一阶段。因此，在第4段中你要主动提出面试请求，询问对方，几天后你将联系他或她的助理，能否安排一个面试机会。这样的态度一方面表达了你的诚意，另一方面也明确表示出你的主动。这样的语句其实大有助益，退一步来看，如果对方没有回应，你也可以打电话咨询一下结果（不管你是否情愿这样做）。
- 第5段：永远要感谢。感谢对方花时间读信，感谢对方考虑你的求职请求。最后别忘记再次表达对于面试的期望。

求职信样本

乔·某某先生

执行制片人，节目名称，派拉蒙影视公司

梅尔罗斯大街5555号

洛杉矶，加利福尼亚州，90048

2006年12月1日

亲爱的某某先生：

　　加里·格林先生建议我联系您，在您当前的节目中谋求编剧助理的职位。

正如随信所附的简历中，我相信自己是这个职位的最佳人选。作为《公园与游憩》节目的实习生，我能直接与执行制片人合作，这令我有机会接触编剧们的工作。有时，我也会承担编剧助理的部分工作，由此对于编剧工作流程有了充分的了解，对日常写作的压力也有了全面的认识。我的抗压能力非常出色，很少有事情（至今还没有）令我烦忧。

在《好汉两个半》的实习工作，让我有机会和编剧们一对一地工作，不仅帮助他们把初稿输入计算机，还做了大量的校对工作，帮助他们排版和准备桌面会议的剧本讨论稿。对于这些工作，我都会全力以赴且有条不紊地完成。大学期间，我还曾在弗格森和弗力律师事务所工作，除了打字和接听电话以外，还负责梳理整个档案系统。

如有机会与您见面将不胜荣幸，我会进一步阐述我的节目制作经验以及各项技能，您一定会发现我是这个编剧助理职位的完美人选。如您方便，随时可以联系我，随后我也会主动与您的办公室联系。等候与您见面的消息。

非常感谢您考虑我的申请。期待尽快与您见面。

此致，敬礼

乔·肖默

面试所传达的信息

即使公司没有合适的职位，你也应该多与业内人士见面。通常情况下，在见面时我会直白地告诉对方见面的目的是寻求意见和帮助。大多数人都会乐意给出建议，因为这样的请求不具威胁性，且令人感觉良好。这样做的目标是让人们了解你，很多时候只有在见到具体的个体时才真正了解某一个人。此外，面试可以带给你想象不到的各个方面。如果他非常欣赏你，极有可能推荐行业里其他人与你认识。

应聘需要时机

如果你致电给一家公司询问某职位谁负责招聘，对方告知你，"我们现在不招人"，请不要相信。当年为了申请《查理当值》编剧职位，在一个星期五的下午，我被告知编剧人员都已配齐。我追问道，是否可以让我知道负责人的名字，这样如果有人不合适这个职位，我仍然希望可以发送简历给负责人。得到答复之后，下午5：00我发出了自己的简历和求职信。出人意料的是，周一早上，我得到通知去面试。这种状况看起来好像是他们收到的简历太多了。只是在我礼貌地坚持之下，我的简历才在合适的时间发送到合适的人。其实当时他们才刚刚开始面试剧本编剧。

尽快投递简历

合适的工作机会总是不时地会出现。机会来临时，你可以考虑使用有24小时快递服务（如联邦快递）的渠道来发送简历和求职信。当然，不必每一份简历都这么做，毕竟费用太昂贵。如果遇到合适的机遇，连夜寄出简历会有明显的优势。

大公司的收发室收件速度通常较慢。公平地说，他们每天都要分类、递送大量的信件和包裹。从邮局寄出的信几天后才能到达公司收发室，接下来可能需要更长的时间才能到达收件人手上。

联邦快递和其他24小时邮件递送的处理方式有些不同，他们有一种紧迫感。当这些信件送到公司收发室时，需要签字接收，这意味着签字的人要承担一定责任。收发室的工作人员通常会在早晨发送隔夜的重要邮件，或者下午第一时间来送当天的重要快递。他们并不知道哪个快递是老板正在焦急地等待的，因此他们绝不会冒险延误。当然，他们最不希望看到的就是老板打电话焦急地索要快递，却发现它安静地躺在收发室抽屉里。

一旦连夜送达的文件送到老板办公室，助理一般都会把它们放进老板的收信夹中。这意味着老板会亲自打开快递，阅读你的求职信和简历。当然情况并不总是这样，也许读信时只是匆匆一瞥，但是这毕竟是增加概率的一种好办法。另外，这种紧急方式也传达出一个信息：你非常渴望这份工作。

掌握电话礼仪

找工作的时候，需要有非常良好的电话沟通技巧。你应该态度友好而充满活力，电话接通后先报出你的名字，然后直奔主题。不要等着助理通过20个问题才问清楚你的目的。他们都很忙，一定要言简意赅。不要以为回避提问就能绕过他们这一关。助理们在接听和筛选电话方面均受过良好的训练。

记住助理的名字很重要

许多人最大的错误就是忽视助理。虽然他们在职场的位置较低，但不要低估他们的能力。他们也可以帮你打开大门。一天中的很多时刻，助理们都会与老板单独沟通。他们会决定你的优先级有多高……甚至可以不提起你曾经打过电话。

作为一名前助理，我可以负责地告诉你，当多如牛毛的人们打进电话要求给老板留言，但有些人却把我当"垃圾"一样对待时，我有时会"不小心"忘记把他们的留言记录下来。同样地，我经常和陌生人交谈，如果他们彬彬有礼且话语专业时，我也会在向老板单独汇报工作时提起"乔·肖默又打电话来了"这样的话题，并且对老板说："乔看起来不错，也许您可以给他回个电话？"

好老板绝对信任他们的助理，许多人都会由衷地认为助理甚至可以代表他们。通常也意味着，如果老板听到有人对助理无礼，他们可能也就不想和这个人来往了。

> "与助理友好相待。首先，这是正确而礼貌的做法。其次，助理的权力往往比人们所能意识到的大得多。如果你对他们不友好，他们会想方设法地让老板知道。我身边就有这样的例子，一位非常有潜力的编剧为了某个职位或方案而对助理表现得很失礼，最后白白断送自己的机会。人们通常不愿与不礼貌的人一起工作。所以最好的建议是，要与人为善。"——曼尼·巴萨尼斯，《史蒂夫·哈维秀》联合执行制片人，《韦恩斯兄弟》联合制片人

打电话时，应该先询问助理的名字，这一点大多数人都做不到。这不仅仅是得知一个名字那么简单，而且是一种更加人性化的对话方式，如果在求职信和简历许久没有回复的情况下，你给一个真实的人回电话结果也许更加好一些。我通常会这样说："嗨，安妮，我是玛蒂·库克。上周我们通过电话，我正申请成为迈克的制片助理，但是还没有收到回复。你可以帮我问问他吗？"如果助理对你有好感，那么你的机会就会大大增加。记住，助理也会一直在衡量你在成为他或她的同事后是否能相处愉快。

本书写作过程中，我采访过的众多编剧、制片人或高管，至今我仍可以说出每一位助理的名字，从心底感谢他们每一位的帮助。

如何及何时使用语音留言

如果没有及时接到电话，也可以试着在公司下班时间回电话。偶尔，当助理们下班后，老板也会亲自接电话。有时，你会收到对方的语音留言，大多数人都会接听语音留言。如果你收到了老板回复的那一条，一定是他们花时间看了你的简历。

关于语音留言，有一些需要你记住的事情。首先，不要东拉西扯。有些公司的留言系统是计时的，千万不要说一半被挂掉，然后再打回去接着说。简明扼要非常重要。同时，保持精力充沛，人们会根据你的声音来形成对你的印象。留言开头和结尾都说明你的联系电话。有时候（尤其是手机）会有掉线的情况，某人可能会错过你的电话，也许错过就永远失去了机会。在开头和结尾的重复，也给了对方留有机会写下你的电话号码。

可以这样说："嗨，我是玛蒂·库克，电话为781-555-2421。想了解一下关于我申请的制片助理一职的简历反馈情况。我自认为具备贵司所要求的所有条件，也相信我是这份工作的合适人选。很高兴有机会来和你们谈谈。如果能接到回电，我非常感激。我是玛蒂·库克，电话为781-555-2421。期待着与你面谈。"

电话时注意语气，不要表现得过于明显。另外，不要在半夜打电话，那太奇怪了。请尝试在晚上6点或6点半之后，或者早上9点之前，也可以试试午餐时间。

如何/何时使用电子邮件

使用电子邮件联系比语音、电话要复杂一些。虽然通常可以在公司网站查到某人的电子邮件地址，但是没有人乐意接收来自陌生人的电子邮件。公司的邮件往往是用作内部联系的。所以，不必为未接到邮件回复而感到扫兴。实际工作中，越来越多的公司正在增加网络控制手段，以防公众向他们的员工发送未经请求的电子邮件。尽管如此，如果你觉得这是唯一能联系到对方的方法，那么也可以试一试，就像语音留言一样尽量简短明了。告诉他你写作目的和愿景。

以下几件事请记住。首先，专业网名。你可能认为SpoiledRottenPrincess@gmail.com[1]这样的前缀很可爱，但想想未来雇主看到它时的情形。

另一件事是确保你的邮箱不会阻止对方的电子邮件，如果垃圾邮件设置级别太高，很多邮件就会接收不到。不久前，我收到一封电子邮件，是一位即将毕业的学生发来的，请我给一些建议。我花了很多时间认真地答复他。但随后收到了一封回信，不是来自他本人，而是来自他的邮件服务商，声称邮件系统不能识别我的邮件地址，并在其中包含一个链接，要求填写某个表格。在填好表格之后，如果这位学生认为我合适才会联系我。当然，我没有填什么鬼表格。接下来的几天，我不断地收到一些提醒邮件，催促我去填表。最后，那个学生打电话来，对于没有收到我的回复邮件表示很不解。我很直白地告诉他，如果以这种方式找工作，他可能会一直失业。当你想从某人那里谋求什么，尤其是一份工作，那么必须让自己变得易于接近，没有人有时间不断地求着你。如果联系起来太麻烦的话，你就永远失去了机会。

> "学习一门技艺需要时间。要有耐心坚持下去。如果你这样做了，准时出现，并且努力工作，机会一定会降临——唯一重要的是，此刻你是否准备好了。"——奥斯卡奖提名大卫·马吉，《少年派的奇幻漂流》《寻找梦幻岛》

---

[1] 邮件地址的前缀SpoiledRottenPrixces，字面意思为"被宠坏的小公主"——译者注

---------- 第30章 ----------

面试机会

面试准备

准备面试是得到工作过程中最重要的一步。正如之前提到的，在和对方讨论剧本时，怎能不先搜索一下他的专业背景？这一条也适用于初级职位。话虽如此，请允许我再告诉你一个小秘密。如今，当你申请任何一种工作时，你都应该假设能够与未来的雇主愉快相处。那么，强烈建议你谨慎在网上发布个人信息，因为它们未来可能会对你造成困扰，包括优兔视频网站（YouTube）、脸书（Facebook）等。参加某个联谊派对，你那张穿着半透明裙子、手里拿着几杯饮料的照片对你和朋友们来说可能会很有趣。但是，你知道以后会变得不那么好玩吗？例如，当你找到一份渴望已久的工作时，公司里有人在谷歌上搜索到你的照片，因此留下了错误的印象。这是真的，不是在编故事。我的经验是，如果你不想让母亲或祖母看到这条信息，那一定也不想让你的老板看到它。那些看起来很可爱、很有趣，甚至眼前似乎看起来不值一提的东西，也许有一天会扼杀了你的机会，到那时一切就完全不有趣了。

准备面试前，有些人习惯先把所有可能被问到的问题预先准备好，想出聪明的答案。我认为这是错误的。你尽管可以去尝试、去想，但永远不可能覆盖每一个问题。如果答案千篇一律，你可能会显得呆板。如果某个问题与你所预期的不同，现场极有可能会出现令人窒息的氛围。我认为得到一份工作的最好方法是做你自己。这就要求你清楚地了解自己是什么样的人，并对自己的专业能力有信心。如果你特别不自信，请记住这一点：面试你的人已经在某种程度上认可了你的能力，否则你也不会得到这次面试的机会。

> "做自己，要诚实。不要事后后悔，告诉他们那些你认为他们想了解的事情。他们想要诚实的交易，也希望你就是你自己。"——杰夫·埃克勒，《弑者诛心》制片顾问，《法律与秩序：特殊受害者》制片总监

面试来临，没有人会要求你必须回答所有问题。在我过去的很多工作面试中，有些老板会直接抛出一些我根本不知道的问题，而我只是真诚地回答："这真是个好问题，不过

我可能并不十分了解。"如果能马上想出一两个要点回复，我马上就会直言，如果不能，我也会补充说："我需要思考一下。"

控制面试

礼貌地打过招呼之后，我通常会勇敢地说："我来简单地介绍一下自己吧？"一般这个问题总是得到微笑地回应。这个环节会令坐在对面的人有机会停下来喘口气，喝一口摆在一边还没来得及喝的咖啡，然后侧耳倾听。这样的对话好过重复地问老套陈旧的面试问题。

这样的开场白，使我完成了几件重要的事情。从面试一开始，对方就会确信我是一个自信、主动的人。而这两种品质对未来的老板而言都非常重要，因为任何主管都不希望看到只能被牵着鼻子走的员工。也许更重要的是，通过控制面试气氛，我能够顺利地表达自己的全部观点，将我的背景与工作描述相匹配，并通过具体事例详细说明我才是最合格的候选人。

信心是关键

得到雇用的原因只有一个：坐在桌子对面的那个人相信你有能力胜任这份工作。因此，你必须对自己的能力充满信心。如果你都不相信自己，怎么能指望别人相信你呢？内心深处的紧张是可以接受的（实际上紧张是件好事，因为它意味着你在意这份工作），只是不要表现出来就好。

在好莱坞，我申请的第一份工作是哥伦比亚电影公司，为马蒂·兰索霍夫作制片助理，他刚刚开始制作一部名为《血网边缘》（*Jagged Edge*）的电影。兰索霍夫能力超强，我渴望这份工作胜过一切。在制片厂面试时，他的表现把我吓得魂飞魄散，他一见面就抛出各种各样的问题和对我的看法，比如"我为何要聘用你？""你怎么没有相关经验？""你怎么对电影行业一无所知？"我张着嘴呆坐在那里，完全不知该如何为自己辩护，甚至不知如何插一句话来陈述自己的观点。5分钟后，面试结束了。

我离开时非常沮丧。进门时，我对自己说我要这份工作，成败在此一举。然而5分钟后，我确信已经失去了它。回到家后，我迅速脱掉那身职业装，团了团扔在地板上，然后点了一份比萨，吃了整整一大块。刚吃完，电话铃响了，兰索霍夫要我马上到位于贝弗利山庄的办公室见面。很明显，他手下负责故事开发的副总裁很喜欢我，并且奇迹般地说服了他再给我一次机会。

驱车前往贝弗利山庄的20分钟路上，我告诉自己，无论如何都要直视对方的眼睛，告诉他所有不雇用我的理由都是傻瓜行为。不知为何，这次我成功了，他给了我这份工作。

事情真相是这样的：下午2点，这家伙就像上午10点时一样可怕。面试后的4个小时里，他仍然没变，而我变了。我找到了源自内心的力量，我需要这份工作，我相信自己能做好它。它也成为我的职业历史上最愉快的工作之一。兰索霍夫根本不是一个怪物，相反地，他非常聪明，教会我很多关于故事片写作和制作的知识。起初他对我非常严厉，只是想看看我是否能对付得了他。他知道，如果我连这点麻烦都搞不定，就永远无法应对电影制作过程中每天遇到的麻烦事。

感谢信的力量

面试结束后，写一封老套的感谢信吧！令人难以置信的是，几乎很少有人这么做，而这个小小的举动可以令你在竞争中遥遥领先。首先，大多数人喜欢收到感谢类邮件，而致谢总是一件优雅的事情，也会使你看起来非常和善。其次，也许更重要的是，这封信再次把你的名字摆在对方面前，不仅有机会重申你对这份工作的兴趣，还可以补充一些你在面试过程中忘记提及的话。以这样的方式提醒面试官自己的存在，并且重申对这个职位仍然非常感兴趣，这两点非常关键，尤其他们在面试你之后会见许多人，这封信可以帮助你在混乱中重新树立形象。

有用的后续电话

不能忍受坏消息？极有可能你发出一大堆简历却没有人回复。也许与你个人或你的简历并无关系，只是时机不对而已。无论如何，你必须接着打后续追踪电话。这可能会令人感到丢脸，在内心深处你可能认为，如果他们喜欢所看到的文字就会给打电话联系你。

我早已学会了不在意这些。你无法知道别人在想什么，他们可能在度假，也可能计划打电话，只是还没行动，或者他们根本没有计划。但是你应该设法与他们通话，说服他们给你一个机会。后续电话很重要，它表明你才是真正渴望这份工作的那个人，还有机会使你的名字再次出现在雇主面前。

把"不"变成"是"

大多数时候，当人们决定"不"的时候，是不会费心地告知你结果的。偶尔，你可能会收到一封礼貌的信件提及他们已经有人填补了这个职位，即使是这样的信也很少见。尽管如此，在极少的情况下还是会有人打电话告诉你，他们决定不雇用你了。出于本能，你会感谢他们的来电，然后挂断电话。这样做是最糟糕的，一旦谈话结束，一切就结束了。

在这种谈话中，最有利的方式是："谢谢你告诉我。但我确实有些失望，因为我真的很想得到这份工作，我觉得自己能为贵公司做出很多贡献。"然后延续这种伎俩，问问他们将来是否会招聘，问问他们是否留意到公司里有其他需要你这样的职位。如果答案否定，那么就问一问是否可以保持联系，经常来看看有没有相关职位。很久以前我就明白，即使你不是这份工作的第一人选，也并不意味着你最终不会得到这份工作，或者得到另一份与它一样的工作。随着时间的推移，我也逐渐意识到，把消极的东西变成积极的，这是极有可能的。

多年前，我想求职于儿童电视行业。我把简历和样片寄到波士顿公共电视频道（WGBH），因为得知他们开设了一个新的儿童节目叫作《天才学院》（*Zoom*，它在20世纪70年代开播，之后停播了很多年，他们决定让它回归）。我接到制片人打来的电话，她礼貌地说，他们已经看过我寄送的样片，看起来不错，但没有任何内容与儿童节目直接相关。她告诉我，此次的竞争者是那些花了毕生时间制作《芝麻街》和《罗杰斯先生的邻居》（*Mr. Rogers' Neighborhood*）等顶尖级、受人尊敬的儿童节目的制作人。她认为我不可能得到那份工作。

我的答复是，我明白她的意思，但任何了解我的人都知道我对于儿童节目的痴爱，我属于这里。我接着说，我已经下定决心迈入波士顿公共电视频道的儿童电视市场，不知是否还有其他节目可以推荐。我的热情和决心让她措手不及。于是她同意会把我的样片转发给节目总制作人，由他来决定。在接下来的7年里，我一直在节目中担任现场制片人。那是一部很棒的节目。

把"不"变成"是"并不容易，而且也不总是有效。有时候人们就是不愿意雇用你，这没关系，因为试一试也不会有什么损失。

> "善有善报。任何一份工作都会给你带来更多的机会。参加任何一次会议都要记住，也许有一天其中哪位可能成为你的上级。还有就是，别忘记一直写下去。"——苏珊·罗夫纳，华纳兄弟电视公司开发部执行副总裁

第31章

恭喜得到工作，然后呢

微笑面对工作

在一段的时间之内，能在电视行业内找到一份工作，哪怕是入门级，也会令你感觉良好。如果你是一名真正的编剧，这种新鲜感很快就会消失。很有可能由于被要求做一些你认为不值得做的小事而感到沮丧。毕竟，在内心深处，你自认为你是一名编剧，而不是制片助理、打字员，也不是秘书。身边会遇到一些编剧，你自认为可以比他们做得更好。也许你有这个能力，但是你要认识到他们在他们的岗位上，你在你的岗位上。无论你做任何工作，只要是拿薪水的，那么你对于节目和雇主都有一份责任。

也许当前的入门级工作还没有使你意识到这一点，但走到职业生涯后期的某一天时，你会明白大多数入门级的工作带给你的绝不仅是一份薪水那么简单，它们给了你经验。作为订午餐、冲咖啡和接电话的回报，实际上你有机会亲身了解电视制作的来龙去脉。这对于编剧而言是至关重要的，尤其是如果有一天你希望能制作自己的节目。一份入门级的工作，意味着每周花5天时间与编剧和制作人在一起，看看他们如何工作。这绝不是电影学校所能传授的内容，也不仅仅是通过读书或学习就能明白的事情。在制片公司里，通过潜移默化地学习，总有一天你会对你所知道的一切而备感骄傲。

> "事实上，你会得到一份糟糕的工作。为讨厌的人工作似乎是理所当然的。你会被要求做一些无趣的事情，比如复印、接电话、倒咖啡。你会为把美妙的想象力都用在冲咖啡上而很生气，但事情就是这样。当你去取咖啡时，必须面带微笑，要让这杯咖啡成为地球上最好喝的咖啡。这样做的原因是，如果拿咖啡时你以翻白眼的态度来做，表现得好像你十分优秀不屑于做这些小事，别人就会记住你。这不是指记住你聪明或者有才华，也不是记住你拥有某个名牌大学的高学历，而是记住你连最小的事情都做不好而且态度恶劣，以后也许会是一个忘恩负义的小孩。所以聪明点儿，学会优雅地处理自己的情绪，把抱怨留到回家的路上。否则，你就等于为一些愚蠢和不重要的事情（比如倒一杯倒霉的咖啡）而走上崎岖的羊肠小道。"——斯泰茜·麦基，《实习医生格蕾》联合执行制片人

最快的晋升方法就是把工作做得更好，热情地承担每一项任务，无论多么卑微。比如，为编剧买午餐。你按时做到了，却听到有一个唠叨大神抱怨说，他要的是卷心菜沙拉，而不是你带回来的土豆沙拉。此时我告诫你——绝对不要反击，正确的回答是礼貌地说："对不起，我很乐意再去餐厅换一份卷心菜沙拉。"要证明自己是不可动摇的，绝对不会在压力下成为一块破碎的石头。

要证明你是可信赖的，每天都状态良好地去上班。如果某天状态不好，那么就假装一下，对周围所有的人表现出极大的忠诚。如果你想让他们以后提携你，那么就贴心地照顾他们。这是一条双行道，你必须时刻准备好多走额外的一英里。这也许意味着凌晨3点编剧们还在绞尽脑汁写剧本，你走进会议室主动要求为他们煮一壶新咖啡。我保证这个动作不会令人厌烦，而且对他们来说意义重大。当机会来临时，他们会记住这些小事，当然也许不记得。

> "没有人能够一夜成名。我的第一份工作是接待员和司机。为老板的野餐会送瓶装水，我是笑着去做这件事的。你必须有一个好态度。当我们不得不在晚上或周末加班时，哪怕是最微不足道的一个眼神，都会知道那个人心存感谢。"——艾美奖得主，杰伊·宾斯托克，《学徒》《幸存者》《全美烘焙大赛》执行制片人

抓住每一个机会

每个人进入这个行业的途径都不同，你永远不知道会在哪里、以何种途径进入这个行业。发生在我身上的事情和发生在朋友身上的事情并不完全一样，你呢？可能会更加完全不同。你只需要努力工作，对周围的一切都敞开心扉。

举个例子：当时我还在《查理当值》节目工作时，有一天前去复印一份剧本。队伍排得很长，因为无聊就与后面的人聊起天来。当时的我所不知的是，他是一位执行制片人，并且喜欢剧情剧。我告诉他说自己已经卖出两个剧本，他就顺着话题问我是否对写剧情剧感兴趣。那天傍晚，我抱着自己写的一部剧本来到他的办公室。结果是，他聘用了我。我常常回想起那天的情景，庆幸自己没有趾高气扬地说出类似"我看不起复印这种小活儿"的话来。

找到导师

想要升职最重要的是遇到一位导师。这不能强人所难，必须顺其自然。导师显然比你更有经验，更有权力，而且与你个性基本相似。不论什么原因，导师与你是真的彼此欣赏。你尊重他所取得的成就，而他/她也看到了你的潜力，愿意帮助你推动事业向前发展。

在电视写作领域，导师至关重要。根据他们所处的职位，可以以多种不同的方式帮助你迈入职业领域。如果他们有足够的能力，也可以分配你来写第一个故事梗概或剧本。如果他们位置稍低，仍然可以为你而战，告诉别人你很努力，是个好编剧，并表示愿意助你一臂之力。也就是所谓的担保剧本，这是一个很大的恩惠。

要知道，销售第一个剧本非常困难，正如我们反复讨论的那样，制片人往往不愿意给初次写剧本的人机会，因为他们担心新手们写不出一个可用的剧本。如果有编剧或制片人为你的剧本担保，他们会对执行制片人保证，如果你的剧本写出来后是一个哑弹，他们会进行重写，确保它处于良好的状态。你可能会想："这有什么大不了的？"在繁忙的制作过程中，一个制片人不得不放下手头的工作来重写剧本，而你也会因此而得到金钱和荣誉，这无疑是帮了你一个大忙。

> "给自己找几位导师，学习他们的经验，学习他们的成功与失败。如果你不在纽约或洛杉矶，这就有点难了，你可以试着通过讨论写作来进行联系，寻求建议，而不是寻求工作。"——艾美奖得主，加里·格罗斯曼（Gary Grossman），韦勒/格罗斯曼制片公司（Weller/Grossman Productions）合伙人

勇于承担错误

找到工作后，有些时候你能完全应付自如，有时候却不能。毫无疑问，人总是会犯错的。无论错误大小，我的建议是勇于承担责任。

我曾经犯过的最大错误，大概是在全国广播公司在播节目《真实生活》（*Real Life*）工作时，当时我担任编剧，节目还处于启动阶段，距离首播还有一周左右时间。所有人都已排练了好几周，每周工作7天，每天连续工作18~20个小时。我也睡眼惺忪，精疲力竭。某天凌晨1点半左右，节目制片人让我去编辑区查看某个故事标题，并且他提醒我要确保标题拼写正确。

而几天后，我注意到节目的两名执行制片人和节目制片人聚集在编辑区，看起来很生气的样子。没过多久我就弄明白了原因，是我把事情搞砸了。我负责检查的一个单词拼错了，我却没有发现。虽然这听起来似乎没那么糟糕，但它产生了"多米诺骨牌"效应。这个词被加入故事中，这个故事被安排在一场节目中，而这个节目在伯班克播出。值得庆幸的是，电视台的另一个比我眼睛更明亮、马尾辫更浓密的女士发现了这个拼写错误。但幸运的是，在节目播出之前，我们还有时间来解决这个问题。

没有人发现是我的错误，我自己也不确定他们是否知道我应该对此事负责。但我觉得很糟，我知道我应该负责，是我的错误给所有已经很疲惫、承受巨大压力的人增加了额外的工作量。我也觉得自己很粗心，因为我毕竟是一个编剧，不应该犯拼写错误这样的低级

错误。我只记得当时自己如此疲惫和羞耻，恨不得大哭一场。

　　然而我并没有哭泣，而是大步走进老板的办公室，坐下来正式地告知他责任在我。我向他道歉，并坦诚地说对于自己给他带来的所有麻烦感到非常难过，更不用说如何面对电视台高管的尴尬了。当我走进他的办公室时，我想他应该相当生气。但当我走上前去，提出为所发生的事负责时，他的语气明显缓和了很多。

　　在工作中每当我犯了错，不管多么困难总是勇于承认它。我做事的底线是，每个人都是凡人，每个人都会犯错，而人们记住的是你如何处理错误。如果你承担责任，虽然老板可能并不总是喜欢你告诉他们的实情，但却会由于你的诚实而尊重你。如果你企图掩盖错误，或者更糟的是让同事来承担责任，大家最终也会发现是你犯了错。还有，如果你主动承担错误，可是事实是你并没有做什么错事时，老板可能更信任你。

记住目标：制订写作计划并坚持下去

　　一旦找到一份与电视行业相关的工作，你就需要每天工作很长时间，以后将很难再找到时间来写作。很多从事入门级工作的同行早上很早上班，直到晚上8点或9点才回家，到家后深深感受到待在家里是一件多么美好的事情。周末时，除了各种各样的社交邀请，还有很多乏味但必须要做的琐事，如干洗衣服、跑腿、购物和付账单。当然你也需要一些时间来放松和娱乐。那么写作放到什么位置呢？答案是，必须放在首位，否则你根本不会去写。不知不觉中，一天过去了，一星期过去了，一个月过去了……你却一个字也没写，而在内心深处这件事会一直纠缠着你。为避免这种情况，你可以打开日程安排，看看一周时间表，就像预约与医生见面一样，在预定的时间内写作。这是第一步。

　　第二步是遵守与自己的约定。如果可能的话，每天尽量在相同的时间写作，不久之后写作就会成为你的习惯。

在入门级岗位上待多久

　　在入门级工作岗位上工作大约6个月之后，就可以和老板谈谈你的职业理想了。但不要多次谈论这个话题，也不要太多算计。当话题被提起或自然而然地融入这样的话题时，你随时可以谈论它。如果你一直工作得很好，大多数老板都会对你以后想做什么而感到好奇。

　　一年之后，是时候正式约定一个时间来讨论你的未来了。我所说的"正式"的意思是在老板的日程上预约时间，而非在他/她忙个不停的时候插空说说。如果只是插空说说，那么可以肯定的是，这场谈话可能随时会被某事或某人打断，老板也不会为此感到抱歉，因为本次安排的谈话本身就比较随意而非正式。

　　可以这样开始对话："我在这里已经工作一年了，现在也是时候问问公司对我的看法了。"希望你得到的回答是："一切都很好，你做得很棒。"此时你可以接着话题这样说："很高兴听到你这么说，因为在这里真的很开心。我想和你谈谈关于我的未来发展，你认为我适合做哪些工作以及什么时候有可能承担更多的责任。"

如果你对自己的未来有明确的想法，一定要表达出来，而且要确保它是可以实现的。不管老板有多欣赏你，大多数人都不会考虑让你从初级职位直接升为专职编剧或制片人。记住：你的要求取决于目前工作的类型和老板的职位。你当然可以谈一谈自己想成为一名编剧的愿望，请他读一读你的剧本样稿，如果他/她喜欢，当然可以考虑向他/她推介一下。

请仔细地倾听你的老板是如何回应的。他/她也许会说，你需要工作一年以上，然后才可以考虑升职。这是公平的，接下来就要看是否能确定一个时间可以重启这个话题。老板可能会告诉你这一季已经没有更多的新节目了，而你在下一季也许可以来试试。或者，告诉你现在的工作确实没有太大的发展潜力。除了听对方所说的话，还要注意观察他的肢体语言。如果承诺要做某件事，他/她看起来是否真诚？还是有点拖延或不自然？所有这些信息都是非常重要的，即使这些信息是你不愿面对的。

下一步计划

对话结束后，该消化一下内容了。显而易见的是，一旦老板说这份工作没有发展潜力时，即使有些风险，你要做的第一件事也应该是马上开始寻找下一份工作。没有前途的工作意味着除了有薪水，其他都是在浪费精力，它不会帮助你达到最终目的。也许你会难过，但还是应该感谢老板说出了真相，而不是让你带着错误的希望再浪费几年的时间。

如果老板对你承诺了未来，那么你应该留下来看看他/她能否达成承诺。无论承诺的内容是什么、在什么时间段，都要适时地提醒他。如果10月有新剧推介会议，而你也确信自己可以提出"下一季"的故事构思，那么绝不要等到秋季档公布的那一天才行动，也绝不要等到编剧组已经就位并开始写作时才行动。你要对老板说："上一季结束时你告诉我可以提一些故事创意。我想知道现在是否还有效。"

事情发展到此时有可能会变得棘手起来。完美的预期是，你的老板可能会说："当然。随时来找我。"也许有另一种情况，老板会找一些借口来解释为什么现在不是一个好时机，但也许在未来的某个时候才可以。之前坚定的承诺已经变成了"也许"，这时你要做出决定，诚实地面对自己。老板到底是否诚实，还是在拿美好的未来当诱饵？虽然我一直在不停地宣扬良好的职业道德以及把工作做好的重要性，但这样也会有一个小小的危险，比如有些人不想提拔你，因为你工作做得太好，他们不想失去你。也就是说，他们真正关心的只有他们自己，而不是你的前途。

现在，你必须做出非常艰难的选择，是留下来接着等待奇迹发生，还是找另一份工作？我可以告诉你一般人都怎么选择：留下来，希望一切顺利。没有人喜欢重新找工作，更不用说你在这个职位上已经投入了一年半的时间。从本质上说，辞职意味着重新开始，找到另一家公司，在那里需要重新证明自己。我不能替你决定，因为每个人的情况都不一样。我只能说，请相信直觉。如果感觉面前的这条路是一个"死胡同"，那么必须离开。

到目前为止，你只投资了一年半时间，但转眼间这18个月可能就变成了5年或更长时间。在舒适的环境中，时间会过得很快。

同样地，你也必须现实一点。在如今竞争激烈的市场中，你可能要花好几年时间才能卖出第一个剧本，多待一段时间也可能会有回报。

"要有耐心，不要心存怨念。埋头工作，工作，工作。不要考虑其他人做什么。如果你没有准备好，那仅仅就是因为你还没有准备好。一旦一切都准备好，奇迹就会发生，宇宙的秘密就是这么简单。另外，现在的电视频道大约有500个，比以往任何时候都要多，这意味需要海量的内容产品，而这些节目又都需要编剧，因此，现在就是编剧最好的工作时机。要友善，要有趣，要坚持，不要惹人厌烦，不要缠着别人找工作。人们只要知道你想成为一名编剧，那么身边一有机会，他们就会想起你，不需要每天在脸书上或发邮件提示他们。这些举动会让你们之间的友谊看起来很廉价。"——哈里斯·惠泰尔斯，《公园与游憩》联合执行制片人，《体育老师笑传》制片顾问，《莎拉·丝沃曼栏目》编剧

第32章

网络的力量

保持联系是第三项工作

对你来说,第一项任务将是写作待售剧本、寻找经纪人或以编剧的身份工作,第二项任务也就是所谓白天的工作,所得薪水用来付账单和房租,现在我要增添第三项任务:网络。

父母那一代人会在一家公司工作许多年,而电视行业却恰恰相反。编剧和制作人很少把整个职业生涯都花在同一个制片公司里。节目下线,或者他们的经纪人发现了更好的节目,编剧们就会从这个节目离职,从一个节目跳到另一个节目,从一家制片公司跳到另一家制片公司。你必须跟上大家的节奏,就像你必须与那些在研讨或派对上认识的人保持联系一样。世界上最糟糕的事情是曾经的同事如今高升,他有可能提携你,但你却不想给他打电话,因为你俩已经多年没联系了。站在对方的角度,只有在需要时才打电话,这真是太令人讨厌了。为防止出现这种尴尬,你可以多了解对方的生活爱好和职业兴趣,找到共同点以保持联系。但是我也要警告你,要跟上别人的步伐需要投入很多时间和精力。

定制自己的卡片

要给自己买些漂亮的卡片,以便写一些便条,这是一个好方法。例如,有人请你吃午饭,用卡片写一封简短的感谢信;有认识的人升职了,用卡片写一封简单的祝贺信。这些细节会让你看起来很有风度,也会帮助你在人群中脱颖而出。

多存名片

订购卡片的时候,你也应该准备一些职业的商务名片。以后你会惊奇地发现,将会遇见很多人,名片的消耗速度会很快。不久之后,你就会受邀出现在各种聚会、放映和行业活动中,在那里你可以与想要保持联系的人交换名片。比起在钱包里乱翻一通,然后在一张旧收据上潦草地写下联系方式,不如伸手拿出一张名片使你看起来更得体。

卡片上写些什么信息也很重要。在某个聚会上,我注意到一个人正在给大家分发他的名片。卡片上除了他的姓名、地址和电话号码外,还写着"电视编剧"的职务。这个可怜的家伙一离开房间，人们就纷纷议论起来，因为所有人都知道他一个剧本也没卖出去过。从职业的角度来讲，在销售出第一部剧本之前，并不能称为"电视编剧"，至少不是职业编剧。这就像有些人说自己是店主，可实际上他们并没有自己的商店，只是希望有一天能够拥有一家而已。

如果换作我，刚入行不久时，我会简单地列出自己的名字和联系方式，包括电子邮件和手机号码。此外，还会选择一张在设计和颜色上显得既专业又醒目的卡片递给别人。

如果没有钱购买专业印制的名片，在计算机上设计和印制自己的名片也很容易。小贺卡也是如此。

创建自己的通讯录

与人保持联系最简单的方法是创建自己的通讯录，包括行业内外的朋友和联系人。每隔几个月有点空闲的时候就翻一翻通讯录，与那些有段时间没说过话的人通个电话，在电话里可以说你们好久没联系了，只是打电话问个好，问问他们在忙些什么。这不仅是保持联系的好方法，也是得到一些小消息的好途径。和你谈话的这个人很有可能与某个正在考虑是否录用你的人熟识。一通小小的电话就能连接彼此。

节日问候的重要性

八月下旬，我通常会躺在沙滩上构思我的贺卡。每年我都会寄出好多亲手制作的贺卡，这个任务非常耗时，但每一分钟都值得。这些卡片除了帮助我与行业中的朋友们保持联系和表达祝愿之外，也给了我一个表达谢意的机会，感谢那些在过去一年中对我特别有帮助的人。

你可能会想："为什么不买几盒贺卡就算了呢？"答案是，因为很多人都想这样不费心思，任何一家公司在假期结束后都会看到几张完全相同的卡片。记住，你一直在努力使自己脱颖而出，成为一个与众不同的人。电视是一种视觉媒介，你通过设计自己的卡片，巧妙地作出提示：送出卡片的人是一个充满创造力和独一无二的人。

如何享用午餐

如果对娱乐业有所了解，你可能知道午餐的重要性，好莱坞的午餐是很隆重的，每个人都如此。你会经常听到人们说："我们一起吃午餐吧！"

在好莱坞，午餐是一项严肃的商务活动。这个行业的大多数人经常与人一起共进午餐，有些人每天都有约会。某些"热门餐厅"更是行业人士常常聚会的场所。几乎每天，你都可以在这些餐厅里看到许多公司的高层人士在一起吃饭，包括公司高管、经纪人、编剧、制片人、导演和明星。午餐是交易和期望达成的地方，或者至少是讨论这些事情的地方。

　　但是午餐并不是达官贵人们的专利。初出茅庐的人也可以通过参与午餐来获得一个好的前景。这是一个与业内人士交往的好机会，尤其是当你与那些在职场中走得更远的人们交流，他们可能会给出一些建议或支持。

邀请对象

　　在工作一两个月之后，你开始与周围的人熟识起来，包括编剧和制片人这样的高层人士。你会发现有些人非常招人喜欢，时机成熟的时候你可以邀请他们吃午饭。节目的繁杂程度决定了午餐的时间。有些节目的编剧有充足的时间去吃午餐，而有一些节目的编剧只能边工作边吃外卖。如果不巧是你约的人属于后者，只能等节目拍摄完成后，或者在某个星期的拍摄间歇再约他们。

　　午餐是了解别人的绝佳机会。离开办公室，人们会更放松。此外，午餐没有电话声，没有其他人以各种理由来打断谈话，是一段难得的"一对一"谈话时间。

优先权

　　到达餐厅并点好食物后，就到了午餐话题时间。刚开始时，你可以问一些比较私人的问题（当然要有礼貌地提问），比如是否已婚，配偶是否有工作，是否有孩子，从小在哪里长大，住在城市的什么位置等。接下来，你可以问问他们是如何得到这份工作的，他们的最高职业目标是什么等。请仔细地聆听对方所说的话，因为这些细节可能会为你提供一些新思路。

如何去寻求帮助

　　有时候，话题会转向你。在他/她回答你所有关于他们生活的问题之后，毫无疑问地他/她也会向你提出类似的问题，包括你的职业生涯和目标。此时，你一定要明确地表示自己想成为一名编剧，同时观察对方的反应。问题有时会换成你喜欢写什么类型的剧本，写过哪些待售剧本。当时机成熟时，你的本能会告诉你，是时候向对方寻求建议和帮助了。你可以这样表示"如果你是我，怎么寻找经纪人？"或者"我知道你非常忙，但是有没有可能百忙中看一下我的待售剧本？"必须非常礼貌地且直截了当地提出来，不要以为别人都会读心术，其实他们并不会。人们最大的问题往往是不会寻求帮助。

　　不要害怕，一般情况下，只要要求合理，对方很可能会同意。共进午餐本身就意味着彼此互相欣赏，人们通常会帮助他们所欣赏的人。编剧和制片人总会记得那些在他们刚起步时帮助过他们的人，而且他们通常也愿意把这种帮助传递下去。

谁来付账

说到付账，情况好坏参半。一方面，你发出邀请，最好由你来付账，这是你的责任。另一方面，十有八九，受邀的人不会让你来付。更多的情况下，对方的职级会有相应的报销账户，可以报销。即使没有，他也很清楚自己赚的钱比你多得多。但是，你至少要表示出一点诚意。如果对方说："我来付账。"千万不要面无面情地说："好。"而要换成："我一直想邀请你共进午餐，也非常愿意由我来买单。"他通常会回应说，"等你卖了第一个剧本或者得到第一份工作时，你再请我。"然后你才可以大方地接受这个提议，并承诺下次一定会再次邀请他。这是正确的做事方法，不要因人而异，一定要贯穿始终。

做好付费的心理准备，虽然这种情况很少发生。还有，在洛杉矶吃午饭可不便宜，你要确保你有足够的现金或者信用卡上有足够的额度。没有人愿意看到这样的场景——当着史蒂文·斯皮尔伯格的面，你的信用卡因过期而被服务员剪成碎片。

是否需要随身带着剧本

我建议不要这样做，目的性太强了——这么做似乎意味着请人吃饭的唯一目的就是让他/她看你的作品。他不可能在午饭时读剧本，其实晚一天也可以，毕竟你知道他的办公室在哪里，如果他同意，你完全可以第二天把剧本送到他的办公室。

第33章

助你成功的一些事

尽快离开

> "所有初创团队的故事似乎都有一个共同点，那就是完全原创。我从来没有听到过两次同样的"如何加入团队"的故事，我想其中的教训就是永远不要把所有的鸡蛋都放在一个篮子里。你永远无法知道是剧本、实习、竞赛、节目推销等其中的哪一点吸引到别人的注意。"——杰森·乔治，《罪恶黑名单》《音乐之乡》高级故事编辑

渴望成为一名电视编剧？持之以恒地努力吧！我经常会遇到一些梦想成为编剧的人，他们没完没了地谈论自己进军这个行业的计划，总是认为需要先存一笔钱，或者先在家度过炎热的夏天，或者等他们的猫死了之后，或者要等做完一大堆事情之后才去做。生活总是在前进，时间转瞬即逝。5年过去了，这些所谓的编剧们还在谈论如何进军行业的话题。

电视行业是属于年轻人的行业，尤其是喜剧。30岁的人与22岁的相比更难迈入职场。所以，如果想要尝试写作，最好的方式就是尽快投入其中。虽然在经济上会遇到一定困难，但"有志者事竟成"。你可以计算一下生活成本，找室友合租，如果必要的话，找4个室友一起合租，尽一切努力让自己尽快投入写作工作之中。

> "如果你从19岁、20岁、21岁或22岁开始写喜剧，连续写了7年都没有成功，此时你才不到30岁，至少可以说'我试过了'。但如果有人说'我一直梦想成为一名喜剧编剧，但脱不开身'，没有什么比这更令人难过了。"——杰伊·雷诺，艾美奖得主，喜剧演员，《杰伊·雷诺今夜秀》前主持人

写作伙伴

如果你选择单干而不是组队，身边要有可信任的人来阅读你的作品，并在发表前把意见反馈给你。以下是可以找到这样的伙伴的几种途径。加入编剧小组，通常是规模不大且经常联系的小组，每个人都会阅读其他人的作品，然后一起讨论。编剧小组的优点在于可以讨论，这意味着有机会在修改之前得到多个人对一部作品的意见。

编剧小组的缺点在于时间的投入。如果被选入，你将没有足够的时间用于写作，小组将要求你全身心地投入别人的作品中。虽然这并没有什么错，实际上对很多编剧而言，这种方法十分有效。但是你也应该意识到，这种方式所要求的是时间和精力上的承诺。

另一个方法是寻找写作伙伴，即另一位编剧，互相谈论故事和交换剧本。这相当于两个人之间一对一的关注。当两个人分头写作剧本时，彼此都非常了解对方的作品，也会像关心自己的作品一样关心对方的作品。两个人可以共同寻求问题的答案，彼此提供支持和反馈，频率可以至少每周一次。

一个好的写作伙伴会给人坚持下去的动力。有了如今的科技手段，你们甚至不用住在同一个城市，就可以用网络传送剧本，通过电话沟通对剧本的意见。

> "编剧所犯的最大错误就是没能写完剧本。很多有前途的编剧进行到剧本的30%～40%时就放弃了。如果他们能坚持到底，即使剧本卖不出去，他们也能从中获益良多。"——艾美奖得主，阿尔·伯顿，《查理当值》执行制片人

怎样找到联系人

如果你没有上过大学，绞尽脑汁地想了又想，在电视行业里不认识任何人，也没有关系，不要绝望。总可以和业内人士建立联系，至少从参与当地的影视团体开始。由于地理位置的不同它们可能会有细微的区别。纽约或洛杉矶的团体总会有一些行业内的活动，除这两个城市以外，其他地方会有一些全国性组织下属的地方分会，比如女性电影人联盟或者国家电视艺术与科学学院。此外，你也可以考虑参加你所在州的电影委员会。

参加研讨会

全国各地都有各种各样的编剧研讨会，你可以通过参加活动来吸引其他同行的注意。你需要提前做一些研究，看看哪些最适合你。这些会议的好处在于，你不仅可以学习写作，还可以结识业内人士。前提是，要让自己走出去，在休息时间或午餐时间与人交谈，带着别人的姓名和电话号码回家，并保持联系。与其他业内人士进行社交活动的时候，像

个木头一样坐在那里听讲座对你而言没有任何好处。

利用科技手段发布你的作品

以前，发布作品的唯一方式是常规的渠道，如经纪人、制片厂和电视网。幸亏如今有了更先进的科技手段，在全球范围内发布作品都变得相对容易，而且只花很少的钱。好的方面是，今天我们生活在这样一个便捷的世界里，可以用技术来传递艺术作品和信息。坏的方面是这条路有点拥挤。其实，它就像一个经纪人办公室，但大量的信息并不总是好事，必须通过筛选才能找到闪闪发光的人。许许多多的人试图以这种方式出人头地，这使你在人群中脱颖而出变得更加困难。也就是说，如果你有一个自认为可行的创意，那么无论如何也要把它变为现实，否则就成了自我放弃。

> "有一个著名的定律，如果开始得太晚，现在就开始写。多写，剧本、博客、文章、草稿都可以写。为别人写也可以，不断挑战自我，不断积累作品。此外，对于表演、制片、导演、编辑、舞蹈、唱歌等这些你所不擅长的项目，就跟那些擅长这些的人合作吧。他们已经站在成功的山顶，拥有权势和财富。这是一个合作的时代。很多人都在创造机会，让别人发现自己，制作自己的作品。如果你不这样做，就会被忽略。我想强调的是，艺术家应该注重获取机遇，当机遇来临时，要随时做好准备。"——亚当·吉尼威茨，经纪人，ICM合伙人

参加比赛

只要有可能，就要投身于电视写作之类的比赛，这是个好方法，能够让业内人士阅读到你的作品，而且也很简单，试试看。即使没有得奖，你仍然领先一步，因为写作是如此主观的事情，谁都无法预测自己的作品会吸引至哪些人的注意。曾经有一次，当我的作品在一个比赛中进入半决赛，就接到了制片人和经纪人的电话，他们请求阅读我的剧本。

考虑到费用问题，每个人都无法参加所有的比赛，应该有所选择。最好方法是看看那些比赛幕后的人——比赛的赞助商和评委。如果有主流电影公司、制作公司、电视网司或经纪公司在其中，那么这可能是一个不错的赛事。对于一些听起来像独角戏的小型比赛，它们夸口获奖剧本将由行业专业人士阅读，对此我一直持怀疑态度。这里讨论的并非是合不合法的问题，就我个人而言，我会更在意一些更具体的东西。我认为，在一个备受尊敬的比赛中，像剧本狂欢大赛（Scripta palooza）、剧本创作博览会（Screenwriting Expo）这样的赛事，即使在决赛时败北也比在一个无人听说的比赛中得冠好得多。当然，知名度高的比赛也存在劣势，那就是竞争更激烈，机会更渺茫。尽管如此，你只需下足功夫、提升

技艺，总会打磨出一个生动的剧本，那么你的机会也就来了。

用天赋帮助别人

我坚信，如果你有天赋，就应该用它来帮助别人。每年至少为某个公益机构服务一次，写一份公共服务公告或宣传册或是任何他们需要的东西。之后你会感觉不错，也可能会从中学到一些东西。额外的好处是，你将有机会完成一些作品，充实你的成果。好人总有好报。

学做评论家

除了写作，你还会经常被要求评论其他编剧的作品。诀窍是既要敏感又要诚实，说出真相非常重要。有所保留也许更糟，假设剧本不好却说它不错，如果编剧听了你的判断，把作品提交出去，实际上会对他本人造成伤害。同理，你也必须学会如何在不伤害对方感情的情况下进行评论。尽管我们都知道写作是商业行为，而对大多数人来说，都会认为写作充满个性化。

在评论作品时，最好预先讲一些积极的方面，让作者感觉好一点。你可以这样说：“我认为也许你可以在中间再加几个笑料。”无论如何，请尽量避免使用“无聊”和“沉闷”这样的评判词汇。这些话毫无用处，没有人愿意听别人批评自己的工作。关键是要提出具有建设性的意见，并尽可能地提出解决方案。

坚持是必要的品格

让我们谈谈坚持，这是在电视行业这是非常必要的品格。当年我从洛杉矶搬回新英格兰地区时，当地只有一家电视网，大部分电视节目都在本地完成。记得当时有一档新的杂志节目叫作《真实生活》，我确信自己有能力去应聘成为编剧。但是有时候，即使你做过很多节目的编剧，也很难被资方注意到。

节目的执行制片人是乔尔·切特伍德（Joel Cheatwood）。10月当节目宣布即将投入制作后不久，我就给切特伍德发了一份简历，然而没有任何回音。随后我给他的助理打电话，并按照我的惯例，传真了简历过去，并通过联邦快递寄出一份，依然没有回音。我在内心深处明白，他看到我简历的机会微乎其微。毫无疑问，在他的办公室中有来自全国各地的编剧和制作人的无数简历。

但我下定决心一定要想办法认识一下此人。但通过何种途径呢？我从他的办公室入手，他的办公室属于波士顿的全国广播公司（NBC）下属公司，我列出所有认识的可能与他有关系的人物名单，甚至仔细地寻找了其中某些校友的信息。其中有一位名为吉恩·拉万奇（Gene Lavanchy）的人，他是本地体育节目主持人，也许他会有些影响力。我并没有确切地告诉拉万奇我想要得到编剧的职位，只是说，我是爱默生学院校友，刚从洛杉矶搬回来，是否可以请他看看我的简历，并想请教一下如何在这里找到一份电视行业的工作。

我如愿以偿地见到拉万奇，他和颜悦色地看过我的简历，说他知道有一个职位很适合我，全国广播公司（NBC）有一个新节目即将开播，那个节目很适合我。我追问怎样才能在那个节目中谋到职位，他提到了一个叫乔尔·柴德伍德的人。于是我说，请他给我一些建议，毕竟柴德伍德一定非常忙，他的办公室一定堆满了各种简历。拉万奇答应由他来帮我推荐简历。

我猜他也这样做了，大约一周之后，我接到《真实生活》一位制片人的电话，约我去面试。面试进行得很顺利，至少我是这么认为的。制片人说，她将在未来几天与我联系，然而我却再也没有她的音信。我给她打电话，也没有回复。

假期来了又去。二月初的一天早晨，我一觉醒来，感觉这样等待的日子真是受够了，决定主动出击，在这周之内说服乔尔·切特伍德雇用我。但怎么做呢？还没有头绪，我只有决心而已。我一边喝着咖啡，一边绞尽脑汁地想找个机会接近他。我想一定是错过了什么细节。我打开一份报纸，上面有一篇关于《真实生活》的文章，那是几个月前一个朋友从《波士顿环球报》找到的。当时只是快速地浏览了一遍，并没有仔细地阅读它。如今重读这篇文章时，我发现切特伍德先生的妻子是一位制片人，名叫涅瓦（Neva），她也将参与这部剧的制作。看到这里，我回想起那天面试时，依稀记得路过她的办公室，房间外没有秘书。这意味着，如果我发简历给她，她很可能会亲自来读。我马上重写了一份简历和求职信寄给了涅瓦女士。对此，朋友们都嗤之以鼻，嘲笑我这种"走后门"的做法。

一天之后，涅瓦·切特伍德（Neva Cheatwood）来电话通知我说，她已经收到了我的简历，想知道什么时间我能来与她和乔尔见面聊聊。我终于笑到了最后。当前有一个新节目中缺一位编剧，他们认为我很适合这个工作。第二天，在电视台，涅瓦带着我去了乔尔的办公室。我感觉自己就像桃乐茜一样，终于要见到魔法师了。他们在第一时间与我签订合同，这是一份很棒的工作，我从中学到了很多东西，也遇到了很多优秀的伙伴，以后的岁月中也一直与他们在各个节目保持着合作关系。

桃乐茜的那条黄砖路我走了许久，花了整整5个月的时间才迈入这家公司的门槛。回顾过去，这条路上有一千次可能让我放弃的机会：发送3份简历都没有回音时，打电话留言没有回复时，制片人面试完转身消失时。从这些经历中得出的经验就是，拒绝接受"不"，一直努力下去，那么迟早有一天你会得到肯定的回答。

不要放弃

在我周围有很多同学和校友，有些人在电视行业的关键位置取得了很大成功，有些人却根本没有迈入这一行。区别在哪里呢？很简单，那些成功的人知道他们想要什么，并且愿意坚持下去。当一条路不通时，他们就试着走另一条，然后再试一条，直到达到理想的目标。这个过程需要时间，可能会令人在情感上、经济上精疲力竭。不在这个行业内的人，不管出于什么原因，都不愿那么疲惫。你决定结束的那一刻，一切就结束了。同样地，在售出第一个剧本的困境之前，怎能不保持一种在泥泞中跋涉的快乐心情？只是你会不断地问自己，这一切困难是否值得，是否还要继续下去，坚持到最后才会发现真正的快乐。

别放弃你想要的

对于大多数人来说，成功之路充满了坎坷。即使最深思熟虑的职业策略，有时候事情的进展也可能并不会按照计划进行。总会有那么几天你想要放弃，总会有那么几天你自问当初为何想做编剧，也总有那么几天你想知道自己为什么那么自信。当你开始怀疑自己的时候，深呼吸，对自己好一点很重要。强烈推荐苏斯博士（Dr. Seuss）所著的一本书《哦，你要去的地方！》（*Oh, the Places You'll Go!*）。它会让你微笑，让你感觉好一点，会抚慰你的灵魂，还会提醒你自己是多么优秀和有才华。最重要的是，它会鼓励你继续向前。

最后的一些提示

这本书中收录了与许多成功人士的谈话，其中有许多类似且肯切的忠告值得再次总结：努力工作、抓住以任何方式迈入行业内的机会、表达独特、原创、态度好、热爱工作和不停写作。几乎所有人都认为，电视需要新发明，而这种改变只会通过新鲜、新颖、开创性的表达方式来实现。在电视写作方面，要做创新者而非模仿者。对于这些编剧、制片人和高管们所一直提出的挑战，我举双手赞成。鼓起勇气站起来表达自己，做你自己。

这本书的大部分时间我都在告诉大家电视行业的现实是冷酷无情的。但是我也会说，没有什么比走到摄影棚，观看专业演员表演你的作品更令人激动万分了。同样地，当你在屏幕上看到自己的名字出现时，你不会记得你已经90岁了。除了工作本身，电视还有好多小福利。对我来说，这个行业最棒之处就是我有幸认识和共事过的所有最酷、最有趣、最有创意、最聪明、最有才华的人。

电视圈子很小，待时间久了，早晚会遇到心中的英雄。我花了25年的时间才与他相遇，那么，放在文末似乎再合适不过了。

> "我能给新手编剧的最好建议就是写作，一切源于此。这听起来很简单，但是对编剧而言，在空白的纸上写满文字却是世界上最难的事情。但如果你有能力也愿意这么做，那就去寻找你内心的最具幽默感或戏剧性的东西吧，然后尽你所能写出来，让别人愉快地阅读你的作品。"——奥斯卡奖提名，艾美奖得主，皮博迪奖得主，诺曼·利尔，《全家福》和《公主新娘》（*The Princess Bride*）执行制片人

其他忠告

"我认为《老友记》之所以能引起观众的共鸣，是因为它基本上讲的是全球化主题。这些故事不是幻想、并不复杂，也不是生活中那些宏大而深层次的问题。它们是每个人在人生的某个阶段都会经历、正在经历或者即将经历的事情：初吻、第一份工作、第一次离开家、第一次和陌生人租住在一起。这些都是节目的某种简单基础，其实真的很简单：你第一次离开家，与你的朋友们组成一个新家庭。"——艾美奖得主凯文·布莱特，《老友记》《乔伊》《白日梦想家》执行制片人

"经纪人认为你应该先找个经纪人，经理人认为职业生涯应该从他们开始，律师认为他们是第一重要的部分。但事实是，你首先肯定需要一个经纪人。"——肖恩·巴克利，格什局经纪人

"每当电影里出现一个场景，一个人坐在计算机前，我们不得不对着计算机屏幕时，我就会睡着。所以在不同时代做节目很有趣，在所有的技术面前，人物必须保持对话。"——奥斯卡奖提名、艾美奖得主鲍勃·维德，《消消气》执行制片人和导演，《消遣司隆先生》创作者/执行制片人，《关于60年代如何做一档节目》

"要有想法。好莱坞最缺独创性。但是，独特的创意、思想的富矿和如何挖掘其中独特的创意最为宝贵，那是一种无法再创造或复制的资产。"——迈克尔·阿佐利诺，杰里·布鲁克海默电视公司高级副总裁，《人质》制片人

"一定要确认律师的声誉，以保证符合客户的需求和个性。律师的含义是代表，是客户的延伸。律师的声誉将以各种形式归于客户，因此，如果律师以不利于编剧的方式出现，就会给客户带来麻烦。如果谈判双方的律师都有良好信誉，那么编剧们的日子要好过得多。"——瑞安·诺德，娱乐律师，赫希·沃勒斯坦·海姆·马托夫+菲什曼律师事务所

"为演员写剧本，就要了解演员，与演员保持一致，在剧本中表现他们的长处。"——艾美奖最佳演员亨利·温克勒

"在我看来，动画片最大的挑战或者说节目最大的挑战，就是让故事立足于现实。如果去任何地方的花费和坐在沙发上是一样的，那么很难写出令人难以置信的故事情节。何谓挑战？就是讲述一个故事，讲述人物去了哪些地方，同时又保持故事真实可信。剧中人物总是会被当头一棒，经历多次闪回，经历各种各样的梦境，而作为编剧，你必须始终能够进入角色生活的世界，相信他们还是那个人。"——艾美奖得主，约翰·弗林克，《辛普森一家》执行制片人

"在推销一部电视剧时，创作者/制片人最好明确地告诉我们在哪里播出。全美有超过300家频道，但并不是每个创意都适合在这300家播出，可能只有其中的两三个。所以说明是在'喜剧中心'或者'美国家园'播出很重要。"——艾美奖得主，加里·格罗斯曼，韦勒/格罗斯曼制片公司合伙人

"核心是主题、演员和冲突……观众能产生共鸣吗？演员可爱吗？冲突是否能引起

观众的足够关心并使他们每周都持续观看？冲突在电视真人秀节目中足够多吗？能否令观众坐在座位上，即使广告时间也不离开？总是要设法用一些扣人心弦的东西来'打破僵局'。"——艾美奖提名者，格伦·米汉，《访谈》制片总监，《小身材大世界》联合执行制片人

"单人喜剧的写作绝对有益，因为这样会迫使你从表演的角度来构思笑话，而不仅仅从它在纸上（或网上）的样子。同样，即兴表演也是一个优秀编剧专业背景的重要组成部分。当然，你会认识一些朋友，他们可能会为你提供一些工作机会，即使没有这种机会，他们会督促你坚持下去。不过别搞错了，单人喜剧和写剧本绝不是一回事，观众们想要听到的是你的观点——而不仅仅是一堆独白笑话。你得爱上单人喜剧，也愿意为它奋斗。"——乔恩·莱恩曼，《肥伦今夜秀》编剧

"在写作《寻找梦幻岛》之前，我读了三四本詹姆斯·巴里（James Barrie）的传记。最后一本书中，传记作者提到巴里在客厅里玩过一个小游戏，就是舔舔邮票，把硬币粘在背面，然后把邮票抛向空中，最后邮票就会贴在房间的天花板上。但当我的剧本进行到某处时联想到了它，巴里必须想办法分散戴维斯家男孩们的注意力，而此时他们的妈妈正在楼上接受医生检查，这个场景立刻浮现在眼前。"——奥斯卡奖提名，大卫·马吉，《少年派的奇幻漂流》编剧、《寻找梦幻岛》编剧

"必须有激情，渴望写作。当你和编剧们一起工作的时候，如果他们不写东西，这对我来说总是很奇怪。找个地方坐下来写作吧。想到什么就写什么。写下你的激情和感受，不停地写。用你自己的方式去写，不要模仿别人。想清楚你要表达什么，别人怎样听起来比较清楚，或者你怎样以自己的方式陈述，我保证这才是吸引人之处。世上有很多编剧，大都属于普通人。如何才能让自己不平庸，超越同龄人，变成独一无二的呢？做独特的你吧。"——塔尔·拉比诺维茨，全国广播公司娱乐喜剧节目执行副总裁

中英文词汇对照表

30 Rock《我为喜剧狂》

60 Minutes《60分钟》

A American Family《美国家庭》

A Face to Die For《为那张脸而死》

A Face to Kill For《为那张脸行凶》

A&E电视网

ABC 美国广播公司，英文全称为American Broadcasting Corporation

act break 幕间休息，广告

Alf《家有阿福》

All in the Family《全家福》

Always Sunny in Philadelphia《费城永远阳光灿烂》

Amazon亚马逊

America's Funniest Videos《美国搞笑家庭集锦秀》

American Dad《美国老爹》

American Idol《美国偶像》

Archer《间谍亚契》

Arrested Development《发展受阻》

associate producer助理制片

Bartlett's Familiar Quotations《巴特莱特名言集》

Behind the Candelabra《烛台背后》

Big Block Comedy scene重大喜剧场面

Bob's Burgers《开心汉堡店》

Breaking Bad《绝命毒师》

Bridezillas《新娘酷斯拉》

Bringing Ashley Home《带艾瑟莉回家》

BTK Killer《BTK杀手》

CAA 创新精英经纪公司，英文全称为Creative Artists Agency

Candid Camera《偷窥》

CBS 哥伦比亚广播公司，英文全称为Columbia Broadcasting System

Charles In Charge《查理当值》

Cheers《干杯！酒吧》

Chicago Fire《芝加哥烈焰》

Chicago Hope《芝加哥希望》

cliffhanger悬念

CNN，美国有线电视新闻网，英文全称为Cable News Network

Co-executive producer联合监制

Cold Openings 冷开场

Columbia Pictures哥伦比亚电影公司

Combat Hospital《战地医院》

Commander in Chief《三军统帅》

Community《废柴联盟》

Co-producer联合制片人

Cops《警察》

Crash and Million Dollar Baby《百万美元宝贝》

Criminal Minds《犯罪心理》

CSI《犯罪现场调查》

Curb Your Enthusiasm《消消气》

CW 哥伦比亚及华纳兄弟联合电视网，英文全称为The CW Television Network

Dallas《豪门恩怨》

Dancing with the Stars《与明星共舞》

Dawn Anna《迎向黎明》

Deadline Hollywood《好莱坞头条》

Desperate Housewives《绝望的主妇》

Dick Van Dyke Show《迪克·范·戴克秀》

Downton Abbey《唐顿庄园》

DP 摄影指导，英文全称为director of photography

Dream On《白日梦想家》

Duck Dynasty《鸭子王朝》

DVR，英文全称为Digital Video Recorder，数码录像机

Dynasty: The Reunion《家族王朝：团圆》

Dynasty《家族王朝》

Eastbound and Down《体育老师笑传》

Emmy Awards 艾美奖

Entertainment Tonight《今夜娱乐秀》

Everybody Loves Raymond《人人都爱雷蒙德》

Executive producer 执行制片人

Executive story editor 高级故事编辑

EXT. 外景

Face of the Enemy《面对敌军》

FADE IN　淡入

FADE OUT　淡出

Family Guy《恶搞一家》

Finding Neverland《寻找梦幻岛》

Fish Police《鱼警探》

FLASHBACK　闪回

FOX 美国福克斯广播公司，英文全称为 Fox Broadcasting Company

Frasier《欢乐一家亲》

Friends《老友记》

Full House《欢乐满屋》

Garage Sale Mystery《车库拍卖神秘事件》

Girls《衰姐们》

Greetings From Home《来自家乡的问候》

Grey's Anatomy《实习医生格蕾》

Hallmark Channel 贺曼频道

Hannah Montana《汉娜·蒙塔娜》

Happy Days《欢乐时光》

Happy Endings《幸福终点站》

Harry and the Hendersons《大脚哈利》

Hatufim《战俘》

HBO　家庭影院电视网

Here Comes Honey Boo Boo《甜心波波来啦》

Homeland《国土安全》

Homeless to Harvard《风雨哈佛路》

Hostages《人质》

House of Cards《纸牌屋》

House of Payne《佩恩的房子》

How I Met Your Mother《老爸老妈浪漫史》

Hulu 葫芦网站

I Love Lucy《我爱露西》

iCarly《爱卡莉》

ICM，国际创新管理公司，英文全称为International Creative Management, Inc.

Imagine Entertainment　想象娱乐公司

IMDB，互联网电影资料库，英文全称为Internet Movie Database

inciting incident 诱发事件

INT. 内景

inter-cutting　交互剪接

JAG《执法悍将》

Jaws《大白鲨》

Joey《乔伊》

Jonas《乔纳斯兄弟》

Kardashians《卡戴珊家族》

Kate's Secret《凯特的秘密》

Keeping up with the Kardashians《与卡戴珊姐妹同行》

Kickin'It《欢乐道场》

Knots Landing《解开心结》

L.A. Times《洛杉矶时报》

Lassie《莱西》

Law & Order: Special Victims Unit《法律与秩序：特殊受害者》

Lead-In 前导节目，在美剧中指把某个主推剧集接在某个热播剧集之后，引导观众观看

Leave It to Beaver《反斗小宝贝》

Life of Pi《少年派的奇幻漂流》

Lifetime 生活时间电视网

line producer　制作统筹

Lionsgate Television 狮门电视公司

Little People, Big World《小身材大世界》

Lost in Space《迷失太空》

Lost《迷失》

M.A.S.H.《陆军野战医院》

Mad Men《广告狂人》

Malum In Se《不法行为》

Married with Children《拖家带口》

Masterpiece Theatre《杰作剧场》

Melrose Place《飞跃情海》

Mixed Blessings《喜忧参半》

Modern Family《摩登家庭》

Mr. Rogers's Neighborhood《罗杰斯先生的邻居》

Mr. Sloane《消遣司隆先生》

multi-camera comedies 多镜头喜剧

My Little Pony《小马宝莉》

Mystery《浮城迷事》

N.Y. Times《纽约时报》

Nashville《纳什维尔》也译作《音乐之乡》

NBC 全国广播公司，英文全称为National Broadcasting Company

NCIS《海军罪案调查处》

Netflix 网飞公司

New Girl《杰茜驾到》

Nurse Jackie《护士杰姬》

Orange is the New Black《女子监狱》

Outsourced《服务外包》

Parenthood《为人父母》

Parks and Recreation《公园与游憩》

PBS 美国公共电视网，英文全称为Public Broadcasting Service,

Peyton Place《冷暖人间》

Picket Fences《警戒围栏》

Producer　制片人

Project Runway《天桥骄子》

Real Housewives《比利弗娇妻》

Real World《真实世界》

Rose Hill《玫瑰山》

Rugrats《小淘气》

Saint George《圣乔治》

Saturday Night Live《周六夜现场》

Saving Emily《拯救艾米莉》

Scandal《丑闻》

Screenwriting Expo 剧本创作博览会

Scriptapalooza 剧本狂欢大赛，旨在发现和推广电视编剧

Seinfeld《宋飞正传》

Sesame Street《芝麻街》

Shark Tank《鲨鱼坦克》

show runner 节目运营官、总监制

Showtime　娱乐时间电视网

single-camera comedies 单镜头喜剧

sizzle reel　视频集锦

South Park《南方公园》

spec script，英文全称为speculative screenplay，待售剧本

Star《星》

Starting Over《重启人生》

Step By Step《步步为营》

Story editor　故事编辑

Survivor《幸存者》

syndication　辛迪加模式

Taxi《出租车》

Television Sweeps　收视普查月

That's So Raven《天才魔女》

The Amazing Race《极速前进》

The American Baking Competition《全美烘焙大赛》

The Apprentice《学徒》

The Apprentice《飞黄腾达》

The Babysitter's Seduction《保姆杀人案》

The Bachelor《单身汉》

The Big Bang Theory《生活大爆炸》

The Blacklist《罪恶黑名单》

The Brady Bunch《脱线家族》

The Christmas Ornament《圣诞回家》

The Colbert Report《科尔伯特报道》

the Cosby Show《考斯比秀》

The Daily Show《每日秀》

The Fisher King《渔王》

The Good Wife《傲骨贤妻》

The Guiding Light《指路明灯》

The Hollywood Reporter《好莱坞报道》

The Late Show with David Letterman《大卫·莱特曼秀》

The Magic of Ordinary Days《平安岁月的魅力》

The Man with Three Wives《有三个妻子的男人》

The Mary Tyler Moore Show《玛丽·泰勒·摩尔秀》

the National Academy of Television Arts and Sciences 国家电视艺术与科学学院

The Newsroom《新闻编辑室》

The Pact《约定》

the People's Court《人民法院》

The Princess Bride《公主新娘》

The Sarah Silverman Program《莎拉·丝沃曼栏目》

The Simpsons《辛普森一家》

The Social Network《社交网络》

The Sopranos《黑道家族》

The Steve Harvey Show《史蒂夫·哈维秀》

The Talk《访谈》

The Tonight Show Starring Jimmy Fallon《肥伦今夜秀》

The Tracey Ullman Show.《特蕾西·厄尔曼秀》

The Walking Dead《行尸走肉》

The Watsons Go to Birmingham《沃特森一家去伯明顿》

The Wayans Brothers《韦恩斯兄弟》

The Wild Thorn berrys《丽莎和朋友们》

The Wizards of Waverly Place《少年魔法师》

The Wrap 新闻娱乐包

theatrical rights 影视改编权

Those Who Kill《弑者诛心》

Till Death Do Us Part《至死不渝》

Tiny Furniture《微型家具》

To Dance with the White Dog《共舞人生路》

To Tell the Truth《说出实话》

Tooken《我本坚强》

Touched by an Angel《天使在人间》

Trading Spouses《交换配偶》

Truth or Consequences《真相或结果》

TV Guide《电视指南》

Twitter 推特

Two and a Half Men《好汉两个半》

Two Broke Girls《破产姐妹》

Undercover Boss《卧底老板》

Universal Studios 环球影业

Up All Night《彻夜未眠》

Upfronts 电视广告预售会

UTA，联合精英经纪公司 英文全称为United Talent Agency, Inc.

Variety《综艺》杂志

VOD，英文全称为Video on Demand，视频点播业务

Web Therapy《网疗记》

WGA 美国编剧工会，英文全称为Writers Guild of America

Who's the Boss?《成长没烦恼》

Will & Grace《威尔和格蕾丝》

Wings《疯狂航空》

WMA，威廉•莫里斯经纪公司，英文全称为William Morris Agency

Women in Film 女性电影人联盟

Writer or baby writer 编剧或初级编剧

YouTube 优兔视频网站

Zoom《天才学院》

译者后记

　　《电视编剧：从创意到播出（第2版）》是我翻译的第4本关于影视编剧专业的著作。翻译完成这本书，我更加理解到，在全球化语境下，好莱坞编剧所面对的问题或许与当前我国编剧的困境大同小异。从何处开始写，如何坚持，如何让业内人士了解自己，如何以编剧作为职业养家糊口……带着这些问题，本书作者玛蒂·库克采访了70位好莱坞业内人士，提出的问题大到好莱坞电视产业的发展史，行业内的经纪人、制片人、娱乐律师如何分工，编剧协会有什么作用，好的剧本大赛有哪些，小到第一部剧本写什么、怎么写、怎么修改、写完以后怎么办，再到如何推销剧本，如何一边工作一边写作。在这些具体问题中，指引人们在编剧之路上迅速成长。

　　在现实生活中，我们听到最多的就是"宝典""技巧"，或者是某些一夜爆红的影片。影视行业处于娱乐的最前沿，有时会沾染一些浮华的"美丽气泡"，但我们也应看到，即使在看起来繁花似锦的好莱坞，依然需要编剧的踏实功底和不懈努力。在本书中，这70位好莱坞精英从各自的领域反复重申：当今影视界最缺乏独特而新鲜的创意。那么，还等什么？请开始写作吧！

　　在本书的翻译过程中，我不断感受到作者对编剧工作的热情与挚爱，惊叹于她严谨缜密的思路，佩服她细腻周到的建议。翻译的过程对我而言，收获良多，希望也能为更多有志于影视创作的朋友提供些许帮助。

　　我在翻译这本书的过程中，得到了很多师友直接或间接的帮助和鼓励。感谢本书的责任编辑——人民邮电出版社的宁茜女士，多年来的默契合作得益于她的耐心、专业与负责的态度。感谢各位师友对我一如既往的支持。因本人水平有限，这本译作难免会有疏漏之处，恳请各位读者、专家不吝指教。可以直接与我联系：Jinghua.zhang@126.com，也可以与出版社联系。

张敬华

2021年3月于北京

玛蒂·库克（Martie Cook）是电视行业拥有最聪明大脑的人士之一，她的行业经验与洞察力，对于我的写作生涯起到了至关重要的引领与指导作用。我相信，对于那些充满理想与抱负的编剧而言，本书将会令他们受益良多！

——乔恩·莱恩曼（Jon Rineman），编剧，主要作品有《肥伦今夜秀》（*The Tonight Show Starring Jimmy Fallon*）

玛蒂·库克的《电视编剧：从创意到播出（第2版）》一书是电视从业人员的必读书目。在我成功的众多因素之中，她的教诲是助我成功的秘密武器。

——迈特·福斯费尔德（Matt Fusfeld），编剧、制片人，作品有《杰茜驾到》（*New Girl*）、《废柴联盟》（*Community*）、《美国老爹》（*American Dad*）

在我心中，《电视编剧：从创意到播出（第2版）》是电视制作方面最棒的著作。预祝本书大卖，祝福整个行业因为它的出现而变得更好。

——彼得·邓恩（Peter Dunne），艾美奖与皮博迪奖得主，编剧、制片人，作品有《犯罪现场调查》（*CSI*）、《飞跃情海》（*Melrose Place*）、《豪门恩怨》（*Dallas*）、《解开心结》（*Knots Landing*），著作有《情感结构》（*Emotional Structure*）

《电视编剧：从创意到播出（第2版）》一书是每一位心怀梦想的好莱坞年轻人的宝典，无论是编剧还是制片人，整个电视行业都能在这本诚意之作中获益。真希望在20年前就遇到它！

——格伦·米汉（Glenn Meehan），制片人，作品有《访谈》（*The Talk*）、《小身材大世界》（*Little People, Big World*）、《今夜娱乐秀》（*Entertainment Tonight*）

我从事编剧与制片人工作已经20年，同时担任大学教授也有15年之久，玛蒂·库克的《电视编剧：从创意到播出（第2版）》一书是我所见过的电视行业中最棒的书，我郑重地将本书推荐给每一个热爱创作与愿意在这个行业持续发展下去的人。

——罗斯·布朗（Ross Brown），美国查普曼大学道奇电影与传媒艺术学院副教授、编剧，作品有《考斯比一家》（*The Cosby Show*）、《成长没烦恼》（*Who's the Boss?*）、《步步为营》（*Step By Step*），著作有《身为编剧，如何为网剧而创作》（*Create Your Own TV Series for the Internet*）

《电视编剧：从创意到播出（第2版）》不仅对于编剧是无价之宝，而且对于任何希望了解和迈入电视行业的入门者来说都堪称魔法石，它以宏观而有深度的视角带领我们探秘宏伟的电视王国，并逐步引导我们在其中畅游。它追溯历史且信息量巨大，它有趣而不失智慧，这一切都源于作者亲历了好莱坞电视发展的历史，这些经验足以逐步地引领我们从零开始学习有关电视的一切。

——利比·比尔斯（Libby Beers），执行制片人，作品有《圣诞回家》（*The Christmas Ornament*）、《带艾瑟莉回家》（*Bringing Ashley Home*）

玛蒂·库克将海量信息变身为通俗而有趣的文字，化身为循循善诱的师长向我们传递知识。

　　玛蒂·库克的《电视编剧：从创意到播出（第2版）》一书亲切而有趣，是一部充满智慧的理论类著作，也是一部启迪后辈的经验总结性著作，更是一本系统梳理电视编剧相关知识的行业教科书。一旦捧起这本书就难以放下，读完之后你就会知道如何才能成功地迈入这个行业——剩下的取决于你。